从此以后

Afterwards

［英］罗莎蒙德·勒普顿（Rosamund Lupton）——著　　刘丽洁——译

湖南文艺出版社　　博集天卷
HUNAN LITERATURE AND ART PUBLISHING HOUSE　　CS-BOOKY

送给我最引以为荣的两个儿子

科斯莫和乔

一沙一世界，一花一天堂，掌中存无限，刹那成永恒。

——威廉·布莱克《天真的预言》

目录

/

Contents

/

序幕 / 001

Chapter 1
他们都在里面 / 003

教学楼着火了，他们都在里面。
他们都在里面!

Chapter 2
谁要伤害孩子们 / 017

那个身影挥之不去。我想象他进入教学楼顶层的教室，把所有窗户都打开；想象挂在教室中间绳子上的学生画作，被忽然灌进来的强风吹得噼啪作响。

Chapter 3
暴力的威胁 / 051

我们越是要把她庇护在自己的羽翼下，她想要逃离我们的愿望就越强烈。

Chapter 4
真的是他吗 / 085

这个线索一直藏在我心里，没法把它说出来，时间一长，简直要腐烂掉。

Chapter 5
被掩埋的线索 / 123

现在，我的任务，就是想尽一切办法，来寻找真相，这样，就能证明亚当的清白。我必须做到。
这就是我的全部使命。

Chapter 6
想要回到你身边 / 155

我能感觉到你的勇气，你的乐观，和你怀抱的希望，相信珍妮一定会回到我们身边。当你紧紧地拥住我，我也相信，珍妮会好起来的。

Chapter 7
疑云重重 / 193

可是，如今，犯罪不再遥不可及，而是直接侵入了我的家庭。警察，在我们的生活里，掌握着生杀予夺的大权。

Chapter 8
漫长的黑夜 / 225

死亡之钟并没有为她响起，死亡之车也没有加速向她驶来。
我看见一个女孩从生命之舟上坠落下去，却没有人能够拉住她。

Chapter 9
天使与魔鬼 / 279

"你曾经跟我说过，每个人身体里，都既有天使，又藏着魔鬼？"莎拉诱导式地问道，"而你的任务，是除去人们心中的魔鬼？"

Chapter 10
那些我们从未了解的事情 / 349

你曾跟我说过，人死时，最后丧失的知觉将是听觉。可是，你错了，最后丧失的知觉，是爱。

序幕

/

Prelude

/

我动不了，连抬一下手指，或眨一下眼睛，都无法做到，更不用说要张口呐喊。

我使出全身力气，挣扎着想要推动那个庞然大物。然而，身体像被一艘巨大沉船压在海底，丝毫动弹不得。

我感觉自己的上下眼皮被焊接到一起，鼓膜穿破，声带也已经撕裂。

四周是浓稠的黑暗和死一般的沉寂。我身处两千米深的黑色海底。

我在心里对自己说："想要解脱，只有一个办法，那就是——想你。"这个办法果然奏效，我终于溜出自己被沉船压住的躯壳，进入黑色的海水中。

我用尽全身力气，朝着头顶阳光的方向拼命游去。

海水毕竟没有两千米深。

因为，我突然到了一间白色的屋子，灯光晃得人睁不开眼睛，四处充斥着刺鼻的消毒水味儿。我听见有人在说话，不知道是谁，在喊我的名字。

我看见"我"的身体正躺在医院的病床上。一个医生掰开我的眼皮，拿着手电筒，往我的眼睛里照；另一个医生把我的病床靠背往后推；还有个医生在给我的胳膊输液。

你肯定不会相信这是真的。你是上过山下过河、上知天文下晓地理的人。要是有人跟你说起灵异事件，你只会把头转向电视，不屑地撂下一句"无稽之谈"。

当然，对于自己的妻子，你肯定会和善得多，虽然不至于斥责我是白日做梦，但也绝不会相信这是真的。

然而，灵魂离体的现象的确存在。你一定在各种科学论文中读到过，也在广播电台四频道的节目里听到过。可是，要是它发生在我的身上，我该怎么办呢？推开摇晃我脑袋的护士，穿过围在我身旁的医生，大喊一声："对不起，借过一下！麻烦让一下！这是我的身体，我想，躺在这里的就是我了！"

是恐惧让我想到这些荒唐的事情吧。

那种令人恶心、让人战栗、使人浑身起鸡皮疙瘩的恐惧。

当恐惧袭来时，我终于恢复了记忆。

炽热的高温、上蹿的火苗和呛人的浓烟。

学校着火了。

Chapter 1

他们都在里面

教学楼着火了，他们都在里面。

他们都在里面！

那天下午，你在BBC有一个重要会议，不能去参加女儿学校的运动会，自然也无缘感受那吹送着阵阵暖意的强风。家长们都说："真是上帝恩赐的好天气，太适合运动了。"可是，我心里却想：如果上帝真肯开恩的话，他应该忙于拯救非洲的饥民和东欧的弃婴，怎么会有闲情雅致，来为西德里小学的套袋跑比赛提供免费空调呢？

草地上画的白线、老师脖子上的哨子和孩子的头发，都被阳光濡染得熠熠生辉。此时，操场上进行的是百米赛、套袋跑和障碍赛。孩子们把小腿套进袋子，如同一个个超大的脚丫，在草地上弹跳着。夏天的时候，我们在操场上没法看见学校，因为修剪整齐的橡树会阻挡视线。可我知道，教学楼里，还有学前班的学生在上课。这些最年幼的孩子，不能出来享受夏日午后的暖阳，真是件憾事。

亚当今天过生日。早上，他特意别上我们送他的生日卡附带的徽章，上面写着"我八岁了"的字样，不过只戴了一个上午。他兴冲冲地跑到我身边，小脸蛋红扑扑的，迫不及待地要去学校取他的生日蛋糕。罗伊娜正好要去学校领奖牌，于是便跟亚当一道儿去了。过去，她跟珍妮也曾在西德里小学读书。

他们出门时，我不停地往外张望，想看珍妮回来没有。高考失利后，我以为她会开始专心复习，准备补考，可她执意要继续在西德里小学打工，为计划中的加拿大之旅攒钱。我对这件事一直耿耿于怀，甚至都无法理解。不过，我一向认为，一个年仅十七岁的姑娘，跑到小学，去做临时助教，这已经够有挑战性了，而她，居然又接下了每天下午在学校医务室当护士的工作。就为这个，早上吃饭的时候，我们还拌了几句嘴。

"你还小，做这么多工作，对你来说，负担太重了。"

"妈，今天是小学开运动会，又不是高速上出了车祸，有必要这么大惊小怪吗？"

言归正传，这会儿，她应该下班了。如果不出什么意外的话，她很快就会出来，跟我们在一起。我确信，此时此刻，她一定也正急不可耐地要离开学校顶楼的小医务室。

早餐时，我注意到她今天穿了条红色纱质超短裙，搭配暴露的紧身上衣。我跟她说，这样看起来不是很职业。可是，珍妮什么时候听从过我着装方面的建议呢？

"你应该庆幸，我还没穿低腰牛仔裤呢。"

"你是说那种挂在男孩屁股上的牛仔裤？"

"对。"

"我总是恨不得要走上前去，帮他们把裤子给提上来。"

她"扑哧"一声笑了起来。

不过，她那修长的双腿，在薄纱超短裙的衬托下，的确显得非常漂亮，连我都忍不住小小地自豪了一下，虽然她其实是从当爸爸的你那里，遗传了一双长腿的。

这时，梅茜来到操场上，她眨动着蓝色的大眼睛，脸上笑成了一朵花。一些人不大待见她，觉得她太过矫情，整天穿着过时的"奋"牌衬衫，却自以为是上流社会的时髦女郎。不过，我们一家人倒是很喜欢她。

"格蕾丝，"她一边给我个拥抱，一边说道，"我来接罗伊娜回家。

她刚才给我发短信，说地铁出故障了。这不，得由我这个司机妈妈出马了！"

"她去领奖牌了，"我对她说，"亚当跟她一起去取蛋糕。这会儿他们也该回来了。"

她微笑着问我："今年是哪种蛋糕呀？"

"是玛莎店的巧克力烘焙蛋糕。亚当用茶匙挖了一小块偷吃，就像挖了条战壕，我们只好把上面的麦丽素都刮掉，换成了士兵模型。呵呵，这是块'第一次世界大战'主题的蛋糕，虽然有点儿暴力，不过倒符合这个年龄段孩子的特点。所以我想，没谁会介意吧。"

她大笑道："哈哈，这个比喻太妙了！"

"嘿，都是瞎编的，不过亚当也觉得很有意思。"

亚当前些日子曾问我："妈妈，她是你最好的朋友吗？"

我回答："可能是吧。"

梅茜把为亚当准备的小礼物递给我，包装得很精美。我知道，里面装的礼物一定恰到好处。她非常擅长挑选礼物，这也是我喜欢她的众多原因之一。另一个原因，是当年罗伊娜在西德里小学读书的时候，梅茜每年都会参加"妈妈赛跑"项目，尽管每次都是远远落后，最末到达终点，可她一点也不在乎。她跟西德里小学其他的妈妈截然不同，她从来不穿莱卡弹力运动服，也从来不去体育馆锻炼。

那个时候，我跟梅茜，也是在这样烈日炙烤的操场上，有一句没一句地闲聊，打发时间。请原谅我的拖沓。因为这太难了，要重新回忆当时的场景，对我来说，实在太难了。

梅茜撇下我，独自去教学楼寻找罗伊娜。我看了看表，已经快三点了，可还是不见珍妮和亚当的踪影。体育老师吹响哨子，示意最后一场比赛就要开始，要大家各就各位。我替亚当捏了把汗，担心他不能按时赶回指定的位置。

我回过头，一个劲儿地往教学楼的方向张望，心想着应该能看到他们过来了。

然而，我却看到教学楼顶上冒出了烟雾，像是篝火燃烧发出浓浓黑烟。我记得自己当时先是一怔，还来不及恐慌，就看见滚滚浓烟如同一辆重型卡车，向着我加速奔涌而来。

　　我得找个地方躲起来，越快越好。不，危险的不是我。我担心的不是自己的处境，而是孩子们，他们有危险了！

　　我的胸中立刻塞满恐惧。

　　教学楼着火了，他们都在里面。

　　他们都在里面！

　　一想到这里，我立刻以超音速飞奔出去。

　　我拼命往前跑，连气都顾不上喘一下。不把两个孩子安全地搂在怀里，我这架超音速飞机是不会停下来的。

　　穿过马路时，我听见大桥那边传来一阵消防车的鸣笛声，而那几辆消防车却一动不动，被几辆等候红灯的汽车挡住了去路。几位妇人从轿车中钻出来，把车抛在马路中间，径直穿过大桥，朝着学校的方向跑去。可是，今天所有学生的妈妈都在操场上，这几位妇人是干什么的呢？她们为什么要甩掉脚上的高跟鞋或者人字拖，跟我一样，一边狂奔一边叫喊呢？我认出其中的一位，她是学前班一个小孩的妈妈。原来，她们都是四岁学前班学生的妈妈，这会儿是来接孩子放学的。有个妈妈把还不会走路的小宝宝扔在SUV车上，跑了出来，那个宝宝看着妈妈加入这场可怕的赛跑，吓得使劲拍打着车窗。

　　我跑在最前面，把其他妈妈甩在了后边，因为她们还要穿越马路，然后跑下车道。

　　学前班的孩子跟着老师，排队站在学校外面，仿佛是一群鳄鱼宝宝。梅茜站在老师身边，搂着这位吓得瑟瑟发抖的女老师。他们身后的教学楼腾起黑色的浓烟，好像工厂的大烟囱，玷污着夏日碧蓝的天空。

　　我看见亚当站在外面，在外面！就在那座青铜雕像旁边。他正倚着罗伊娜不停地啜泣，罗伊娜紧紧地抱着他。刹那间，我松了口气，感觉自己身上，还有安慰他的罗伊娜的身上，都充满了爱意。有那么一两秒，亚当的安全让我从那种肝肠寸断的痛苦中解脱出来。我接着四处寻找珍妮，搜寻着那个留着金色卷曲短发的纤细身影。可是，教学楼外边看不到这样的身影。消防车的警笛仍在桥上哀鸣。

学前班的孩子一看见从车道飞奔过来的妈妈，纷纷大哭起来。妈妈们满脸泪水，张开双臂，迫不及待地要把自己的孩子拥入怀中。

我转身望着教学楼，三楼和四楼教室的窗户正滚滚地冒出黑烟。

珍妮！

··· ✦ ···

我三步并作两步，冲上教学楼的台阶，准备从大厅正门进去。乍看起来，周围没有什么异样。墙壁上悬挂着西德里小学第一批学生的照片，它们被裱在相框里。孩子们笑得都很灿烂，露出一口可爱的小乳牙。当时的罗伊娜可比还是丑小鸭的珍妮漂亮多了。另一面墙上贴着学校当日午餐的菜单，图文并茂，今天的主菜是鱼肉馅饼和豌豆。一切都是平时的老样子，我一颗悬着的心放下不少。

我伸手去推教学楼大厅的正门，第一次发现它竟然如此沉重。门着火了。我的两只手剧烈地颤抖起来，甚至连门把手都没法握住。把手是滚烫的，我只好把高高挽起的衬衣袖子撸下来，用它裹住手，这才把大门推开。

我扯开嗓子，大声呼唤珍妮的名字，一遍又一遍。每次张口的时候，嘴巴、喉咙和肺里都会灌进大量浓烟。很快，我就被呛得喊不出声来。物品燃烧发出的"咝咝"声和"噼里啪啦"的断裂声不绝于耳，一条巨大的火龙在大楼里上下翻腾。

头顶上方的什么东西塌了下来，刚听见声音，我就被重重地砸了一下。这时，火龙遇到我开门时放进来的新鲜氧气，愈加狂躁地咆哮起来。

着火点就在楼上。

珍妮也在楼上。

透过烟雾，依稀能看见通往楼梯的路。我沿着楼梯，摸索着往上走，温度越来越高，烟雾也越来越浓。

好不容易上到二楼，扑面而来的热浪，立刻把我的脸和身体烤得生疼。我完全看不到四周的东西——这里比地狱还要黑暗。

为了我的珍妮，就算拼了命，我也要上到四楼。

浓烟通过鼻子灌进肺里，我感觉自己吸入的，是千万条带刺的铁钩。

我赶紧蹲下身子，两手撑着趴在地上。记得以前上学时，远程防火演习课上曾提到：着火的时候，在贴近地面的地方会有氧气。神奇的是，我发现自己果然能够呼吸了。

我像个失去拐杖的瞎子，用手指试探着，一点一点地往前挪动，努力寻找下一段楼梯。我应该是正在穿过铺着巨大彩色地毯的阅读区。手指触到地毯，它已经被烧得皱缩起来，里面的尼龙正在熔化，我的指尖也被烫破了皮，但愿它们不要很快失去知觉。我觉得自己仿佛是希腊神话中那个被困的男子忒修斯，得抓着阿里阿德涅公主放置的丝线，才能走出迷宫①，只不过，我的丝线是一块被烧化的地毯。

好不容易到达地毯尽头，手指触摸到的材质有了变化。接着，我便触到了第一级台阶。

我挪动着双手和膝盖，沿着楼梯往三楼爬去，头一直压得低低的，好吸到氧气。

从始至终，我一直不愿意相信这是真的。我的脑海里不断闪现着往日这里的场景：嘟着小脸蛋儿的孩子们，在楼梯上下开心地玩耍；悬挂在教室之间的绳子上，挂满了三角形的绘画习作；下课后，走道里布满

---

① 泽者注：希腊神话中，克里特岛国王米诺斯在战争中打败过雅典。他要求雅典人每九年（亦传每年）奉祭七名少年和七名少女给怪物米诺陶洛斯。轮到第三次奉祭时，忒修斯自告奋勇要去杀死那个怪物。在克里特，米诺斯的女儿阿里阿德涅爱上了忒修斯，她给了他一个线团，以便他在迷宫中标记退路。后来，忒修斯杀死了米诺陶洛斯，带领其他雅典人逃离了迷宫。

了课本、练习册、装小豆的袋子和削成片的水果。这里曾是何等安全。

又一级台阶。

周围听及和触及的全是珍妮的音容笑貌，亚当童年的场景也扑面而来。

又一级台阶。

我感到一阵眩晕，应该是吸进烟雾后的中毒反应。

又一级台阶。

这是一场较量，是一个母亲和妄图夺走她孩子生命的熊熊烈火之间的较量。

又一级台阶。

我意识到，自己永远也到不了四楼，不等我爬上去，大火就会要了我的命。

冥冥中，我感到珍妮就在楼梯上面。她已经挣扎着下了一层楼。

我的乖女儿，妈妈就在这里，一切都会好的。一切都会没事的。

"珍妮？"

她一动不动，也没有应声。烈焰越来越近，我的呼吸也越来越短促。

我试图把她抱起来，就当她是个小孩子。可她实在太重了。

我只好拖着她，往楼梯下面挪动，同时用自己的身体，为她挡住滚滚的热浪和烟雾。我来不及去想她伤得有多重。直到把她带到楼下安全的地方，我才意识到这个问题。

我在心里大声呼唤着你的名字，仿佛这样你就能听见，能赶来营救我们。

我拖着珍妮，一步一步艰难地往楼下挪去，试图逃离这火海，这高温，还有愈加嚣张的烈焰和浓烟。此时，我想到了爱。它是那么凉爽、洁白和宁静，我必须紧紧抓住它。

我们之间或许存在着心灵感应。此时此刻，你一定正在跟BBC的相关编辑一起开会，讨论你的《极端环境》系列片的续集。你已经拍摄过炎热闷湿的热带雨林，酷热荒凉的沙漠，并希望接下来的续集能够有点变化，去严寒的南极大陆拍摄。所以，当我拖着珍妮在火场中求生的时候，是你，让我的眼前浮现出一方纯洁宁谧的爱的净土。可是，还没等我到达楼下，我就被什么东西重重地砸到，我被甩到前方，眼前顿时一片漆黑。

在失去知觉的一刹那，我竟然跟你说话了。

我说："你知道吗？母亲腹中的胎儿根本不需要空气。"我想你大概不知道吧。在我怀珍妮的时候，我尽我所能，把一切都搞清楚了。可是，你太迫不及待地盼着她出生，反而忽略了之前的细节。你并不了解，胎儿生活的环境里，充满了羊水这样的液体。宝宝并不能呼吸，但她也不会溺水。胎儿并不是像两栖动物那样，在早期长出一个临时的鳃，可以凭它像鱼儿那样游来游去，直到出生。不是这样。胎儿是依靠与母体连接的脐带，来获取氧气的。我觉得，自己就是那个勇敢的小潜水员身上携带的氧气瓶。

可是，宝宝出生的那一刻，这种氧气补给的方式也被掐断，于是，她进入一种全新的空气环境中。这是万籁俱寂的时刻，也是千钧一发的时刻，宝宝仿佛站在生命的边缘，面临着生死抉择。早些年，大人通常会在这时候拍打宝宝，若是听见宝宝的哭声，便能确认其肺里已经充满空气。现如今，人们则会贴近宝宝，观察她柔软小胸脯的细微起伏，聆听她吸气和呼气时发出的轻吟，从而确定宝宝全新的生命阶段——生活在空气环境中的阶段，已经正式开始。

接着，我激动得哭了出来，而你则兴奋地欢呼起来——那是真正的欢呼！这时，配有保温箱、呼吸机、监护仪等设备的新生儿急救车被推了出去，现在已经不需要它了。这是一次顺利的分娩，产下的是一个健康的婴儿。她还来不及考虑，就已经加入这个星球亿万婴儿的行列，一呼一吸地开始了自己的新生命。

产后第二天，你姐姐送来一束鲜花，里面有玫瑰，还搭配了星星点点的美丽白色小花满天星。据说，满天星的花语，就是"婴儿的呼吸"。其实，初生婴儿的呼吸，比蒲公英上飘落的小白伞种子还要纤细。

记得有一次，你告诉我：人一旦失去感知能力，最后失去的，是听觉。

在黑暗中，我觉得自己听到珍妮轻轻吸了口气，轻得宛若一瓣蒲公英飘落。

···❦···

醒来的时候，我把发生的事情跟你说了。我被压在海底的一艘巨大的沉船下面，好不容易挣脱出来，在墨一般漆黑的海水中，拼命朝着阳光的方向往上游。接着，我又看见自己的"身体"躺在医院的病床上。我清楚地记得，当时自己非常担心，非常恐惧。

灼热的高温，肆虐的火舌，还有令人窒息的浓烟。

珍妮！

我跑出病房，四处寻找珍妮。你觉得，我应该回到自己的"身体"里去吗？可万一我又被困在里面，什么也干不成，那怎么办？万一这次我再也出不来怎么办？那我怎么能找得到珍妮呢？

燃烧的教学楼里，我在黑暗和烟雾中找了她好久。现在，我虽然身处明亮的白色走廊，可心中要找到她的迫切和焦虑，丝毫也不逊于当时。慌乱之中，我忘记了那个躺在病床上的自己，匆忙跑到一位医生面前，向他打听珍妮的情况。"珍妮弗·科维，十七岁。她是我的女儿，遇上了火灾。"医生转过身，我跟在他身后，喊道，"我女儿在哪里？"可医生却径直离我而去。

我又拦住两个护士。"我女儿在哪里？她是火灾的伤员，名叫珍妮弗·科维。"可这两人只是继续聊着天。

就这样，一次又一次，我完全被忽视了。

我扯着嗓子大声尖叫起来，声音能把整个房子震塌，可周围的人却像聋了或瞎了一般，丝毫没有注意到我的存在。这时，我才意识到，问题出在我自己身上。其他人既看不见我的样子，也听不见我的声音。

再没有人能够帮助我找到她。

我离开自己的病房，在走廊里狂奔，跑过一间又一间病房，发了疯似的寻找着。

"我难以置信，你居然把她给丢了！"住在我头脑里的那个保姆责备道。在我准备生珍妮的时候，她就来了，从此以后，头脑中赞扬的声音，就被她批评的声音所取代。"就这样傻找，你怎么能找得到她呢？"她是对的，恐慌已经把我变成了一个做无规则布朗运动的分子，盲目地左突右冲，完全没有清晰合理的方向。

这时，我想到你，想着你遇到这种情况会怎么做，然后努力让自己冷静下来。

每次家里有东西找不着的时候，你都会从底楼最左边开始，一点点寻找到最右边，然后一层层往上找。这种有条不紊的地毯式搜索法，总能帮你找到想要的东西，不管是手机、耳环，还是公交卡，或者《勇斗怪兽》漫画书的第八册。我之所以会想到《勇斗怪兽》漫画书，是因为，这些生活中的小细节，能让我心里稍微踏实一些，平静一些。

于是，在医院走廊里，我放慢了脚步。虽然依然心急如焚，想要跑过每间病房，但我还是强迫自己，要仔细留意周围的标志。我看到了升降梯的标志，还有肿瘤科、急诊和儿科的标志。儿科是一个小型的独立王国，里面有病房，有诊室，有手术室和其他操作间。接着，一个"太平间"的标志映入我的眼帘，我来到它门口，不过并不打算进去。我甚至想都不会想一下。

"事故急救科"的标志映入眼帘，我想，说不定珍妮还没来得及转到病房。

我拔腿朝那边跑去。

来到病区，一辆担架车从我身边经过，上面躺着的女人正在流血，一位医生小跑着跟在后面，挂在胸前的听诊器跟着跳个不停。通往救护车道的门洞开着，尖锐的鸣笛响彻整个白色走廊，在墙壁间恐慌地回响。这是一个处处充满紧张、压力和痛苦的地方。

轻薄的蓝色幕帘将病房隔成一个个狭小的床位，里面不停歇地上演着一幕幕悲欢离合的戏剧场景。我一个床位接一个床位地逐个查找，在一个床位上发现了罗伊娜，她几乎处于昏迷状态，坐在一旁的梅茜边啜泣边抹着眼泪。不过，确认了珍妮不在这里，我就没有多停，而是继续往前找去。

　　走廊尽头的房间里，不再是一个个床位，而是一间真正的病房。我注意到，这里不时有医生进去，却不见有人出来。于是，我也走了进去。

　　房间中央的病床周围站了一大群医生，里面的病人已经伤得面目全非。

　　这个时候，我还不知道，上面躺的正是她。

　　她刚从我腹中降生的那一刻，我就立刻从周围婴儿的啼哭声中，分辨出她的声音。她对于母亲的呼唤是独一无二的，我绝对不会把她跟其他宝宝搞混。而且，从密密麻麻的一张张小脸中，我也能立刻找到她的脸庞。我对她的熟知，甚至超过了对自己的了解。

　　她的每一寸肌肤、每一丝毛发，我都了如指掌。从她降生的第一天起，我就一点点地看着它们，像画画一般，一笔一笔地延展、丰富。刚出生那几个月，我一边给她喂奶，一边低头仔细端详她，不知不觉几个小时过去，百看不厌。她出生在天气阴沉的二月，随着日子一点点过去，明媚的夏季取代了氤氲的春日，她在我心中的形象也越来越清晰，如同铭刻上去一般。

　　怀她的九个月里，我一直在自己体内感受着她的心跳，我的心每跳一下，她的小心脏就跳两下。

　　她出生以后，我怎么可能认不出她呢？

　　就在我转过身，准备离开病房的时候，无意中瞥见搁在床下的一双凉鞋，上面镶嵌着闪闪发光的宝石。这不是我在罗塞尔布罗姆利[①]专卖店

---

① 译者注：罗塞尔布罗姆利（Russell & Bromley）是英国知名的鞋业、皮具品牌，以用料和做工精良著称，产品通常款式简洁、造型高贵，散发着英伦贵族气息。

给珍妮买的凉鞋吗？虽然当时离圣诞还有很长一段时间，我还是把它买了下来，作为反季节的圣诞礼物送给珍妮。

可是，拥有这种凉鞋的人有很多很多，厂家一定生产了不下几千双呢。出现这样一双凉鞋，并不意味着床上躺着的就是珍妮。不会是她的。上帝保佑。

她极富光泽的金发已经被烧焦，脸上被烧得惨不忍睹，而且还肿胀起来。两位医生在讨论着什么体表面积的比例。这时，我才反应过来，他们说的是她全身被烧伤的比例：百分之二十五。

"珍妮？"我大喊道。但她并没有睁开眼睛。难道她也听不见我说话了？或者是连她也失去了意识？我倒宁可希望她失去知觉，否则那种痛苦该多么难以忍受。

她的惨状令我感觉窒息。我退出房间，想要缓和一下。就像一个溺水的人，在深深沉入水底之前，要挣扎着探出水面，喘一口气。我站在走廊，闭上了双眼。

"妈妈？"

不管到哪里，我都能听出她的声音。

我低下头，一个女孩蜷缩着蹲在走廊里，双手环抱着膝盖。

这就是那个我能从万千脸孔中一眼认出的姑娘。

我的第二声心跳。

我张开双臂，把她搂在怀里。

"妈妈，我们这是在哪儿呀？"

"我不知道，宝贝。"

我怎么会不知道呢？这样回答或许听起来很奇怪，可这的确不是我关心的问题。熊熊燃烧的火焰远去了，一切似乎都复归平静，一切都不再重要。

这时，一辆担架车从我们身边经过，上面躺着珍妮的身体。医生和护士跟在一旁，他们给她盖上了一张床单，似乎有了这个保护罩，她的伤口就不会被各种粗糙的纤维碰到。我感受到身边那个小女孩的恐惧。

"你看见你的身体了吗？"我问她，"我是说，在他们盖上单子之前。"

我小心翼翼地选择措辞，可这些语词还是被重重地掷在地上，让我的问题显得唐突而粗鲁。

"嗯，看见了。这就是所谓的'活死人'，是不是？"

"珍妮，亲爱的——"

"你知道吗，今天早上，我还在为我鼻子上的黑头发愁呢。黑头。现在想想真好笑，是不是，妈妈？"

我还想安慰她，可她只是一个劲儿地摇着头。她想要我忽略她的泪水，领会她刻意装出的淡然。她想让我知道，她还是那个幽默、活泼、开朗、乐观的珍妮。

一名医生经过我们时，跟身旁的护士说道："她爸爸正在赶来的路上，可怜的孩子。"

我们迫不及待地想要找到你。

Chapter 2

谁要伤害孩子们

那个身影挥之不去。我想象他进入教学楼
顶层的教室，把所有窗户都打开；想象挂
在教室中间绳子上的学生画作，被忽然灌
进来的强风吹得噼啪作响。

医院的大厅里挤满了媒体的记者。你那部著名的《极端环境》系列片发布的时候，也曾吸引过这么多记者。记得有一次，你还特意纠正我道："格蕾丝，那片子算不上著名，只能说是被大家所熟悉，跟焗豆罐头差不多。"

这时，一名衣着考究的男子到达现场，举着照相机和麦克风的人们立即围了过去。我在想：暴露在众人面前，在镁光灯的照射下，珍妮会不会跟我一样，感到茫然不知所措呢？不过，即便她心里有这样的感觉，也不会表露出来，她继承了你的勇敢。

"我只能简短地做个说明，"西装革履的男子开口说道，看得出，媒体的包围让他有些恼怒。"据院方在下午四点十五分透露的消息，格蕾丝·科维和珍妮弗·科维的伤势都非常严重。她们现在都在我院的相关科室接受抢救。另外，罗伊娜·怀特也受到轻微烧伤，并吸入少量烟尘。目前，我们还没有收到进一步的消息。希望各位配合一下，不要都拥挤在这里，请到医院外面等候消息吧。"

"火灾是怎么引起的？"一名记者向穿西装的男子提问道。

"这个问题应该去问警方，而不是我们。好了，麻烦让一下，我得走了。"

　　人群中响起一阵叫嚷，提问声不绝于耳。可我和珍妮并没有理会，只是透过大厅的玻璃幕墙，向外张望，找寻着你的身影。我一直在找我们的那辆丰田普锐斯轿车，还是珍妮首先发现了你。

　　"他在那儿。"

　　你正从一辆陌生的轿车上下来，这一定是BBC同事的车。

　　有些时候，我看见你的面孔，就好像在照镜子——它对我来说太熟悉了，以至于已经成为我的一部分。可是，今天，你的脸上蒙着一层焦虑，反而让我觉得陌生。我以前没有意识到，其实你平时都是面带笑容的。

　　你走进医院。看见你出现在这样一个弥漫着消毒剂味道、充满慌乱恐怖气氛的场合，感觉好不协调。印象里，你应该出现在厨房，优雅地从冰箱里拿出一瓶红酒；或是在花园，砌起一排新的篱笆，防止蛇溜进院子；或是驾车带我出去吃饭，默默地听着身旁的我，要么抱怨塞车，要么对卫星导航系统赞不绝口。你应该挨着我坐在沙发上，或是躺在我们卧榻的右侧，到了夜里悄悄地向我这边移过来。即便你曾经身处热带雨林，或是地球另一端的某个地方，但那些并非我亲眼所见。我只是在熟悉的环境里，跟孩子们一道，坐在柔软的沙发上，通过电视，看到过那个陌生的你。

　　你不属于这个地方。

　　珍妮跑到你身边，伸出双手拥抱你，可你并没有感觉到她的存在，而是心急如焚地一路小跑着来到前台，踉跄的步伐让我震惊。

　　"我妻子和女儿都在这里，格蕾丝和珍妮弗·科维。"

　　接待员愣了一下，她一定是在电视上见过。接着，她用同情的目光望着你，说道："我这就为您联系葛文德医生，他会马上过来接您。"

　　你的手指不耐烦地敲击着前台桌子，目光焦急地四处张望，活像是一头困兽。

　　记者们还没有注意到你，也许，是你突然变得苍老的面孔上蒙着的焦虑，迷惑了他们。这时，泰娜，我在里奇蒙德邮报社一位不受人欢迎的同事，径直向你走了过来。到你身边后，她满脸堆笑地说："我是泰娜·康纳。我认识你妻子。"

你没有理她，而是继续环顾四周。一位年轻的医生匆匆朝你走来。

"是葛文德医生吗？"你问道。

"是的。"

"她们怎么样了？"你的声音异常镇静。

这时，开始有记者注意到你，并纷纷朝你围了过来。

"专家会把情况给你做一个全面的介绍，"葛文德医生说道，"你妻子被送去做核磁共振检查了，待会儿会被送回神经科的重症监护室。你女儿被送到了烧伤科。"

"我想见她们。"

"当然可以。我先带你去看女儿，等你妻子一做完核磁共振，你就可以见到她。检查大约需要二十分钟。"

当你跟那个年轻医生一起离开大厅，本欲追上来的记者们迟疑了一下，表现出让人意想不到的同情。然而，泰娜却厚颜无耻地紧跟在后面。

"你对塞拉斯·海曼是怎么看的？"她问你。

听到她的问题，你一度要转过身，可随即又加快了脚步。

年轻医生带着你快速走过急诊科，那里现在已经空空如也，灯也都熄灭了。可是，有一间休息室，却开着电视。里面没人，你稍稍停了一下。

屏幕上，一位BBC"新闻二十四小时"栏目的记者站在学校大门前。我曾对亚当说，这幢海滨建筑规模越来越大，现在已经不适合待在海滨，而应该搬到内陆去。此时，它浅蓝色的灰泥外墙已经被烧成焦黑色，乳白色的窗棂完全烧毁，内部的破损也暴露得一览无余。这幢雅致的老楼，处处萦绕着我的回忆，从第一天我牵着亚当温热的小手来到这里，到最后一天欣慰地看着他从楼里逃出来。可是如今，它已经变得面目全非。

你看起来十分震惊，我了解你当时的心情，因为当我身处火场，塑胶地毯在我手里一点点熔化，烧坏的砖瓦在我四周砸下来的时候，我也有同样的感觉。大火能将砖块和水泥蹂躏至此，又会把一个活生生的姑娘摧残成什么样呢？

"我们是怎么出去的？"珍妮问我。

"我不知道。"

电视上，一名记者正在讲述事故的经过。我被屏幕上的画面所震撼，只听到只言片语。我知道，你也只是怔怔地盯着学校的残骸，并没有听到记者在说什么。

"……伦敦的一所私立学校……目前事故原因尚不清楚。所幸的是，当天多数学生在操场上开运动会。否则，死伤的人数将……当时，赶来救援的消防车被堵在半路上，因为许多焦急的家长……令人费解的是，连媒体都比消防车更早到达现场……"

接着，希蕾夫人出现在屏幕上，镜头一下子聚焦到她身上，把作为背景的学校废墟挡住了大半。

记者继续说："一小时前，我采访了西德里小学的校长希蕾夫人。"

你跟着年轻医生继续往前走，而我和珍妮则在电视前停了一会儿，观看萨莉·希蕾夫人的讲话。她身穿粉色亚麻衬衫，乳白色长裤，浑身一尘不染，精心修剪的、涂了指甲油的指甲若隐若现。我注意到，她的妆容也毫无瑕疵，一定是特意修饰了一番。

"起火的时候，教学楼里有学生吗？"记者向她提问。

"有。但学校里的孩子没有一个受伤。我必须强调这一点。"

"我不敢相信她还化了妆。"珍妮说。

"她看起来就像是法国国会众议员，"我说，"官方文件旁晃动的是她涂了珠光唇彩的嘴巴。在这样的灾难面前还化浓妆？"

珍妮笑了，真是个可爱、勇敢的姑娘。

"着火的时候，一个有二十名学生的学前班正在教学楼里上课，"萨莉·希蕾继续说道，"他们的教室在一楼。"她的声音也经过了润饰，听起来既威严又不失亲和力。

"跟我校其他学生一样，学前班也参加过火灾逃生演习。他们只用了不到三分钟就撤出了火场。所幸的是，另一个学前班当时正在进行期末出游，都去动物园了。"

"可还是出现了严重伤亡的个案？"一名记者问道。

"抱歉，这我无可奉告。"

我很庆幸，她不打算谈及珍妮和我。我不知道她是真的不知道，还是出于替我们考虑，刻意隐瞒实情。也可能只是为了粉饰太平，显得一切都处于控制之中。

"您是否了解这次火灾是怎样引起的？"有记者问道。

"不，目前还不清楚。不过我敢向你们保证，我们的所有防火措施都是到位的。我们学校的热感应器和烟雾感应器都是直接跟消防部门联通的，而且……"

这时，一位记者打断了她："可您怎么解释火灾发生时消防车无法接近学校呢？"

"我并不了解它们赶往学校的具体过程，我只知道，火灾刚一发生，警报就立刻传到了消防部门。两星期以前，同一批消防员来过我们学校，给一年级的学生做了讲座，还让他们参观了消防车。我们从没有想到，我们谁都没有想到，竟然……"

她的底气越来越不足。珠光唇彩和润了色的声音都不再管用。在精心粉饰的外表之下，真正的她开始崩塌。我喜欢看她现在的样子。镜头从她身上移开，再次摇回烧焦的教学楼，停在一尊完好无损的青铜雕像上，这是一个孩子的雕像。

在通往烧伤科的走廊里，我们再次看到你。我看得出，你很紧张，竭力在为面对这一切做心理准备。可我也知道，对于即将在病房看到的，任何准备都无济于事。我感到身边的珍妮向后退了一步。

"我不想进去。"

"当然可以。没关系的。"

你跟着年轻医生，推开大门，走进烧伤科。

"你应该跟爸爸一起进去。"珍妮说。

"可是……"

"说不定，他会知道你跟他在一起。"

"我不想把你一个人留在这里。"

"我不需要保姆，真的。如今我自己都是保姆了，不记得了吗？而且，我也需要你来告诉我最新的情况，否则我什么也不知道。"

"好吧。不过，我不会去太久的，你可别走远哪。"

我已经无法承受那种四处寻找她的感觉。

"好吧，"她说，"而且，我也不会跟陌生人说话的，我保证。"

你被带进一间狭小的办公室，我紧跟在后面。谢天谢地，他们打算一步一步来。一位医生伸出手来，要跟你握手。我觉得他的样子健康得令人震撼，古铜色的皮肤在白墙的衬托下熠熠生辉，黑色的眼睛闪动着光芒。

"我是桑胡医生，是负责你女儿救护工作的专家。"

我注意到，他用一只手握住你的手，另一只手拍拍你的胳膊。我猜，他一定是个有孩子的人。

"快进来吧。请坐，请坐……"

你并没有坐，还是直挺挺地站着，你一紧张就会这样。你曾告诉我，这是一种返祖现象，是动物性的体现。站立，意味着我们可以随时准备飞走，或者应战。直到现在，我才真正听懂你的话。可是，我们能逃到哪儿呢？又能跟谁应战呢？肯定不会是跟眼睛炯炯有神、声音温和而不失权威的桑胡医生。

"我想先从一些乐观的方面讲起。"他说道。你点了点头，表示非常赞同。这个人的谈话方式跟你很像。你说过，当我们身处贫瘠荒凉的极端环境中，"不管环境有多么恶劣，我们总能够找到办法生存下来。"

你还没有看到她，而我见过，我很怀疑，在事实将我们推下悬崖之时，医生的那句"从乐观的方面讲起"，能起到多少缓冲的作用。

"你女儿已经挺过了最艰难的考验，"桑胡医生继续说道，"也就是说，在这场惨烈的火灾中活了下来。她一定有着非常强大的人格和精神力量。"

"是的。"你的声音里透露着自豪。

"这就使得她在这场生死较量中占了先机，因为，她与死神搏斗的意志，将会让现在的一切发生逆转。"

我把目光从医生那里移到你这里。你双眼周围微笑的弧线依然存在，那是过去幸福时光留下的深深印记。然而，现在发生的一切，将会把它们彻底磨平。

"对于她的情况，我必须直截了当地告诉你。你现在恐怕没时间消化各种医学术语，所以，我就长话短说。至于细节，我们可以再谈——我们肯定会再谈的。"

我看见你的腿哆嗦了一下，仿佛是你的本能，想让自己逃离这里，让房间恢复平静，而你竭力地与这一本能做着斗争。毕竟，我们还是得听下去。

"珍妮的身体和面部受到严重的烧伤。这些烧伤给她的内部器官造成很大的威胁。另外，她也受到了吸入气体的伤害。这意味着，她的呼吸系统，包括肺部的部分组织，也被灼伤，无法正常工作。"

我冲着桑胡医生大喊道："不！"

我的尖叫甚至连空气都没能搅动。

我张开双臂抱住你，我需要紧紧地搂住你。有那么一刻，你朝着我微微转了下身，仿佛感觉到了我的存在。

"我们给她使用了大剂量的镇静剂，让她感觉不到任何疼痛，"桑胡医生继续说道，"我们还给她接上了呼吸机。我们有一支高度专业化的团队，随时准备为她采取任何可能的治疗措施。"

"我想现在见她。"你用一种我从未听过的声音说道。

见她的时候，我紧紧倚靠在你身旁。

我们以前也这样过，那是在她小时候，参加完聚会，回到家中。我们一起来到她的房间，肩并肩地站着，看着她安然睡去——她粉嫩的小脚从棉睡袍里伸出来，一对小胳膊举过头顶，伸进如丝般的长发里。我们想：这就是我们的杰作。我们共同创造了这个神奇的小孩。你将那段时光称为"巧克力般的日子"。有了这份甜蜜，那些不眠之夜，那些疲惫劳顿，还有西蓝花大战①，种种纷扰，都显得微不足道了。接下来，我们会分别上前，给她一个拥抱，或是一个亲吻，然后回到我们的房间。我承认，当时的那种感觉，是发自内心的甜蜜和骄傲。

现在，珍妮的脸上被化了妆，以遮掩伤势。旁人只能看出她的眼皮有些肿胀，嘴巴有些破损，这让我替你感到些许欣慰。她烧伤的四肢则用某种塑料包裹起来。

我们观察珍妮的时候，桑胡医生的那句话，又让我们感觉到心如刀绞。"她活下来的概率只有不到百分之五十。"

这时，你挺直身体，语气坚定地说道："一切都会好起来的，小珍妮，我保证。你一定会好起来的。"

这是一个承诺。作为父亲，保护女儿是你的天职，而当女儿受到伤害，你又要承担起让她复原的责任。

接着，桑胡医生开始跟你解释，他们给珍妮用的静脉点滴、监护器还有伤口的敷药。虽然他并不是有意要表功，但这显然意味着，如果珍妮的情况有所好转，那都是他的功劳，而不是你的。

可你并不会就这样坐以待毙，你不会把掌握女儿命运的权利拱手让给他人。于是，你提出一个又一个问题。这根管子到底是做什么用的？那一根呢？为什么要用这个？你不厌其烦地学习着那些复杂的术语和技术。现在，这些内容构成了你女儿的世界，那也就是你的世界，你需要了解其中的原理，掌握其中的规则。作为一个十六岁就拆卸汽车引擎，然后照着手册把它重新组装起来的男人，你从不轻信盲从，而是凡事都

---

① 译者注：西蓝花大战（battles over broccoli），2009年，意大利和英国围绕西蓝花和花椰菜展开贸易战。由于英国人口味儿转变，国产花椰菜的销量大跌，而来自意大利的西蓝花（broccoli）大受欢迎。英国种植者协会强调吃椰菜花不但有益健康，而且可振奋英国经济。意大利政客则指责英国是在搞保护主义。

喜欢自己探个究竟。而我在十六岁的时候，还沉迷于乔治·艾略特①的小说当中。当然，此时此刻，无论是小说，还是汽车手册，都显得那么无用。

"她会留下很多伤疤吗？"你问道。

你是多么乐观！在残酷的现实面前，你是多么有勇气。我知道，与她能否活下来相比，你其实丝毫不在意她会变成什么样子。可你的问题表明，你绝对相信她能活下来，这已经毋庸置疑。而当有一天，当她要再次面对外面的世界时，伤疤才会成为一个真正的问题。

你总是一个乐观主义者，而我则是悲观主义者（确切地说，是实用主义者）。现在，你的乐观成为一个救生圈，我必须紧紧地抓住它。

桑胡医生是一个善解人意的人，在回答你的提问时，并没有暗示你的希望是如何渺茫。

"她受到的是部分皮层的二度灼伤。这种烧伤如果是浅层的，那就意味着血管完好无损，皮肤可以痊愈；但如果是深层的，皮肤难免会留下疤痕。遗憾的是，需要过上几天，我们才能确认，她究竟属于哪种烧伤。"

这时，一名护士上前对你说道："我们为您安排了一间家属陪护室，您今晚可以在医院过夜。您妻子已经被送回神经重症室了，它就在走廊那一边。"

"我现在能见我妻子吗？"

"我这就带您过去。"

珍妮正在走廊里等我。"那么？"

"你一定会好起来的。虽然前面有很多困难，但是你一定会好起来的。"我对她说。

依旧深受你的乐观情绪的感染，我有些不忍心把桑胡医生的话讲给她听。

---

① 译者注：乔治·艾略特（George Eliot），英国小说家，与狄更斯和萨克雷齐名。其主要作品有《弗洛斯河上的磨坊》《米德尔马契》等。

"他们还没法确定会不会留下疤痕,"我继续说道,"如果是深度烧伤,可能会留疤的。"

"但也可能不是深度?"她问道,声音里充满希望。

"对。"

"我想,我可能要一辈子都像那样了。"她用近似戏谑的口吻说道。"嗯,也许没有那么可怕,像戴着万圣节的面具,但可能是类似的样子吧。不过,的确也有不留疤痕的可能,是吗?"

"嗯,专家是这么说的。"

她如释重负,脸上开始有了光彩。

她只顾着跟我说话,没有留意你走出烧伤科。你把脸转向墙壁,双手在上面狠狠捶了几下,仿佛这样就能把刚才看到的和听到的一切赶走。我知道,你的乐观和希望是多么来之不易,它需要多少勇气和力量。不过,珍妮并没有看见你。我们只听见脚步声在走廊里回响。

这时,我看到了你姐姐,她正朝你跑过来,别在身体一侧的警用步话机咝咝作响。

我顿时感觉到有些不自在。如果巴甫洛夫的狗①有一个莎拉这样的同父异母的姐姐,它也一定会表现出明显的情感反应。我知道,这样说对她不公平。可是,不悦的情感的确能给我增加些许动力。而且,这也并不奇怪,不是吗?她是你十岁以后生命中最重要的女人,一直承担着姐姐和母亲的双重角色,直到你遇见我。所以,她的出现让我感觉到威胁,也就不足为奇了。

她上气不接下气地说道:"听到消息的时候,我还在巴恩斯,参加一项关于毒品的联合行动——哦,看在上帝的分上,我在哪里都不重要。我很难过,米奇。"

又是她过去给你起的那个幼稚的名字。她上一次这样叫你,是在什

---

① 译者注:俄罗斯著名心理学家巴甫洛夫(Pavlov)用狗做了一系列刺激—反应的实验,从而发现了经典性条件反射的基本原理。

么时候?

她张开双臂,紧紧搂住你。过了半晌,你们都没有说话。我看见她表情僵硬,强忍着情绪对你说:"这是一场人为的纵火。"

…◆━━┿━━◆…

莎拉的每个字都像刀片一般,划割着我的心。

有人故意纵火。我的上帝呀。故意!

"可是他为什么要这么做?"珍妮问道。

还记得她四岁的时候,我们给她起了个外号,叫"提问鸟"。

"为什么月亮不会落到我们头顶上?为什么我是女孩,不是男孩?为什么毛利人要吃蚂蚁?为什么外公的病总是不好?(那时我们总是很简单地回答:重力;基因;蚂蚁肉味道很浓而且有营养……可是有一天,我们终于不耐烦了:"宝贝,不为什么,它就是这样。"虽然是敷衍,但总算是个回答。)

"你能回想起当时的情况吗,珍妮?"我问。

"不能。我只记得,两点半的时候,伊沃发了个短信,仅此而已。后面的事情,我都想不起来了。什么也不记得。"

莎拉轻轻地拍了拍你的胳膊,你往后退了一步。

"不管是谁干的,我都要杀了他。"

以前我从没见你如此震怒过,仿佛要跟人拼命。不过,我欣赏你的震怒,这样的情绪表明,你要勇敢地面对这个情况,并且奋起反击。

"我现在要去看格蕾丝。待会儿,你要把掌握的情况一字不落地告诉我。在我看过她以后,把一切都告诉我。"

我赶紧向神经重症室跑去,想要在你到达之前,了解自己目前的状况,仿佛这样就能让你有心理准备似的。

我的身体上插满了各种管子,旁边还有监护器,唯独没有呼吸机。我以为,这一定是件好事。是的,我处于昏迷状态,可是,除了头部包裹着纱布，身上其他地方看不出任何受伤的痕迹。也许我的情况不算太糟。

"我还是待在外面吧。"珍妮说。

她以前可从没给我们留出过隐私的空间，甚至都没想过我们需要隐私。有一次，看见我们正在拥抱亲吻，亚当冲出厨房，说了句"啊，如胶似漆的，真恶心"。可珍妮脑中的雷达从来没有探测到父母这样尴尬的时刻。也许，跟许多青春期的孩子一样，她认为父母的激情早就消耗殆尽，即便她察觉到，也会对它保持缄默。因此，她此刻的做法，让我很触动。

我在神经重症室里等你，耳边传来担架车的吱吱声、仪器设备嘀嘀的响声，以及穿着胶底帆布鞋的护士轻微的脚步声。我等着你的脚步声，还有你的说话声。

时间一分一秒地过去，我必须要跟你在一起。就现在！快来吧。

这时，你踏过光滑地板上铺着的地毯，朝我的病床跑来。一个护士赶紧把推车靠向一边，给你让路。你用结实的双臂，环住我的身体，紧紧地贴着我。你参加会议时穿的笔挺的亚麻衬衫，摩擦着我满是皱褶的病号服。一刹那，病房里的消毒水和药水味儿，被你和你衣服上宝盈洗涤剂的味道所取代。

你亲吻着我，先是我的唇，然后是我紧闭的双眼。有那么一会儿，我感觉自己是珍妮童话书里的公主，你的第三个吻将会打破魔咒，让我苏醒过来。我将能感觉到你的吻，感觉到你硬硬的胡茬儿，就这样，直到地老天荒。

不过，以我三十九岁的年纪，要当童话里的睡美人似乎太老了些。

而且，大脑遭受重击，似乎并不比中了巫婆咒语更容易恢复。

这时，我忽然想到，即便有那三个吻，我又怎么能忘记，珍妮还在外面等着我。我知道，我肯定醒不过来了，甚至不会尝试醒来，至少现在不会，因为我不能把珍妮一个人留在外面。

你能理解的，对吗？因为，如果说，作为父亲，你的责任是保护孩子，并在她受到伤害时尽力补救，而我，作为母亲的责任，就是要和孩子待在一起。

"我勇敢的妻子。"你说。

在我刚刚生下珍妮的时候，你也是这么叫我的。那一刻，我是那样自豪，仿佛自己已经不再是普通人，而是刚刚从月球降临的英雄。可现在，我配不上这个称呼。

"我没能及时赶到，"我对你喊道，声音里充满负罪感。"我早就该意识到情况不对。我本来应该早点赶到的。"

可是，你听不见我说话。

我们相对无言。——曾几何时，我们会这样默然以对呢？

"发生了什么？"你的声音有些沙哑，仿佛变成了青春期变声时的那个你。"到底发生了什么？"

难道理解就能够让一切改变？

我，从运动会那天强劲的暖风开始，跟你一一道来。

这时，你闭上眼睛，仿佛这样就能与昏迷中的我同呼吸、共命运。我已经把知道的一切都告诉你了，当然，你是听不见的。

"何必问她呢？"是那个专横的保姆的声音。"你问了也是白费口舌！浪费时间！"如果有心理医生在，肯定会把她打发走。不过，我已经习惯了她这种做派。而且，我觉得，作为母亲，有个喜欢颐指气使的反面教材在身边，也不失为一件好事。

更何况，她说的也有道理，不是吗？

你根本就听不见我的话，为什么还要对你喋喋不休呢？

因为，言语是我们的氧气，我们的婚姻必须呼吸它才能够延续；因为我们彼此已经用言语交谈了十九年；因为如果不跟你谈话，我会感到无比孤独。不管是什么专家，不管他拿出什么样的理论，也无法阻止我向你倾诉。

一位女医生明显是向着我们这边走来。她看起来有五十多岁，因忙碌而略显疲惫，这让我稍稍松了口气。她朴素的海军蓝短裙下面穿了双大红色的尖头高跟鞋。我突然意识到,自己现在还去注意这些细节,真是愚蠢。而你,正盯着她的名牌和职衔,这才是重要的。

"安娜-玛利亚·贝尔斯托姆医生,神经科专家。"

难道是她身体里的那个安娜-玛利亚[①]坚持要穿红色高跟鞋?

"我本来以为她会伤得很重,"你对贝尔斯托姆医生说,"可现在看来,她几乎没怎么受伤,是吧?而且她还能自己呼吸,是吧?"

你连珠串似的问出几个问题,语气显得轻松了不少。

"恐怕她头部的伤会比较严重。消防队员告诉我们,她被一大块坍塌的房顶砸到了。"贝尔斯托姆医生也连珠串似的回答,但她的语气却显得紧张。"她左右两侧的瞳孔不对称,对光的反应也消失了,"她继续说道,声音细得像丝线一样。"核磁共振检查显示,她的脑部受到严重的损伤,我们还要进一步复查来确诊。"

"她不会有事的。"你的声音听起来有些凶。你的手指紧紧握住我的手。"亲爱的,你会好起来的。"

当然,我会的!我能为你吟诵中世纪的诗歌,能跟你谈弗拉·安吉利柯[②],谈奥巴马的医疗改革,谈《勇斗怪兽》漫画书里的英雄——有几个人能跟你做这些呢?即便是那个专横的保姆,时刻准备着为你做些事情,并且也自认为擅长于此,她能做到吗?那个有思想的我并不在我的身体里,而是在这里。亲爱的,我的心智完好无损。

"我们不得不提醒您,存在着一种可能,就是她再也无法恢复意识。"

你把身体背过她去,这分明是在对她说:"无稽之谈!"

我认为你是对的。我确信,自己只要足够努力,就能够回到身体里

---

① 译者注:安娜-玛利亚(Anna-Maria)是英国女王伊丽莎白一世的终身挚友,后来嫁给贝德福(Bedford)公爵,成为第七世贝德福公爵夫人,并随夫更名为安娜·罗素(Anna Russell)。传说她是著名的英式下午茶(afternoon tea)的发明者。

② 译者注:弗拉·安吉利柯(Fra Angelico)是意大利文艺复兴时期的画家,开创了佛罗伦萨画派的抒情风格。

去。当然，可能不是立刻回去，但这用不了太久。然后，我就会苏醒过来，恢复意识，让事实来检验贝尔斯托姆医生的预言。医生看起来像是要走了，又高又尖的红色鞋跟踩在磨平的地毯上。她或许是想给你些时间，来消化这个噩耗。我当医生的父亲，在给病人治疗的时候，也坚持认为：给家属一段接受适应的时间，这是十分必要的。

我说得太多了。当你游离于躯壳之外，会出现这样一个问题：说话的时候，你不再需要换气来开始下一句话，结果，你的句子就没有了自然的停顿。而你，是那样沉默。我猜，你已经全面停止跟我对话了吧。一想到这里，我顿时感到恐惧万分，忍不住对你尖叫起来。

没想到，你却开了口："亲爱的，珍妮伤得很重。"我的恐惧立刻一扫而空，转而对你怜爱起来。你告诉我，她会好起来的。又对我说，我也会好起来的。我们会像以前一样"开开心心地生活在一起"。

你说话的时候，我端详着你的胳膊，这对强壮的胳膊。在很多年前，它们一次把三箱书从一楼的学生之家搬到我顶楼的宿舍；这个星期二，它们还把珍妮的新衣柜搬到她楼上的房间。

你的性格也如此坚强吗？你以后也能像此刻这样勇敢，这样满怀希望吗？你正在对我说，当这一切都"过去"以后，我们全家要一起去度假。

"去斯凯岛①，在那里露营，亚当一定会喜欢的。我们点燃篝火，烤亲手钓来的鱼。珍妮和我可以去爬库林山，亚当也可以去爬最小的山了。你可以带上一大堆想看的书，坐到湖边，静静地阅读。你觉得这个主意怎么样？"

我觉得这听起来像到了天堂。我从没想到地球上还有如此美好的地方。

是呀，当我把脑袋埋在云端畅想的时候，你已经开始攀越山峰来帮

---

① 译者注：斯凯岛（Skye），是位于苏格兰西北部近海处的岛屿，以原始、幽美的自然景观和保存了完整的盖尔特民族文化而著称。

我实现梦想了。

就像刚才在珍妮的病床前那样，我依然要紧紧抓住你的希望，一刻也不放开。

这时，我看见莎拉已经出现在病房那头，正在打电话。永远是那个忙碌、高效率的莎拉。记得你第一次把我介绍给她，我们交谈的时候，我一直觉得自己好像是不小心做错了什么，在接受她的审讯似的。可我做错了什么呢？错在爱上你？错在企图把你从她身边带走？或者更糟糕，其实并不很爱你，却伪装了自己的感情？又或者，如我猜测的，自己不够漂亮，不够风趣，不够优秀，配不上她的弟弟，也不配进入你们的家庭？

在出事以前，在她面前，我觉得自己永远都像在野鸭塘里漫无目的地划橡皮船，而她，则驾驭着快艇径直朝着确定的目的地飞速驶去。现在，我变成这样，穿着丑陋的病号服，头发被剃掉一半，不能说，不能看，也不能动，更没法帮上你、珍妮或者亚当的忙。而她，驾着她的快艇恰到好处地驶了进来，干练、称职，明摆着是要掌控全局。

如果我能更像她一些，她的语气里应该会多一份愉悦。不过，你对她的无动于衷，再一次让我明白：你并不希望我变成她那样。

莎拉身边站着一位护士，她们似乎在为打电话的事情争执。莎拉亮出了她的警官证，可那位护士显然并不为所动，于是莎拉再度离开。她走的时候，你瞥见了她，不过还是选择跟我待在一起。

我们回到斯凯岛露营的话题——回到那青灰色的苍穹、青灰色的湖水以及同样是青灰色的群山，它们的颜色是如此柔和，如此相像，几乎融为一体，不分彼此，就像珍妮、亚当、你和我一样，色彩柔和，不分彼此。我们是一家人。

我们一起走出病房，斯凯岛的话题也暂告一段落。我看见珍妮正在走廊里等我。

"那么，你的情况怎么样？"她一见我就问道，声音显得有些焦急。

"他们在做扫描之类的检查。"我说。

我这才意识到，她给我们留出隐私的空间，并不是为了让我们浪漫，而是出于治疗的考虑。就像我带她去急诊科的时候，自己也会站在房间外面。

"就这样？"她问。

"对，到目前为止，基本就这样。"

她没再继续追问下去，我猜，她其实是没有勇气了解更多。

"莎拉姑姑在家属陪护室里，"她说，"在跟警察局的人谈话。说起来有点滑稽，不过我真的觉得她知道我在这里。我的意思是，她似乎一直在往我这边瞅，仿佛已经瞧见我似的。"

要是唯一能感应到珍妮和我的人，竟是你姐姐，那一定是造化弄人吧。

此刻已是深夜，在家属陪护室，她会跟谁谈话呢？她还专门为你带来牙刷和睡衣，并把它们整齐地放在单人床的床头。她刚合上手机，就一眼看到了你。

"亚当在一个同学家，"莎拉说，"乔治娜正从牛津郡赶过来，一到就会把他接走。我想，对他来说，今晚能睡在自己的床上，自然是最好不过的。而且，他跟格蕾丝的妈妈也特别亲近，对吧？"

在如此忙乱的情况下，莎拉还能抽出精力替亚当着想，还能体贴地替他考虑那些细节，这让我对她萌生了前所未有的感激之情。

而你，却没办法顾及亚当，尤其是在我跟珍妮如此拖累你的情况下。

"你跟警方谈过了吗？"你问她。

她点点头。你耐着性子等着下文。

"我们正在录口供，有新消息他们会随时通知我的。他们知道她是我侄女。火灾调查小组正在现场勘查取证。"

虽然她说话时完全是一副公对公的警察口吻，可我看见她向你伸出一只手，而你把它握住。

"据说，火是先从二楼的艺术教室着起来的。因为这是栋老楼，天花板、墙壁和外顶中间有很多空隙，也就是说，各个教室和楼梯，基本上都是连在一起的，所以，着起火来，烟雾和火苗都蹿得特别快，连防火门和其他消防设备都没法阻止火势的蔓延。整栋大楼会在那么短的时间里变成火场，这也是其中一个原因。"

"那纵火呢？"你问道，我能听出，这句话在你嘴里卡了壳。

"这是一种可能，而且可能性很大。消防员在现场发现了一种很特别的烟雾，推测是某种催化剂，可能是松节油①之类燃烧产生的。当然，在艺术教室，有点松节油也正常，可是，他们推断，松节油的量很大。艺术老师说，她把松节油锁在了教室右侧的一个壁橱里。而根据我们的判断，起火点却是在教室的左侧。明天，他们用烃类蒸汽探测器来检查，应该能给出更多的信息。"

"那么，人为纵火，这一点是毫无疑问了？"你问道。

"是的。我很抱歉，迈克。"

"还有别的发现吗？"你迫不及待地要了解每一个细节。作为男人，必须要掌控全局。

"火灾调查小组已经确认，起火的时候，顶楼的窗户全都大敞着，"莎拉说道，"这也是人为纵火的另一个证据，因为空气的流通会加速火势在大楼里蔓延，尤其当天外面还刮着强劲的暖风。校长跟我们说，为了防止学生坠楼，平时顶楼的窗户是绝对不会打开的。"

"还有别的吗？"你又追问道。

她理解你的迫切。"我们认为，纵火者选择艺术教室，并不是偶然，"她继续说，"一方面，使用类似松节油这样的美术用品作为催化剂，很容易掩人耳目；另一方面，通常来说，艺术教室是最不可能着火的地方。各种物品在何处存放，艺术老师都是有清单的。"

"教室里存放着成堆的纸张和手工原料，很容易点着，火势也很容

---

① 译者注：松节油是松科植物中蒸馏或提取得到的挥发油，是一种优良的有机溶剂。画家创作油画时常用它来稀释颜料。它是一种易燃液体，燃烧时会发出浓烟，遇到高热易爆炸。

易扩散。里面还有各种颜料和胶水，都是易燃品，而且有毒。老师给我们拿来了做拼贴画用的旧墙纸样品，我们发现，墙纸表面涂有剧毒的清漆。"

她描述着一个充满有毒气体和呛人烟雾的地狱景象，而我却想到孩子们制作热气球拼贴画和恐龙纸模型的场景。

你点头示意她继续说，她于是语气坚定地接着说道：

"教室里还存放着一些装喷胶的罐子。暴露在高温环境中，压力迅速蓄积，它们也发生了爆炸。爆炸产生的蒸汽会沿着地板飘散很长的距离，遇到火源后产生回火。艺术教室隔壁是一间存放清洁工具的小屋，屋子很小，跟壁橱差不多大。里面也有易燃且有毒的清洁剂。"

她停顿了一下，关切地看着你，你的脸色非常苍白。

"你一直都没有吃东西吧？"

这个问题让你有些懊恼。"没有，可是……"

"我们去餐厅接着说吧。很近的。"

没有商量的余地。你小的时候，她也经常这样强迫你吃饭吗？碰到喜欢的电视节目，你正看得起劲，她却会粗暴地要求你去吃肉馅土豆饼？

"我会告诉医生你去了哪里，以防万一。"她接着说道，语气不容辩驳。

不过，这会儿，我倒愿意看到她强迫你吃点东西。

她走进神经重症室，告诉医生你要去餐厅吃饭，你则去通知烧伤科的医生。

你刚走，珍妮就把脸转向我。

"希蕾夫人说，顶楼的窗户从来不开。的确如此。自从发生那次火灾逃生的事故以后，他们就很担心学生会从窗户上摔下楼。希蕾夫人总是要亲自到处巡视，查看窗户关好没有。"

她顿了一下，看得出她有点不自然，甚至是局促。

"你知道吗，当我走到你床前，"她说，"在爸爸还没到的时候……"

"怎么了？"

"你看起来是那么……"她的语气含糊起来。不过，我知道她想问什么。为什么她烧伤得那么严重，而我看起来却完好无损。

"我待在教学楼里的时间没你长，"我说，"离着火的地方也没你近。而且，我有更多的保护。"我没有接着说，我穿着长袖的棉衬衫，可以把袖子拉下来盖住胳膊，还穿着厚牛仔裤、棉袜和运动鞋。而她，只穿着轻薄的超短裙、紧身上衣和系带凉鞋。不过，她已经猜出我要说什么。

"看来，我成了超级时髦的牺牲品。"

"这种冷笑话，我不知道自己能不能欣赏得来，珍。"

"好吧。"

"那种积极的，甚至愚蠢的笑话，"我说，"都很好，我很喜欢。黑色幽默，也没问题。可这种冷笑话——嗯，我似乎难以接受。"

"明白了，妈妈。"

我们几乎又回到厨房餐桌旁的教育课了。

我们跟着你来到棕榈咖啡厅，这个名字好夸张。屋顶的带状条形灯，反射在贴着福米加塑料膜的餐桌上，发出廉价的光泽。

"真有情调。"珍妮戏谑地说道。我一时无语，真不明白，她的调侃，是遗传了你坚忍不拔的乐观态度，还是来自我与生俱来的幽默感。可怜的珍妮，难道没有我们的遗传，她自己就不能乐观幽默了吗？

莎拉端着一盘食物来到你身边，你却视而不见。

"谁干的？"你直截了当地问她。

"现在还不清楚，不过，我们肯定会查个水落石出。我保证。"

"可是，肯定有人看到过他，不是吗？"你说，"肯定有人看到过。"

她把手放到你胳膊上。

"你肯定知道。"你说。

"一点点。"

"你知道，刚才我离开的时候，他们在怎样给珍妮治疗吗？"你问道。

"珍,你先回避下,拜托了。"我对珍妮说,可她一动不动。

"他们给她用了洁眼器。洁眼器,我的天。"

我感觉身旁的珍妮僵住了。莎拉的眼里满是泪水。我以前从没见她掉过泪。

她还没有询问珍妮的情况,就抱着自己缩成一团。我希望她别这样。

"他们跟你说了吗?珍妮活下来的概率……"她的声音哽咽了,无法再说下去。她一辈子都在义正词严地审问别人,此刻却连一句话也说不下去。

"她活下来的概率只有不到百分之五十。"你替她说完,一字一句地把桑胡医生的话又重复了一遍,或许这样,要比你用自己的话说出来更容易些。

莎拉的脸"唰"的一下白了,几乎是苍白。从这一点,我能看出她有多爱珍妮。

"你为什么不早告诉我?"莎拉问你,珍妮对我也会这么问的。

"因为她会没事的,"你几乎是生气地对莎拉说,"她一定会好起来的。"

"当天,除了珍妮以外,学校里只有两个人没有去参加运动会,"她跟你说道,"不过,我们认为,这两个人的嫌疑都很小。"

"学校有一个门,平时都是锁着的,需要密码才能打开。一般外人来访,都要通过语音通话系统,经过秘书许可后,才能进去。学生和家长都不知道密码,都要通过语音通话系统才能进入。教职员工知道密码,不过,运动会当天,他们都去操场了。所以,我们估计,嫌疑人应该是校外的人。"

"可他们又是怎么进入学校的呢?"你问道。你想知道罪犯是谁,可又不希望那人进入学校,仿佛你只要证明他进不了学校,就能改变已经发生的一切。

"那个人,不管是男是女,应该是当天早些时候偷偷溜进学校的,"莎拉回答说,"有可能是悄悄尾随被允许入校的人溜进来的;又或者,是浑水摸鱼，没被注意到，家长以为他是教职员工，学校是一个繁忙的地方，总有很多人进进出出；又或者，某个教职工输密码的时候，被罪犯偷偷瞄到并暗自记了下来，然后特意挑选运动会大家都出去的一天来作案。"

"可是，他也不可能就那样大摇大摆走进去呀？不可能的……"

"一旦有人从大门进入，那就没有任何防备可言。大门一般不锁，而且也没有监控摄像头或者其他安全装置。"

"我们目前所了解的，真的只有这些了，迈克。我们还没有对外公布这是人为纵火。不过，调查工作正在紧锣密鼓地进行，警方已经安排了尽可能多的人力参与调查。贝克警督亲自主管这个案子。我会考虑要不要安排你跟他见一面，不过他可不太有同情心。"

"我只是希望警方找到真凶，然后，我会亲手教训他，像他伤害我的家人那样伤害他。"

·…· ✦ ·…·

"你对'好'的定义，就是有超过百分之五十的死亡概率？"珍妮问我。我听得出，她的语气中带着几分揶揄。可她凭什么不能这样呢？

"我很抱歉。"

"我不想看见自己的样子，可是，我的确很想知道发生了什么。我需要的是真相，明白吗？既然我要求知道，就表明我能够接受它。"

我点了点头，迟疑了半晌，斟酌着该怎么向她解释。

"关于伤疤的问题，"我说，"就是我先前跟你说过的，都是实情。"

看得出她松了口气。

"我会好起来的，"她说，"就像爸爸说的，我知道我会好的。你也是。我们都会好起来的。"

我之前还替她的乐观发愁，以为她是不敢面对现实，故作乐观来逃避。

"从某种角度来讲，这也是好事，妈妈。"她说的是她高考不及格的事，"现在意识到自己不能放弃考大学，总比三年以后才醒悟要好。白白虚度那么长一段时光，后悔都来不及了。"

"当然，我们都会好起来的。"我对她说。

走廊尽头，我瞥见泰娜正向你这边走来。记得早些时候，记者蜂拥而至时，我曾经看到过她，现在居然跟到这里来了。珍妮也注意到她。

"她就是那个把《里奇蒙德邮报》当作《华盛顿邮报》的人吗？"珍妮问道，她一定是想起了我们的玩笑。

"没错，就是这位。"

她来到你旁边，你一脸迷惑地看着她。

"迈克？"她用猫叫一般的声调问道。

男性通常很容易被泰娜少女般绯红的脸庞、苗条的身材和光泽的秀发所蒙蔽。然而，一个妻子昏迷、女儿重伤的男人，却不会上当。你转过脸，把她晾在一边。莎拉也跟你配合。

"她刚才问我塞拉斯·海曼的事。"你对莎拉说道。

"你认识她？"

"不认识。"

"我是格蕾丝的一个朋友。"泰娜平静地插话道。

"我很怀疑。"你毫不客气地打断她。

"好吧，更确切地说，是同事。我跟格蕾丝都在《里奇蒙德邮报》工作。"

"那你是记者喽。"莎拉说，"该走了。"

泰娜没有要动的意思。莎拉向她亮出了警官证。

"调查警司，迈克布莱德。"泰娜自以为是地念道。

"这么说，警方也介入了。我想你也会一并调查那个老师，塞拉斯·海曼的事吧？"

"立刻给我出去。"莎拉用她警察式的口吻命令道。珍妮和我看着她把泰娜推向电梯。

"她太神了，不是吗？"珍妮说道，我点了点头，虽然心里有些不情愿。

"不过，关于校门密码的事，她刚才说错了，"珍妮说，"或者是希蕾夫人搞错了。外人真的不知道密码？不是这样，有些家长就知道。我亲眼见过：通话器响了很久，秘书安妮特一直不来开门，他们就自己输入密码，开门进去。有几个学生也知道密码，虽然他们不是故意偷看的。我不知道密码，而且跟那些知道密码的家长也不怎么来往。

"这么说，当天可能有家长进入了学校。"我说。

"可所有家长都在操场上呀。"

"但可能有人没去。"

我竭力回想着当天下午的情景。自己有没有看到什么，可当时没留意呢？

我首先想到的，是亚当参加短跑时，我们给他加油的情景，他又紧张，又心切，用尽全力迈开两条小细腿往前跑，生怕让自己的绿队落后。当时，我只顾着担心他会跑到最后，只顾着抱怨你没能出席，只顾着发愁珍妮的补考，却忽略了一个重要的事实：我们都活着，健健康康，毫发无损。要是我当时能意识到，我一定会绕着操场高兴地跑几圈，大声地欢呼，直到把嗓子喊哑。那时，我们的生活是多么幸福，多么美妙。头顶是湛蓝如洗的天空，脚下是画着整齐白线的绿草地，生活丰富、有序而完整。

哎呀，不行，我得集中精力，认真回想。集中精力。

我记得，当时，亚当班上的几位家长，问我要不要参加"妈妈赛跑"。

"哦，来嘛，格蕾丝！你一直是运动健将！"

"是呀，跑得最慢的运动健将。"我回答说。

我在脑子里反复地审视那一张张笑脸。难道他们中，真有一个人，在后来，偷偷溜进了学校吗？也许就是他或者她，在汽车后备厢里藏了一罐松节油，口袋里装着一个打火机。可他们的笑容看起来是那样轻松和真挚，怎么会心怀叵测呢？过了一小会儿，亚当跑过来对我说，他要去取他的蛋糕。而罗伊娜正好要去学校拿奖牌，于是她带上亚当一起走。看着他们离开的时候，我还在想，罗伊娜穿上亚麻长裤和亚麻白衬衣，像一下子长大了。以前她跟珍妮一起的时候，看起来总是很娇小，可现在一点都不显矮。

对不起，又跑题了。我得更努力地回想。

我把目光从亚当和罗伊娜身上移开，环视着左右两边，可这样并不能让记忆重启，什么画面都播放不出来。

然而，当时，我的确又朝操场张望了一下，从这一边扫视到那一边，寻找珍妮的身影。或许把精力集中在这段回忆上，能够发现什么重要的事情。

我一边环视着操场，一边想：她当时一定很无聊。一个人待在诊室里，一定会琢磨着提前下班的。

透过齐胸高的杜鹃花丛，操场的边缘隐隐约约站着一个人影。

那个身影站在那里一动不动，引起了我的注意。当时，我盯了好一会儿，确认那不是珍妮以后，就把目光移开了。现在，我试着靠近一些，可还是看不清任何细节。

除了操场边缘的那个身影，脑子再也回忆不出更多内容了。

那个身影挥之不去。我想象他进入教学楼顶层的教室，把所有窗户都打开；想象挂在教室中间绳子上的学生画作，被忽然灌进来的强风吹得噼啪作响。

回到操场，梅茜过来找罗伊娜，我跟她说罗伊娜回学校了。我还记得，自己当时目送着梅茜离开操场。突然，记忆被什么东西卡了一下。是我在操场外围看到的东西，我当时注意到了，肯定是个重要的细节。可是，再仔细回想，它就溜走了。我越是努力想，印象就越模糊，就越想不起来。

可是，我再怎么努力回想，也于事无补。因为那个时候，凶手应该已经打开了顶楼所有的窗户，把松节油泼洒在各个地方，并把喷雾剂的管子都摆放好了。很快，不作美的天公带来的强风，就会卷起火苗，吞没整个四楼。

再过一分钟，也许不会这么准确，不过很快，体育老师的哨声就将响起，我将看到黑色的浓烟，如同篝火燃烧时冒出的黑烟。

很快，我将开始奔跑。

"妈妈？"

珍妮充满忧虑的声音，把我带回灯火通明的医院走廊。

"我一直在努力地回忆，"她说，"你知道的，我想看看当时有没有看到什么特别的人或东西。可是，一想到大火，我就什么也……"

她身上抖得说不下去。我赶紧握住她的手。

"回想医务室里发生的事情，都没有问题，"她继续说道，"当时，伊沃和我正在互相发短信。我跟你说过的，对吧？我发最后一条的时候，是两点半。我之所以知道时间，是因为在巴巴多斯是早上九点半，他说他刚刚起床。可接下来……我好像没法再往下想，只有感觉，感觉。"

不知是出于恐惧，还是痛苦，她浑身又颤抖了起来。

"你不用再回忆了，"我对她说，"莎拉姑姑的同事会查清楚真相的。"

我没把在操场边缘看到一个人影的事情告诉她，因为那个人影确实无关紧要，不是吗？

"我还一直担心你在医务室里会无聊呢，"我轻轻对她说，"我早该想到的，你和伊沃可以互相发短信呀。"这两个孩子发的短信，字数加起来能赶上《战争与和平》了。

我像她这么大的时候，男孩跟女孩都不怎么说话，更不用说写信。不过，手机的确让他们的交流上了一个层次。有人也许会觉得这样太麻烦，可我知道，在伊沃看来，通过手机电磁波发送十四行情诗或者浪漫的俳句[1]，是件很有意思的事。我觉得，伊沃的这种做法显得有些女孩子

---

[1] 译者注：俳句（haiku）原指日本的古典短诗，由十七字音组成，讲求特定的句式和押韵，多采取象征和比喻手法，崇尚简洁、含蓄、雅淡。后来，这种文体也被其他语言所吸收，现代英文俳句诗的规则是第一行五个音节，第二行七个音节，第三行五个音节。

气。不过，似乎持这种观点的只有我，让我诧异的是，连你也是坚定地站在他那一边的。

珍妮要和你待在一起，而我则想去神经重症室，看看那个"我"的最新情况，就像在晚报社工作时，要去摁指纹打卡一般。

神经重症室里，梅茜正坐在我床前，握着我的手，跟我絮絮叨叨地说着什么，当我都能听见。这让我很感动。

"珍珍一定会好起来的，"她说，"她肯定会好起来的。"

"珍珍"，珍妮小的时候我们一直这样叫她，直到现在，这个乳名还会时不时地从嘴里蹦出来。

"她肯定不会有事的！你看着吧。你也一样。看看你自己，格蕾丝，你的伤看起来一点也不重。你们都会好起来的。"

她的安慰让我感到很温暖。这时，脑子里突然蹦出运动会当天的另一个场景，非常鲜活。这段回忆跟事故调查没什么关系，而是一段温馨的小插曲，我打算让自己再重温一下，算是给自己酸痛的大脑来一粒对乙酰氨基酚。

当时，梅茜穿着她的"奋"牌衬衫，急匆匆地跨过白线，从草地那头走过来，头顶的蓝天上划过一只翠雀。

"格蕾丝……"她一边说着，一边上前给我一个拥抱，是那种结实的熊抱，而不是含蓄的飞吻。

"我来接罗伊娜回家，"她眉开眼笑地说道，"她刚才跟我发短信说，地铁出故障了。这不，得由我这个司机妈妈出马了！"

我告诉她，罗伊娜去学校取奖牌了，亚当跟她一道走的，去取他的蛋糕。是玛莎店的巧克力烘焙蛋糕，已经被偷吃了好几勺，看起来就像第一次世界大战时挖的壕沟。

"哈哈，这个比喻太妙了！"她大笑着说道。

梅茜，一位意料之外的知己。我们的女儿，一个是水，一个是火，从来没有成为过朋友。可我和梅茜却是好朋友。我们经常单独约在一起，畅谈孩子们生活中的那些小趣事。比如，罗伊娜得知自己没能入选篮球队的时候，难过得号啕大哭，而梅茜就跑去找科宾教练，说如果他让罗伊娜做一名边锋，她就为全队每人提供一套新队服，或者让他吃点豆腐也无妨。必须要解释，第二项条件当然是开玩笑的。还有一次，罗伊娜换牙的时候，她看到新长出的大牙，惶恐无比，闹着找牙医给她换成小牙。我也跟她讲述珍妮换牙时的趣事，就像互换礼物一般。那时珍妮戴了牙套来矫正牙齿，可她既不肯吃饭，也不愿笑，直到我们帮她找到一个宝蓝色的牙套，她才妥协。

珍妮七岁生日派对的那天，我却不幸第三次流产。当时恰逢你外出拍摄，我手足无措，最后求助的，也是梅茜。

"小家伙们，听我说！珍妮的妈妈现在要去拜访圣诞老人——是的，再过三个月才是圣诞节呢！——可是，对于那些真正的好孩子，圣诞老人是需要提前提醒的。因为你们大家今天下午都表现得这么棒，珍妮的妈妈得要确保，你们圣诞长袜里都会有一份特别的礼物。"

看，物质诱惑和圣诞老人总是很管用。当然，对我除外。

"那么，现在，就由我来主持抢凳子游戏，好吗？都准备好了吗？"

就这样，一切顺利进行，没有人知道我的秘密。我去医院的时候，她正带着二十个孩子玩得不亦乐乎。珍妮也一直对那个快乐的生日之夜念念不忘。

三年以后，又是她，陪伴我度过了至关重要的十二个星期，直到确认我腹中的亚当一切安好，并且能够顺利分娩。她像我们的亲人一样，知道亚当这个来之不易的孩子，对我们具有多么重要的意义。

而此刻，我的老朋友，正坐在我身边，伤心地哭泣。

她经常落泪，去教堂做弥撒的时候，她说自己"多愁善感得可笑"，可此刻，她流下的，是伤心的眼泪。她的手把我的手握得更紧。

"都是我的错，"她说，"当时我在楼里，着火的警报响起的时候，我去上厕所了。可我不知道珍妮也在楼里，我没想到要去找她。我只是跑去找到罗伊娜和亚当，他们都没事，我们立刻跑出了大楼。"

运动会那天，我跟她说了亚当和罗伊娜在学校。要是我当时补充一句——"还有珍妮"，她一定也会把她叫上的，一定会在火势蔓延之前，把她也带出教学楼的。

几字之差。

可我，却跟她唠叨起亚当的蛋糕。

她的声音小得像耳语。"然后，我就看见你朝着教学楼跑去。我当时想，你看到亚当安然无恙，肯定会大松一口气的。"

我记得，当时梅茜在楼外，不停地安慰学前班的一个老师，罗伊娜则在青铜的小孩雕像旁边，给亚当压惊。接着，一阵强风卷起黑色的浓烟，把湛蓝的天空染成黑色。

"接着，你大声喊着珍妮的名字，我这才意识到，她肯定也在楼里。然后就见你冲进大楼。"她顿了一下，脸色变得苍白。"可是我没有过去帮你。"她的声音哽咽了，充满了自责。

可是，她怎么能认为我会怪她呢？她曾经想到要跟我一起冲进起火的大楼，哪怕只是一个念头，也让我感动万分。

"我知道，自己当时应该去帮你，"她继续絮絮叨叨地说道，"当然，这是我应当做的，可我没有足够的勇气。于是，我赶紧朝消防车那边跑去，当时它们还被困在桥上，离火场很远。我告诉消防员，大楼里有人。我认为，他们知道这个消息，会更加认识到情况的严重，会想办法更快到达。而他们的确也是这样做的。一听完我的话，一辆消防车就朝着挡在前面的轿车开去，硬是把轿车推到了旁边的人行道上。这时，后面车里的人意识到情况不对，纷纷走下汽车。消防员冲他们大喊'教学楼里有人！'大家开始自发地把挡在前面的汽车推到一旁，腾出一条道来，消防车这才得以通过。"

看得出，当时的一幕幕情景，像潮水一般涌入她的脑海，仿佛此刻又在她面前重演。我想，她此时一定又闻见汽车柴油的味道，又听见乱作一团的叫喊声和鸣笛声。

我好想打断她的回忆，好想把她从冥想中解救出来。我好想问她，罗伊娜现在情况怎样。因为，我记得刚才寻找珍妮的时候，在急诊科看见过罗伊娜，还记得那个回答媒体问题的西装男子提到，罗伊娜也住院了。可之前，我一直没有停下来替她着想，而是自私地只顾着替自己的孩子担心，从没有分出心来考虑别人的问题。

然而，当时，我明明看到罗伊娜和亚当毫发无损地站在雕塑旁边，她又怎么会受伤呢？

贝尔斯托姆医生踩着她的无敌高跟鞋走了进来。梅茜不得不离开。我能感觉到，她走得很不情愿，因为她似乎还有其他重要的事情，要说给我听。

已到深夜，我对家的思念变得分外强烈。想念自己的床，想念自己的房子，想回到往常那样的生活中，去迎接另一个普通的一天。

你正在电话里跟亚当通话，有那么一会儿，我退后了几步，仿佛要等着待会儿自己跟他说。我意识到自己没法跟他说话，于是赶紧靠到你身边，迫不及待地要听到他的声音。

"今天晚上，我要留在这里，陪妈妈和珍妮。不过，我会尽快回来看你，好吗？"

我只能听到亚当呼吸的声音，短而急促。

"好吗，亚当？"

仍然只是呼吸的声音，惊慌失措。

"从现在开始，我需要你成为一名坚强的战士，亚当，能做到吗？"

他还是一言不发。我能听出你们之间的隔膜，这种隔膜曾令我难过，现在更让我感到害怕。

"那好吧，好好睡吧。替我向 G 奶奶问好。"

我必须要抱抱他，就现在，一边搂着他温热的小身体，抚摸着他蓬松的头发，一边对他说，我有多么爱他。

"我敢肯定，G 奶奶明天肯定会带他来看你的，"一旁的珍妮仿佛读出了我的心思，对我说道，"我的样子肯定会把他吓坏，不过，你的样子不会。"

你想要陪着我和珍妮一起度过这漫漫长夜——要把自己一分为二，片刻不停地守护我们。一名护士走了过来，劝你去专门为你留出的床位上休息。她跟你说，昏迷中的我，意识不到你在我身边，而珍妮处于深度麻醉状态，也不会有任何知觉。就在护士说这番话的时候，珍妮冲她做了个鬼脸，我被逗乐了。在这里，真的有很多机会上演像《闺房闹剧》①那样的滑稽剧，我想，珍妮肯定会抢在我前面发现这些笑点。

护士还向你保证，如果我和珍妮的病情出现任何"恶化"的迹象，她们会立刻来通知你。

她这等于是在告诉你，没有你在，我们中的任何一个也不会死。

我这样猜想，算不算没等裁判打响发令枪，就先抢跑着去找笑点呢。

可你依然拒绝去休息。

"很晚了，迈克，"你姐姐的语气很坚决，"你已经筋疲力尽了。为了珍妮，为了格蕾丝，你明天需要一个良好的状态，不是吗？"

我想，她的理由能说服你。去睡觉是一种积极乐观的选择，这表明，你坚信，明天早晨到来的时候，我们依然都还活着。

医院给你安排的房间紧邻烧伤科，珍妮和我陪着你，坐在单人床旁边，望着你熟睡的样子，你的双手紧紧地做握拳状。这时，我想到了亚当，此刻，他一定睡在他的高低铺上吧。

"亚当的毛绒玩具动物园里，有几只小狮子，"我对你说，"可他最喜欢的是阿斯兰，睡觉的时候总要抱着阿斯兰才能睡着。如果它掉到床下面，你必须要找到它。要是它从里边掉下去的，你得把整个双人床拖出来，才能找到它。"

"妈妈？"珍妮说，"爸爸睡着了。"

她这么提醒我，仿佛要是你醒着，就能听见我说话。不过，她能想到这些，还是让我很感动。

---

① 译者注：《闺房闹剧》（Bedroom Farce），是英国剧作家阿伦·艾克鹏（Alan Ayckbourn）于1975年创作的一部滑稽剧。

"不管怎样，"她继续说道，"他一定知道阿斯兰的事。"

"你真这么认为？"

"当然。"

可我却没那么确定。而且，说不定，你还更希望阿斯兰从亚当的毛绒玩具中消失呢，他都八岁了。可他只有八岁呀。

"有了阿斯兰，你很快就能让亚当上床睡觉，"珍妮说，"所以，要找到阿斯兰，还有其他所有类似的玩具。"

而我，好想握着亚当的小手，看着他渐渐进入梦乡。不管他身边是什么玩具。

"是呀。"

因为毫无疑问，我肯定会再回到家里。我必须做到。

"我能出去走走吗？"她问道，"我觉得自己都快憋疯了。"

"可以。"

可怜的珍妮，她本来跟你一样，喜爱外出郊游。而现在，整天困在医院，对她来说太可怕了。

现在，房间里只有我们两人，我仔细端详着你熟睡的脸庞。

在我印象里，上一次这样望着你入睡，还是在我们一起出游后不久。我又想起了到新西兰米德尔马奇岛的那次旅程。我知道，这不公平！现在，我可以再对你说一遍，那一切都不怪你！不过当时，可怜的女主角以为，比她年长几岁的丈夫会事先知道：那里只有布满灰尘的走道，和散发着霉味儿的旧阁楼。可我现在觉得，在你的想象中，那是一个有群山，有河流，有大草原，天高地远而且和风习习的地方。

直到今天，你也从来没面对面地对我说过一句"我爱你"。可你对我的爱，是早已注定的，不是吗？这是毋庸置疑的。过去这么多年来，丝毫没有改变过。在刚结婚的日子里，刮完胡子以后，你会在布满蒸汽的镜子上写下"我爱你"，给稍后进来刷牙的我一个惊喜。你会专门打电话给我，就是为了说出这三个字。你会专门设置一个电脑屏幕保护程序，我坐在电脑旁，一下就能看到里面跳出的"我爱你"。你以前从没有对别人做过这些事，所以，似乎需要不断地练习。

我知道，心并不是真正存储感情的器官。然而，在我俩的心中，一定有那么一块地方，是用来存放感情的。当有人爱上你的时候，你的心会变得残缺，变得尖锐，变得易受伤害。然后，如同一块粗糙的岩石，在被朝圣者用指尖抚摩过无数次后，在经过十九年的练习以后，它才又变得光滑圆润起来。

透过家属陪护室门上的玻璃，我忽然瞥见一个人影闪过。一定是有人刚走过病房，我最好出去看看。

我来到门外，那个人影正匆匆走过烧伤科的走廊。不知为什么，这让我想起在操场上看到的那个人影。

他正朝珍妮重症监护室的侧面走去。

他推开半掩的房门，走进病房，到她的床前，弯下了腰。

我大声喊叫，可发不出一点声音。

这时，一名护士朝珍妮的病房走来，胶底帆布鞋踩在地毯上，发出沙沙的响声。那人听到有人过来，赶紧溜了出去。

护士在查看珍妮的情况，我完全看不出有什么异常。倒不是说我能读懂那些监测仪器上的数据，而是觉得看起来没什么两样。护士开始逐个察看仪器上的数据。

病房外面，人影已经消失在走廊中。

因为隔得较远，我没能看清他的脸，只是捕捉到一个穿深蓝色长大衣的轮廓。可是，通往烧伤科的大门紧锁着，他一定是获得许可才进来的。他可能是医生，也可能是护士，或许正准备下班，所以没穿白大褂或者护士服，而是穿着外套。或许他只是想在回家以前再看看珍妮的情况。

珍妮回来了，我冲她露出笑脸，可心里还是感到害怕。因为，谁会在七月中旬穿深色的长外套呢？

Chapter 3
暴力的威胁

我们越是要把她庇护在自己的羽翼下，她
想要逃离我们的愿望就越强烈。

炫目的灯光骤然亮起，成群的医生神色紧张地来来往往，到处是担架车和推车刺耳的嘎吱声，护士们动作麻利地撤掉早餐盘，拿出药品簿。天哪，我猜想，置身于这样一个医院的早晨，你一定会感到充满活力。至少，这样明亮、喧闹、充实、忙碌的早晨，能把我昨晚撞见人影的疑云冲得烟消云散。

到病房时，我看见母亲已经到了，她正跟贝尔斯托姆医生待在一间办公室里。一夜之间，她苍老了很多，脸上布满了因悲伤而生出的深深的皱纹。"格蕾丝小的时候总是叽叽喳喳地说个不停，多么聪明伶俐的小姑娘，"母亲说，语速比平时快了很多。"我一直觉得，她长大后会成为一个有智慧的人。她果然没有让我失望，高考得了三个'A'，还拿到全额奖学金，去剑桥大学读艺术史专业。大学为了留住她，还特别给她转学到英文系的机会。"

"妈，别说了！"明知她听不见，我还是说道。也许她是想让他们知道我有着怎样的大脑——就像爸爸常说的，是"最好用的小脑瓜"。让他们更清楚抢救的意义，算是铺垫。

"毕业之前，她怀孕了，"母亲继续说道，"不得不离开学校。她有点失望，我们大家都感到失望。可这是她心甘情愿的，她很高兴自己有了那个孩子，就是珍妮。"我以前从没听人总结过自己的经历，听起来真是有点发人深省。我的一生真的就这么简单吗？

"这样听起来，她似乎只是脑袋聪明，但其实并不是这样，"母亲继续说，"她是个可爱的姑娘。我知道，她现在就快四十岁了，可对我来说，她还是个孩子。她愿意为别人付出一切，却很少为自己着想，我过去也常常这么说她。但是，当我丈夫去世以后，我意识到，没有人会只为自己着想，尤其是别人帮助你的时候。"

母亲过去说话总是不紧不慢，甚至一口气都不会超过两三个句子。而此刻，她连珠炮似的讲了一大段，仿佛旁边摆着个计时器。我倒希望旁边真有一个计时器，因为她说的话让我觉得好汗颜。

"要是没有她，我真不知道该怎么办，真不知道该怎么活下去。当然，我倒不是说，她必须要为了我而好起来。您可别这样想。我的意思是，虽然我对她的爱，超出你们的想象，可真正需要她的，是她的孩子们，还有迈克。也许你会觉得他们两人中，迈克更坚强些。可他是看起来强壮，真正坚强的是格蕾丝。她才是这个家庭的主心骨。"

她停顿了一下。贝尔斯托姆医生赶紧插话。"我们会尽一切可能抢救她的。我向您保证。可是，碰到头部严重损伤的情况，我们能做的并不多。"

妈妈抬起头看着医生，看了好一会儿。当年，亲口把父亲患上卡勒氏病^①的消息告诉我父母的，也正是贝尔斯托姆医生。

"可是，肯定会有治疗的办法呀！"母亲当时说道。

她现在并没有那么说。因为，父亲的去世，对她就意味着，那些过去认为不可能发生的和不可思议的，都变成了现实，如今，再也没有什么是不可思议的。

我把目光从母亲的脸上，移到了贝尔斯托姆医生的红色高跟鞋，还

---

① 卡勒氏病（Kahler's disease），是一种多发性骨髓瘤，多呈恶性。

是昨天的那双。我估计，医生会经常低下头来看看它们。

"接下来会有一系列检查，我们会把最新的检查结果和治疗措施随时向你们通报，"贝尔斯托姆医生说，"今天晚些时候，我们会针对您女儿的情况进行一次专家会诊。"

要是母亲告诉他们，我父亲也是一名医生呢？

要是她能想到，情况或许会有所改变呢？

母亲只是对医生表示了感谢——那么客气，她对人总是那样彬彬有礼。

亚当坐我的床前。

母亲赶紧朝他走去。

"亚当，乖孩子，我以为你会跟护士一起等上五分钟呢。"

他把脸靠在我身上，握着我的手，呜呜地哭着。绝望的哭声让人断肠。

我张开双臂搂住他，要他别哭，告诉他我会好起来。可他听不见我说话。

他还在抹着眼泪。我抚摸着他如丝般柔软的头发，一遍又一遍地对他说："我没事的，宝贝，妈妈爱你，不要哭了。"可他还是听不见，我再也受不了了，为了他，我必须醒过来。

我想方设法穿过层层皮肉和骨骼，努力要回到身体里去。一刹那，我进去了。我竭力挪动自己沉重的身躯，却再一次被巨大的沉船压在海底，一丝一毫也动弹不得。而亚当就在外面，望着我伤心地哭泣。为了他，我必须睁开眼睛。我必须这样做。可是，自己的眼皮就如同上了锁生了锈一般，怎么也打不开。

黑暗中回响着熟悉的诗句：

被缚的灵魂仿佛套着锁链

由神经和血管编织的锁链[1]

----

[1] 译者注：这是十七世纪英国玄学派代表诗人安德鲁·马维尔（Andrew Marvell）的诗歌《灵魂与肉体的对话》（A Dialogue between the Soul and the Body）中的两句诗。

哦，天哪，我怎么把珍妮一个人抛在了外面。万一我再也出不来可怎么办？

我听见自己狂乱的心跳。

紧接着，一只耳朵嗡嗡作响，我什么也听不到了。

然而，当我再次跃进黑暗的海水，朝着头顶的光亮往上游，终于又很轻易地从身体里逃了出来。

我看见母亲正搂着亚当，脸上变魔术般地挤出笑容，然后故意用轻快的口吻说道："我们待会儿再来，好不好，我的小伙子？我们现在先回家去，等你休息一小会儿，然后我们再回来。"

她精心照顾我的孩子，并以此来安慰我。

她领着他走了。

几分钟后，珍妮来到我身边。

"你有没有尝试过回到身体里面去？"我问她。

她摇摇头。我真是个傻子。她连自己的身体都不敢看一眼，怎么会想到要回去呢？我本想说对不起，可转念又觉得这样会让她更难过。用珍妮的话说，真是个"笨瓜"。

她并没有问我有没有尝试回到身体，因为无论我回答"试过"或者"没试过"，对她来说，都没什么区别，都会令她恐惧。完全没有任何区别。

那首阴森的诗歌萦绕着我们的沉默。讽刺的是，以前我还一度觉得它充满睿智。

……身陷在骨骼的囹圄中

被囚于手脚的枷锁下

"妈妈？"

"哦，我在想一首玄学派的诗歌。"

"我的上帝，你真的还想让我去参加补考哇？"

我对她笑了笑，"当然。"

你正在楼下的办公室跟莎拉的上司会面。我们决定过去找你。

"莎拉姑姑以前的那个上司在休产假，"珍妮说，"她叫罗斯玛丽，还记得吗？非常古怪的一个人。"

我不记得这个怪人罗斯玛丽，我甚至都没有听说过这个名字。

"莎拉姑姑很讨厌这个人，觉得她什么都不懂。"珍妮继续饶有兴致地说道。从六岁起，珍妮就对莎拉警灯闪烁警笛长鸣的职业生活充满了好奇。对于这一点，我表示理解。我在《里奇蒙德邮报》撰写艺术评论专栏的兼职工作，怎么能跟侦探警察的工作相提并论呢？有什么样的电影、书籍和展览，能比开着直升机追捕毒贩更惊险刺激呢？追捕毒贩，你一听到这样的字眼，就要开始不以为然吧。不过，拿警察打趣开玩笑，倒是让我跟珍妮乐在其中。好吧，莎拉当然不会拿罗斯玛丽，或者那个什么贝克警督的事情跟珍妮开玩笑，她只会很认真地给她讲他们的八卦。

我们来到医院为你们安排好的会议室，你和莎拉恰好也刚到。

你手上为什么要攥着一份报纸？我知道，自己以前埋怨过你，周末宁可看报纸也不跟家人一起亲近。不过，我们关于"要没有山顶洞人钻木取火，我们哪有时间过周末"的争论已经告一段落了。可是现在，难道你还要在这里看报纸？

我们尾随着你和莎拉进了房间。屋顶很低，连个风扇都没有。屋子很闷热，空气陈腐而混浊。

贝克警督向你做了自我介绍，不过他并没有从椅子里起身。他那汗津津的蒸面团般的脸上，有一种难以捉摸的表情。

"我想把我们这次调查的一些背景情况，跟你做个详细的介绍，"贝克警督说道，声音和他的样子一样呆板。"校园纵火案是一类高发案件。在英国，每星期平均会发生十六起，可是，造成人员伤亡的案例并不多见，同时，发生在光天化日之下的纵火也很少见。"

你显得有些不耐烦——请切入正题，哥们。

"因为当天正好赶上运动会，纵火犯也许以为校园里没有人，"贝克警督接着说道，"或者，他是有意想伤害待在学校里的某个人。"

他探出身子，被汗水浸湿的涤纶衬衫微微粘在塑料椅背上。

"你觉得，周围会不会有人想故意伤害珍妮？"

"当然不会。"你抢白道。

"太荒唐了，"珍妮对我说道，声音有些颤抖。"我在楼里纯粹是偶然，妈妈，纯粹是偶然，仅此而已。"

我忽然想起昨晚看到的那个人影，偷偷溜进她的房间，靠在她的床边。

"该死，她只是个十七岁的姑娘。"你愤然说道。你姐姐把手放到了你的手上。

"该死！"你又说了一遍。以前，在你姐姐和孩子们面前，你可从来没说过类似的脏话。

"她是不是被人投放过恐吓信？"贝克警督忽然提高了声调。

"可那早就过去了，"你说，"那是几个月前的事了。而且也不相干，跟火灾毫无关系。"

不光是我，珍妮也目瞪口呆起来。

当她被别人称作"荡妇""骚货""婊子"，甚至骂得更难听的时候；当我们的信箱被投放进一些恶心的信件，里面装着狗屎或用过的避孕套，而收信人是她时，她从来没有向我们诉过苦。事实上，她会去找伊沃和其他朋友倾诉，但绝不会找我们。

"亲爱的，她已经十七岁了，她当然会去跟朋友分享心事。"

你是那样的不可理喻，一种"我不了解孩子谁了解"的表情。

"可我们是她的父母。"我说。谁能比父母更亲孩子呢？

"那件事情过去五个月了，后来一直平安无事，"你对贝克警督说，"这说明它已经过去了。"

贝克警督低头瞟了几眼摆在面前的笔记，仿佛是要找证据来反驳你。

我还记得，那个时候，我们多么希望这一切赶紧结束。那些攻击她的污言秽语，简直不堪入耳，令人震惊。那些丑恶的词汇如潮水般涌进我们的信箱，侵入我们女儿的生活。我想，你愤怒的根源在于，你当时并没能阻止它们。你觉得自己并没有尽到父亲的责任，没能保护好自己的女儿。你会花好几小时去研究那些A4的格纸，努力追溯剪贴在上面的文字的来源——是哪份报纸？哪个杂志？你会仔细查看信封上盖的邮戳，并为有些信件经由手工投递而苦恼不已，因为，这说明，那个人就在这里，就在我们的门外。可是，天哪，你居然没有抓住他。

过了一阵子，我才渐渐理解你想要亲手抓住那个人，并亲口命令他住手的迫切心情。你是为了给受到伤害的珍妮一些补偿？或者是为了证明你自己？我想这两个原因大概兼而有之。

接着，又过了两个星期，有一天，信箱里出现了一封装着用过的安全套的信。你把事情告诉了莎拉。正如我们预料的，她劝我们去报警。一开始我们干吗去了？于是，我们赶紧去警察局。然而，除了莎拉以外，所有警察都觉得这件事无关紧要，没有我俩想象得那么严重，也不是性命攸关的案子。他们也一无所获。我们完全想不通，到底是谁，会这样把珍妮作为目标，这样做的原因又是为什么。

可怜的珍妮，当警察盘问她的同学和男友时，她又气愤，又难堪。大人不支持他们的选择，也将青春期的叛逆推向极端。

对那些同学，你大多已经调查过，而珍妮则急着让他们赶快接受完盘查，好把他们拽进自己的房间。那些长发飘飘，双腿颀长，看上去傻乎乎的姑娘，不大可能是恐吓信的始作俑者。可那些跟她朋友在一起的男孩呢？会不会是其中有人想蓄意报复？难不成是求爱不成反生恨，于是四处散发恶毒的信件？还有伊沃，我一直对他抱怀疑的态度，倒不是怀疑他投放恐吓信，而是怀疑他究竟是不是真正的男人，或者说，是不是真正的男孩。这也许是因为，他身材瘦小，线条细腻，十七岁血气方刚的年纪，感兴趣的不是汽车发动机，而是诗人奥登[1]，他跟你简直有着

---

① 译者注：温斯坦·休·奥登（Wystan Hugh Auden），英国诗人。曾就读于牛津大学，以纯熟的技巧和渊博的学识吸引并影响了一大批诗人和文学家，素有"牛津派""奥登派"之称。他一生多次荣获文学奖，曾任牛津大学诗歌教授，被公认为艾略特之后英国最有影响的诗人。

天壤之别。我觉得他缺乏阳刚之气，你却不这么认为。你觉得他是个乖孩子，是个好小伙儿。这难道是因为你不想成为一个古板专横的父亲？抑或是不想让珍妮觉得跟你有代沟？不管是出于什么原因，反正你支持珍妮跟伊沃交往，而我，也只能默认。

当然，即便我对伊沃怀有成见，我也不相信他会是投放恐吓信的人。况且，他是珍妮的男朋友，她那么爱慕他，他有什么理由要这么做呢？

"那么，最近的一次恐吓信事件，究竟是发生在什么时候？"贝克警督问你。

"二月十四号，"你回答说，"几个月以前。"

情人节。星期三。一大早，亚当一直担心自己上学迟到，珍妮则跟往常一样，最后一个下楼来吃早餐。那时我们都起来一个钟头了。我一直等着邮箱的动静，哪怕只是金属门关闭的声音，也会让我浑身紧张。

信里依然是满纸脏话。我没法把这些污言秽语跟我的女儿联系起来。我做不到。

自从那封信后，一切复归平静。整整一星期过去了，我们并没有收到任何恐吓信。接着又是一星期……四个月过去，什么都没发生，以至于昨天我去信箱拿报纸的时候，都懒得再检查信箱了。

"你确信，自从二月十四号以来，什么也没发生过吗？"贝克警督问道。

"是的。我跟你说过了……"

他打断了你。"万一她把信藏起来，没让你们知道呢？"

"不，当然不会，"你说道，声音有些疲惫。"火灾跟恐吓信毫无关系。也许你还没看到这个吧？"

你把一直握着的报纸摊到贝克警督面前。是《里奇蒙德邮报》，头版标题赫然写着：

本地一所小学遭蓄意纵火！

文章署名为泰娜。

贝克警督却对报纸视而不见。

"还有没有其他形式的恐吓信，你没告诉我们的？"他继续追问，"比如，她收到的手机短信、电子邮件，或是社交网站上的帖子之类？"

你瞪着他。

"我问过珍妮，她说没收到过。"莎拉说。你开始在房间里来回踱步，从一面墙到另一面，正好是五步，仿佛这样就能摆脱连珠炮般的追问。

"她跟你这么说过？"贝克警督问道。

"是的，她肯定跟我或是跟她的父母说过。"莎拉答道。可我们觉得事实并非如她所言。回想过去的日子，你打破了青少年养育手册上建议的所有原则，而我也只是个普通的母亲。

"像'MySpace'和'Facebook'那样的网站上都没有？"贝克警督这么问，仿佛我们都不知道"社交网站"是指什么。不过你打断了他。

"恐吓信跟这些一点关系都没有。上帝呀，我要说多少遍你才能明白？"你戳着报纸说道，"你应该调查的是这个老师，塞拉斯·海曼。"

"迈克，这份报纸我们还没看过，"莎拉说，"给我们几分钟，好好看看。"

我想，她一定是在跟你开玩笑吧。毕竟，连泰娜都知道的事情，她，作为一名警察，作为你姐姐，怎么会不知道呢？

被烧毁的学校的照片，占据了头版的大部分篇幅。大楼前方那个青铜的孩童雕像却完好无损，显得很突兀。它下面则是一张珍妮的照片。

"这是从我'Facebook'个人主页上复制下来的，"珍妮望着自己的照片说道，"是复活节时伊沃帮我拍的，当时我们正在上皮划艇课。真不敢相信她居然会做出这种事情。她肯定是上了我的个人主页，直接打印或者扫描下来的。这算是剽窃吗？"

她的愤慨让我觉得好可爱。发生了这么多可怕的事情，她还能为照片被盗用这样的小事而耿耿于怀。

然而，躺在烧伤科的女儿，跟照片里那个美丽、健康、好动的女孩，形成了鲜明的对比，这样的对比让人触目惊心。

也许珍妮也有同感，因为她走出了房间。

"不是写恐吓信的人干的，爸爸认为凶手是塞拉斯·海曼的猜测也很荒谬。我得出去走走。"

"好吧。"

"我并非在请求你的同意！"她厉声说道，说完便离开了。就是"恐吓信"这个词，把过去那些不愉快的回忆都开启了。

珍妮走后，莎拉打开报纸，露出整个对页，映入眼帘的是醒目的通栏大标题：厄运缠身的学校。

左边那一页上的副标题是：火灾系故意所为，旁边是这个"美丽可爱少女"的另一张照片。

泰娜把珍妮的痛苦当成了个人娱乐的素材。

美丽的十七岁少女……挣扎在生死边缘……可怕的烧伤……生殖器遭到严重破坏。这哪里是新闻，分明是内容耸动的色情小报，是低级趣味的垃圾。

泰娜把我描写成一个勇闯火海的英雄式母亲。不，其实是一个迟到的英雄，并没能成功拯救美丽的女主人公。最后，她用一段夸张的文字作为结尾：

警方继续加紧搜捕纵火嫌疑人，据称，该嫌疑人可能是两宗命案的凶手。

要是珍妮和我双双死去，肯定会为她的八卦增添新的素材。

就在这篇文章的背面，也就是第二版，泰娜又发表了一篇根据她三月份的报道改编的文章，与旧文相比，只是加上了一段新的导语。

就在四个月前，《里奇蒙德邮报》报道了西德里小学的男教师塞拉斯·海曼被开除的事件。此前，该校刚刚发生过学生从教学楼坠落重伤的"意外"。据悉，由于听到虚假的火情警报，一名学生从教学楼外侧的消防铁梯上直接跳下，而后跌落在操场，摔断了双腿。

正如之前的报道，泰娜并没有说明，坠落事故发生时，海曼老师根本不在操场附近。意外两字特意被加上了引号，明摆着在暗示事故其实并非意外。可是，又有谁会因为一个引号去控告她呢？这样的伎俩就跟她的"Miu Miu"牌漆皮包一样圆滑。

接着，她又以字斟句酌的"新闻敬业精神"，继续写道：

这所有着十三年历史的小学，坐落于伦敦一处绿树成荫的郊区，每年仅学费就高达1.25万英镑。它对外宣称，自己拥有绝佳的教育环境，在那里，"每个孩子都会受到绝对的珍视和尊重"。可是，就在四个月前，它却因为安全问题而饱受质疑。

当时，笔者对一些家长进行了采访。

一个八岁女孩的母亲对笔者说："大家都以为孩子在学校能得到良好的照顾，可是，这次事故表明，这个男老师对学生根本就是不管不顾。我们在考虑把女儿转到其他学校。"

另一位家长则说："我感到非常愤怒。这样的事故根本就不应该在学校里发生。这是绝对不可以接受的。"

三月份，泰娜文章的标题还是"操场坠落事故"，而现在，她却把它改成了"教师惨遭开除"。

这样，报纸右边那一版是"教师惨遭开除"，而左边那一版则是"火灾系故意所为"。两篇文章看似不经意地发生了联系，似乎存在着某种看不见的因果报应——被开除的教师展开疯狂的报复。

这时，贝克警督的手机响起，他赶紧接听电话。

《里奇蒙德邮报》躺在桌上，仿佛在挑拨持不同意见的双方，也就是持"塞拉斯·海曼纵火说"的你，和持"恐吓信者纵火说"的贝克，要让你们大战一场。

我知道，你一直不喜欢海曼。就在他被解雇以前，我们两人为了他还发生过争执。你觉得我过于夸大了海曼对亚当的影响。

"说'夸大'就行了，再加上'过于'这样的词，纯属画蛇添足。"当时我冷冷地说。

"我俩都没有英文学位。"你针锋相对地反驳道。

"有人有半个英文学位，不记得了吗？"

因为海曼老师，我们居然争吵起来。我们平时很少吵架的。

"海曼老师来以前，亚当总是可怜兮兮的，"我说，"难道你不记得了吗？"

他总是被别人挑刺，作业也不会做，完全得不到尊重。

"但他挺过来了。"你说。

"是的，这是因为有了海曼老师。他把亚当原来的邻座调走，特意找了个能跟亚当交朋友的男孩当他的同桌，而他们一直到现在都是朋友。他们会叫上亚当一起出去玩，这星期还邀请亚当去家里过夜。以前他哪里有过这种待遇？而且，在班里组织出游的时候，海曼老师也会留心筛选亚当在大巴上的邻座。亚当过去总是担心没人愿意坐在他旁边。而且，老师让亚当对自己的数学和英语开始有了信心。"

"他不过是履行职责而已。"

"他叫亚当'科维先生'，多可爱的称呼，不是吗？好像一位骑士的称呼。"

"这可能会让别的同学取笑亚当。"

"才不会呢，老师给每个同学都取了昵称。"

你为什么总是看不惯他呢？

一位相貌堂堂的年轻教师，双眼总是炯炯有神。我怀疑，你对他怀有敌意，是因为第一学期的晚间家长会上，他亲吻了我的脸颊。"太失礼了！"你当时说。你并没有注意到，每次亚当经过学生的课桌，或者放学的时候，他都会逗弄下学生的头发，或者给学生一个温暖的拥抱。是的，我们这些妈妈，曾经跟他开过玩笑，但那都是玩笑，从没有认真过。

后来，海曼老师被开除的那天，我在家里还为他感到愤愤不平，而你则被我的举动激怒了。你说，你拼死拼活地赚钱，给学校付费，而且明天又要出差，这趟旅程肯定又是艰苦卓绝，你可不想在这样的时候，听我为一个失职教师被解雇而鸣不平。

直到昨天下午，我还想为你对他的怀疑而跟你争论。就像珍妮说的，我也觉得这种怀疑是"极度荒谬"的！不过，有了昨天的事情，一切都变了。我再也不相信任何人，海曼也不例外。我谁也不相信。

贝克警督挂断电话，瞥了眼桌上的《里奇蒙德邮报》。

"有件事很奇怪，"他对莎拉说，"就是火灾发生时，媒体记者赶到得太迅速了，甚至比消防车到得还早。我们需要了解，是谁通知他们，或者说，他们是怎样得到消息的。这或许跟案情有关。"

你被他看似离题的冰冷点评搞得很不耐烦。"不仅是文章的问题。"你说。可这时，贝克警督的对讲机响了，他拿起来接听，而你则继续往下说。"就在他被开除的几个星期以后，我还目睹了他的暴力行为。当时学校正在举行颁奖典礼，他破门而入，还当场威胁大家。这是暴力的威胁。"

··· ⊱✦⊰ ···

"妈妈，你觉得我能得奖吗？"亚当问我，"不管什么奖。"

颁奖典礼那天早晨，七岁的亚当一边吃着可可米①，一边看着电视里的动画片《猫和老鼠》。

海曼老师才刚被开除三个半星期，亚当就表现出讨厌上学的迹象，于是我努力想办法弥补。你当时外出拍摄去了，我决定放任自己稍微宠他一点，等以后你回来，再跟他进行"男人跟男人的对话"吧。我盼望你回家的迫切心情，逐渐被对他的担忧所掩盖。

"你应该会获奖的，"嘴上虽这么说，我心里却很清楚，他不会得奖。"可是，万一你没得奖，也不可以灰心哟。记得希蕾夫人在晨会上是怎么说的吗？即便今年没轮到你，以后你也会得奖的。"

"完全是胡诌，"珍妮说，她身上还穿着睡衣，可我们再过十分钟就要出发了。"我是说，算一算就知道了，"她继续说，"有多少学生，多少奖项，多少颁奖仪式。肯定不可能让每个人都得奖，不是吗？"

---

① 译者注：可可米（Coco Pops），一种膨化米粒，跟麦片一样，常用来给儿童作为搭配牛奶食用的早餐。

"况且，每次得奖的总是同一拨人。"亚当说。

"我相信，并不是……"

亚当打断了我，十分沮丧地说道："这是事实。"

"亚当是对的，"珍妮说，"我知道，他们喊过'每个孩子都会受到重视'之类的口号，不过，这些根本就一文不值。"

"珍，你这不是在帮弟弟。"

"实际上，她是在帮。"亚当说。

"学校必须让少数学生进入顶尖的中学，像威斯敏斯特中学这样的男校，或者圣保罗中学这样的女校，"珍妮一边把麦片倒进牛奶，一边说道，"否则，下一年，新的家长就不会把他们四岁的孩子送到这所学校来了。所以，得奖的总是那些最聪明的孩子，这样也有助于他们被那些最好的中学录取。"

"在我们班，最佳学生奖已经被安东尼拿去了，"亚当可怜兮兮地说道，"他还得了数学奖和领导奖。"

"他才八岁。到底想要去领导谁呢？"珍妮嘲讽地问道。亚当终于被逗笑了。谢谢你，珍。

"我上学的时候，得奖专业户是罗伊娜·怀特，"珍妮继续说，"她总是包揽所有奖项。"她没精打采地站起来，问道，"颁奖典礼还在圣斯维森教堂举行吗？"

"是呀。"

"简直是噩梦。我总是不得不贴在一根柱子后面。他们为什么不用学校隔壁那个又新又现代的教堂呢？"

亚当看了眼表，慌张地说："糟了，我们要迟到了！"说着赶紧冲过去取他的书包。他对于迟到的恐惧暂时战胜了对学校的恐惧。

"我超快的，"珍妮说，"我可以在车上吃我的麦片。当然，如果妈妈的车开得能比上次顺利一些的话。"她走出房间的时候停顿了一下，"哦，你还记得那些银杯和盾牌吗，它们让学校显得比实际的更有历史，也更可靠。所以，目前，家长们对学校还算是满意。"

"我觉得你有点忘本了。"我说。

"别忘了，我在那里工作，"珍妮说，"所以，我知道，什么才是真正的忘本。这是一笔交易，而颁奖也是交易的一部分。"

"你才在那里干了三个星期。话又说回来，颁奖的目的……也是为了大家进步呀。"我说得有点磕巴。

亚当解开书包带子后，抬起头瞟了一眼，看来是赞同珍妮的观点。"妈，大家都清楚，那些奖项什么也不是。"

"可你不也希望能得奖吗？"珍妮问他。他点点头，显得有点不好意思。"可我不会得奖的。什么奖也不会得的。"

她冲他笑了笑，"我也是。"

八分钟后，我们坐进汽车里。要不是为了亚当，珍妮才不会这么赶呢。

我们准备像往常一样，提前一点赶到学校。我知道，你觉得我没必要太把亚当的焦虑当回事。可轮到你接送他时，你也总是会刻意提前五分钟到校。这已经成习惯了。

"你打算在学校工作到什么时候？"快到西德里小学的时候，亚当问珍妮。

去年夏天，珍妮成为助教后，亚当一直为姐姐感到自豪，虽然她并不在他们班。

"到高考以后，"珍妮回答说，"所以，只要再干几个月就行了。"

"那真是快了，"我说着，心里又开始为考试的临近而恐慌。"你今天晚上必须把复习的时间表整理出来。"

"可我要去达芙妮家呢。"

"可爸爸今晚就回来了。"亚当说。

"他会跟你一起参加颁奖典礼吗？"珍妮问道。

"但愿吧。"亚当答道，他并不确信你一定会出现。这倒不是在批评你，他对任何人的到场都没有信心。

"你应该取消晚上的活动，"我对珍妮说，"晚上虽然不是真正的复习，但至少要把时间表做好。"

"妈……"她用太阳镜当镜子,给自己涂起了睫毛膏。

"现在努力,是为了以后拥有更多的选择。"

"我宁可就过我现在的生活,也不愿意为了未来而改变自己。好了吧?"

不,我想,这样是不对的。唉,要是她能把这份伶牙俐齿的机灵劲儿用在复习考试上就好了。

快到的时候,我们跟往常一样,停好车,沿着栎树成荫的车道,步行到学校。亚当紧紧攥着我的手。

"亚当,还好吗?"

泪水在他眼圈里打转,他正强忍着不让它们流出来。

"他真的必须去吗?"珍妮问道。其实我也在思考这个问题。然而,此时,亚当却毅然松开我的手,独自朝着大门走去。他按下门口的语音通话器,秘书开门让他进去。

海曼老师被开除的第二天,你就外出拍摄去了,所以,你没能看到事情后续的发展。我们通电话的时候,由于信号不好,只能长话短说。电话里,你更操心的是珍妮,一再询问我们有没有再收到恐吓信。感谢上帝,我们再也没收到过。可这样一来,你用来关心亚当的时间就更少了。而且,我也许是生怕我们之间再多一个争执点,就没把海曼走后他的变化告诉你。所以,你并不知道,老师离开后,亚当难过得近乎悲伤了。他不仅失去了自己喜欢的老师,还发现成人世界是如此粗暴和不公,跟他在故事书里读到的一点也不一样。长这么大,他读过的所有文学作品,诸如《勇斗怪兽》系列、《哈利·波特》系列、《亚瑟王传奇》,还有《波西·杰克逊》系列①等,没有一本是像这样结尾的。他有思想准备去接受不愉快的结局,却没想到结局会如此不公。他的老师被赶走了,而

---

① 译者注:《波西·杰克逊》系列(Percy Jackson)是欧美最畅销的青少年小说系列之一,分别为《闪电窃贼》《海怪之海》《泰坦的诅咒》《迷宫之战》和《最后的奥林匹亚神》。作品将希腊古神话与二十一世纪现代青少年的社会生活巧妙地融合在一起,故事抓人,想象奇特,为读者打造了一个全新的奇幻世界。

理由居然是一件他没有做过的事。

对亚当来说，学校又变回一个充满恶意的地方，就像海曼老师来之前那样。

差一刻六点，亚当闪电般地吃完晚餐，换上整洁的校服，穿上锃亮的皮鞋，再套上焕然一新的校服，和我们一起提前到达颁奖典礼现场。这样，他就不会遇到任何麻烦。而我，则漫不经心地穿着一条褪了色还带破洞的牛仔裤，算是一种无声的抗议。亚当喜欢我这样。

"妈妈，太酷了！"亚当的骨子里似乎也有着一种颠覆的倾向。

而其他妈妈，恐怕都会穿上从 Net-a-Porter① 购买的别致套装和价格不菲的时尚皮靴。

我们提前十五分钟到达现场。之所以到得这么早，一方面是由于亚当是合唱团的团员，必须准时到达；另一方面是由于他本来就害怕迟到，而这种恐惧在过去的三个星期变得变本加厉。

人群中，我看见梅茜正从前面的一张长椅那儿向我招手。她居然到得比我们还早。亚当去边上的更衣室等合唱团的其他团员，我则坐到了梅茜旁边。

"我给你和迈克占了个好位置，"她边说边往一旁挪了挪，给我空出一个座位。"罗伊娜不能来了，她觉得好遗憾。没办法，离考试的日子实在太近，对吧？"

这么说，罗伊娜还在复习，虽然她已经拿到了牛津大学科学专业的录取通知书，尽管是附加条件的录取，可也是板上钉钉的事。而没有收到任何录取通知书的珍妮，晚上还要去同学家玩。珍妮小的时候，经常会抱怨罗伊娜好胜心太强，什么事都要争第一。当时，我倒希望罗伊娜的好胜心能分给她一点。到如今，我依然这么想。

---

① 译者注：是由英国人娜塔莉·马斯内（Natalie Massene）创建的奢侈品购物网站。自成立之初就备受追捧，目前，全球有数以百万计的女性登陆该网站，网购大牌时装设计师的作品。

"今年亚当还会在合唱团吗？"梅茜问道，"我真喜欢听他唱歌。"

她真是善解人意，绝口不提"你觉得亚当会获奖吗？"这样的问题，反而称赞起他这点小特长来。

我看见梅茜把身上的棕色棉布衬衣往肚子下面拉了拉，力图让腹部看起来平坦一些。她的眼睛里闪烁着泪光。

"你觉得我穿这件衣服，看起来像头贪吃的肥猪吗？"她几乎不动声色地问道。这就是典型的"梅氏语言"，一开始我还以为自己听错了呢。

"当然不会，亲爱的！"我说，"你看上去很漂亮。又性感又甜美的那种漂亮。"

她咯咯地笑了。"像个辣妈？"

我们会把那些穿着闪亮华美皮靴和昂贵丝绸服装，并且不时光顾发廊，打理出一头秀发的妈妈，称作"辣妈"。

"比辣妈还辣。"我说。

"格蕾丝，你是世界上最善良的女人。"

这时，唐纳德走了过来，手里拿着待会儿要颁发的奖杯。

"刚给银杯抛了光。"他慈祥的脸上洋溢着笑意。

珍妮第一天上学的时候，我们两个中左派人士，都为自己的孩子居然进了私立学校而感到尴尬，并觉得像"唐纳德颁发奖杯"这样的事情，是很荒谬可笑的。不过，如今，褪去了当年的愤世嫉俗和伪善，我倒被他的做法感动了，他是想通过这样的传统保持跟学校的联系。我对唐纳德的了解并不多。我和梅茜总是在白天会面，那时，唐纳德去上班，罗伊娜也去上学了。不过，梅茜总是跟我谈起，唐纳德有多么爱她，多么爱他们的女儿。只见唐纳德拉起梅茜的手，紧贴着她坐在旁边，当时你不在，我都有些嫉妒了。

思绪从回忆中被拉回这间狭窄闷热的办公室。此刻，贝克警督终于关闭了对讲机，结束了那段嘶嘶啦啦的对话。

"颁奖典礼在圣斯维森教堂举行，那里离学校有一英里，"你说，"由于航班晚点，我迟到了，大概六点一刻才赶到。门口甚至连警卫都没有，于是我直接走了进去。学校的保安措施实在太不严密了。"

你从不会提到像匆匆吃完晚饭或者穿着抓绒衣这样的细节，你的记忆里没有这些琐碎的事情。

"我注意到，女校长看起来很紧张，"你继续说道，"即便当时海曼还没有来到教堂。"

我也有同感。当时希蕾夫人的确看起来比平时焦虑得多。当然，这也在情理之中。碰到这种全校性的大活动，全体师生都要接受家长的检阅，要确保每一个环节都万无一失，紧张不也很正常吗？

"她似乎是预感到会发生什么不寻常的事情。"你说。

贝克警督的对讲机又响了，他赶紧接听。你怒火中烧，可又能怎样呢？

那天，我看见你站在教堂后方，旁边是一群同样来晚了的父亲。我们目光交汇的刹那，你对我笑了一下。不过，连日的辛苦工作，加上旅途的劳顿，让你的笑显得有点心不在焉。

希蕾夫人正在给获奖的学生颁发奖杯，其间不时穿插一些精短的音乐表演。学校的宗旨本来是要"培养每一个孩子的自信"，可我注意到，所有重要的奖杯再次被少数能力强的孩子捧得。

或许最终还是珍妮说得对。这些奖杯的功能，不过是为未来小学毕业考试的成绩增添几分亮色，并且帮助最拔尖的学生进入顶尖的中学罢了。学校在奖杯上的这点投入，将会在新招来的学生身上得到加倍的回报。然而，从心底里，我并不愿意把出席这场春季颁奖晚会，当作是在参与某种商业模式。

我在一排排穿得一模一样的孩子中寻找亚当，同时心里思忖着，晚上睡前，该怎么安慰再次一无所获的他。我能看出，其他几位母亲，比如塞巴斯蒂安的妈妈和格雷格的妈妈，正僵硬地挺着身子，手里紧紧攥着节目单。她们显然也是在考虑，待会儿该怎么把那些其实很重要的奖项，说得无关紧要，好让自己的孩子宽心。可是，那些拔尖的学生，那些学生干部，还有获得体育之星和音乐之星奖杯的学生，他们的母亲，则没有这样的烦恼。她们从容地坐在长凳上东张西望，红光满面地互相交流着兴奋的眼神，完全想不到另一群家长竟是如此坐立不安。

那些尖子生的父亲总是准时赶到。当然，这不是在讽刺你，你是因为航班误点。对不起。

贝克警督终于在对讲机里说完了。

"六点四十左右，"你接着说道，"塞拉斯·海曼破门而入。他推开后面的家长，径直往前冲。"

教堂门在他身后"哐当"一声重重地关上。台上正在进行的单簧管独奏表演也戛然而止。我们都转过头去盯着他，只见他从后面推推搡搡地往前走。我能看出，他的西服是刚熨烫过的，皮鞋也擦得锃亮，一张略显孩子气的脸上，胡须刮得很干净。可是，他沿着走道往前走的时候，脚步有些踉跄，而且满头大汗。

四周鸦雀无声，显得他是那么孤独。

"他径直朝着前面讲台上的女校长走去，"你继续说，"并且冲着她大喊大叫，还骂她是'婊子'。他说，她把他当成了'倒霉的替罪羊'。""我记得很清楚，接下来他又说，'你不可以这么对待别人，你听到了吗？你们大家听到了吗？'然后，他用手指着坐在下面的家长们说，'坐在后面的，你们所有人，都给我听着，你们谁也逃脱不了干系。'"

我想，这是一个绝望的声音，接近崩溃的边缘。与其在绝望中默默流泪，不如在绝望中爆发。

"这时，两位父亲冲上去抓住他，"你继续说，"并把他从校长跟前拉开。"

他们奋力要将海曼拖出教堂，尽管在场的二百八十名孩子并没有出声，可现场还是一片混乱。

突然，在学生们的沉默中，我听见一个孩子的声音。"放开他。"

是亚当的声音。

我转过头，看见那正是亚当！他从坐得密密麻麻的老师和学生当中站了起来。提高嗓门又说了一遍。

"放开他！"

教堂一下安静下来，所有人都注视着亚当。我看得出，他很害怕，可他还是看着海曼老师继续说道："太不公平了！他没有做错任何事。开除他是不公平的。这又不是海曼先生的错。"

实在太了不起了！简直是个英雄。一个腼腆的小男孩，在一群身着深色西服的父亲面前，在他畏惧的老师、校长面前，只身站了起来。这样一个小男孩，平时会因为家庭作业没有完成惴惴不安，也会因为迟到五分钟而紧张万分，现在，却为了他喜爱的老师，勇敢地挺身而出。我一直觉得他是个好孩子，并不是那种善于讨大人欢心的孩子，但的确是个好孩子。不过，他此刻的行为还是令我震惊不已。

这时，亚当的行为仿佛触动了海曼身上的某种东西，仿佛让他突然意识到自己的所作所为，只见他突然挣脱开两名父亲，开始朝着教堂大门走去。路过亚当身边时，海曼对他微微一笑，暗示他坐下。接着，我就看不见亚当了。我知道，敢冒天下之大不韪的亚当，日后肯定要为今天的行为付出代价。可转念又一想，他们班几乎所有的同学对海曼老师都十分爱戴，他们一定会支持他的。

到门口，海曼转身说道："我没有伤害过任何人。"

这时，我看见身边长椅上的梅茜，脸色忽然变得惨白，上面带着一种我从来没有见过的表情。

"永远都不要再让这个男人接近我们的孩子。"她狠狠地说道。看得出，她不喜欢海曼，甚至可以说是恨他。这还是平时那个温柔可亲、与人为善的梅茜吗？

"这明显是在威胁，"你对贝克警督说，"暴力的威胁。想必你也看得出来，他有多憎恨校长，多憎恨我们大家。"

"可是，当时你们似乎并不是那么担心，所以也没有来报案，对吧？"贝克警督略带嘲讽地问道。

"当时，我低估了他施暴的能力。不光我，大家都是。否则，这一切就不会发生了。那么，你们会逮捕他吗？"

你与其说是在问他，不如说是在要求他。

"我们已经跟海曼谈过话了，就在昨晚。"贝克警督有点不耐烦地说道。

"这么说，你们也怀疑是他，甚至都已经审讯过他了？"

"对于那些对学校怀有敌意的人，我们本来也应该尽快地逐一排查，"莎拉说，"这是很自然的事。"

贝克警督瞪着她，仿佛不希望她泄露这样的国家机密。可莎拉径自继续说道："校长和董事会成员，一开始就把解雇他的相关情况告诉我们了。"

"海曼先生并没有要求律师为他出面。他也乐于提供他本人的DNA样本，供我们检验取证。"贝克警督说道。

"根据我的经验判断，这并不是一个罪犯的反应。"

"可他肯定……"

贝克警督打断了你，"我们没有任何理由认为海曼老师与火灾有关。一篇无良记者的诽谤报道，并不能改变这一点。另外，你对于他在颁奖典礼上所作所为的描述，也不能说一点渲染的地方都没有。"

"然而，我对你的焦虑深表理解，科维先生。看看你，在这么短的时间里经历了那么多事，还是先让大脑休息一下吧。我会派一名警员随时向你通报调查的最新进展。"

说完，他又拿出对讲机，似乎在暗示，你正在给他制造不必要的麻烦。

"我会在我女儿那边，"你起身说道，"有什么消息可以随时去那里找我。"

说完，你便走出了房间，那扇廉价的薄门在你身后"啪"的一声关上。

我跟着你来到走廊。望着你宽阔的背影，我多想上前，紧紧地抱住你。我现在还记得，你离开的三个半星期，对我来说有多么漫长；而那天晚上在颁奖典礼上看到你，我又是多么激动。

　　你刚进入教堂，一开始没有发现我。我忍不住想去回忆，你那一趟拍摄，有没有跟BBC的某位聪明迷人的姑娘在一起。在你离开的那段日子，我也这么想过，不过，我十分确定，你们那支拍摄小组里全是男性。不，我并没有怀疑你，我只是有点缺乏安全感，仅此而已。我甚至从来没有问过你，也从来没有对这些小事表现出丝毫的在意。"回到你的位置上，安安分分地待着。"耳边突然响起保姆的声音，有时她还是蛮有道理的。

　　活动结束后，一出教堂，我立刻开始在家长中寻找你的身影。站在后面的爸爸们应该是最先出的教堂，他们大多在打电话跟家人联系，可是，昏暗中，我找不到你。孩子们都还没有出来。

　　我担心亚当会遇到麻烦，要是真的，他得多害怕呀。我好想告诉他，对于他今天勇敢地挺身而出，我是多么骄傲和自豪。身边的人们都在议论纷纷，事件已经沦为人们茶余饭后的谈资。唐纳德和梅茜就在前面几米远的地方。我一开始以为他们在吵架，可后来发现他们的声音很低，于是觉得是自己搞错了。而且，梅茜说过，他俩从不吵架，"有时候，我觉得我们需要好好地吵上一架，把平时累积的那些小怨气都发泄出来。可是，唐纳德就是脾气太好，总也吵不起来。"

　　唐纳德正在抽烟，他狠狠地吸了一口，烟头的火光在昏暗中闪动了一下。梅茜以前可没跟我说过，唐纳德还抽烟。他把烟蒂扔到地上，用皮鞋把它踩灭，然后又反复碾了几下。

　　我终于看见了亚当，他正朝我这边走来。小脸上的表情如同梦游一般，仿佛要把自己跟这个世界隔离开来。走过唐纳德身边的时候，唐纳德正好又点燃一根烟，亚当赶紧躲开打火机的火苗。

　　"没事吧，小伙子。"唐纳德边说边关上打火机。

　　"亚当，你还好吧？"梅茜也关切地问道。

　　他点点头，我赶紧上前，张开双臂拥住他。"我们去找爸爸吧。"

　　我寻找的不再是我的丈夫，而是亚当的父亲——我们作为父母的身份总是优先于丈夫和妻子的身份。

我终于在人群之外看到了你。你拉起我的手，并抬起另一只胳膊给亚当一个拥抱。"嘿，小伙子。"

你对刚才发生的事情只字未提。不过，你已经看见孩子脑袋上方，那些父母脸上的表情，那是有人做了正确的事情时才会出现的表情。

"你俩先回家吧，"你不顾我的反应，自顾自地说道，"我稍后会赶上你们的。"

甚至都没有亲吻对方，没有打个招呼，我们在亚当身上的分歧，加剧了我对你回家的不安。

"我会尽快赶回家的。"你用命令式的大男子主义的口吻说道。我为你没有与任何聪明漂亮的年轻女子同行而感到庆幸，可这样带来的问题是，你在全是男性的环境里待了太久，通常也得花很长时间，才能从那种大男子主义的状态中恢复过来，仿佛得倒一段漫长的时差才行。

你到家的时候，我正在为你准备迟到的晚餐。亚当早在半小时前就睡着了。

你来到我身后，亲吻了我，我闻到你呼吸里的啤酒味。这一瞬，我们又像一般久别的夫妻那样，重逢到一起。

"珍妮不在家吗？"你问。

"达芙妮的爸爸正开车送她回来。他刚打过电话。"

"他真是个好人。"

你张开双臂，把我搂在怀里。"抱歉，回来晚了。不过，我想把局面挽回一下，于是就在教堂旁边的酒吧里，跟老师们，尤其是希蕾夫人，闲聊了几句。今晚我真的不该这么做的。你还没来得及看看我的脸呢。"

"我请求她不要惩罚亚当，而是交给我们来处理。她同意了。"

我背过他去，于是我们又吵了起来。

你觉得，亚当站出来支持海曼老师，并不是由于他的真诚和勇敢，而是因为他被海曼以某种方式"洗了脑"。你认为，是塞拉斯·海曼在故意教唆亚当。

这时，珍妮走进厨房，我们的争吵不得不中止。我们从来没当着孩子的面吵过架，不是吗？从来没有正式地吵过。他们仿佛是我们的停火协议。

"都不需要联合国了，"有一次你打趣地说道，"交战的国家只需要找一个青春期的女儿站到中间就好了。"

我们来到烧伤科，你遵循门口张贴的图表提示，仔细地洗了几遍手。莎拉也一样。接着，一位护士打开锁，把你们引到门内。

接近珍妮的病房时，我紧张地把双手环抱起来。你对莎拉说："伤害他的不是寄恐吓信的人。"你的声音有点奇怪，把她吓了一跳。

一位护士正在揭去珍妮脸上的最后一层纱布。

布满水泡的脸庞已经面目全非，比在急诊科时的情况糟糕多了。我迅速转过脸去，因为我没有勇气看珍妮的脸。可我还得把看到的情况讲给她听，不能只是匆匆地瞥一眼，因为，如果只是简单一瞥，怎么能对看到的东西有印象呢？也不能保证看清。

然而，你并没有回避。

护士看出了你的痛苦。

"烧伤之后产生水泡是很正常的现象，"她说，"这并不意味着她的伤情出现任何恶化。"

你俯下身子，把脸贴到珍妮的脸上方，轻轻地吻了她一下，仿佛这个吻能飘落到她的脸颊上。

我也知道，这个吻也表明，你坚持认为，凶手肯定不会是投放恐吓信的人。因为，如果真是那人的话，就意味着你没能保护好珍妮，没能阻止那人干下更可怕的事。也意味着，这一切都是你的错。你需要对珍妮凹陷的双眼和嘴巴，对她长满水泡的脸庞，对她缠裹着不知什么材料的双腿，和她破损的气管，以及她可能面临的死亡负全责。

这是你不能承受之重。

"这不是你的错，"我走到你跟前，抱住你说道，"真的，亲爱的，不管凶手是谁，都不是你的错。"

现在，我也理解你为什么不但怀疑海曼老师，还要死死盯住他不放。在你看来，凶手很可能就是他，或者是除恐吓信元凶之外的任何人。

或许，你是对的。

我又一次想起梅茜当晚说的那句话，"永远都不要再让这个男人接近我们的孩子"。平时总是喜欢从好的方面去看待他人，对于别人的错误也总是宽容原谅的梅茜，居然憎恨这个人。

梅茜一定是在这个人身上，看到了某种邪恶的东西。

"你总是那么天真。"耳边忽然想起保姆的声音。

也许我只是盲目吧。

· · · ✦ · · ·

当我们在珍妮病床旁边等贝克警督的时候，我又开始回想那晚的颁奖典礼和到家以后的事情。我并不认为能从中找到什么有用的线索，只是自己需要从眼前的情境中逃离一下，逃回我们往日生活的庇护所里，只是想借助回忆让自己放松一下。

珍妮坐在楼下的电脑前，屏幕上打开的是Facebook的窗口。你出门那段时间，她把一头长发剪短了，这样，身子前倾的时候，头发就不再挡住她的脸。

"罗伊娜今天晚上还在复习呢。"她走过我身边时，我对她说道。

"我想，她铁定是要被牛津录取了。"珍妮平静地答道，仿佛没有听出我话里的埋怨。

"她还是想在高考中考出最好的成绩。这无论是对上大学，还是对个人的履历，都特别重要。"

"好吧，妈妈，她是牛人。"她说。见你上楼梯，她又跟你道了声"晚安"。

"晚安，小公主。"你答道。从她五岁起，你们一直这样互道晚安。只不过现在，先去睡觉的不再是她，而是你。

我跟你一起走进卧室。

"她要是能明白我跟她提罗伊娜的用意就好了。再有两个多月，就是英文科目的考试了，可她一点要看书的迹象都没有。"

"我想，她的指定阅读教材是《奥赛罗》吧。"

"关键不在这里。关键是她得知道自己的目标。"

你大笑起来。

"我只不过是希望她考好一点，至少能有大学录取她。"

"是的，我知道。"你深表理解地对我说，然后吻了我一下。在我们婚姻中，共识还是大于分歧。尽管我们关于亚当的争论并没有停止，就如同在隔壁房间熟睡的他那温热的小身体一样，真实而鲜明；尽管珍妮玩社交网站而不是温书的时候，我对她的忧虑也时时刻刻在家中挥之不去，可是，我还是那么高兴，因为有你在家里。

你跟我讲述出差时的见闻，我则跟你念叨这段时间家里发生的各种琐事。当然，我特意省略了海曼和亚当之间的事情，虽然它很重要，可我不愿破坏跟你久别重逢的甜蜜氛围。

聊了一会儿，你去洗漱。终于不需用木桶接水洗澡，而是可以好好冲个热水淋浴，让你很享受。而这时，那种阴魂不散的焦虑又再次向我袭来。我想起了罗伊娜。在西德里小学上学的时候，她几乎每个学期，每门学科都能考第一名，并因此成为学校晨会上的明星。现在，她被牛津大学录取去读科学，而我们的女儿，则连高考及格一门的把握都没有。

我的焦虑渐渐演变为嫉妒。梅茜跟我说过，唐纳德非常爱自己的家。典礼当晚，如果勇敢挺身而出的是罗伊娜，我相信，唐纳德肯定会站出来支持她，并为她感到骄傲的。多完美的家庭啊！

我把先前精心化好的妆一点点卸下来。这些年来，你的面孔变得越来越知名，而我的面孔则变得越来越苍老，每次你外山归来，我们重逢的时候，我的这种感觉就变得分外强烈。

我再次想起之前梅茜对于自己外貌的奇怪评价。或许是因为从她身上看见了自己，或许是有意想在这个完美的家庭中挑出点瑕疵，不管是什么原因，那句"贪吃的肥猪"，依然在我耳边回响，直到脑子里忽然联想到另外一些无伤大雅的细节——有一次，梅茜来我家，临走前，对着门厅的镜子照了照，然后迅速把目光移到别处，"天哪，真是个黄脸婆，"她说，"超越肉毒杆菌哪！ ①"还有一次，我问她脸上怎么会有瘀青，她说，"被花园的篱笆给绊了一下——谁让我笨手笨脚的呢"；另一次，她指着手腕上的伤口跟我解释，"穿着船鞋，在结冰的路面上滑倒了。唉，都怪我，急急慌慌的，跟个傻子似的"。

单个看，这些小事没什么大不了，可当我对着梳妆台的镜子，把它们联系起来想，看到的却是一张邪恶的黑色大网。不过，我赶紧让自己打住。本来只是想给这个完美家庭找点瑕疵，可想象力却编织出更可怕的东西。我相信，这一切不过是我的臆想罢了。

行了，够了，我正告自己，丑恶的嫉妒催生丑恶的想象。够了。

我本来指望，回忆往事能让自己宽慰一点，可事与愿违，梅茜的那些不太愉快的旧事，依然在脑海里挥之不去，仿佛大脑就是不肯让我把它们折叠起来，放到一边。而这又牵扯出另一段往事———一段本来已被淡忘，曾经努力回想却没能想起来的往事。

也是梅茜。运动会那天，离开操场的时候，她忽然停下来，拿出一面小镜子，照了照自己的脸。我无论如何也没法把她跟这个举动联系起来，这跟刚才妈妈赛跑时那个引人注目的不服输的梅茜，完全是两个人。这也让我意识到，此刻的她是多么不自信。

这也是件小事，并不是我所期望的重要线索。可我不明白，自己为什么总是一而再，再而三地想起它们。

这时，贝克警督来了，看到珍妮，他稍稍往后退了一下。这就是你

---

① 译者注：超越肉毒杆菌（Beyond Botox）本来是一本风行欧美的美容畅销书的名字，该书介绍了一些注射肉毒杆菌以外的更自然、更安全的护肤美容方法。梅茜在这里借用书名，表达的却是对自己衰老容颜的自嘲。

要他来的用意吗？是为了给他一个震撼？如果真是这样，那么你做对了。我也想让贝克意识到，情况到底有多么严重。

"有个消息，希望你们听了能安心，"依旧是那种可气的冷淡口吻，"我已经让一个手下核查了海曼的供词和不在场证明，火灾发生的时候，他不可能在学校。"

你立刻火冒三丈。

"谁证明他不在现场的？"

"对于这个问题，我无可奉告。我会安排一名警员作为家庭联络员，随时向你通报最新进展。"

"我不需要什么家庭联络员，"你气愤地说道，我注意到，贝克脸上有些不悦。"我只需要知道，你打算什么时候逮捕海曼。"

贝克警督沉思了半晌，然后故意扭过头去不看珍妮。

"我们正在加紧对恐吓信事件的调查，"他说，"同时，我们会把纵火犯视作企图谋杀你女儿的凶手。"

莎拉用手摁住你的胳膊，想劝你不要发作，可你把她甩开了。

"我还有个会要开。"你说。

接着，你走到病床边，对珍妮低声耳语了几句，然后一言不发地离开了病房。

贝克警督转过来对莎拉说："我想，她的朋友们，我们都调查过了。不过，除了对那个用过的安全套做了DNA测试，还没有做其他法医鉴定，对吗？因为个人的原因，你肯定已经很了解这个案子了。"

"是的。不过，我们还没找到跟样本比对吻合的人。"

"还没有从她男朋友或者朋友当中采集样本吧？"贝克问道。

"还没有……"

"那就着手做吧。从恐吓信上邮戳的地点有什么发现吗？"

"地点很杂，"莎拉答道，"不过都在伦敦市内。其中一个街道信箱配有监控摄像头，发恐吓信的人在投信的时候，或许有被拍到的可能，不过，目前，我们还没办法调用……"

“我会派人把录像调出来的。”

在走廊里，我找到珍妮，她刚从外面溜达回来。

“我看见泰娜了，”珍妮说，看得出，她此刻有意想找个无关痛痒的话题。“她在一楼鬼鬼祟祟地到处逛呢。”

“这就是懒记者追新闻的伎俩，”我说，“守株待兔。”

“莎拉姑姑认为凶手是发恐吓信的人吗？”珍妮决定不再绕弯子，索性直截了当地问道。

“我想，她都会考虑的，关于那些发恐吓信的人，关于你有没有……”

“不，别说了，求你了。光是你跟爸爸整天想这些，就已经够烦的了。”

“我只是……”

“我认识的人里，不可能有任何一个会下此毒手。”她的语气很坚决，与那天在厨房说起这个话题时如出一辙。

“我从来都没有半点怀疑你朋友的意思。真的。我只是想知道，有没有什么事情，你还瞒着我们。”

她把脸转向一旁，我读不懂她脸上的表情。

“我们总是想知道你的行踪，你是不是早就烦透了？”我问。

“你老是管着我，”珍妮纠正道，“而爸爸则是跟踪我，天哪，有一次居然还被我看到了。”

“他只是想确定你是安全的。仅此而已。自从你拒绝他开车送你去……”

……“我都十七岁了。”

是呀，才十七岁。又那么漂亮，那么懵懂。

“还有，玛利亚组织聚会那次，你们也不让我去，”她继续控诉道，“只是因为聚会九点开始。才九点。每个人都去了，可你们，却因为一些我从没做过的事情，杯葛我，不让我去。”

这么多年来，珍妮得为我做一本辞典，我才能明白她说的那些词都是什么意思。开个玩笑。（我发誓，我自己绝对不会使用其中任何一个词的。）

"杯葛"就是一个我从她那里学到的词。

不过，她有她的道理。这对她公平吗？她并没有做错任何事情，没必要承受我们视为保护的惩罚。我们越是要把她庇护在自己的羽翼下，她想要逃离我们的愿望就越强烈。正因如此，说那些信件是"恐吓信"，其实是很贴切的，不仅因为里面的内容不堪入目，更因为它导致的恐慌，夺走了本该属于这个家庭的快乐。

"我还是去了，"珍妮坦白道，"去了玛利亚的聚会。就是参加完壁球赛后，我在欧蕊家过夜的那个晚上。欧蕊也去参加了聚会。"

她为何选择在此时澄清这件事呢？

难道那晚的聚会上发生了什么事？我等着她解释，可她并没有继续说下去。

"关于恐吓信，你还有什么事情瞒着我们吗？"我又问了一遍，"就在我们把你'管'得更严以后？"

她略微往后退了一点。

"有时候，我感到自己又回到学校，困在里面，"她小声说道，"没法逃脱，没法出去。我什么也看不见。我的意思是，它不像是回忆，不是普通的回忆。而是只有痛苦，只有恐惧。"

说着说着，她忽然蜷缩成一团，仿佛自己小到不能再小。

我张开双臂搂住她。"唉，都过去了。一切都过去了。"

她一定还有事情瞒着我们。因为，我一追问，她就陷入沉思，就想起那场大火，并且再次真切地感受到它，好像这两者有什么联系似的。可是，她现在颤抖得这么厉害，我又怎么忍心再逼问呢？我不能，至少现在不能。

然而，我相信，早晚有一天，她会告诉我的。

记得她小时候，每次放学我接她回家，她都会跟我说，"我在学校一切都挺好的，妈妈"，亚当现在也是如此。可是，我总会莫名地焦虑，总觉得，她校服口袋里可能藏着什么秘密，袖子里也许裹挟着什么麻烦，外套可能掩着什么恐惧。可我不能说，我不得不耐心地等着，等到回家后，她向我和盘托出。通常，写作业的时候，说的都是些鸡毛蒜皮的小烦恼；晚饭后坐在沙发上看电视的时候，说的是些让人害怕担心的事；而那些真正的大问题，得等到睡前洗澡的时候才会知道。所以，我觉得，这个秘密应该不会藏太久的。

这时，她指着烧伤科那边，问我："那，我怎么样了？"

我事先已经酝酿过自己的答案。

"我看得不是很清楚。不过，听护士说，你的情况跟她们预想的差不多。至于会不会留下疤痕，还要等几天才会知道。"

差不多算是实话实说了。

"爸爸还在那里吗？"她又问。

"不在，他去跟医生们开会了。"我说。

你是去跟治疗我的医生们开会。他们将会针对我脑部扫描的结果进行会商。我觉得又有必要做些铺垫了。

"我们要不要去看看泰娜在干什么？"我提议。

"我们不去找爸爸吗？"

"让他在那边待会儿，没关系的。"

我不想让珍妮听见医生跟你说的话。

我自己也不想听。

至少现在不要。

现在不要。

"你还记得，我第一次收到狗屎的情景吗？"她问道。

"是在一个盒子里，就是平时用来寄书的那种盒子。"我答道，心里很诧异，她怎么会想到这些。

"记不记得亚当是怎么说的？"

亚当瞥了眼盒子里的东西，说："我猜，这是梗犬的便便。"居然被亚当看见，我吓了一跳。"亚当，说真的，我觉得你不应该……"

"我的意思是，你看看它的大小，明显是从一只小狗的屁股里出来的嘛。"珍妮说着不禁笑了出来。

"难道是约克犬？"亚当猜道。

"或者是苏格提？"珍妮也跟着猜，她笑得更厉害了。

"不，我知道了！"亚当喊道，"是贵宾犬的屎！"

然后两人捧腹大笑，笑声在屋子里回荡了好几分钟。

Chapter 4

真的是他吗

这个线索一直藏在我心里，没法把它说出来，时间一长，简直要腐烂掉。

泰娜站在医院小卖部旁，一边发着短信，一边整理着自己的头发。

　　"你觉得她是在等着再次骚扰爸爸吗？"珍妮问道。

　　"有可能。"

　　她就像一只羽毛锃亮的秃鹫，在觊觎着更多的腐肉。

　　透过小卖部的玻璃幕墙，我看到，摆在不新鲜的水果和泰迪熊旁边的，是一摞《里奇蒙德邮报》。我不禁想起，人们看完报纸随手把它丢进垃圾桶的情景。每到星期二，回收垃圾的日子，看着收垃圾的人都不愿让这些报纸进入自己的卡车，珍妮总会笑弯了腰。

　　"她在报纸上把塞拉斯说成那样，实在是太不公道了，"珍妮说，"靠，那种情况下，他又能怎样啊。哦，对不起。"这种时候还能为自己不小心说了脏话而道歉，我觉得她好可爱。也许，现在也到了向她坦白的时候，背着她，我们也没少说脏话。

　　去年夏天，她在西德里小学工作的时候，认识了海曼。不过，她对他并不是十分了解。毕竟，她只是个底层的助教。她之所以支持他，也是因为他对亚当的帮助。我想，珍妮对海曼直呼其名，倒是证明她已经从学校的学生，变成了一名老师。可是，我们这些做母亲的，还是跟孩子一样，称他为"海曼先生"。

可是，她会有那么天真，以至于到现在依然支持他吗？然而，我又不想让自己的阴暗多疑，玷污了她对世界的看法。不到万不得已的时候，我是不会这样做的。

今年三月份，当泰娜最初发表"操场坠落事故"一文时，我还跟泰娜发生过争执。这件事我从没跟珍妮提起过。

当时，泰娜还取笑我总是称他为"海曼先生"。

"上帝呀，你生活在什么时代呀，格蕾丝？是在简·奥斯汀的小说里吗？"

"你又找到电视剧本的素材了？"我回击道，不过是在心里，而且是在十分钟以后。

等我去编辑那里，泰娜却开始诋毁我，说我为海曼老师辩护，不是为他着想，而是为了我自己，特别是出于我对她的嫉妒。我都三十九岁了，只有一份兼职的撰写评论版的工作，事业早在多年前就进入了瓶颈，为了跟她这位年仅二十三岁，才华横溢，记者界冉冉升起的一颗新星竞争，有什么做不出来的呢？

当然，她说得并没有这么直接，她根本就不需要那样。就像她的文章，想怎么说就怎么说，完全不担心被人说成是杜撰的。结果，她那篇文章顺利发表。

我怎么能告诉珍妮，或者告诉你，自己竟然如此懦弱？要是换了莎拉，肯定一秒钟也不会忍的。也就是从那时开始，耳边保姆的声音开始变得特别尖刻。

其实，泰娜说得也不是完全没有道理。我自从坠入《里奇蒙德邮报》这个泥潭，就从来没有爬出来过。我曾经很多次向别人（梅茜除外）宣称，要照看好孩子，就没必要出去找一份全职的、作为终身事业的工作。我也曾经对你，也对自己说过，如果非要在工作和家庭之间选择，我宁愿选择家庭，选择陪着珍妮和业当成长。而保姆的声音却插进来说，是我自己编造了这个非此即彼的选择。"有那么多的母亲，都是工作与家庭兼顾，而且，把两方面都玩得很转。"

"我的生活又不是杂技表演。"我在心里反驳道，这次的反应倒是出奇快。

可是，保姆的声音发起一连串的反击，而且最后总能占上风。

她说："你缺乏创意，缺乏野心，缺乏专注，缺乏才干，而且缺乏动力。"

缺乏动力才是直击要害。我举双手赞同。是呀，你是对的！现在，我得去督促亚当完成家庭作业，还要看看珍妮是不是还在泡社交网站。

泰娜正在读手机里的一条短信，边看边迈开大步朝走廊走去。珍妮和我赶紧跟上她。珍妮笑着说："《警界双雄》①还是《美国警花》②？"

不过，事实上，我们这样跟着泰娜，倒是有几分惊悚的气息呢。

到了咖啡厅，泰娜在一名男子的桌前坐了下来。这人比她年长，有些肚腩。我认出了他。

"这是保罗·普雷斯内，"我告诉珍妮，"这是一名自由撰稿人。其实还不算坏。他主要给《每日电讯报》写稿子，做了很多年。"

"莫非她要开始大肆传播了？"

我俩都很担心这一点，因为你也算电视名人，你的知名度自然会引发更多媒体的关注。

只见那人色眯眯地盯着泰娜，发现对方并没有表现出反感，就变得更加肆无忌惮。这也是他为什么会出现在这里的原因吧。

我们走到跟前，想听听两人究竟在谈些什么。

"事实上，这跟学校没什么关系。"普雷斯内说。

---

① 译者注：《警界双雄》（Starsky and Hutch）是二十世纪七十年代颇受欢迎的一部电视剧集，讲述两名打扮时髦的便衣男警察，在严厉上司的指挥下，追踪破获各种疑案的故事。

② 译者注：《美国警花》（Cagney and Lacey）是二十世纪八十年代在美国热播的一部电视剧集，讲述分别为单身和已婚的两名女警探的传奇故事。

"关键在于，这可是个产业，几百万英镑的大产业，就这么化为灰烬。这才是你应该调查的。这才是你的切入点。"

站在我旁边的珍妮，饶有兴致地听着。

"这个切入点就是，火灾发生在学校，"泰娜边说边把一勺卡布奇诺咖啡送到玫瑰色的唇边。"好吧，虽然没有学生受伤，可一个十七岁的女孩子受伤了。一个又漂亮又讨人喜欢的十七岁少女。这才是人们感兴趣的，保罗，人生如戏，这可比那些资产负债表有意思多了。"

"你这是在故弄玄虚吧。"

"我只是了解读者的兴趣而已。即便是《每日电讯报》的读者，也会感兴趣的。"

他凑上前去，对她说："那么，你只是想满足他们的需要？"

她并没有躲开。

"到最后，还是要扯到金钱的问题上，泰娜，事情总是如此。"

"哥伦拜恩中学①、德克②、弗吉尼亚理工大学③，这些校园枪击案里，凶手的作案动机都跟金钱无关，不是吗？你知道，在过去十年里，有多少学校发生过暴力袭击事件吗？"

"可那些都是枪击案，不是纵火。"

"大同小异。都是发生在我们的学校里的暴力。"

"我们的学校？胡说，完全不对。你举的例子明明都发生在美国嘛。"

---

① 译者注：指的是哥伦拜恩（Columbine）校园枪击惨案。1999年4月20日，在美国科罗拉多州杰佛逊郡哥伦拜恩中学，两名青少年学生配备枪械和爆炸物进入校园，枪杀了12名学生和1名教师，造成其他24人受伤，两人接着自杀身亡。这起事件被视为美国历史上最血腥的校园枪击事件之一。

② 译者注：指的是2009年7月22日，美国休斯敦市的得克萨斯南方大学发生的一起枪击案，造成6人受伤。

③ 译者注：指的是2007年4月16日，发生在美国弗吉尼亚理工大学的一起校园枪击事件。凶手在校园先后举枪射杀了32人，射伤15人，最后举枪自杀。这起事件是美国历史上最惨重的校园枪击案。

"在德国、芬兰和加拿大，也有很多类似的案例。"

"可不是我们这儿。"

"邓布兰①不是就发生过吗？"

"偶然事件罢了。而且是十五年前。"

"也许，校园暴力算得上新鲜事物，是打破我们郊区宁静氛围的不速之客。"

"这是你的下一篇文章？"

"这或许是某种新趋势的发端。"

"你控告的那个家伙，既不是疯狂的在校生，也不是被开除的学生，而是一名老师。"

"控告？你警匪片看多了吧。这是个被开除的老师。这是关键。"

"好吧，不得不承认，你给自己找了个好故事。可是，它纯粹是拼凑、捏造出来的，如果你编造得不谨慎的话，还可能构成诽谤中伤。当然，它算是个好故事。"

说完，他又冲她讪笑。我实在无法忍受这种令人作呕的调情。

"而且，我喜欢你配的照片。当你找不到真人来给你拍的时候，就用楼前那尊小孩的青铜雕塑的照片来代替。出现在同一页的，还有那张珍妮的照片。"

"我们去找爸爸吧？"珍妮问。

于是我们离开了咖啡厅。这时，我突然想起，贝克警督曾经问过，为什么媒体会那么快就赶到着火的学校呢？难道泰娜跟这件事情有关？如果是的话，会有什么关系呢？

"他说得对，"珍妮说，"关于学校是一个产业。我早就跟你说过，对吧？"

我眼前顿时浮现出那个闪闪发光的银质奖杯，一想到我们也是这个成功商业模式中的一环，心里再次不舒服起来。

————————

① 译者注：指的是1996年在英国西坎布里亚郡邓布兰镇一所小学发生的枪击案，一名43岁的前童子军领队开枪射杀了16名儿童和一名老师。

"可是，就算它是一个产业，"我说，"我也想不通，为什么会有人想烧掉它。"

"难道是为了骗取巨额保险？"珍妮问。

"我想不通。学校已经招满了学生，而且学费也一直在涨。从商业的角度看，它应该运行得很成功呀，实在没有理由要把它烧掉呀。"

"说不定里面有一些我们不知道的秘密。"珍妮说。我注意到，她一直紧紧盯着这个问题不放，就像你一直盯着塞拉斯·海曼不放，而且坚决认为，伤害珍妮的，可能是任何事、任何人，唯独不会是投放恐吓信的人。

我们刚到神经重症室门口，就听见里面贝尔斯托姆医生的高跟鞋匆匆踩过地毯的声音。

她对一名高级护士说："是有个关于格蕾丝·科维的会吗？"

"是在罗德医生的办公室。全科人都参加。"

"等多久了？"

"十五分钟了。"

"见鬼。"

她赶紧踩着高跟鞋匆匆向办公室跑去。

"我们要待在这里等爸爸吗？"我问珍妮。

她没有回答。

"珍？"

还是没有吭声。我转过头去，看着她。

出事了。出大事了。她的眼里闪动着光芒，浑身上下也发出彩色的亮光，非常强烈。一股热浪从她身上袭来。

我吓呆了，身子动弹不得。

"去看看，我到底怎么了。"珍妮说道，声音低得我几乎听不见，她的脸上不停地发出彩色的强光，刺得我几乎无法正视她。

这时，只见你冲出会议室，一头扎进走廊，门在你身后重重地关上。紧接着几个人走了出来。

我跟着跑了上去，试图追上你。

你跑到烧伤科，"砰砰"地砸着门，一名护士仿佛早就等在了那里，飞快地为你打开门。她说，珍妮的心跳出现抑制，他们正在实施抢救。

被抑制的应该是犯罪，怎么能是心脏呢，怎么能是珍妮的心脏呢？她的心脏不应该停跳，而应该不停地跳下去，每一分，每一秒，每一小时，每一天，到我俩的心脏停止跳动以后，再过很久，很久很久。我想起了希尔维亚·普拉斯的那首诗，"爱令你走来，如一只胖乎乎的金表"①，我想，爱的确让我们女儿的心脏开始跳动，可那不是一个血肉的手表，不需要上发条，也不需要拿去修理。我努力想着这些诗句，这些词汇，从而不让自己去想珍妮的身体正在消逝这个事实。撇开这无用的咬文嚼字，缓过神后，我立刻赶上你，来到她的床边。

床边围了好些人，全都忙个不停，仪器发出"嘀嘀"的警示音，并闪烁着红光，珍妮躺在这一切当中。你无法靠近她，围在床四周的人挡住了你的去路。我能感觉到你的痛苦和沮丧。你多想拨开人群，立刻冲到她身边。可是，此刻，能救她的，恰恰是围在她身边的这些人，而不是你。

外面走廊里的珍妮正发出炫目的强光，仿佛她整个人是由光构成的。一想到这里，我忍不住尖叫起来。

她不能死。她不能。

那些人正非常努力地抢救她的生命，他们彼此之间用极快的语速说着我们无法理解的词汇，手上的动作敏捷而熟练，宛如一群异教徒正使用高科技的魔法举行仪式，要把死亡线上的珍妮召唤回来。

心电图的曲线忽然闪动了一下。

她的心脏开始跳动了！不是那块胖乎乎的金表，而是一个女孩的心脏。她活过来了。

我，还有周围的每一个人，都激动万分，这一刻，我们仿佛全都脱离了现实世界的束缚。

---

① 译者注：希尔维亚·普拉斯（Sylvia Plath）是美国二十世纪最有影响的女诗人，此句来自她的诗歌《晨歌》（Morning Song）。

珍妮来到我身边，身上的光芒减弱了许多。

"我还在。"她边说边对我微笑着。

隔着众多医生和护士，她没有看见自己的身体。

桑胡医生转过头来望着你，他古铜色的脸上呈现出的，不再是不可思议的健康，而是极度的疲惫。他人的生命系于自己手中，这是一种什么样的感觉呢？承载着我们沉甸甸的爱，珍妮的生命对他来说又有多重呢？

"我们会直接把她转移到重症监护科去，"他对你说，"我担心，她的心脏可能受到损伤，也许是非常严重的损伤。我们会立刻进行检查。"

我试着把珍妮拉开，可她一动也不动。

"你会挺过来的，"你对着昏迷不醒的珍妮说道，"你一定会好起来的。"

你似乎知道，珍妮能听见你的声音。

"我是罗根，珍妮的心脏科顾问。"站在抢救队伍前面的一位年轻女子对你说道。

"等我们拿到她的检验结果，我再跟您详谈。不过，我得先提醒您，如果检验结果跟我们预想的一致，那么……"

可你已经走出了病房，不愿意听到她的后半句话。

珍妮也走了出去。因为，医务人员已渐渐散去，她不忍心去看自己的面孔和身体。

莎拉等在病房外。

"她还活着。"你对她说道。

莎拉上前抱住你，浑身颤抖着。

我跟着珍妮来到走廊。

"太惊人了，妈妈。"她说。

"惊人？"我问道。珍妮居然用这个词来描述自己的濒死体验。以前，她和朋友倒是常常用这个词来形容冰激凌。过去，我常常担心电视和网络上的随意使用，会抹杀这种动形容词的微妙含义，为这事，我还说过珍妮几次。

"就仿佛，我身体里所有光啊、颜色呀、温度哇，还有情感，统统都离开躯体，都跑到我这里来了。"她说，"太美了，那种感觉，当时我的感觉，实在是太美了。"她沉思了片刻，寻找合适的字眼来描述。"我想，刚才发生的事情，应该是我的灵魂降临了。"她的描述令我震惊，不光是话的内容，还有她说话的方式。要知道，我酷酷的女儿，以前说话时，一句话里绝不会超过一个形容词。

"可是，这再也不会发生了，"我说，"直到你变成老太太，知道吗？"

桑胡医生来到你跟莎拉身旁。

"一位护士刚刚告诉我们，珍妮呼吸机上的一根连接导管昨天晚上突然松了。她本来应该昨天晚上就报告这个情况的，可我估计，要不是刚才的紧急状况，她是不会说的。"

昨晚对珍妮的那种担忧，立刻升级为恐惧。

"就是这个原因导致她的心脏停跳吗？"莎拉问。

"我们没法确定，"桑胡医生答道，"我们已经注意到器官衰竭的问题。"

我看见他了，那个穿大衣的身影。我看见他了。

"会不会是有人故意破坏？"你怀疑地问道。

"仪器设备偶尔会发生故障，"桑胡医生答道，"虽然不多见，但的确发生过。而且，我们很难相信会存在人为的破坏。我们是医院里少数几个员工调离率很低的科室，多数人都在这里工作很长时间了。以前从来没有发生过这样的事情。"

"要是有外人偷偷溜进来呢？"莎拉问道。

"烧伤科的大门一直是锁着的，需要输入密码才能打开。只有医护人员知道密码，访客经过允许后才能进入。"

就跟学校一样。我以前怎么就没注意到呢？跟学校一模一样。

我察觉到莎拉的脸上露出一丝焦虑。

"谢谢你，"她平静地说，"我的一位同事可能会跟您谈谈话。"

"当然。事实上，我们的治疗都是遵照流程进行的，科主任也刚刚跟警方谈过。不过，我愿意亲自再向你们解释。"

身旁的珍妮僵住了，脸上露出恐惧。

"你听见了，妈妈。医疗设备都可能出故障。"她不愿意相信这一点。

"是呀。"我含糊地答道。我怎么能把昨天晚上亲眼看到的事情告诉她呢？这个时候，我又怎么忍心让她再受惊吓呢？

你朝着走廊那头走去，我担心你会无视他们跟你说的，甚至会无视那些忠告。于是赶紧撇下珍妮，尾随着你。

"有人想要杀害她，迈克。"我肯定地对你说，可你却听不见。

"我要跟珍妮待在一起，"你对莎拉说，"二十四小时守护着她。我要确定那个浑蛋一步也不能靠近她。"

我爱你。

又过了一个多小时，珍妮出去绕着医院溜达，这让我很担心，可耳边又响起她那句话，"妈，看在上帝的分上，我都十七岁了。而且，都这样了，还能发生什么更糟的事情呢？"

我跟你在一起，守在珍妮的床边。这样的一间重症监护室，相比我们过去的生活，是多么陌生，多么格格不入。而较之珍妮周围成堆的仪器设备，身边多一位警察也不算什么大不了的事情。我想，你一定很庆幸能有一位全副武装的警察在这里。不过，你还是朝珍妮身边挪了挪，还是想要亲自上阵来保护她。

珍妮刚才对濒死体验和灵魂降临的那番描述，让我吃惊不小，然而，我觉得她说得并不完全准确。爱怎么可能离开你的躯体？，因为它一开始就不在那里。因为，当我凝望着你，凝望着珍妮受伤的躯体时，我知道，爱就在这里，不管我变成什么样，爱就在这里。

"科维先生？"

是罗根小姐，那个年轻的心脏科顾问的声音。她走上前来。

"我们拿到珍妮弗的检测结果了，"她说，"能去我的办公室谈吗？"

可是，这位年轻美丽的罗根小姐，用爸爸的话说，这个从天而降的尤物，又怎么会了解珍妮心脏背后那些不为人知的复杂故事呢？肯定不会，作为一名顾问，她还太年轻，还无法真正意识到自己在说些什么。我知道，不等她开口，自己已经对她将要说的话感到不以为然了。

我跟着你们走进一间医生办公室，里面的空气闷热而混浊。桑胡医生已经在里面等候。一见你，他赶紧握住你的手，拍了拍你的胳膊，我竭力不去猜测他这是在提前对你表示同情。

大家都没有坐下。

我讨厌这间燥热、死板的办公室，无论是铺在地上的块状地毯，还是成堆的塑料椅，还是贴在墙上的药品公司挂历，都让人感到沮丧。我所希望的，是跟亚当和珍妮一起，待在厨房，就像每天接他们放学回家后那样，把落地窗全部敞开，给珍妮泡一杯茶，给亚当榨一杯果汁，听着两张小嘴喋喋不休地抱怨自己的家庭作业。这一刻，我的想象是如此清晰，似乎真的听见珍妮把书包"嘭"的一声扔到桌上，而亚当则嚷嚷着问我还有没有剩下的巧克力卷。我相信，每个人心中都有这么一个暖暖的小窝，你一进去，就如同进入了天堂般的世界。只要能找到通往那个小窝的路，你就能同时体验自己过去和现在的生活。

还是桑胡医生率先打破了沉默。他觉得自己有责任来宣布这条重大的消息，就像有责任砸破蛋壳一般。我能猜到，他要讲的肯定不是什么好消息，肯定会毁掉那条通往小窝的路。

"我们对珍妮的情况做了全面的检查。我担心，我们最害怕的事情还是发生了，她的心脏受到了灾难性的损伤。"我看了看桑胡医生的脸，然后迅速把头转向别处，可是，已经晚了。短短一瞥中，我已经看出，他脸上的那种表情，是一位医生，认为握在自己手中的那个生命，已经危在旦夕，并且无药可救时，才会出现的表情。

"她的心脏只能坚持几个星期。"他说。

"几个星期？"你一字一句地追问道，每个音节都被压得扁平，似乎是舌头顶着上颚强挤出来的，听上去比苦艾的味道还要苦涩。

"这可说不准。"他并不情愿回答这样的问题。

"到底是几个星期？"你又问了一遍。

"我们估计大概三个星期。"罗根小姐答道。

"这三个星期的时间，我们都能去意大利了！离圣诞节只有三个星期了，亚当！离高考只有三个星期了，珍妮！你们能意识到三个星期有多快吗？"

珍妮出生后，她的生活最初是用小时来计算，接着是天，接着是星期。过了十六周以后，则是用月来计算——四个月，五个月，十八个月——等过了两岁，我们就开始用半年来计算她的年龄。最后，我们就开始用年来计算她的生命。而现在，他们又要重新用星期来计算她的生命。

我不会允许这样的事情发生。

我亲眼看着她，从两颗细胞组成的小生命，一步步长成一个五英尺五英寸高的大姑娘，而且现在还在成长。我的天哪，她怎么能就这样停下来呢？绝对不能。

"你们一定还有什么办法。"你还是一如既往地怀抱着希望，即便在现在，你也确信，肯定会有办法。

"唯一的办法是接受器官移植，"罗根小姐说道，"不过，我担心……"

"那就给她做器官移植。"你语气肯定地打断她。

"要在这么短的时间，找到跟珍妮合适的配型器官，可能性非常小。"她说。此时此刻，她的年轻成为一种优势，使人们把她跟她讲的信息分隔开来。"我不得不对您说，她从捐赠者那里及时得到合适心脏的机会，非常渺茫。"

"那就用我的吧，"你说，"我会去瑞士，去找那个叫'尊严'①还是什么来着的组织。那里可以给有需要的人实施安乐死。肯定能用某种办法，把我的心脏捐赠给她。"

我看着他们的脸，而不是你的脸，我不忍心去看你的脸。在他们脸上，我看到的，不是震惊，而是同情。你肯定不是第一个提出这种建议的父母。

"我想，恐怕存在很多因素，导致你不能这么做，"桑胡医生说道，"首先，是法律的因素。"

"据我所知，你的妻子仍然处在昏迷当中……"罗根小姐正准备——

---

① 译者注：位于瑞士苏黎世的尊严（Dignitas）医院，是瑞士最大的安乐死组织。鉴于每年都有大量游客前往瑞士在此类组织结束自己的生命，瑞士政府正在重新审查协助自杀的相关法律，并考虑关闭此类机构。

道来，不想却被你再次打断。

"那你们到底要我怎么做呢？我不能把心脏捐给她吗？"

这时，我的心里忽然升起一线希望。那我呢？我能把心脏给她吗？

"我只是想表达我的同情，"罗根小姐说道，"考虑到珍妮的情况，这对于你来说就更加艰难了。"她几乎是在自言自语。"不管怎样，"她继续说，"即使您妻子的大脑只能恢复一小部分功能，可她毕竟还可以自己呼吸，所以……"

"她还能听见我说话，"你大声地插话道，"她还能思考，她还有感觉，只不过还不能表现出来罢了。可她一定会的。她一定会好起来的。珍妮也会好起来的。她俩都会康复的。"

此刻，我是那么佩服你，因为，面对着"灾难性损伤""只能活三个星期"，以及你用自杀挽救她的机会"非常渺茫"这样的判决，你居然还不认输，居然还坚信珍妮和我能够战胜命运。

此刻，在我的脑海中，浮现出一片空旷的大草原，我看见一个男人，正在用信心和力量，筑起一道希望的防护栏。

桑胡医生和年轻的心脏病学家都没有说话。

诚实、可怕的沉默代替了赞同和安慰。

在一片沉默中，你走出办公室。过了片刻，罗根小姐也走了出来。

我好想加入你的希望防线，可是却去不了，迈克，我去不了那儿。

我甚至一动都不能动。

因为各种消息像钢钉般插在我的四周，往任何方向跨出一步，我都会被刺得头破血流。所以，如果我一动不动，反而能阻止这些坏消息变成现实。

桑胡医生见周围已经没人，抬起手来擦去眼角的泪水。是什么把他带进这间房间的？我想象着，是一位科学老师发现了他的聪慧，把他推荐给一所医学院，他的父母深深地以他为荣，接着，他便踏上了一条职业的道路，右转是这边，直走是那边，而现在，恰好停在这里。

可是，替桑胡医生考虑他职业生涯中的困惑，对我没有任何意义。

因为，那些钢钉正朝着我飞过来，它们发出一种声音，自从听到"三个星期"这个词后，那些钢钉发出的嘀嘀嗒嗒的声音就一直萦绕在我耳边。我的每一个思想，每一个行动，每一句话，都离不开这种声音，直到那些钢钉耗尽为止。

珍妮的心脏毕竟还是变成了一块手表。嘀嗒嘀嗒地走着，直到归于沉寂。

…◆…

我走出重症监护科病房的时候，珍妮正在等我。

"怎么样？"她问道。

"你会好起来的。"我说。这是一个厚颜无耻的谎言，是欺骗，是一位母亲替孩子戴上自己用谎言编织的围巾。

她深深地松了一口气。

"可他们怎么会那么确定呢？"她问我。

"并不完全确定。"

我早晚还是要面对真相。

我们看见你走出重症监护病房，朝着我的神经重症室走去。珍妮那边一定是有莎拉在照看。

你坐在我昏迷不醒的身体前，把刚才医生的话又跟我重复了一遍。你告诉我，珍妮要接受器官移植。她一定会好的。她当然会好的！

我紧紧贴着你，能感觉到你的勇气和希望。

我会牢牢抓住它不放的，就像我会牢牢抓住你不放。

至少，从这一刻起，我可以把你对珍妮的希望作为信仰，那该死的生命之钟的嘀嗒声，竟戛然暂停。

珍妮站在走廊里。

"我们去花园看看吧？"她提议道。这个聪明的姑娘一定是看出我的诧异，因为她脸上露出了一丝得意的微笑。"我发现了一个花园。"

她把我带到一个两边是玻璃幕墙的走廊。我透过玻璃往外张望，想看看那个传说中的花园，内心充满了你赋予的希望。这是医院正中央的一个天井，四面都有围墙。透过周围各个方向的窗户，都能看到这里，除此以外，它似乎也没有其他实用的功能。一层通往花园的入口处，有一扇小门，门上没有任何标记，通常很难被发现。恐怕除了侍弄花园的园丁，没有什么人会在此出入。

透过玻璃幕墙，能看到花园里一片姹紫嫣红，各式经典花卉在里面争奇斗艳：粉色的绉纸玫瑰，白色带褶边的茉莉，还有丝绒牡丹。里面还有一张锻铁长椅，一座喷泉和一个石质小鸟水盆。

这真是一个不错的去处，我跟珍妮一起走出门去。

四周的围墙吸收了热量，并把它聚集到地面，使得小鸟水盆里的水都被蒸干。玫瑰花瓣的边缘变得干枯卷曲，牡丹也被湿热的空气压得低低垂下。

花园里俨然一派夏日炎炎。

"至少，这也算是户外了。"珍妮说道。

透过与花园一侧相连的玻璃幕墙，能看到医院的病房和走廊，还有来来往往的人们。这时，我才明白，她为什么会喜欢这个地方，虽然它算不上真正的室外，但至少还是提供了与医院隔绝的一方天地。

我在她身边坐了下来，刚才跟她撒的谎如同芒刺般扎在心间。

就这样，我们静静地望着玻璃幕墙外行色匆匆的人们。

过了半晌，珍妮看起来平静了许多。这样的景象，就像欣赏鱼缸中的热带鱼一样，让人催眠。

"那个人，不是罗伊娜的爸爸吗？"珍妮问。

在人群中，我认出了唐纳德。

"是的。"

"可他来这儿干吗？"

"罗伊娜住院了。"我说。

"为什么？"

"我不知道。着火的时候，我看见她跟亚当一起站在学校外面，似乎好好的。"

梅茜探望过我以后，我再次把罗伊娜抛到了脑后。对于珍妮的担心，依然让我自私到没有精力去为其他人着想。

"梅茜应该会陪着她吧，"珍妮说，"我们是不是该去看看？"

真是个善解人意的孩子，能想到我会愿意去跟老朋友一起待会儿。

"在这儿待久了，就没什么意思了。"她说。

这个地方离烧伤科不远，我们赶紧追上唐纳德。他旁边有个护士。我们跟在他后面。我心里暗暗庆幸，珍妮的注意力，终于可以从她和我的伤情上暂时移开一会儿。

虽然天气又潮又热，唐纳德还是穿着深色西服，外面还套了件夹克，手上拎着个公文包。

从他衣服上，我嗅到了香烟的味道。以前倒是从来没注意到这一点。如今，我的嗅觉变得异常灵敏，想不闻到都难。

我们跟得很紧，所以很容易听见护士跟他说的话。护士的声音干脆利落。

"……碰到困在火场中的伤员，我们会特别仔细地观察，看看他们有没有被吸入的气体所伤害。有时候，症状的出现需要一段时间，所以，待在这里接受观察是最明智的做法。"

唐纳德紧绷着脸，与上次我在颁奖典礼上看到的那个笑容可掬的慈祥父亲判若两人。不知是不是因为走廊顶上日光灯发出的惨白光线在人脸上投下的阴影，让人显得凶了许多。

护士摁下烧伤科大门的密码，然后打开门请他进去。

"您女儿的床位在这边。"她说。

可是，他之前怎么会没来看过呢？事故一发生，他肯定会迫不及待地出现在她的病床前呀。梅茜跟我讲过不知多少次，他对于家人是多么呵护备至。"为了我们，他能徒手杀死一条鳄鱼！幸好在奇斯维克没有什么鳄鱼。"

珍妮和我抢先一步来到罗伊娜的病房套间门口，并透过门上的玻璃窗向里张望。罗伊娜的胳膊上打着点滴，两只手上都缠着绷带。不过，她的脸上没有受伤。我以前怎么从来就没有注意到，她的脸其实长得很美呢？梅茜坐在她身边。

唐纳德径直走进病房，我留意到，他经过珍妮身边时，珍妮的脸色忽然变得苍白。

"珍？"

她猛地扭过头来，仿佛刚从白日梦中缓过神来。

"我知道，听起来像是疯了，可刚才有一会儿，我的确感觉到自己又回到了学校，真真切切地回到了学校，然后……"她顿了一下，"……我听见火灾警报器响了。我真的听见了，妈妈。"我伸出手搂住她。

"现在好了吗？"

"好了，"她冲我笑笑，"可能是我神经过敏，耳鸣了吧。"

我们透过玻璃朝罗伊娜的房间望去。看着唐纳德朝自己的病床走来，罗伊娜显得有些恐慌。可是，肯定是我看错了吧？唐纳德背对着我，我看不见他脸上的表情。梅茜赶紧扯下袖子，以挡住自己胳膊上大片的瘀青。

"我跟你说过，他很快就会来的。"她故作兴奋的语气中透出一丝紧张。

唐纳德来到罗伊娜身边，一把抓住她缠着绷带的双手。罗伊娜疼得尖叫起来。

"你倒成了小英雄了，是吗？"

梅茜竭力要把他拉开。"你把她弄疼了，唐纳德，求求你了，别这样。"

我冲进房间，很想帮忙。可是，除了观望，自己什么也做不了。唐纳德还是拽着罗伊娜的双手，罗伊娜努力忍着不让自己哭出来。

我顿时想起那天晚上，颁奖典礼结束以后，唐纳德用打火机点了根烟，差点烧到亚当，后来，他又用脚把烟蒂深深地碾进土里。

他放开罗伊娜的手，转身准备离开。

罗伊娜终于哭了出来。

"爸爸……"

她从床上爬起来，踉踉跄跄地朝他跑去。裹在棉布病号服里的小身躯，看起来是那样瘦小，那样虚弱，跟深色西服里魁梧的唐纳德形成了鲜明的对比。

"你让我感到恶心。"唐纳德对跑过来的女儿说道。梅茜跟过来，用手拉住他，不想让他走。

"你的那些瘀青，"他厉声说道，"给别人看到过吗？"梅茜低下头，不敢正眼看他。她的"奋"牌衬衫的袖子遮住了伤痕。难怪运动会当天，天气那么热，她也穿着这件衬衫。

"这是一次意外，"梅茜对他说，"只是一次意外，肯定是这样，你看不出有别的可能，真的。"

唐纳德粗暴地甩开他，头也不回地走出房间。

"他不是故意的，宝贝。"梅茜安慰罗伊娜道。

罗伊娜没有吭声。

我转过身，也离开了病房，仿佛不忍心看到这一家人，看到这个家暴露出的真实面目。

珍妮还在隔着玻璃观察着病房里的情况，我来到她身边。

"我怎么也想不到。"她震惊地对我说。

"我也是。"

然而，梅茜的那句"贪吃的肥猪"，她瘀青的脸颊、破损的手腕，她的缺乏自信，却在此时再度涌入我的脑海。颁奖典礼当晚，我在梳妆台镜子里瞥见的那幅画面，那种对于某种邪恶之网的预感，再次出现在眼前。

一开始，我故意忽略它们，认为这些都是自己的错觉。可晚些时候，当我躺在床上，仔细回想发生过的一幕一幕，又对自己的判断产生了怀疑。

然而，我并没有问梅茜关于唐纳德的事情，甚至都没有给过她展开这个话题的机会。不仅是因为，在光天化日之下打听这些，显得自己太多疑，太荒唐，更重要的是，我认为，这些事属于我们二人友谊之外的领域。我既不愿意，也不懂得，如何自然而然、毫不唐突地踏出那片常规的领域。

可是，梅茜并没有给我们的友谊设定界限，至少没有像我这么怯懦。她觉得，她就是应该为了我冲进燃烧的教学楼。而我，甚至都没有问一句她有没有受伤。不管什么事情，只要她想对我说，都会直言不讳地说出来。

还有罗伊娜。

就算我不去打听梅茜的遭遇，至少也应该看看她有没有事。她还是个孩子。而唐纳德抓住她被烧伤的双手，这肯定不是他第一次伤害她。在西德里小学上学前班和一年级时，她是个多么聪明、多么漂亮的小姑娘。难道暴力从那时候就开始了吗？还是稍晚一些，在她上三年级或者四年级的时候？

"我一直以为她是个被溺爱的小公主。"我对珍妮说，负罪感让我的声音显得有些苦涩。

"我也是。"

可能她也想起了罗伊娜的手工绣花枕套，人工漆制的安乐椅，仙女床，还有派对时穿的公主裙。我过去还担心，这样的小公主长大以后，会不会对成人的生活感到失望。

可我从来没想到，她会有这样的遭遇。

"她总是要争第一，"珍妮说，"每件事都是。我过去还有点怕她。"

她一定是想起了罗伊娜大一点，九到十岁时的事。是的，那时，我曾经希望珍妮更有抱负一点，可是，当我发现罗伊娜的好胜心经常令人反感的时候，对珍妮的要求也就没那么严了。她不仅要拿到圣保罗女子中学的奖学金，还要在小提琴上比别人高两个等级；不仅要争当校游泳队的队长，在所有演出或者集会中也必须成为领导。

"她所做的一切，难道只是为了要得到他的爱？"珍妮问道。

事实当然不会这么简单。一个十七岁的女孩，真的就能把父亲对自己多年的虐待，简简单单地作为自己发愤图强的动力吗？

可是，我却觉得这明显是一种示威的表现。

"是的。"我对珍妮说。

而且，我还曾在心里责备她好胜心太强。

其实，受到虐待的孩子努力想赢得父亲的爱，这样的例子屡见不鲜。

这也是她努力学习要考进牛津的原因吗？

直到现在，她还在试图取悦他？

"你让我感到恶心。"

此时，罗伊娜已经躺回床上，脸冲着墙。梅茜把手搭在她身上，可罗伊娜看都不看一眼。

梅茜，我的朋友，你为什么不离开唐纳德呢？如果不是为了自己，肯定是为罗伊娜考虑。可是，眼睁睁看到罗伊娜受伤害，不等于要了你的命吗？为什么你还要千方百计地编造各种借口，来维护他呢？

珍妮和我离开罗伊娜的病房。

"过去，我常常躲着她，"珍妮说，"在我们小的时候，我是说，我不光是不喜欢她。她让我感到不寒而栗。老天哪，想想过去……我是说，我以前觉得她很古怪，原来，她是因为在家里的遭遇，才变得跟别人不一样。那她显得很残忍，也就不足为奇了。"

"她很残忍？"我问。

"用'残忍'这个词太重了。她只是……嗯，就像我说的，有点古怪。记得有一次，她把塔尼亚的马尾辫给剪了。塔尼亚最得意的，就是她的一头长发了。我们都挺羡慕她，经常在下课的时候给她编辫子玩。所以，把她的辫子剪了，算得上是暴力了。"

"是在你九岁的时候吗？"

"我记不太清了。"

"我想，迟早有一天，她会因为一点小事而对别人恶语相向的，这距离肢体的暴力也不太遥远了。"

"是呀。"

"所以，从那以后，我一直躲着她。我们大家都是。天哪，要是我们早知道。"

"那最近呢？你到西德里小学当助教以后呢？"

我多希望罗伊娜能多和朋友们在一起，又快乐又受欢迎，远离唐纳德的魔爪。

"我几乎没怎么见过她。上课的时候，我们在不同的教室，午饭时，她总是一个人到公园去吃。"

"真的？"

"是呀，学校的酒吧有很棒的露天咖啡座，我们大多去那里吃。"

说完，我们已经来到重症监护室。珍妮等在外面，我进去找你。

你坐在珍妮床的一边，另一边坐了个全副武装的警察。当你轻声跟她讲话的时候，那人装作什么都没听见。

你的温柔、体贴和慈爱，跟唐纳德形成了鲜明的对比。

唐纳德娇惯女儿的慈父伪装，为什么我没有早一点看穿呢？难道它不仅迷惑了局外人，也让罗伊娜不知所措？难道，一个特意给女儿买公主裙，送奢华生日礼物和手绘安乐椅的父亲，就不会对女儿残忍地施暴吗？

在西德里小学，我曾经觉得梅茜对罗伊娜太软弱了。罗伊娜不仅很少听梅茜的好言相告，还经常跟她顶嘴，语气十分刻薄。然而，既然罗伊娜受到唐纳德如此粗暴的对待，梅茜又怎么忍心去管教她小小的叛逆呢？难道从一开始，就是因为唐纳德的虐待，才导致了罗伊娜的叛逆？

记得，当我平安怀上亚当的时候，梅茜曾对我坦白，她实在是没有精力再要一个孩子。她曾经因为"各种原因"而放弃这个打算，而当时她已经快四十岁了，到了再不要就要不上的年纪。半年以后，她还是没怀孕，她跟我解释，是罗伊娜绝对不允许她再要孩子。我当时还觉得，被宠坏了的罗伊娜公主，蛮不讲理地反对软弱的梅茜去做她想做的事情。可现在看来，罗伊娜其实是在保护另一个孩子，一个还没有出生的孩子。

警察的对讲机发出咝咝的声音。他对你说，贝克警督想要见你，他正在一层的办公室里等你。尽管这个年轻的警察还是个大男孩，不过他还是一眼就看出了你的焦虑。

"别担心，先生。我会在这里保护她的。"

珍妮和我同你一起来到办公室，跟贝克警督开会（这次我们不再像是在跟踪你了）。

"你觉得他们会有什么发现吗？"珍妮显得有些担心。

"我不知道，宝贝。不过，应该能查出点什么吧。"我也有些担心——担心珍妮从贝克警督那里听到医生对她心脏的诊断。我相信，你不会说的，因为说出来，无异于让推断成为现实。在找到合适的心脏配型，一切准备就绪之前，你是不会对任何人说的。没有必要担心。你总是在问题得到解决以后，才把潜在的风险（比如，提前退出高考，或者在车祸中撞坏了汽车）说给我听。

然而，我依然相信你对她抱有的希望，我依然牢牢地抓着它。

我们走到一层办公室门口，珍妮突然停下了脚步。

"你觉得，有没有可能是唐纳德放的火？"她问。

"不会的。"我不假思索地说道。

"当时，在学校的几乎就只有梅茜和罗伊娜了，"她说，"说不定他就是针对她们的。"

"他很可能根本就不知道她们在学校。"我反驳道。我这样争辩，并不是出于逻辑推理，而是出于感情。我没法想象，一位父亲，一位丈夫，会那么邪恶。而且，把人打成瘀青，跟放火要人性命之间，还是有着本质的区别。

可是，我忽然想起，昨天下午在操场边缘看见的那个人影，那也许只是个过路人，可是，也很可能就是唐纳德。而刚才，跟护士在一起的时候，他会不会是故意假装自己是第一次来到烧伤科？他会不会就是昨晚穿深色长外套的那个神秘男子？至于他为什么要伤害珍妮，恐怕只有上帝才知道了。而这一切，距离我对着梳妆台的镜子，从纷乱如麻的现象中，猜测梅茜家可能存在的暴力，才仅仅过了两个月。仅仅两个月。

如果我当时没有打消这个念头，而是继续追查下去，一切会有不同吗？

办公室里闷热得让人透不过气来。跟家属陪护室一样，这间医生办公室也有着斑驳脱落的绿色墙漆，地上铺着难看的地毯，墙上还悬挂着一个钟。为什么总有个钟？

你进去的时候，贝克警督并没有站起来跟你打招呼。

"我知道，你不想离女儿和妻子太远，"他对你说，"所以我们还是把开会的地点选在这里。"

你点了点头，表示感谢，对于他难得表现出的善解人意，你一定感到诧异，而且觉得自己先前误会他了。我也有这样的感觉。

"我们上次开完会不久，就来了个新的目击证人。"他继续说道。

这时，莎拉忽然闯进房间，满脸通红，她很少这样。不，更确切地说，她是气呼呼地冲进来的。她的衬衫袖子下面打着深色的补丁，额头上布满细密的汗珠。

"我刚从车站赶过来。"她对贝克警督说。

"他们告诉我……"

"他们什么都不应该告诉你。"他厉声说道。

"我给你放一个星期的事假，好好利用吧。"

"肯定是搞错了，"她对贝克警督说，"或者是有意的误导。"

"这位证人绝对可靠。"

"那为什么要等到现在才来反映呢？"她问。

"因为这位证人知道，科维一家有很多事情要处理，也不想再给他们增加压力。可是，看到媒体的指责，这个人又觉得有必要出来澄清。"

莎拉显得很感情用事，我以前从没见她这样过。

"那'这个人'到底是谁呢？"她问。

他没有回答，只是瞪了她一眼，然后继续自顾自地说道："证人不希望披露自己的身份，我也答应了他们的要求。这个案子没有庭审，所以不需要提供证人的身份证明。我们警方和校方都不打算起诉。"

你看起来十分震惊。不过，我想，内心或许也有一丝解脱。如果大家都不起诉的话，说明这场事故肯定不是人为恶意的破坏。肯定不是。

所以，也没有必要怀揣着可怕的敌意去怀疑世界上的每个人了。凶手既不是投放恐吓信的人，也不是塞拉斯·海曼，更不是唐纳德。感谢上帝。

可为什么莎拉那么紧张呢？

贝克警督面无表情。顿了一下，他转而对你说："自动烟雾报警器响起的时候，有人看见你儿子从学校艺术教室里出来。他手里拿着火柴。根据我们判断，毫无疑问，是你儿子亚当放的火。"

亚当？老天，他怎么能这么说？怎么可能？

"这个玩笑开得太拙劣了吧？"你问道。

"不管是谁说的，这绝对是撒谎，"莎拉说，"我是看着亚当长大的，这是个最乖巧不过的孩子，他是个好孩子。他身上绝对不会有一丁点儿暴力倾向。"

贝克警督看起来很生气。"莎拉……"

莎拉没有理他，而是继续说道："他喜欢读书，喜欢下国际象棋，还养了两只豚鼠。这就是亚当世界的全部内容。他从不逃课，从不涂鸦，从不惹任何麻烦。他只喜欢书、国际象棋和豚鼠。你明白了吗？"

我们的乖儿子居然被诬告做了这种事情。

我简直要疯了。

"凶手是海曼，不是一个孩子。"你说。

"科维先生……"

"你怎么会相信这样的胡言乱语呢？"

"证人没有提到海曼。"

"你是说，是一个孩子，把松节油带到了艺术教室？"

"我想，现在下定论还为时过早。艺术老师也可能把教室里松节油的量搞错了。毕竟，如果她没有严格遵守操作规程，她又怎么可能把这些告诉我们呢？先前我跟她简短地谈过，她也承认有可能是自己弄错了。具体有多少，她自己也没有百分之百的把握。"

我想起了皮尔西老师，那个有艺术气息而又多愁善感的皮尔西小姐，是很容易被贝克警督胁迫的。

"当然，她是没有百分之百的把握，"莎拉说，"可是，当你出去度假的时候，你能百分之百地肯定自己把烤箱关上了吗？或者，当你有急事时，你能百分之百地肯定自己出门前照过镜子吗？这只能说明，这位艺术老师有意识，也有勇气去承认自己出错的可能。尤其是当一位警察提醒她有可能搞错的时候。"

"我能理解你对你侄子的袒护，但是……"

她再次毫不客气地打断他，话语间迸发出火花。

"难道你认为，一个小孩会掌握放火的知识，而且事先有预谋地把顶楼的窗户全部打开吗？"

"当天天气很热，"贝克警督答道，"很有可能是某个老师或者学生为了透透气，把窗户都打开了，虽然这样做会违反校规。"

你已经惊愕到无话可说的地步。可此时，只见你来到贝克警督身边，我以为你要打他。

"你见过亚当吗？"你一边问，一边在贝克警督胸前衣兜的高度比画了一下。"他也就到你这里。他才八岁，见鬼，才八岁。昨天刚过完生日。他还是个小孩子。"

"是的，我们知道他昨天过生日。"

他似乎话中有话，可为什么呢？

"海曼说的都是谎言。"你说。

莎拉转过来对你说："那个证人肯定不是塞拉斯·海曼，迈克。如果当时他出现在学校，会很扎眼。"

"那他肯定是有个同谋，或者……"

"很难相信一个八岁的孩子会做出这种事情，这一点我能理解，"贝克警督插话道，"可是，根据消防部门的记录，学校开学期间人为发生的火灾中，有百分之九十三都是小孩引起的，而七岁以下的孩子造成的火灾，占到了四分之一以上。"

可这些统计数据跟亚当有什么关系？

"我们认为，这极有可能是一场恶作剧，或者是开玩笑，结果导致了严重的后果。"贝克警官解释道，仿佛这样就能安慰你似的。

"可是亚当知道，放火是不对的。"莎拉说。

"他会考虑到点火可能引发的后果。就这个年龄的孩子来说，他是非常成熟和懂事的。"我以前从没有意识到莎拉是如此了解亚当，我一直觉得，她对他有些挑剔，嫌他太软弱，比不上她那几个高大健壮的儿子。

"而且，他也知道珍妮在学校里，"她继续迫切地想要说服他，"自己的亲姐姐也在那里，他怎么会不知道呢？"

"姐弟俩有什么过节儿吗？"贝克警督问道。

"你这是什么意思？"你质问道，语气十分不满。

"我相信，他肯定不是故意要放火搞破坏的。"

"根本就不是他干的。"你和莎拉几乎不约而同地说道。

"会不会是那个潜入者呢？"你问，"就是那个破坏珍妮呼吸机的人。你不是推测那人也是个小男孩吗？"

"根本就没有证据能证明曾经出现过潜入者，"贝克警督无动于衷地说道，"我们跟医院科室的主管谈过了，呼吸机的连接导管有时会出故障。这没什么大不了的。"

"是有潜入者！我看见他了！"我大声喊道，可是没人听得见。

"珍妮一定在学校见到过海曼，"你说，"或者是他的同谋，或者是跟他有关的东西。所以，海曼才会来到学校，来……"

贝克警督打断你，"纠缠在这些毫无根据的推测之中，实在是一点意义也没有。"

"不会是亚当干的，"莎拉压着火气再次说道，"所以，肯定是其他人干的。"

"这么说，现在你也相信你弟弟的推测喽？"他的语气中带着戏谑。

"我认为，对于每一种可能，我们都应该认真对待。"

他的脸上露出不屑。

"你不是说过，塞拉斯·海曼自愿做DNA测试吗？"莎拉问道，贝克显得很不高兴。"可是，我们从火灾现场提取过任何DNA样本吗？"

"这实在是毫无意义，再去……"

"我可不这么认为。难道，我们现在不应该去寻找那些样本吗？"

"莎拉……"

"如果幕后主使真是海曼，当他知道，自己作案后的一天内，同伙就会把罪行嫁祸给一个小孩，而警方的追查也将就此终止，他怎么会不乐意主动提供DNA样本呢？他本来就相信，警方在案发的头一天里会一无所获。"

贝克警督面无表情地望着她。

"关键是，我们有一个可靠的证人，亲眼看见亚当·科维手拿着火柴从艺术教室里走出来，几分钟后，自动烟雾报警器就检测到了烟雾。我们都知道，大火就是从艺术教室着起来的。不过，正如我刚才说过的，我们不打算深入追究。让我们欣慰的是，亚当并不是故意的，而他也因自己的行为受到了足够的惩罚。所以，我们只会给他做个笔录，然后……"

"不行！"你厉声说道。

他们怎么可以传讯亚当？他们怎么可以这么对他呢？

"你们不可以把罪行推到亚当头上，"莎拉说，"不能让他知道居然有人认为放火的是他。"

"他并不需要到警察局去接受讯问。我们可以在这里进行，这样，他父亲可以在场，如果你愿意的话，你也可以在场。可是，我必须传讯他。这你是知道的，莎拉。"

"我只知道，你们居然把罪名强加到一个脆弱无辜的孩子身上。"

"我已经让警员去接亚当和他外婆来医院了，他们应该半小时内就能到。我建议，到时候我们再聚起来开会吧。"

贝克说完便离开了房间，我赶紧尾随上去。

"你根本就不了解亚当，"我对他说，"你还没见过他，所以，你不明白他不可能做出这种事情。这也不算你的错。到时候你就知道了，他是个好孩子，不是那种表面上讨人喜欢的好，而是个真正心地善良的好孩子。"

"妈，拜托，他听不见你说话的。"珍妮说道。

"他喜欢读亚瑟王的传奇故事，"我继续说道，"最喜欢的是《高文爵士与绿衣骑士》那一篇，这是他一直向往的。他想成为像高文那样高尚勇敢的骑士，并且一直在现代社会中寻找这样的偶像，而不是像一般男孩那样，梦想成为歌星、影星或者足球明星。你可能会觉得他很奇怪，甚至有些可笑，可他绝对是认真的，这是他给自己设定的道德规范。"

"就算他听得见，"珍妮说，"我猜，他连高文是谁都不知道。"

她说得对，我简直是在对牛弹琴。

"他也非常喜欢历史，"我继续说道，"研究历史的时候，他不光是要问，为什么那些人是坏人，为什么那些人会做出邪恶的事情；而且还要问，为什么人们会允许自己听凭这些恶人的摆布。他整天思考的都是这些问题。"

怎样才能让别人了解亚当这样的孩子呢？

贝克警督似乎很着急，脚步越来越快。我紧紧地跟着。

"你可能会想，做母亲的哪有不夸自己儿子好的，可其实不一样。其他母亲可能会夸自己的儿子如何擅长某项运动，或者户外活动，夸他们多么勇敢，决定要爬上去，摔断了胳膊也不怕。可这些，跟心地善良是两码事。亚当跟他们完全不同。"

"你可能会想，我现在不也是在夸吗？其实不是。因为我们现在并没有生活在骑士的时代，不是吗？在现在这个时代，亚当所推崇的那些美德已经不再受重视了。"

"而我真正希望的，就是他能开心。只要他开心，要我把他的善良换成加入足球队，或者用他高尚的情操交换受人欢迎，我都愿意。然而，他不会去交换，而我也不会，因为他就是这样一个孩子。即便这样会让他经常受挫，即便我不希望他因为善良变得孤独，可我还是深深地为他感到骄傲。"

"而且，亚当怕火，"珍妮也加入进来，对贝克警督说道。

"他甚至都不敢去拿燃着的火柴。"她继续在他背后说。

"他还是个婴儿的时候，曾经被火花灼伤过，从那以后，他就一直怕火。"

如果贝克警官能听见她的话，她一定会举出许多合乎逻辑的理由，来证明放火的人不可能是亚当。

她是对的。亚当是怕火。我再一次想起亚当从唐纳德的打火机下闪开的那一幕。

此时，贝克已经快要走出医院，我冲着他大喊道：

"别这样对他！求求你了！别这样对他！"一刹那，他仿佛感觉到了我的存在。我是他背后吹过的一阵风，我是他头皮上的一阵战栗。我是一个母亲，一个守护天使，一个鬼魂。

···✧···

你守在珍妮的床边，那里不再有警察，因为不再需要警察。

你却认为有必要来个警察。

莎拉来了。"亚当在路上了。"她说。

"贝克把那个保镖支走了，我不能把珍妮一个人留在这里。"

"这里有好多医护人员呢，迈克，比烧伤科多多了。"

难道她没有意识到，把珍妮一个人留在这里，真的有风险吗？

"去跟贝克解释，我不能离开珍妮。"

"我想他能理解的。"

通过亲自保护珍妮，你也是在表明，自己坚信，真正的罪犯还逍遥法外，还在对珍妮的安全构成威胁。真正的罪犯绝对不可能是一个八岁的男孩。你是在用实际行动，向贝克抗议，证明他判断错了，证明亚当是无辜的。

我知道，你也好想陪在亚当身边，恨不得把自己一分为二。这么多年来，通过生活的点点滴滴，我已经感受到好多次了。如果只有珍妮一个孩子，我们的生活是多么简单，有了两个孩子，我们在生活中变得越来越没有共同语言。"看在上帝的分上，别这么说，"保姆严厉的声音在耳边响起。"把亚当送去童子军，对珍妮的家庭作业一点帮助也没有；珍妮假期要去参加水上运动，而亚当则想去参观威尔士的城堡。"我觉得，这些选择其实大同小异，只是在实际生活中被夸大了而已。可要我跟两个孩子中的任何一个分开，却像身体被撕裂了一般疼痛。

"好好照看亚当。"你对莎拉说道。

她离开的时候，我跟了上去，迫不及待地想告诉她，我看到过那个搞破坏的人。

在警方锁定亚当之前，他们一直在围绕这个案子展开调查，我相信，他们发现过那个人。可是，对于这个重要的线索，警方对我们始终缄口不提。这个线索一直藏在我心里，没法把它说出来，时间一长，简直要腐烂掉。

在金鱼缸般的大厅里，莎拉拿出黑莓手机打了个电话，我跟珍妮则在一旁等着亚当的到来。

这时，那位之前负责保护珍妮的年轻警官，从医院正门走了进来，母亲和亚当跟在后面。

莎拉赶紧上前，吻了亚当一下，然后用手轻轻拂去挡在他眼前的刘海儿。上星期天，我本来打算给他修剪一下的，可后来，我们一块儿看了历史频道的节目，就把这事儿给忘了。亚当看起来又瘦削又苍白，一脸的茫然无措。

莎拉平静地问我母亲，"他有没有说过什么？"

"他什么都不说。我试着问过，可他什么都说不出来。自从事情发生以后，他一句话都没有说过。"

这么说，昨晚亚当在电话里并没有跟你说话，来探望我在我床边的时候，也没有说话。可是，难道他真的什么也说不出来了吗？就像我现在这样，而你却不知道。不可思议的是，火灾就发生在昨天下午，而你直到现在都还没有见过他呢。

"他知道这是怎么回事吗？"莎拉问我母亲。

"知道。你能阻止他们吗？求你了。"

莎拉转向年轻的警官。

"给我五分钟。"她的语气很严肃，明显是作为他的上司，而不是亚当的家属。

珍妮和我跟着她。

"爸爸怎么没来？"珍妮问，"他应该跟亚当在一起呀。"

"他想陪着你。"

"可我不需要他陪。"

我能看出，她在竭力掩饰自己的恐惧。"爸爸知道，亚当有莎拉姑姑陪着呢。"我跟她解释道。心里也有些诧异，自己居然能找到这么个安慰她的理由。

"好吧。"

我们跟着莎拉走进那间闷热不堪的办公室。贝克警督坐在一把塑料椅子上，那椅子对他来说显然是太小。莎拉远远地站在后面，仿佛故意要跟他保持距离。

"这次问讯毫无意义，"她说，"亚当不能说话了。"

"是不能说，还是不想说？"贝克问道。

"他出现了创伤后综合征的反应。可能会突然变哑，或者……"

"他去检查过吗？"贝克打断她问道。

"我们肯定会带他去做检查的。"莎拉答道。她一定是看出了贝克脸上毫无掩饰的怀疑。

"我被借调到慈善机构的那半年，一直从事帮助刑讯逼供受害者的工作。我发现，创伤会导致——"

"我认为这两者之间根本就没有可比性。"

"我跟学校的许多家长也谈过了。"莎拉说。

"你这是多此一举——"

"作为亚当和珍妮的姑妈，格蕾丝的大姑子，我有义务这么做。天哪，为了了解他们的情况，我给学校差不多一半人都打过电话了。当时，亚当看着他妈妈一边大喊着姐姐的名字，一边冲进着火的教学楼。他就在那里等着，看着楼里的大火熊熊燃烧。很多家长试图上前把他带走，可他就是不肯走。后来，他看见消防员把他妈妈和姐姐从火场带了出来，两个人都昏迷不醒，他就以为她们都死了。难道，这还不算是创伤吗？在这种情况下，你不能让他接受聆讯，绝对不能。"

"你弟弟在哪儿？"

"他跟珍妮在一起。那里没有保护的警察了。"贝克警督看起来有些不悦，他知道你的行为意味着什么。"他们到了吗？"

莎拉没有作声，这把他给惹恼了。

"如果你要参与的话，你可以跟他待在一起，但是，如果……"

她打断了他下面的威胁。"他就在外面。"

莎拉回到走廊。

"亚当，你现在得跟我们过去，"她对他说，"我想让你知道，除了我那个笨蛋上司以外，没有人相信是你干的。大家从来没有怀疑过你。"

警察听了莎拉的话显得很吃惊。我母亲站在一旁瑟瑟发抖。莎拉又转过去对我母亲说道："要不您去看看格蕾丝吧？我会照顾好他的。"

可能是有些担心我母亲不配合，她走上前去，出人意料地给了母亲一个快速的拥抱，然后陪着亚当走进办公室。

"坐下吧，亚当，"贝克警督说道，"我要问你几个问题，好吗？"

亚当没说话。

"亚当，我在问你话呢。如果你觉得自己很难开口，那就用点头或摇头的方式回答我好了。"

亚当还是没有反应。

"我想跟你谈谈那场大火。"

一听到"火"这个字，亚当立刻缩成一团。我赶紧伸出胳膊搂住他，可他根本感觉不到。这时，莎拉把他抱到自己腿上。他的个头比同龄人小，仍然可以坐在大人的膝盖上。她把双手伸到前面，环抱住他。

"我们先说说昨天早上的事吧，"贝克说道，"昨天是你的生日，对吗？"

也许他这样切入话题，是为了让亚当放松一些。

"哦，对不起，亚当，"莎拉说，"真是个没用的姑妈，我总是忘记，对吗？"

我过去一直觉得，她是不想被我的孩子们打扰。

"我总是在早饭的时候拆生日礼物，"贝克对亚当说，"你也是吗？"

我会把他所有的生日礼物堆在厨房桌子中央，尽量让礼物显得很多。在我们送给他的礼物上面，总会绑上一个蓝丝带扎成的蝴蝶结，让它显得与众不同，盒子里面，装着为他的天竺鼠准备的"游乐场"。

"看起来像希尔顿酒店呀，"星期二晚上，我包装礼物的时候，你说道。"应该说是天竺鼠的奥尔顿塔①才对。"我纠正道。

我还为亚当准备了一枚写着"我八岁！"字样的徽章，他别着它上学去，同学们就能知道他的生日，这对小孩子来说很重要。徽章是火箭形状的，虽然亚当并不会去太空。没办法，到了八岁，不重样的年龄徽章实在是没有多少选择。

厨房里飘溢着咖啡、吐司和巧克力酥的香气，因为有人过生日。

亚当一步两个台阶地从楼上跑下来，一看到礼物，他先是愣了一下，进而恍然大悟。"这些都是给我的？真的吗？"

而我，则一边叫楼上的你跟珍妮快下来，看看我们的小寿星，一边想着，亚当今年还喜欢被唤作"寿星"，明年说不定就不乐意了呢。

珍妮也走下楼梯，比往常要早得多，还出人意料地打扮完毕了。她抱了下亚当，然后把准备好的礼物交给他。

"难道助教不用讲究穿着吗？"我问，"不需要显得职业一点？"

她穿着又短又薄的超短裙和低胸紧身上衣。"没问题的，妈妈，真的。而且，这一身跟我的鞋子也很配呀。"

她冲我亮出没穿袜子被太阳晒得黝黑的双腿，凉鞋上的镶钻在清晨

---

① 译者注：奥尔顿塔（Alton Towers）位于英国英格兰的斯塔福德郡，是英国最大的主题公园，也是世界十大主题公园之一。那里不仅有先进的游乐设施，还有美丽的自然风光。

的阳光下闪闪发光。

"我只是觉得，你应该打扮得更……"

"是，我知道，"她插话道，然后又跟我调侃起了那种包臀的牛仔裤。这时，你也来到厨房，嘴里还大声唱着跑调的"祝你生日快乐"。声音很大，把亚当逗得哈哈大笑。你说，到了晚上，我们会做一件特别的事情。他悄悄说："我讨厌在生日的时候上学。"

"可是这样你就能见到朋友们哪，"你说道，"而且，今天不是要开运动会吗？根本就不用上课呀。"

"我宁可上课。"

你脸上闪过一丝不耐烦，或者说是担忧，可你迅速就把这种表情藏了起来，因为今天是他的生日。你转而对珍妮说："不要伤害别人的身体哟，珍妮护士。"

"在校医务室当护士可是件严肃的事，不要随便开玩笑。"我正色说道。

"我只是下午在医务室，妈妈。"

可是，万一有学生摔伤了头部呢？我心里想。万一碰到小孩子脑部出血，她根本不知道怎么处理受伤昏迷的小孩怎么办？于是我大声说道，"你才十七岁，要承担那么多工作，对你来说担子太重了。"

"妈妈，这是小学开运动会，又不是高速公路上撞车。"

她老是取笑我，可这次我并没有回应她的调侃。

"要是不小心摔倒，小孩子可能会伤得很重。运动会上，各种意外事故都有可能发生。"

"那我就拨打999，向专业人员求助，好了吧？"

我没再接话，争论下去也没有意义。反正运动会我也会去，名正言顺地打着给亚当加油助威的旗号，随时留意场上的情况，一旦发现有孩子受伤昏迷，我会立刻赶过去。珍妮从烤箱里掰了一小块热的巧克力酥。这些巧克力酥，是我两个星期前特意从韦特罗斯超市买的，它们在冰箱里等了两个星期，专为今天这个特殊的日子而准备。

"妈妈，我参加过圣约翰的救护培训课程，"她对我说，"怎么会一点专业知识都不懂呢？"

跟许多青春期的姑娘一样，她话的结尾特意用了升调，仿佛生活就是一个长长的问题。

你从烤箱里拿出一块巧克力酥，一边不停地把它在两手间颠来倒去，好让它尽快凉下来，一边走出家门。

"一定要飞快地跑，"你对亚当说，"咱们晚上见。"接着又转过来对我说，"再见。今天玩得高兴。"

我们并没有刻意亲吻告别，只是像平常挥别。我们觉得，既然生活中两人都从不吝啬用亲吻去表达爱意，对于那些形式化的亲吻礼节，反而不太在意了。

"你妈妈给你做生日蛋糕了吗？"贝克问亚当。

亚当还是沉默不语。

"亚当？"

他仍旧一动不动，默不作声。

"蛋糕棒极了，"珍妮搂着我的脖子对我说，"他们迟早会明白，现在的做法是错误的。"

我还记得，有一次，珍妮和亚当为了找到亚当的乐高骷髅小人，把整个屋子翻了个遍。他们要它插到蛋糕的"无人区"里，我觉得这有点太离谱，不过心底又暗自庆幸，亚当终于做了件男孩气的事情。

我还记得，当我们数好八根蓝色的生日蜡烛（其中三根要被插到炮筒里），我还觉得，时间真是一晃而过，仿佛不久前，我才从盒子里抽出两根蜡烛插在蛋糕上。一想到这里，心中竟然百感交集、唏嘘不已。他怎么就需要一整把蜡烛了呢？蛋糕表面插着那么多蜡烛，宛如蓝色蜡笔在上面画出的新长的胡茬儿。

"好吧，那我们继续，"贝克对亚当说，"你是不是把蛋糕带到学校去了？"

亚当没有回答。他根本就不能说话。

"我跟负责你们年级的美登小姐谈过了。"贝克接着说。他会跟又暴躁又傲慢的美登老师谈话，这倒有些不同寻常。

"她告诉我，学生过生日的时候，学校允许他带一个蛋糕来上学。是这样吗？"

我记得，昨天我特意找了个带方形底衬的纤维袋子，装蛋糕的罐子正好能放在里面，还不会左右倾倒。接着……

"哦，上帝呀！"

"怎么了，妈妈？"珍妮话音刚落，贝克警督又开腔了。"她还跟我说，家长们还会给孩子带上蜡烛和火柴。"

贝克只是在"火柴"这个词上稍微加重了语气，莎拉的反应就如同被烫了一下。

"你们的女校长也证实了这一点。"贝克继续说。

我恳求莎拉赶紧叫停这场比谢尔曼坦克还要沉重的聆讯，可是，她听不见我说话。

"美登小姐告诉我们，蛋糕、蜡烛还有火柴，都是由她保管的。她把它们放在自己办公桌旁边的柜子里。通常情况下，她会在同学们准备放学回家之前，把蛋糕拿出来。可昨天正好赶上运动会，对吧？"

亚当还是呆坐着，一言不发。

"她说，如果赶上运动会，学生可以把生日蛋糕带到操场上，等比赛结束以后吃。是这样吗？"

亚当无动于衷。

我还记得，亚当非常担心自己的蛋糕会被忘掉，这样他就会错过同学们围着自己唱生日歌的机会，这样的机会一年才有一次。

"她告诉我们，你是从教室去找她拿蛋糕的，对吗？"

我仿佛看见亚当兴高采烈地朝我跑过来，准备取他的生日蛋糕。

"那么，你是先回的教室，教室里面一个人也没有，对吗？"贝克不等他回答，又继续问道，"接着，你又拿着火柴去了艺术教室，是不是？"

亚当不吭声。

"你是不是用点生日蜡烛的火柴，在艺术教室里点了火，亚当？"

此时，房间里沉默凝成一股巨大的压力，我觉得自己的耳膜就要被震破。

"你只需要回答'是'或者'不是'就行了，小伙子。"

可亚当依旧一动不动，仿佛凝固了一般。

我仿佛看见，亚当站在青铜雕像前面，看到我一边声嘶力竭地呼唤着珍妮的名字，一边冲进浓烟滚滚燃烧着的大楼。

"亚当，我们觉得，你并没有故意要伤害任何人。"贝克说。

可是，淹没在尖锐刺耳的鸣笛声和此起彼伏的尖叫声中，亚当怎么能说出话来呢？他怎么可能让自己的声音盖过周围的一片喧嚣呢？

"这样吧，要么你就只用点头和摇头来回答我，好吗？"他根本听不见亚当在呐喊，就像他也听不见我在对他大喊"快放过我的孩子"一样。

"亚当？"

可亚当的心还在校园里，还在紧紧盯着教学楼，等着我和珍妮出来，站在滚滚浓烟和一片警笛声中，这个痴痴等待的孩子，渐渐化为一尊石像。

"我可要警告你，亚当，"他厉声说道，"这可不是闹着玩的，如果你继续这样的话，可别怪我们不客气。你明白吗？"

然而，亚当此刻正看着我们被消防员抬出来，他以为我们都死了。他看见珍妮被烧焦的头发，还有烧煳的凉鞋。他看见一位消防员在瑟瑟发抖。

莎拉的双臂紧紧护住亚当。

"这就是你的所谓证据？他带着火柴？有人看见他了？"

"莎拉……"

她强压住怒火打断他："有人把亚当当成了最合适的替罪羊。"

Chapter 5
被掩埋的线索

现在，我的任务，就是想尽一切办法，来
寻找真相，这样，就能证明亚当的清白。
我必须做到。
这就是我的全部使命。

亚当走出办公室，看起来仿佛要晕倒一般。

在走廊里，他干呕了几下，然后跌跌撞撞地跑着，想要找卫生间，却找不到，便在大厅里呕吐起来。我扶住他，可他却感觉不到。

我母亲正从走廊走过来，一看见亚当，脸上又勉强挤出一丝微笑。

"可怜的小宝贝。"她边说边一把抱住他。

莎拉也从办公室里走了出来，她从衣兜里掏出舒洁面巾纸擦了下脸，然后蹲下身子，面对着亚当。

"对于警察跟你说的那些，我真的很抱歉。有人对他撒了谎，我们一定会把那个人找出来的，我发誓。到时候，我要让他到你面前，当面跟你道歉，让他接受应有的惩罚。我一定会做到。现在，我就去找那个人谈去。"

妈妈拉起亚当的手。"我们出去呼吸点新鲜空气，好吗？"

她拉着他朝医院大门走去，珍妮跟在他们后面。

看着他们往外走，我忽然想起，你出差那段时间，我跟亚当一起看过的一部历史系列片（你对那个对着镜头搔首弄姿，"恨不得抱起摄像机来亲"的主持人非常不满）。中间插播广告的时段，他们播放了一个犯罪节目的预告片。亚当看过这个片子，晚上还做了噩梦。后来，每次播放片子的时候，我跟珍妮都得赶紧拿起遥控器换台，等它播完才敢换回来。如果说，过去那种平静祥和的生活是在另一个频道，那现在，我们却陷入一个暴力而恐怖的频道，无法脱身。虽然这个类比有些荒谬，但我现在确实有这样的感觉。

收敛思绪，我赶紧追上莎拉，跟她一起回到那间闷热而且让人生厌的办公室。

贝克警督正在一份表格上做着笔录，我猜测，这是一份早已填好的表格，只需填上亚当的名字和几条备注，任务就算完成了。

看到莎拉，他显得很不耐烦。

"我需要知道，是谁说自己看见亚当了。"莎拉说道。

"不，你没有权利知道，你没有参与调查。"

"不管是谁说的，肯定是在撒谎。"

"到底是真是假，我才最有发言权。相信我，我也不愿意把罪行定在一个小孩身上，更何况，这孩子还是一位警员的亲侄子。"

"你刚才说，运动会时，过生日的小孩会把生日蛋糕，还有火柴，带到操场上去？"

贝克往前探出身子，本来掖进裤子里的衬衣被抽了出来，豆大的汗珠从他后背渗了出来。

"现在讨论这些，毫无意义。"

"那这个孩子必须回到学校，去取蛋糕。"

"没错，这是当然，难道你有什么异议吗？"

"我认为，凶手是故意选择学校开运动会的日子，实施纵火的，这很可能是因为，他知道那一天，整个学校几乎都没人。他特意锁定了一个当天过生日的孩子，知道他会回到学校去取蛋糕和火柴，正好可以作为替罪羊。"

"这是你杜撰的一个故事。"

"不是故事。学校的家长教师联谊会每年都要制作一本挂历，每一页都有当月过生日的孩子的照片。亚当圣诞节的时候送过我一本。所有的学生家属都会有一本。"

"所以，这个月的挂历上，有亚当和另外三个七月过生日的孩子的照片，"她继续说道，"而昨天的日期下面，有用粗体字写的'运动会'三个字，和小号字体的'亚当·科维满八岁'几个字。挂历就挂在我家厨房的墙上，我上星期瞥见了，可这星期还是忘记了给他过生日。"

贝克把衬衣重新掖回裤子，以盖住身上的汗。"手里有挂历的人，都知道运动会那天是亚当的生日，"莎拉继续说道，"凶手也不例外。他早就预谋好要嫁祸给亚当了。"

贝克转过身，故意露出不高兴的表情。

"好吧，我们姑且假设，你的推测是对的，那进一步想想，亚当为什么没有否认呢？真正的罪犯都是无言以对的，不是吗？对于这一点，你难道没有经验吗？"他似乎很享受这样奚落她。

"那些'罪犯'都是成年人，而不是八岁的小男孩。"

"可他要否认的话，只需要摇摇头就够了。我还提示过他，可他始终没有摇头啊。"

"我想，他很可能因为受了刺激，失忆了。"

"哦，是吗，继续。"

"这是创伤后综合征的另一个典型症状。"

"你那次借调显然是学到了不少东西。"

"作为大脑的一种自我保护机制，它会自动将受创伤时，以及前后一段时间的记忆全部抹去。"

"这么说，他就这样轻易地把整件事情都抹去了？"贝克问道。显然，他此刻又在享受对她的嘲讽。

"不是的，记忆还在那里。只不过，是大脑的自我防御机制，屏蔽了唤起这段记忆的通道。"

贝克走到门边，背冲着莎拉。

"这就是他对你的问题没有任何回应的原因，"莎拉继续说道，"他根本就没法回答。因为他什么都记不起来了。而且，他是一个诚实的孩子，对于自己记不得的事情，也不会去否认。我只是希望，他没有真的相信你对他的裁定。"

贝克转过身。

"我亲眼见过有人出现真正的失忆，一次是有人接受了眼球以上部位的麻醉，另一次是有人头部受到重击。你也知道，人们经常夸大其词。"

"分离性失忆症的症状是一种症状明显的精神状态。"

"你这些让人一头雾水的术语，还是留着给巧舌如簧的辩护律师说去吧，别对我们警察说。"

"在灾难事件之后出现的失忆，被称为逆行性失忆。"

莎拉本人或许懂得所有这些知识，但她之前一定是特意又去温习了一下，才让这些术语能够随时脱口而出。难怪刚才等亚当的时候，她一直拿着黑莓手机查看着什么。当时，看她那么长时间玩弄手机，我心里还有些不满。然而，我觉得，亚当并没有得什么失忆症，事实正好相反。他不仅没有忘记那场可怕的灾难，反而被它深深地困住，以至于一句话都说不出来。我得赶快找到亚当。

走出办公室，我忽然想起，母亲刚才说要带亚当出去透透气。每次遇到谁有不舒服的时候，母亲总会使出这个法宝。父亲在的时候，常拿这一点打趣说："又轮到你开方子了，乔治娜，我肯定会被要求每天健走半公里。"

珍妮站在医院出口处那个金鱼缸型的巨大天井里，透过玻璃幕墙往这边张望。

"他跟G奶奶和莎拉姑姑在一起呢。"她边说边指了指较远处的一小片草丛，我依稀能看见他们三个人。

"我很想跟上他们，"她接着说道，"可我一到外面，浑身上下就很疼。真的非常疼。"

我很想去陪在亚当身边，可是，看到珍妮孤身一人，我能感觉到她的不悦。

我们就这样隔着大玻璃，注视着亚当的一举一动。

"也许情况没那么糟吧。"珍妮说。这让我一下子回想起，她六岁的时候，有一次我得了流感，小小的她给我端来一杯温热的茶水，想让我快点好起来，虽然并不能治病，却十分贴心。

"你，我，爸爸，莎拉姑姑还有 G 奶奶，我们大家都知道，亚当是无辜的。"她继续说，"既然全家人都相信他，那么……"

"可他不得不背着这样的罪名长大，"我一激动，不小心打断了她的话。"他将成为一个企图杀害自己亲妈和亲姐姐的男孩。无论他到哪里，到中学，到大学，人们首先就会想到这个，想到这个关于他的传言。"

她一时哑口无言，只是怔怔地望着亚当。

"有件事，我一直没有告诉你，"她说，"关于那个投放恐吓信的人，他曾经往我身上泼过一罐油漆。"

天哪，那人居然跟踪过她。

"你看清那人是谁了吗？"我尽量用平静的口吻问道。

"没有。他是从后面把罐子扔过来的，我实在记不起什么有用的信息了。不过，这对亚当的事情也没什么帮助。我只记得，当时有个女人大声尖叫起来，油漆是鲜红色的，她可能以为那是血。油漆顺着我的头发往下流，把整个外套的后背都染红了。"

难道，那人故意选择像血一样的红色油漆，作为一种隐晦的警告，暗示他将会使用暴力？

"那是在五月十号。"她说。

这就在几个星期前哪，仅仅几个星期而已。原来恐吓从没有停止，甚至还愈演愈烈。那人不光是投放可怕的信件，甚至还跟踪她，向她身上泼油漆。难道他现在还潜伏在她附近？还在想方设法伤害她？

"如果我之前告诉了警方，他们一定已经把他给找出来了，"她说，"他们一定会及时阻止他，这样亚当就……"

她皱起眉头，一脸愧疚的神色，看起来更像个犯了错的十岁小姑娘，而不是十七岁的少女。

我把手放在她身上，想安慰她，可她快速甩开我，仿佛这种安慰只会让她更不好受。

"我一直在试图说服自己，放火烧学校的不是那个投放恐吓信的人。可现在，看着亚当被控告，我不能再……"

出于对亚当的爱，她不得不接受之前不敢面对的那种可能。

"你当时为什么不告诉我们呢，珍妮？"

"我当时觉得，瞒着你们是对的。"她平静地说道。

然而，火灾发生以前，我就告诉过她：正确的做法是勇敢地负起责任，把事情告诉我们，告诉警察。我应该化作那个常常提醒我的保姆，从我的洗衣粉盒上跳出来，告诉她，这不仅仅是她会被警察跟踪调查的问题，而是关系到她的人身安全的问题。只要她还隐瞒着这件事情，就意味着她把自己置于危险之中。

"还有别人知道这件事吗？"我问道。

"只有伊沃知道，"她答道，"我让他发誓，绝对不告诉任何人。"

你也许会想，此刻我如果怪罪伊沃，对他有些不公平，可他当时的确应该告诉我们的。

"伊沃什么时候回来？"我问。

"十天以后。不过，他肯定已经知道了火灾的事，应该会想办法尽快赶回来的。"

我点点头。可我从心底里怀疑，这个小伙子会不会飞回来陪在她身边。你可能会觉得，我这样怀疑他，对他也是不公平的。

正当我盯着窗外的时候，余光突然扫到一名男子从身旁晃过。

海曼老师！

我感到浑身像触了电一般，毛骨悚然。他到这里来干什么？

他穿着T恤衫和短裤，黝黑的肤色在这个白色的环境里显得分外扎眼。以前在学校见他，总是穿着正式的外套和长裤，这身露出胳膊和双腿的打扮，显得过于随意。此刻，他正站在一台自动售货机模样的机器前面，取出一张票卡。

接着，他穿过一扇先前我没有注意到的门。

我赶紧尾随上去。

"妈妈？"

"我想知道他到底要干什么。"

"我相信，他什么也干不了。"

那扇门通向一段陡峭的水泥台阶，我们跟着他走到门外，下到地下停车场。习惯了天井里刺眼的阳光，地下停车场显得漆黑一团。一股夹杂着汽油味儿和尾气味儿的热浪扑面而来，台阶上污迹斑斑，房顶低低地压下来。我下意识地往四周张望，看出口在哪里。

停车场里，只有我们母女，和海曼。

"我不喜欢这里。"我说。

"这只是个停车场罢了。他不过是买了张停车券。"

"你们又不会被人看见，"保姆的声音在耳边响起，口吻比珍妮的还要急促。"而且说不定不久就要死了。你们还有什么可怕的呢？"

海曼走到一辆破旧的黄色菲亚特轿车前面，并把自动售货机里取出的票卡贴在风挡玻璃上。车里塞了三个儿童座位。

"他在这儿干什么？"我问。

"他会不会是来跟泰娜算账的，"珍妮说，"她罪有应得。"

"可他怎么会知道泰娜在这里晃悠呢？"

"或许他很善于猜测吧，"珍妮说，"我也不知道。又或者，他只是想摆脱他的妻子。他以前曾经假装自己是剪贴簿课外小组的负责人，好摆脱他妻子，自己多待一会儿。"

她说着说着笑了出来，仿佛这是件很可笑的事。我却不这么认为。

"你不能怪他，真的。他妻子对他很糟糕的。"珍妮继续说道，"早在海曼还没丢掉工作之前，她就经常数落他，说他是个失败者，说他让她感到羞耻。然而，她又不肯跟他离婚，还威胁他说，要是他敢离开她，他就永远别想见到几个孩子。"

我看见车里，除了三个儿童座椅之外，还有一个被丢弃的泰迪熊和一本《邮差帕特》漫画书。

"这些都是他跟你说的？"我问。

"那又怎样？"

我差点说，那又怎样，去年暑假你刚刚十六岁，而他都三十岁了。不过，终究还是没说出口。

"说不定他是来探望我俩中的一个，"珍妮继续说道，"或许还带了鲜花之类的礼物。他真的是个好人，妈妈，难道你忘了吗？你肯定不会忘记的，对吧？"

我过去经常想起他，要把他忘了还真不容易。

我们跟着他回到地下室台阶处，我的眼睛紧紧盯着他的后背，仿佛自己眼中能发出X射线，把他的内心看个透。他热得大汗淋漓，被汗浸湿的T恤衫紧紧贴在背上，身上发达的肌肉显露无遗。

等回到医院的金鱼缸大厅，身处阳光、人群和噪音的包围下，我才舒了一口气。这时，我忽然看见，亚当跟着母亲和莎拉也走了进来。正注意他们的空当，海曼就不见了踪影。

母亲搂着亚当的肩膀，对他说："你妈妈还有一些零零碎碎的事情需要处理。"她把核磁共振、CT扫描，还有那些上帝才知道是什么的复杂检查，简化成"零零碎碎的事情"，我感谢她能这样。"我们先去喝点东西，让你的胃平复一下，待会儿再去看妈妈吧。"

父亲去世的时候，我忽然明白，一直以来，父母都像保护伞一般，为我们遮风挡雨。没有了父亲，悲伤的寒风灌进一度温暖安全的小窝，恐慌也乘虚而入。此时，母亲又在努力为亚当撑起一片保护伞，想尽一切办法来保护他，我真的很佩服母亲的坚强与力量。

我走到莎拉面前，迫不及待地想要告诉她，我刚才得到一个新的信息，它肯定能帮亚当洗脱罪名。我刚刚得知，那个投放恐吓信的人，曾经往珍妮身上泼过红油漆。原来他并没有像我们大家猜想的那样，在二月份就停止袭击，恰恰在五月份，就在几个星期之前，他又出手了。而且，他现在极有可能再次对珍妮下毒手，而且，不是象征性地泼红油漆，而是企图杀害她。

因为，我知道，珍妮的呼吸机就是被人蓄意破坏的，我还亲眼看见了那个人。

而且，现在我也觉得，你对塞拉斯·海曼的怀疑是很有道理的，因为这个三十岁的老男人，居然对着一个年仅十六岁的少女，说自己妻子的坏话，而且，他现在又跑到医院来，他到底想要干什么？另外，我还目睹了唐纳德对罗伊娜恶狠狠的样子，我估计，他对罗伊娜和梅茜暴力相向，已经有好多年了。学校着火的时候，这两个男人说不定都在学校，只是他们从没对任何人提起，而以前也从没被人发现过。

我感觉，自己手里已经握住真相的钥匙，而这两个男人中的一个，肯定会让真相大白。

现在，我的任务，就是想尽一切办法，来寻找真相，这样，就能证明亚当的清白。我必须做到。

这就是我的全部使命。

···✦···

你坐在珍妮的床头，目光紧盯着她周围的那些监控仪器。莎拉走进病房的时候，你甚至都没有看她一眼。

"贝克现在要去抓那个浑蛋了吧？"你问道。

"他仍然认为是亚当干的。"

你听到这句话，如同挨了她一个耳光。

"我不明白。"

"亚当一直都没说话，迈克。他不能说话了。"

"可他肯定可以摇摇头或者……"

"没有，他什么反应也没有。很抱歉，我对此也一点办法都没有。"

"哦，上帝呀，可怜的亚当。"你站了起来，"贝克怎么能相信海曼这个浑蛋胡说八道呢？"

"告发亚当的，肯定不会是塞拉斯·海曼，"莎拉说，"首先，他被开除以后，就没有资格再进入学校。"

"你之前说过，说他肯定是找人替他撒了个谎。"

"迈克……"

"到底是哪个浑蛋，撒谎证明他不在学校的？"

莎拉没有回答。

"你知道那个人是谁，对吗？"

你盯着他，她的目光终于和你交汇。

"是他妻子。"

"我要去见见他们。"

"我真的不认为……"

"我才不管别人怎么想呢。"

我以前从没听过你对她说粗话。她明显是被你伤到了，可你完全没有注意到。

"你能待在这里吗？替我照看着她好吗？"

"我觉得，你不会有什么收获的，迈克。"

你沉默不语。

"一个朋友把你的车从BBC开到医院来了，"她说，"就停在外面。他们把后几天的停车费都付了。这个给你。"

她递给你一张停车单。看着它，我仿佛看见了以前生活中一直陪伴着我们的那些人，他们拿着为你准备的新牙刷，拿着交了费的停车单，拿着为我准备的睡衣，指着留在门外的为母亲和亚当准备的餐食，冲我们招手。

莎拉走到珍妮的病床边，接替你在她床头坐了下来。

"从早上起，情况一直没什么变化。"你说。

"他们说过，后面的状态会比较稳定。"

之前，当珍妮告诉我，她一到室外，浑身就会很疼的时候，我还担心，这样会或多或少地影响她的身体，感谢上帝，显然是没有影响。

"如果发生任何事情，一定要通知我，立刻通知我，不管任何事情。"
你说。

"当然。"

你走出重症监护室，我好想对你说，塞拉斯·海曼就在这里，就在医院里。不过，说不定，趁他不在家的时候，去看看他的妻子，会对我们更有利，说不定，这种情况下，你更容易发现真相。

珍妮有莎拉守护，亚当有母亲陪伴，我们的两个孩子都是安全的。

珍妮站在重症监护室外面。

"爸爸要去哪儿？"

"去塞拉斯·海曼家。"

她朝我背过身去，我看不见她的脸。

"珍？"

"要是我能多回想起一些那天下午的情况就好了，这样，警察也许就不会控告亚当了，而你和爸爸也不会怪罪海曼了。可是，我想不起来，我什么都想不起来。"

"这不是你的错，亲爱的。"

我轻轻抚摸着她的肩膀，可她使劲把我的手甩掉，仿佛是恨自己此时还需要安慰。

"可能是因为他们给你用了麻醉药的关系，"我说，"贝克警督曾经跟莎拉姑姑说过，麻醉药会影响记忆力的。"

事实上，他当时说的是："我亲眼见过有人出现真正的失忆，是有人接受了眼球以上部位的麻醉。"

"可麻药对别的人怎么没有影响呀。"珍妮说，"我现在明明可以清晰地思考，不是吗？我还能跟你说话呢。"

"谁知道那些麻药会有什么影响？而且，即便不是麻药，也会是别的原因。有一种叫作逆行性失忆的症状，我记得它是这么叫的。"

我好想让她别再责备自己，好想给她一个站得住脚的理由。于是，我继续说道："就是你的大脑切断了对灾难事件记忆的通道，你就再也回忆不起来了。这既会影响对灾难之前发生事情的记忆，也会影响灾难之后的记忆。"

尽管我确信亚当并没有出现这种症状，但对珍妮却很可能是适用的。

"那么，它就像是某种保护机制？"她问。

"没错。"

"可那些记忆仍然存在？"

"我想是的。"

"那我只需要更勇敢一点就好了。"

我还记得，先前，当她试图回忆昨天下午发生的事时，浑身上下忽然因为恐惧而颤抖不已的情景。

"亲爱的，别太心急，好吗？很可能不需要你的回忆，莎拉姑姑和爸爸也能查清楚事情的真相。"

她看起来宽慰了一些。

"如果我跟爸爸一起去，你没问题吧？"我问她。

"当然。可是，你到外面不会难受吗？"

"哦，我是一只结实的老鸟儿。"我说。这句话是母亲的一句口头禅。

"是，对呀。感冒了，不吃药就能上床睡觉，看得出你的确是。"

我跟你一起走出医院。外面的热空气如开水般炙烫着我的皮肤，砾石小径如碎玻璃一般硌着脚底。先前，医院大楼的白色高墙和光滑凉爽的地毯，仿佛是给了我一张保护伞，如今，保护伞被撤去了。

我紧紧攥着你的手，虽然你感觉不到，但这样还是给了我不少安慰。

我们来到车里。亚当的漫画书卷成一团塞在驾驶座后面袋子里，后座上扔着珍妮补妆用的一小管口红，还有我的一双需要更换后跟的靴子。我看着这一切，如同考古学家发现了远古人的生活遗迹，一时间各种记忆涌上脑海，心绪久久不能平静。

我们驱车驶离医院。

疼痛一波又一波地袭来，我只好想些别的事情，来转移注意力。可是，想什么呢？

车里异常安静。过去，我们的车里可从来没有安静过。我俩不是聊着天，就是听着音乐（珍妮掌管播放器的时候，常常是喧嚣的摇滚乐）。要是我自己开车，就会锁定收音机的四频道。不过多数时候，我的车里都会坐着八岁的男孩子或者青春期的女孩子。我端详着认真驾驶的你。人们对你总是很热情，以前我也对此感到纳闷过。你既不太高，也不太帅，不，应该说是一点儿也不帅，为什么大家会对你那么好呢？我以前还特意问过你，你说，那是因为人们在电视上见过你，自然对你有一种熟悉亲切的感觉。可我总是觉得，你身上有一种特殊的自信和魅力，吸引了大家。况且，我爱上你之前，并没有在电视上见过你呀。

像以前开车时一样，你下意识地把左手伸向一旁的副驾驶座，要握住我的手。你说过："这是自动挡的一大优点。"记得有一次，我们开车去朋友家共进晚餐，你一路上都在夸奖车上的卫星导航系统，因为有了它，我们就可以随意聊天，而不用忙着看地图。

这时，车后座上我们的那瓶葡萄酒滚到了靴子旁边，你把手抽了回来。

在寂静无声的车子里，我想起了你熟悉的嗓音，温暖，深沉，充满自信。在昨天早上之前，你一直拥有这样的嗓音。

在此之前，你一直是那么快乐，那么随和，那么有男子气概，当然，有时，这种男子气概也会让我生气。我还打趣说，"没关系的，放轻松"，这句话该写进你的墓志铭。然而，正是你这种对自己和对世界的乐观态度，那种自信外向，而不是焦虑内向的性格，让你显得格外有魅力。

"谁说他一直都很乐观？"保姆的声音又在耳边响起，她提醒了我，当年你父母遭遇车祸的时候，你比现在的亚当大不了多少。

记得你第一次跟我讲起这段经历时，说："我当时简直就是那个可怜的小孤儿安妮①，只是头上没有发卷儿罢了。"

你以前经历过那么多可怕的事情，还好现在没有留下阴影。当我们进一步了解对方以后，你对我说："多亏有了莎拉，我才挺了过来。这算是一个真人版的瑞士军刀的故事②。"

你开车载着我拐下主路。

身体痛出了声来，如同强烈的高频振动，发出的噪音穿透了我试图为思考铸就的护栏。

我回想起珍妮被泼油漆的事情。我想象着，一些天前，一名男子走进一家售卖工具的超市，在这种大型卖场，没有人会特别注意到他。我想象着他独自走在堆满油漆罐的过道里，经过那些性质温和的、以水为基底的油漆，最终找到了那种厚重的、以油为基底的聚氨酯抛光漆。我想象着，他快速经过堆满白色油漆和霜剂的货架，来到彩色油漆的货架前，这种货品数量并不多，因为谁会用有颜色的漆料为窗框和墙裙板抛光呢？但这名男子偏偏选择了深红色。我想象着，收银台的女孩，并没有因为他购买了红色油漆和白色松节油而感到奇怪，因为抛光漆只能用松节油来调制，而且店里松节油存货有很多。这名男子身后排着长长的队伍，收银的女孩停下来稍稍歇口气。

被泼油漆以后，珍妮是去朋友家洗的头发吗？她当时还不知道，抛光漆是洗不掉的吧。接下来，她是去了一家理发店，还是由伊沃的朋友

---

① 译者注：小孤儿安妮（Little Orphan Annie）是1924年美国报纸连载的四格漫画。讲述了孤儿安妮用自己的乐观向上克服重重困难最终找到幸福的故事。主人公是一个满头金色小发卷儿的小女孩。

② 瑞士军刀创始者卡尔·埃尔森纳（Karl Elsener）本是修鞋匠的儿子，他的家乡环境艰苦，没有工业，很多年轻人纷纷移民北美和澳大利亚。为了创造就业机会，埃尔森纳潜心经营自己的刀具作坊，并历尽千辛万苦研发出了包含多种功能的瑞士军刀。母亲去世后，他用母亲的教名Victory来命名自己开创的刀具，并最终发展成现在风靡全球的瑞士军刀Victorinox。

一根一根地帮她把染红的头发剪掉？对于被弄脏的衣服，她是自己先用力搓洗，发现洗不掉后，才拿去干洗的吗？干洗店主拿到衣服以后，发出"嘘"的一声惊叹，然后摇着头告诉她，他们没法保证能把污渍清除干净。可是她为什么没有来找我呢？

你把车拐进一条街道，离我们的房子只隔着三条街。这是去海曼家的街道。

我以前常对你说，去学校的路上，经常会看见海曼，恐怕当时你都没怎么听进去吧。

你顾不上去找停车场，索性直接把车停在了路边。

你重重地拍打着房门，汽车都被震得晃动起来。我想，怀着让亲爱的珍妮活下来的强大信念，你的愤怒也是同样强大吧。

透过车窗，我看见你挨户挨户地摁响门铃，询问塞拉斯·海曼住在几号。我们离开医院的时间越长，我身上的疼痛就越严重。我试图把这种疼痛具象化，就像分娩的时候那样，把疼痛想象成迸发的声波和跳跃的光线。我过去以为，虽然感觉到疼痛的是身体，可皮肤、血肉和骨骼却在保护着体内某种极端脆弱的东西。

你摁响海曼家的门铃时，我来到你身边。你一直用手指狠狠地压着门铃。

开门的是他妻子。我认得她的样子，并想起她的名字叫娜塔莉亚。两年前，我在学校举办的一次晚会上见过她（你一直拒绝参加任何"打着上帝的旗号"举行的晚会）。那时，她看起来很像托尔斯泰小说中的人物，我甚至怀疑，她是不是特意把自己的名字从"娜塔莉"改成了更具异域风情的"娜塔莉亚"。可从那以后，娜塔莉亚的绝世美貌渐渐变得有些粗糙，是什么原因呢，焦虑？疲惫？脸上肌肤的松弛？反正，她那对绿色的猫一般神秘的眼睛，渐渐丧失了完美的轮廓，并渐渐显现出岁月的痕迹。而她猫一般的魅惑美貌，也被无声无息地掩盖起来。我一直盯着她的脸，想象着它未来的样子，因为我不想看你的脸。你不再是那个大家愿意热情相待的男子了。

"你丈夫在哪儿？"你问道。

娜塔莉亚惊讶地望着你，猫一般的轮廓变得僵硬，似乎是嗅到了威胁。

"你是……"

"迈克·科维，珍妮·科维的父亲。"

亚当"倏"的一下摘下塑料头盔，把它拿在手中挥了挥，仿佛自己是罗素·克洛①扮演的古罗马角斗士。

"我的名字是马克西姆斯·德其姆斯……"

"麦里丢斯。"珍妮插话道。

"马克西姆斯·德其姆斯·麦里丢斯，北方军总司令——将军。"

"呜啦呜啦呜啦。"

"军队里可没有'呜啦呜啦'这么说话的。"

"这是'很好'之后的那句。"

"好吧，好吧，我是马克西姆斯·德其姆斯·麦里丢斯，跳过军队的那部分，我是一个被谋杀了儿子的父亲，被谋杀了妻子的丈夫。我一定要血债血偿，不管是今生，还是来世。"

"每次听到这句话，"珍妮说，"我都吓得浑身发抖。"

亚当攥着头盔，表情庄严地点头表示赞许。你拼命地憋住，让自己不要笑出来，而我则不敢看你滑稽的眼神。

我们都还没让他看过这部电影呢，觉得里面太多暴力，可珍妮却把里面的经典台词都教给了他。

是的，我知道，你的处境跟马克西姆斯·德其姆斯·麦里丢斯可不一样，因为你的孩子和妻子都还活着。

---

① 罗素·克洛（Russell Crowe）来自澳大利亚的好莱坞影星，因2000年成功出演《角斗士》（Gladiator）而登上事业的高峰。下文中出现的马克西姆斯·德其姆斯·麦里丢斯（Maximus Decimus Meridius）是电影中男主人公的名字。

"我丈夫不在家。"娜塔莉亚在"我"这个字上加了点重音,似乎在强调自己的忠诚。

"那他在哪儿?"你问。

"在一个建筑工地。"

他明显对她说了谎。我突然为珍妮和亚当感到焦虑。不过,珍妮有莎拉陪着,亚当有母亲陪着,两个大人一定会忠于职守的。

"我在报上看到了你妻子和女儿的事。"她继续说道。我等着她表示同情,但她没有,相反,她只是冷漠地转过身,留着敞开的门,自顾自地走开了。我跟着她走进闷热不堪的院子,里面有三个浑身脏兮兮的小孩,显然已经闹翻了天,其中两个正在打架。

他们的房子跟我们的几乎如出一辙,距离也不过几个街区之遥,可多了一扇门,挡住了通往二层的入口。这只是一个套房,并不是别墅。以前,我从来没有真正考虑过,西德里小学的教师和家长之间的贫富差距。

她走进狭小的厨房,墙上挂着学校的挂历,正好翻到七月份这一页,上面有三个孩子的照片。七月十一号下面,用大大的粗体写着"运动会"三个字,而旁边则用小号字体写着"亚当八岁"。

这个日期用红色的圆圈圈了起来。

收到海曼老师寄来的生日贺卡时,亚当可乐坏了。

我忽然想起莎拉对贝克警督说过:"手里有挂历的人,都知道运动会那天是亚当的生日,凶手也不例外。他早就预谋好要嫁祸给亚当了。"

娜塔莉亚拿起一张复印的《里奇蒙德邮报》,回到你身边,举起报纸,手指下面正好是珍妮的照片。

"这就是你来这里的原因吗?"她问道,"就因为这一通胡扯?"

她居然当着孩子的面说这样的话,我感到很震惊。不过我也意识到,自己的想法很荒唐。要是有人这么说你，我肯定也会骂人的。

"一派胡言，"她说，"全都是胡扯。"

"你给他做了不在场证明，"你对她说，"凭什么？"

"还是让我先来告诉你我知道什么，"她说，"然后再来回答你的问题吧。"

我看得出，你有些措手不及。你变成来找海曼寻仇的马克西姆斯·德其姆斯·麦里丢斯，甚至都不知该如何应对一场BBC式的辩论，尽管这场辩论意味着，你可以在这里多待一分钟。

"塞拉斯是你能遇见的脾气最好的人，"她看出了你的迟疑，抢先一步说道，"坦白说，他的这副好脾气，有时候让我很烦恼。我们的孩子本来应该多管教一些，但他没有，他甚至从没大声对他们讲过话。所以，怀疑是他在学校放了火，这简直太荒谬了。"

"可颁奖典礼那天呢？"你反问道，"那时他的脾气可算不得'好'。我亲眼看到的。"

"他想要告诉大家，这不是他的错，"娜塔莉亚反驳道，"你怎么能因此而怪罪他呢？怪罪他渴望有个机会说出真相？你们这些人，在解雇他之前，连个解释的机会都不给他，不是吗？"

此刻，我能听出她语气背后隐藏的敌意。

"那天，他特意精心打扮了一下，"她继续说道，"穿上夹克衫，还系了条领带，好让自己显得智慧一些，好让人们愿意听他说话。可他还是先去了酒吧，这也算不上奇怪，对吧？去喝上几杯，壮壮胆。他是个感性的人，偶尔也会把自己灌醉，可他喝醉后从不乱摔东西，也从不点火，更不用说冒险去伤害任何人了。"

在学校的晚会上，我从没听出过她有北方口音，可此刻，这口音却很明显。莫非她过去一直刻意隐藏？还是此时故意假装出这样的口音，好让自己跟你——一个西德里小学学生的家长，划清界限？

"文章里也没有说，他从事教师这个职业，只是为了有时间写一本书。老师能享受假期和半个学期的休息日，在私立学校，假期就更长了，所以他才会选择当老师，好有时间写作。"

你试图打断她，可她一字不停地继续说道："当了老师以后，他计划中的那本书，不能说一个字没写，可关键，他把业余时间都用在制订教学方案，和探索能够启发班里学生学好历史，英语，还有那见鬼的地理课的新方法上了。另外，还要查找户外活动的路线和各种教学资源，甚至连哪种音乐最能让孩子集中注意力，他都研究过。直到现在，他还整天谈起这些，还称那些孩子是'他'班上的学生。"

她手指还紧紧攥着报纸，汗水把珍妮的照片都弄脏了。

"看看，这就是我们的孩子，恐怕这辈子也进不了私立学校，除非他们撞了大运，才能去私立学校教书，或者，更有可能的，是进去当清洁工。我们家老大九月份就要上小学了，那是所不入流的学校，三十个学生挤在一个班级。然而，我还是为我的丈夫感到自豪，因为他是学校能请到的最优秀的老师。"

她的字里行间都渗透着挑衅的意味。

"他那些牛津大学毕业的朋友，基本上都去了法律界和媒体，干着地位又高薪水又好的工作，"她接着说道，"可是他呢，只不过是一名小学老师，任何奖励也没有得到过。在私立学校，他们甚至根本不认为有必要奖励老师。在你们的颁奖典礼那天，他出现在会场，把自己的心声说出来，难道这有什么不对吗？"

一个孩子来到她身边，她握住他的手，继续说道："我遇见他，还是在牛津大学，当时我在那里当秘书。当时，我是那么为他感到骄傲，当他选择我，娶我，对我许下那些誓言时，我简直不敢相信这是真的。"

难道这就是他们之间的爱情？无论是贫还是富，我都会为你辩护，甚至为你撒谎？

这样的忠诚既不恰当，也不会有任何回报。

"他是一个好人，"她继续说，"富有爱心，人也正派，挑不出什么毛病。"

她真的从心底里认可自己对丈夫的这一番评价吗？或者，她只是跟梅茜一样，不管自己承受怎样的代价，也要向外界展现出一副和谐的景象。

"而那个男孩坠落到操场的事故，不能怪海曼，那是……"

你实在忍不住了，终于打断了她。"昨天下午他在哪里？"

"我还没说完呢，我跟你说……"

"他到底在哪里？"你愤怒地大声问道。她身边的小孩被吓了一跳。

"我是要把真相告诉你。你必须听我说完。"她说。

"直接回答我的问题。"

"他跟我和孩子在一起，"她顿了半晌后答道，"整个下午都待在一起。"

"你不是说他在建筑工地工作吗？"你的语气仿佛在说，她在说谎。

"有活儿干的时候，他会在工地，可是昨天他一直没有活儿干，于是我们去公园野餐了。他说，我们也应该好好利用他的业余时间。而且，昨天家里的确很热。我们一家上午十一点左右就出门了，直到下午五点多才回来。"

"时间真不短哪。"显然，你并不相信。

"回家也没什么事干，塞拉斯就一直跟孩子们在外面玩，让他们在他背上骑马，然后又一起踢足球，跟他玩得可欢了。"

珍妮说过，海曼为了避免回家，曾假装自己负责学校一个课外兴趣小组的工作。娜塔莉亚描述的这个顾家男人的形象，并不存在。

"是他让你说这些的吗？还是你自己编出来的？"你问道。你对她提出质疑，让我很欣慰。

"要让你们相信，像我们这样的家庭，也能一起度过一个幸福的下午，就那么难吗？"

我想，她故意强调"像我们"三个字，就是指住单元房而不是别墅，没有钱，家里的父亲在建筑工地工作吧。不是，当然不是，我们并不是不相信，这样的家庭就不能在午后的公园享受天伦之乐。然而，我十分确信，她肯定向你隐瞒了什么事情。从打开门那一刻起，她就一直在隐瞒。

"公园里有人看到你们吗？"你问道。

"有人能想起来吗？"

"那里有辆卖冰激凌的篷车，或许那个小贩能记得吧。"

七月份，一个炎热的下午，那人得看见多少带着小孩在公园玩的家庭呀？他怎么可能记得呢？

"你丈夫找谁帮他编的谎？"你问，"说他们看见过亚当？"

"科维先生？"

这样的昵称只会让你更加恼火，不过，我看得出，她的惊讶倒也不算太虚伪。

"他到底找的谁，去嫁祸给我儿子？"你愠怒地把这个问题掷给她。

"我不明白你在说些什么。"她说。

"告诉他，我要跟他谈谈。"你说着便转身准备离开。

"等等，我还没说完呢！我告诉过你，你得听听真相。"

"我要去陪我的女儿。"

你已经迈开步子，可她还是追了上来。"操场那起事故都是罗伯特·弗莱明的错，跟海曼一点关系都没有。"

你头也不回地快步走出去。可我听到罗伯特·弗莱明的名字，心头还是一震，这个八岁的男孩曾经非常残忍地欺负过亚当。

你打开车门，亚当的一个骑士小人从车门的储物格里滚了出来。

"孩子也会成为小坏蛋，"她追上来说道，"魔鬼。"她抓住车门，不让你把它关上。"你们没有查清楚事情的真相，就让希蕾夫人解雇了海曼，是不是？你们就是想把他赶出学校。"

"我没时间听你说这些。如果要去找，就去找其他家长吧，别来找我，更不是现在。"

我能嗅出她的敌意，就像她周身环绕的廉价香水一样刺鼻。

"是你让《里奇蒙德邮报》写了那篇攻击他的文章，以确保他被撵出学校。"

你猛地一拉车门，趁她松手之际，赶紧把车门关上。你把车开动起来，她在后面追着车跑。我们拐弯的时候，见她用拳头狠狠地砸着自己的鞋子。

也许，我应该更多地把她看作一个受害者。毕竟，对于她的爱和忠诚，塞拉斯的回报却是欺骗，还当着别的少女说她的坏话。可是，她的尖刻和咄咄逼人，意味着我们决不能轻易就把她跟海曼撇清关系。她的愤愤不平，究竟是因为她真的觉得学校错怪了海曼？还是因为一个女人意识到自己嫁错人后的懊恼？

···✦···

疼痛消失了。我刚走进医院，它就不见了，仿佛这栋白色墙壁的建筑能够把它自己的皮肤给我。

母亲坐在珍妮身边。我知道，她肯定不会丢下亚当不管，一定是有朋友或者护士陪着他。在那些闪烁不停的厚重设备当中，穿着碎花衬衫棉布裙子的她，显得十分轻盈。她想要抚摸珍妮，却不可以触碰到她，你也经常这样。

莎拉站在几步之外，想让母亲和珍妮单独待会儿，同时继续履行自己保护珍妮的义务。我不知道，她是真的觉得有必要这样，还是故意想让你放心。你朝莎拉走去。

"海曼不在家，"你对她说，"而他老婆呢，不管这个浑蛋让她做什么，她都会照做的。"

这时，母亲看见了你。"格蕾丝有什么新的情况吗？"她问。

"还没有，"你回答道，"我早些时候打算跟她的主治医生开个会的，却被一个电话叫走了。"你没有告诉她，你被叫走，是因为珍妮的心脏突然停跳了。对于这三个星期以来发生的事情，你同样也没有说。

"他们说，今天恐怕没有时间开会了。"你继续说道。

"可是，他们难道不能挤出时间来吗？"母亲不解地问道，仿佛时间是她的一条挂毯，每一分钟都可以用彩色的丝线绣上去。

"显然，是因为一辆大巴发生了严重的车祸，所有人手都被调去救急了。"

这一刻，待在医院的不只有我们，还有很多人，天知道到底有多少，所有人的痛苦和焦虑，都渗透进这栋大楼的砖缝和玻璃幕墙当中。我怀疑，一旦这些情绪从窗户和房顶泄漏出去，能把飞经医院上空的鸟儿都冲高几尺。

我不停地想着这些不着边际的事情，以避免那些丑恶的念头再次涌上脑海。我不知道，你是不是也有同样的想法。

客车的伤者会不会死亡？死者中会不会有珍妮合适的配型？自私的爱竟能把人的道德变得如此丑陋，甚至邪恶，太不可思议了。

"我相信，他们一腾出时间，就回来跟我开会的。"你说。

她点点头。

"亚当在家属陪护室呢。"她告诉你。

"我马上就去看他，在这之前，我想先跟珍妮待会儿。"

我来到陪护室。里面很热，一台电扇呼呼地转着。亚当蜷缩在海曼身旁。海曼一边用一只胳膊搂着他，一边给他读故事听。

看到这一幕，我顿时僵住。

珍妮站在房间另一头。"他在咖啡厅看到 G 奶奶和亚当，"她平静地说，"然后主动提出要帮着照看亚当，好让 G 奶奶陪着我。"

我母亲从来不会怀疑任何人。而且，她以前听我和亚当不知表扬过海曼多少次。电扇的噪声之中，我听见他朗读的声音。在他脚下，搁着一束鲜花。

"他跟妻子说是要去建筑工地上班。"我告诉珍妮。

"可怜的人。他能得到的只有这样的工作吗？"

"珍，他可是对他妻子撒了谎的。"

"可能只是为了摆脱她吧。"

她望着我，一定是看出了我的愤怒，因为她的脸色也骤然变了。

"我跟你说，投放恐吓信的人，泼红油漆的人，肯定不是塞拉斯。"

"这之间有什么联系吗？"我问道，与其说是问，不如说是自言自语。

"没有。他绝对不可能跟恐吓信有任何关系。一方面他根本就不是那种人，另一方面，他有什么理由这样做呢？"

我也觉得，塞拉斯·海曼不可能是那个投放恐吓信的人，也不大可能是那个偷偷潜入病房的人。即便他有投放恐吓信的动机，也不会真正实施。一个牛津大学毕业、言谈讲究的男子，怎么会说出恐吓信里的那些污言秽语？怎么会干出泼油漆这样的龌龊事呢？我实在无法想象，他会从报纸杂志上剪下那些词汇，把它们贴在一张 A4 的白纸上。凭他的敏锐和智商，绝对不需要干这种事情。

可是，火灾跟恐吓信完全是两码事。正如你所坚持的，它很可能只是塞拉斯·海曼的一次报复。

"他试着跟亚当讲话，"珍妮说，"可亚当什么也说不出来。于是，他就开始给亚当读波西·杰克逊的故事。选得很妙，不是吗？"

"是呀。"

你基本上错过了亚当热爱波西·杰克逊的阶段，他是个孩子，觉得自己能够战胜一切困难挫折，把邪恶的魔鬼消灭得干干净净。海曼知道，亚当也喜欢亚瑟王的神话，可那个故事太成人化了，缺乏那种孩童脆弱的特性，而此刻的亚当，恰恰也是脆弱的。而且，波西·杰克逊的神话还能给亚当一个逃避现实的出口。所以，这个选择的确很妙。

海曼对亚当的了解竟然如此之深，让我不禁也走了神。过去，我的确曾欣赏过他的外表，可现在，我却不想让他搂着我们的儿子，我希望见到的，是那个穿着职业的外套和长裤的他，而不是眼前这个穿着短裤和贴身T恤的他。海曼老师，跟塞拉斯，这完全是两个名字，两个人。

珍妮高考英文的前夜，我跟她坐在客厅。她穿着睡衣，头发刚刚洗过，依然湿漉漉的。

"你知道，德莱顿①把莎士比亚称作什么吗？"我问她。

珍妮摇摇头，头发上的水珠甩到我手里的卷子上。

"双面诗人。"我告诉她，"为什么呢？"

"因为他有两张脸？"

"因为他戴着两副面具，"我纠正道，她却漫不经心地用一个脚趾晃悠着拖鞋。"古希腊众神中的门之神，也叫双面神，它象征着开始与结束。'一月'这个词，就是从'双面'这个词根衍生而来的②，因为它是新一年开始的第一个月。"

"我不需要知道得那么详细，妈妈，真的。"

"可你不觉得这很有趣吗？"

她冲我笑笑。"我终于明白你为什么觉得它有趣了，"她说，"也明白为什么你能够上剑桥大学，而我只要能擦边进入任何一所大学，就算是万幸了。"

我望着双面的塞拉斯，他离亚当那么近。我又一次想起梅茜在颁奖典礼那天说过的话：

"绝对不能再让这个男人靠近我们的孩子。"

我现在就想让他从我的孩子们身边走开，走开！

这时，母亲走了进来。看得出，她再次强打起精神，让自己的脸显得有神采，声音有活力，那种神奇的微笑也再次出现在她脸上。

"你的故事好听吗，小亚当？"她转而对塞拉斯·海曼说，"谢谢你让我有时间去陪陪我孙女。"

"当然。我很乐意跟亚当在一起。"他站起身来。

---

① 译者注：约翰·德莱顿（John Dryden）是英国古典主义时期重要的批评家和戏剧家，英国古典主义的代表人物之一，在欧洲批评史上享有极高的地位。

② 译者注：希腊文中的"双面"（Janus）一词派生出英文中的"一月"（January）这个词。

"现在我最好还是回去吧。"

亚当抬起头来，似乎想跟着他走。

"爸爸马上就过来了，"母亲说，"我们在这里等着他，好吗？"

塞拉斯捡起地上的花束，走出了房间。我赶紧跟了上去。花束里都是黄玫瑰，象征着永远不会绽放的嫩芽。它们早已丧失了香气，外面还裹着塑料纸。这一定是他从医院商店买来的，因为刚才珍妮和我跟踪他的时候，并没有看见他拿花。

他摁下重症监护病区入口的门铃，一位漂亮的护士过来开门。看得出，她也发觉了他的魅力。又或者，是因为他健康活力的外形，太引人瞩目。

护士打开门，并跟他解释，不可以把鲜花带进病区，因为这可能导致病人感染。她的口吻略带调情的意味，难道调情就不会导致感染吗？她的做法显得很不得体。

"那就送给你吧。"他边说边对她送上一个微笑。她接过花束，把他引进病区。

只需要一个微笑和一束花。这未免也太容易了吧。

我紧跟着他。

不过，公道地说，这个美女护士还算谨慎，她始终没有离开过他，甚至在自己把花束放回护士室的时候，也特意嘱咐他等在外面，不要靠近病房。然而，所有的护士都能这么谨慎吗？

他跟着她走到珍妮所在的病区。透过玻璃隔墙，我看见你坐在珍妮身边，莎拉则待在稍远的地方。

塞拉斯·海曼没有认出珍妮，于是护士给他指道："那就是珍妮弗·科维，在那边。"

他脸上健康帅气的神采顿时不见了，取而代之的是一脸的煞白，仿佛要呕吐的样子，前额上布满了汗珠。他被眼前的场景惊呆了。

我似乎听见他轻叹道，"哦，我的天哪。"

他转过身，冲护士摇摇头，并没有走上前去。

难道，他是在假装自己在火灾后第一次看到珍妮？演得太好了，这样，就不会有人怀疑是他拔掉了珍妮的氧气管吗？难道，他能感觉到有人在观察他？

玻璃隔墙里面，你正好瞥见他转过身去，于是三步并作两步追了上去。重症监护病区的大门在他身后关上，你跟了上去。

在走廊里，你追上他，一股怒气直冲地板，然后又弹到墙上。

"见鬼，你到这里来干吗？"

"刚才我正好看见亚当和他外婆，于是……"

"你妻子说你在建筑工地。"

他被逮了个正着，一时间无言以对。

"一群骗子，不是吗？跟替你开脱的家伙一样，都是扯谎的浑蛋！"

你的声音变成咆哮，连亚当等你的那间陪护室的门，都跟着颤动起来。

听到声音，亚当和母亲从房间里走了出来，可你正把愤怒聚焦在塞拉斯·海曼身上，并没有注意到他们。

"谁替你诬陷我儿子的？"

"你这是什么意思？"

母亲试图上来劝和，她替你解释道："有人撒了谎，他说他们看见是亚当放的火。"

"可这太荒唐了，"海曼说，"看在上帝的分上，说谁也不能说他呀。"他转向亚当说，"科维先生，我知道你是不会干出那种事的。"

他对着亚当蹲下来，似乎是想摸摸他的头发，或是给他一个拥抱。

"离他远点！"你吼道，紧接着冲到他身边，想要揍他。

这时，站在你俩中间的亚当，把你从塞拉斯·海曼跟前推开，似乎对你很不满，想要保护他。他用一双小手推你的时候，使出了全身的力气。

你脸上的表情告诉我，你此刻伤心极了。

这是你火灾后第一次看见亚当。

塞拉斯转过身，快步走开。

母亲拉起亚当的小手。"走吧，宝贝，咱们该回家了。"她领着他也走开了。

"跟上他！"我赶紧对你说，"你必须得亲口告诉他，你知道不是他放的火。"

连塞拉斯·海曼都能直截了当地对亚当说，"科维先生，我知道你是不会干出那种事的。"

可你却转身离去。

你认为，他一定知道，爸爸相信他是无辜的。但愿上帝能保佑他知道。

你回到珍妮的床边。莎拉对刚才走廊里发生的事情一无所知。

"你能守在这里吗？"你问道。

你的声音里带着某种警告的意味，她并没有马上同意。

"为什么？"

"海曼跟他老婆说，自己在建筑工地，"你解释道，"可事实是，这个浑蛋一直待在这里，跟亚当在一起。"

"亚当没事吧？"

"没事。"

你迟疑了片刻，最终还是没把亚当推你的事情告诉莎拉。

"我得想办法查清，海曼是找谁诬陷亚当的，"你说，"为了他，我必须这么做。"

可亚当需要的，是跟你在一起，是由你为他撑起一把保护伞，而你却浑然不知，这让我好难过。

"查清那个目击证人和纵火者的身份，这是我的职责，"莎拉说，"我是警察，这些该由我来做。"

"我想，贝克已经给你放了事假吧？"

"是的，"她停顿了片刻，"好吧，我们知道，当天，除了珍妮以外，留在学校没去参加运动会的，只有两名工作人员——一个是学前班的老师，另一个是秘书。我们需要跟这两个人谈谈，尤其是那个秘书，因为是她负责给出入学校的人员开门的。"

"那我这就去。"你起身说道。

她用一只手摁住你的胳膊。

"他是我儿子。"

"没错。可万一她认出你怎么办？你觉得，把她也卷进来，会对查案有好处吗？"

你沉默了，对她的逻辑感到无可奈何。

"现在，你能做的最重要的事情，就是待在这里，守护珍妮。"她继续说道。我猜测，她或许认为没必要让这么多医护人员守在珍妮身边。又或者，她看出你已经变成一个一触即发的炮筒，想把你拴在珍妮的病床边，以免惹出什么事端。

"这样，我们就这么办吧。"这可是你的口头禅。或者，这以前是她的口头禅，只是你长大的过程中慢慢学会了而已。"查到任何情况，我都会第一时间告诉你，随时跟你保持联系。"

我猜测，对于她的话，你并没有全信。这么多年来，她很多时候只是告诉你只言片语，并不比对媒体透露的多，而且，往往都是些零碎的线索，或者特别夸张的事情。这个严格遵守规章的警员，对你来说，却是个经常让人失望的大姐姐。

"你认为，放火的人是塞拉斯·海曼，而且他还有个同伙替他嫁祸给亚当，那么，我们重新从他那里开始查起，当然，我们也不会忽视那个投放恐吓信的人。"

她在等着你的意见。和我一样，她也亲耳听见你当着贝克警督的面断言，放火的绝对不会是投放恐吓信的人；同样的，和我一样，她也猜测你这样做的原因，是因为如果两者为同一人的话，你会觉得，发生现在的后果，自己难辞其咎。

然而，你并没有提出异议。为了亚当，你需要得到真相，需要敞开胸怀。你对亚当的爱是如此之深，哪怕为之忍辱负重，陷入自责的泥潭也在所不惜。

"投放恐吓信的人，在警察局有一份案底记录，罪名是散发恶意信件，"莎拉继续说道，"而纵火者作案的动机，是要伤害珍妮。但他的具体理由尚不明确。"我在心里默默地补充道，而且他还用红色的油漆攻击她，就是几个星期以前的事。

"因为，投放恐吓信是《恶意沟通法》下的一项罪名，"莎拉接着说，"警察局可以对它展开全面的调查。"

"可上一次，他们可没怎么细查。"你说。

"贝克警督提出要求，这次调查的范围要比上次广得多。"

"你觉得他现在仍然会这么做吗？"

"我的同事们不会让他有其他选择的。无论是否相信亚当有罪，他们都很愿意做些事情，来帮助我们的家庭。他们的调查会比上一次仔细得多，会认真翻看监控摄像头的记录，并进行更大范围的DNA比对。这些都已经在进行中了。"

"那海曼呢？"

"随着纵火嫌疑人调查的结束，警方就没有理由进一步盘查他了。"

"但你会继续？"

她犹豫了一下。

"目前我所做的任何问讯都属于非法，"她说，"所以，必须非常谨慎地考量，我们到底要获取什么内容。如果我继续查他，就等于在薄冰上行走，随时可能败露。所以，在正式查之前，我得先看看自己通过其他渠道能查到多少东西。"

"你的意思是，你不会找他问话喽？"

"不，我的意思是，在问话之前，我必须掌握足够多的信息。在跟塞拉斯·海曼，以及其他人谈话之前，我必须先把火灾发生后采集到的证人证词和口供仔细研读一遍。我们需要被尽可能多的信息武装起来，然后再去追踪嫌疑人。"

莎拉将要打破这么多条例，这让我感到震惊。

"塞拉斯·海曼过去是亚当的老师，对吧？"莎拉问道，"他们两人很亲密吗？"

"不管多么喜爱某个人，亚当也绝不会点火烧任何东西。"你说。

我听得出，"喜爱"这两个字几乎是喊出来的。

我突然想起，当他把你从海曼跟前推开的那一瞬间，你的脸上写满了伤心。直到现在，我才意识到，你是在嫉妒。

正因为如此，你才觉得他用某种超自然的力量控制了亚当，所以，即使没有火灾，你也很不喜欢他。你自己每天辛辛苦苦地赚钱给亚当交学费，却被别的男人钻了空子，整天陪着自己的儿子，这种愤恨之情，并不难理解。所以，得知他被解雇的消息，你丝毫没有惋惜之意，这也不难理解。

可我以前居然没有看出来。非常抱歉。

"颁奖典礼之前，你跟塞拉斯·海曼有过接触吗？"莎拉问道，"还有什么别的事情，使得你那么讨厌他吗？"

"我告诉你的难道还不够多吗？"

她没有回答。

我恨不得想尽一切办法告诉莎拉，塞拉斯·海曼平时假装呈现出的只是个假象，那个被亚当所喜爱的老师——如果亚当真的喜爱他的话，根本就不存在。

我又一次把他跟双面人联系起来。他不仅跟那个有着两张面孔的神，而且跟寓意着开始和结束的意象，都有某种相似之处。因为，如果塞拉斯·海曼是这一切可怕事件的始作俑者，那他一定也是这一切的终结者。

这时，我的耳边忽然响起一阵高跟鞋的脚步声，在重症监护室的环境中显得很不协调。我转过身，又看见贝尔斯托姆医生的那双红色高跟鞋。莫非，她的这双鞋，已经变成某种警示仪器，专门用来提醒病人和家属？

一小时后，我的主治医生将再次聚在一起开会。

Chapter 6

想要回到你身边

我能感觉到你的勇气，你的乐观，和你怀
抱的希望，相信珍妮一定会回到我们身
边。当你紧紧地拥住我，我也相信，珍妮
会好起来的。

你一改往日的大步流星，而是一小步一小步地往前走，似乎正在迈进一片布满荆棘的未知领域。可是，临近我病床的时候，你又加紧了脚步。你来到我的床边，坐在我身旁，一言不发。

我赶紧冲你跑过来——跟我说话吧！

"格蕾丝，我亲爱的，"我到你身边的时候，你终于开了口。难道你知道我就在这里，或者仅仅是巧合而已？病床边桌子上摆放的鲜花，足够你开个花店了。其中，有一束玫瑰特别难看，既没有刺，也没有香气，一看就是商店打烊前匆匆买的。这是海曼拿来的，里面夹着张卡片，上写"致科维夫人，祝早日康复"。

你根本没有看那些花，只是一刻不停地注视着我。

"珍妮的心脏配型还是没有消息，"你说。她的寿命只剩下三个星期了，我想，我是唯一你能倾吐这个秘密的人。"可他们一定能为她找到的。我相信一定能的。"

"寿命"，上帝呀，我怎么能用这个词呢？搞得她成了生命短暂的蜉蝣或者蜉蝣。我心里一阵慌张，赶紧拼命让思想发出声音，越大越好，试图盖住那生命倒计时再次开启的嘀嗒声——这声音虽然微弱，却已然历历在耳，不曾停息，更令人心惊肉跳。

"莎拉说，她已经把亚当的事跟你说过了。"你说。我想起莎拉在我床边的情景。

"你有权利知道，格蕾丝。你一定因此恨死那些警察了吧。我能理解。可是，我向你保证，我一定会讨回正义的。"

当时，莎拉跟我在一起还感觉十分尴尬，她根本就没有意识到，现在我有多么喜欢她。

你曾经还担心，说完珍妮的事情，紧接着说这些，会削弱我同死神抗争的斗志。可莎拉明白，对于一个母亲，当得知孩子受到威胁，她的斗志不仅不会减弱，反而会大大地增强。

你站起身。别走！还好，你只是去拉上那条又丑又薄的布帘，把我们跟这个闹哄哄的病区隔离开来，虽然这跟第二阶段[①]科学课程中的声波原理相违背，但感觉上噪音的确被隔在了外面。你握住我的手。

"亚当不想让我靠近他。"你说。

"不是这样的。你应该立刻到他身边，告诉他，你知道这不是他干的，你会永远跟他在一起。可以让莎拉先陪着珍妮待会儿。至于查案那些事情，可以再等等，真的。"

你沉默了。

"你是他的父亲，没有任何人可以取代。"

可你听不见我的话，也猜不出此刻我在对你说什么。

你只是一刻不停地注视着我的脸，仿佛这样就能让我睁开眼睛苏醒过来。

"我们经常这样，不是吗，格蕾丝？"你说，"在一起谈论亚当或者珍妮。可是，现在，我想谈谈你和我之间的事，就几分钟，好吗？我真的很想这样做。"

---

① 译者注：根据英国的教育制度，五至十六岁的义务教育共分四个阶段：五至七岁为第一阶段（Key Stage One），七至十一岁为第二阶段（Key Stage Two），十一至十四岁为第三阶段（Key Stage Three），十四至十六岁为第四阶段（Key Stage Four）。

我被触动了。是呀，我也真的很想这样——把话题转移到我俩身上——就几分钟。

"还记得我们第一次约会吗？"你问道。

与其说是转换话题，不如说是直接绕回到一个安全的过去。暂时把眼前这座白墙林立的伦敦医院抛在脑后，回到剑桥大学的一家小茶馆。

一时间，我也让自己跟着你回到了那家茶馆。

外面下着瓢泼大雨，里面人们的高谈阔论，和椅背上挂着的一件件湿漉漉的风衣，让茶馆显得闷热而潮湿。

你后来对我说，那天本来可以很浪漫的，可是，一定是有人碰翻了牛奶，又没有擦干净，因为空气中弥漫着一股酸腐的味道。里面廉价的印花窗帘像是专为游客设计的。你捧着一只难看的小瓷杯，一双手显得巨大无比，毫不协调。

这就是你的"第一次约会"。

"你是我约出来的第一个女孩。"你说。在花窗帘和小瓷杯间，你坦率地承认了这一点。

后来，我才得知，通常，派对过后，你都是直接带女孩回家。第二天早上，你丑得吓人的被子里，她还在。我想，莎拉特意给你挑选了这床被子，是用心良苦地要把它作为避孕工具吧。如果你喜欢那个女孩，这种状况会持续一小段时间。你真是运气不错呀——漂亮女孩最终都进了你的被子。

"我迷上你了。"你说。

我们又谈到了魅力的问题。

你，是一名科学家（我该怎么跟自然科学家交往呢？），一个信息激素和生理需要的笃信者，而我只是一个"娇羞的女友"，我们的目光却交织成一线。

你认为马维尔①很滑稽。

---

① 译者注：安德鲁·马维尔（Andrew Marvell）是十七世纪英国著名的玄学派诗人，他的诗作既富于理性，又不失浪漫，从而显得寓意深刻，意境优美。上文中作者"娇羞的女友"的表达，便是引自马维尔的名作《致他娇羞的女友》（To His Coy Mistress）。

你又谈到了一个男子迷恋女性的乳房达百年之久的故事，我知道你在暗示什么。

在那家呆板逼仄的小茶馆，你向我倾诉，说自己迫不及待地想要摆脱大学的束缚，想要"冲出去干活儿"。

我以前从来没接触过使用"活儿"这个词的人。我在艺术史专业学习了一年，然后又用一个学期拿到了英文专业的学位，我从来没有用过这个词。而我的朋友，都是些身着黑色西服、认真严谨的文学青年，他们谈话的修辞都极其考究，绝不会说出"活儿"这样的词。

但是，我却喜欢这个词。而且，我也喜欢肌肉发达、身材健硕的你，你不是整天伏案研究康德研究到脸色苍白，而是喜欢攀登高山，喜欢划独木舟，喜欢驾驭着橡皮艇在激浪中翻滚，喜欢攀岩速降，喜欢在荒野中露营。你要亲自用身体去感受这个世界，而不是从阅读和哲学思考中解读世界。

"我喜欢像攀登火山那样的活动，"我说，"虽然疯狂，但那是种诱人的疯狂。"

"我想打动你。因为你实在太美了。"

"非常感谢。"

"对不起。你实在太美了。"

你似乎根本没在听我说话，只顾着自己在那边自言自语，是吗？

"你已经吃了两个切尔西圆面包了。"这是你说的，你还记得吗？

"我很高兴看到你这么能吃。"

我不希望你去猜测，我吃了这么多，到底是因为紧张，还是因为故意想显得满不在乎。

"下雨了。"

雨滴敲打着狭小的窗格，发出美妙的响声。

"我应该带把雨伞。"

你问我，可不可以陪我走回家。

"我知道，我们得加深了解。"

我边说边指了下你的自行车，发现自己露了馅儿，你显得有些懊恼。

"该死的自行车，我应该把它锁在街角的。"

于是，在雨中，你一手推着公路上的自行车，另一只手为人行道上的我们撑起雨伞，陪着我走回纽纳姆学院。

"我根本没法碰你呀。"

两星期后，我们第一次过了夜，我不再是那个"娇羞的女友"。我们重温了第一次约会的情景，缔造出我们自己的神话。可是，那已经是很多很多年前的事了，此刻，我们更应该谈论的，是我们的孩子。这一点，我俩都很清楚。马上，我们就要讨论他们的问题，我们的心里一直装着他们。可是，回想过去没有他们的日子，宛如一丝幸福的火花闪过，我们想把这火花多留住一会儿，就一小会儿。于是，我继续跟你走在冰凉的细雨中，望着你迈出比我的大许多的步子，心里猜测着，待会儿回到学院以后，会发生什么。

可是，我当然知道会发生什么。

就在当晚，你就提出了第二次约会的请求，早把马维尔抛到九霄云外了。而我，则沿着欧洲第二长的走廊，兴奋地跳个不停，歇斯底里的动作引得旁人纷纷侧目。

还没有到你跟前，记忆就把我向你推去，而此刻，在这个房间，我们比以往更加亲近。正是因为这种亲近，我能感觉到你的勇气，你的乐观，和你怀抱的希望，相信珍妮一定会回到我们身边。当你紧紧地拥住我，我也相信，珍妮会好起来的。

她一定会好起来的。

这时，帘子突然被贝尔斯托姆医生粗暴地拉开。

"你现在能来开会吗？"她问道。

"亲爱的，我马上回来。"你对我说。然后，你告诉贝尔斯托姆医生，我能听见，也能明白。

我来到贝尔斯托姆办公室的门口，一些医生已经等在里面。我想象着，她戴上一顶黑帽子，宣读我命运的判决书的情景。我想，她应该是蛮在意穿衣打扮的。不过，如果我还能想出话来调侃贝尔斯托姆，那我显然不是一个植物人。可是，为什么要选择一个植物人呢？所以，也没有必要让她戴着黑帽子来宣布了吧。

我已经准备好，开关开启，心智尚存，精神正常，还是昨天的那个格蕾丝。可是，不知怎的，我感觉自己已经从另一个我中分离出来。

当这一切结束以后，你会对我说，这种"一分为二"的想法纯属"胡思乱想"。然而，这都是因为，你是通过绳索速降和露营这样的活动，而不是通过读书这样间接的方式，来认识世界的。因为，如果你多读些书，你就不会去爬那么多山了。你会了解笛卡儿的二元论，自我与本我，身体与灵魂这样的问题。你会了解一些文学作品中提到的"分裂的自我"。到那时候，我会重新跟你提起，珍妮小时候你给她读的那些童话——在童话世界里，公主每天晚上翩翩起舞，青蛙最后变成王子，丑小鸭变成白天鹅。要是你运气不那么好，我就要开始引用《哈姆雷特》中的台词，"霍拉旭，天地间有很多事情，是你们的哲学根本梦想不到的。"

你一定会高高举起双手，做投降状，"别说了！"可我才不理你。早在几百年以前，那些童话和鬼怪故事的作者，那些神话家和哲学家，就已经认识到，我们双眼所见的世界，并不是唯一的世界。躺在病床上失去意识的珍妮和我，并不能代表真正的我们，这才是唯一的出路。

我得赶紧跟上你。

我不会再去想象贝尔斯托姆医生头上的黑帽子，而要直接去看她的鞋子，并想起桃乐丝的红宝石鞋①。你肯定想不到，只要贝尔斯托姆医生并起脚尖，敲击她的红皮鞋，我就能再次回到现实世界中来。

---

① 译者注：桃乐丝（Dorothy）是美国儿童文学作家莱曼·弗兰克·鲍姆（Lyman Frank Baum）的名作《绿野仙踪》（The Wizard of Oz）中的主人公。在书中，一位善良的女巫送给桃乐丝一双具有魔力的红宝石舞鞋。迷路的时候，她只要闭上双眼，脚尖互击三下，鞋子就能把她平安送到家。

对不起，我又不严肃了。你知道的，我只是想在重大时刻来临前喘口气而已。最重要的是，我会再次回到你和亚当身边的。因为珍妮肯定会好起来的，而我，也可以放心地回到我自己的身体里，重新苏醒过来。

可是，等我一回到身体里，我就什么也做不了了，什么也做不了了。"赶紧打消这个念头！"保姆的声音在耳边响起。"现在绝不是消极的时候！"她是对的。我只是还没做好准备。可是，我一定会再次跟你团聚的。

我从来没有见过你像此刻这般软弱。此刻，面对数量众多的医生，你仿佛被掏空了一般。贝尔斯托姆医生终于开了腔，跟你说话的时候几乎没怎么看你。

"迈克，我们进行了一系列的检查，多数检查跟我们昨天做过的一样。"

她故意叫了你的名字，这样是为了显得亲切，还是故意要避免使用"科维先生"这样的称呼，来强化你跟我这个"科维夫人"之间的关系？难道她宁可现在不提这种关系吗？

"恐怕，你现在得做好心理准备，格蕾丝可能永远都不会恢复意识了。"

"不，你错了。"你说道。

她当然错了！我所了解的情况证明了这一点。我身上负责思考、感觉的部分，会回到身体里面，这样，我就会醒过来的。

"我知道，要接受这个现实，还需要过程，"贝尔斯托姆医生继续说道，"可是，目前，她只表现出张嘴和呼吸这些最基本的反应，我们估计，不会有任何好转了。"

你使劲摇着头，拒绝让这个信息进入大脑。

"我的同事是说，"另一位年长的医生插话道，"根据你妻子大脑受损的情况，她已经看不见，听不见，也没法讲话，更不能思考或者感觉。而这些，都是必不可少的认知机能。她已经没法恢复了，她再也不会苏醒过来了。"

他显然是医学界直陈病情学派的拥趸，这个学派根本就是错误的。

"那些新的扫描结果如何？"你问道。

记得有一次，我曾跟你分享过广播四频道"在路上"栏目里的一则有趣的信息。"医生训练植物人想象打网球这个动作，来表达'是'的意思，而病人的脑部扫描居然可以反映出这个思维信号。"我很喜欢这个用"打网球"来代表"是"的创意。我能想象，那种有力的击球，或者发球得分的场景。而且，我也一直奇怪，为什么你的网球技术那么差劲，老实说，不是把球打到网上，就是击出了界。医生会把这种想象，理解为"不知道"的回答吗？

"我们会尽可能把所有的检查再做一遍，"医生说道，语气略显得有些不耐烦，"我们已经给她做过很多检查了。可是，我现在需要坦率地跟你说，有一点可以肯定，就是她再也不会有任何好转。"

"你们根本就不明白，对吗？"我说，"不明白一个母亲的力量。"

"用简单的术语来说，所有的扫描结果都显示，她的大脑受到了大面积的无法修复的损伤。"

"我的儿子需要我，不仅需要我陪伴他长大成人，还需要我来证明他的无辜。每天早晨，他从睡梦中醒来的时候，需要我帮助他筑起一道心灵的盾牌，来抵御那些无良之徒的恶意攻击。"

"她的脑组织受损严重，已经没有办法修补了。"

"而且，晚上的时候，他只有握着我的手，才能够安然入睡。"

"可这一切都是胡说八道，不是吗？"门外传来一个声音。一开始，我还以为是那个专横的保姆，开始谴责起别的人来，虽然她从来没有用过"胡说八道"这个词。我转过身，看见了莎拉。我从来没听她用过这个词。

她走进房间，母亲跟在后面。两人刚才都已清楚地听到医生说的话。

"桑胡医生陪着珍妮，"莎拉对你说，"他发誓不会离开珍妮半步。"

你不再显得势单力薄，因为有莎拉跟你在一起。

"莎拉·科维，迈克的姐姐，"莎拉自我介绍道，"这位是格蕾丝的母亲，乔治娜·约瑟芬。有些病人，昏迷了很多年，最后还不是醒了过来，还有'认知机能'。"

那个坚持直陈病情的医生并不为之所动。"是的，媒体的确报道过这类极个别的案例，当你仔细考察后，就会发现，从医学上看，它们跟这次的情况并不相同。"

"那采用干细胞疗法呢？"你问道，"来培植新的神经细胞。或者其他你们能够采取的办法？"

你还紧抓着这条开车听广播或者星期日看报纸时无意得到的信息不放。我也会死死守住这个信念——想象着重型起重机把那艘沉船的船体从海底吊起来，蒙住我双眼的锈迹被一点点擦去。

"没有证据能证明这些治疗方法能够奏效。它们主要是用来治疗一些退化性疾病，比如帕金森和阿兹海默症，而不是严重创伤。"

他把目光从莎拉移到你身上。"你一定想知道，她的这种状态会持续多长时间。我的回答是，它会持续很长时间。你的妻子并不会死去，她能够自己呼吸，我们可以通过输液为她提供营养，我们也会一直这样做下去。所以，这种状态会无限期地延续下去。可是，我无法保证她能够像我们预想的那样活着。虽然她保住了生命，这对家人来说是莫大的安慰，可是，这种状况也会给家庭带来新的问题。"

既然我是你的妻子，也就成了你长期的负担，并加重了你肩上如山的责任。

"难道你要我们请求法院下令停止为她输液？"莎拉问道。我想，如果此时有一只猛虎能够化身为警察，那它一定是莎拉现在的样子。

"当然不是，"贝尔斯托姆医生说，"现在还为时过早……"

"难道这就是你们的目标？"莎拉毫不客气地打断她。猛虎悄无声息地来到她身边，忽然发出一声咆哮。

"你是律师？"

"我是警察。"

"也是一只急于保护自己弟弟的母老虎，她多年来像照顾儿子一般照顾着这个弟弟。"我连忙补充道。这也是我喜爱莎拉的原因，我很想帮她说明情况。

"我们只不过是想开门见山地向你们说明情况而已，"那个直陈病情的医生接着说道，"等时间成熟以后，我们会跟你们讨论，怎样才能最好地照顾到格蕾丝的利益……"

她再次把他打断，"够了。我和我弟弟一样，都认为格蕾丝既能听见，也能思考。可这不是最重要的。"停了半晌后，在这个沉闷如一潭死水的房间里，她一字一顿说了句掷地有声的话，"她还活着。"

意识到自己完全不是莎拉的对手，医生于是重新把目光转向你。这时，我看见珍妮溜了进来。

"科维先生，我认为……"

"她比你们多数都要聪慧，"你果断地抛出了这句话，而我却有些退缩，亲爱的，要知道，他们可都是神经学和脑外科领域的专家呀。你丝毫没有理会，而是继续说道，"她饱读诗书，通晓绘画，对什么都感兴趣，对很多领域都有涉猎。她自己并没有意识到这一点，可她是我见过的最聪慧的人。"

"你的小脑瓜儿里到底在想些什么？"还记得，我们相恋一年以后，你满怀爱慕与深情地对我说道，"你的脑袋里满是辽阔无际的大草原，而我的则被图书馆和画廊之类的东西塞得满满的。"

"这些不会一下子消失的，"你接着说道，"她的那些想法，那些感觉，那些知识，还有她的善良、热情和幽默，不可能消失的。"

"科维先生，作为神经学家，我们……"

"是的，你们都是科学家。你们知道，在四百亿年前，连续下了几千年的雨，才形成了大洋吗？"

出于礼节，他们不得不听着。这一次，他们允许你在听到这个绝望的消息后，在精神上恍惚一下。可只有我知道，你说这些意味着什么。记得，几个月前，在检查亚当的水循环项目作业时，你曾对他说："四百亿年前的降雨，就是我们今天的水，"你继续说道，"它们或凝固成冰川，或蒸发为云朵，或汇入河流，或形成降水。可是，这些都还是同样的水，数量也几乎没有变化。既不多，也不少。哪里也没有去，哪里也去不了。"

贝尔斯托姆医生不耐烦地用红色的鞋跟敲打着地面，一副听不懂也不想听的样子。可我喜欢这样的说法，我是冰川的一个小角，融化后流入海洋，我还是我，只不过外形变了。乐观的话，我会化作一朵云，并在下雨的时候，重新回到大地，回到我诞生的地方。

"我们会继续做检查的。"贝尔斯托姆医生对你说，"不过，你妻子真的不会有机会恢复知觉了。"

"可你说，她能活上好多年。"你对她说。

"这样说吧：总有一天，我们会找到治疗的办法。我们需要做的，就是等待，无论这等待有多漫长。"

我们有的，就只剩下时间了。只要能等，浮云总会汇入海洋；只要能等，沙砾也能化为珍珠。我手中似乎感觉到了这颗珍珠，它光滑，圆润，一点一点变得温暖，那是亚当的小手。他正进入香甜的梦乡。

···🪶···

过了一会儿，母亲来到我的床边。虽然她并没有像你和莎拉那样，与医生发生争执，但我能看出，医生提出的每一条结论，都像飞来的玻璃一般击中她的脸庞，并在上面划出新的皱纹。

"一个护士陪着亚当，"她对我说道，"我不能离开他太长时间，只能跟你聊上一小会儿。不过，我必须要亲自跟你聊一聊。"她顿了片刻，"得有人把你再也不会醒过来的消息告诉亚当。"

"见鬼！妈妈。"

"见鬼，妈妈，你不能这样做！"

我以前从来没有对母亲说过这样的粗话。

"我只是想为了他好。"母亲平静地说道。

"我的天哪！这怎么是为了亚当好呢？"

我们已经很多年没有争吵过了，而且，以前也算不上争吵，只能说是意见不合。可是，不管怎样，我们母女俩，决不能在此时此刻，在这里吵架。

"不管你在哪里，我都相信，你是能听见我说话的，格蕾丝，我的小天使。"

"妈妈，我就在这里，就在这里。很快，他们的检查就能证明这一点。我会像罗杰·费德勒那样，为了一句'是的，我能理解你'，大力挥动球拍，以每小时一百英里的速度，把球击过球网。他们一旦意识到我还有思维，肯定会想尽一切办法把我救过来的。"

"我最好还是回去陪亚当吧。"

她重新拉开帘子。珍妮就在外面，显然是在偷听，帘子毕竟还是遵守了声学定律。她看起来十分焦虑。

"G奶奶搞错了，"我对她说，"那些医生也搞错了。我可以思考，又有感觉，不是吗？我现在不还跟你说话吗？他们的扫描检查不够精密，仅此而已。总有一天，我会给他们一个大大的惊喜，希望这一天能很快到来。"

"像那个'罗杰·费德勒'一样？"她问道。

"完全正确。如果你不喜欢我变性的话，那就大威廉姆斯吧。坦白跟你说，宝贝，只要他们给我做对了检查，他们就会发现，我根本没事。"

可她焦虑的神情一点没变，脑袋低低地垂下去，单薄的肩膀蜷缩起来。

"你真勇敢，为了我冲进学校。"

"你爸爸也这么说。你俩太好了，可是，这样说实在一点也不准确，让我觉得自己名不副实。"

她露出一丝笑意。"哦，好吧，那究竟什么才算是名副其实的勇敢呢？如果你不冲进着火的大楼救人，那叫勇敢吗？"

"这不过是本能罢了，仅此而已。真的，每一个母亲，为了孩子，都会心甘情愿地这么做的。"

也许我这话并不算完全诚实。大多数母亲——或许除了我以外——都会本能地冒着生命危险去救自己的孩子。而一开始，我跑进去的时候，根本什么都没有想。我只是看见学校起了火，想到珍妮在里面，就跑了起来。可等我一跑进楼里，在滚烫的浓烟中停留的每一刻，我对珍妮的爱，都在跟自己想要立刻逃出的欲望做斗争。一股自私的欲念，一直想要把我推出大楼。我之前一直惭愧不敢告诉你这一点。

"你说，你可以回到身体里面去？"她问。

"是的，就是这样。"

"我想，只要你能回到身体里面去，"她继续说道，"那你就不会死。当我心脏停跳的时候，我想，那算是技术上的死亡，当时，有一股光和热离开了我的身体，后来，它们又从同样的方向回到了我的身体。我想，这样，就算是又活过来了。"

"非常正确。"

因为她如此确信自己是对的。

莎拉的到来打断了我们的谈话。她身后跟着一个年近七十、身体略显僵硬、满头银发的女人。这个人我认识，却并不十分了解。

"费舍夫人。"珍妮诧异地说道。

她捧着一大束用报纸包着的香豌豆花，香气馥郁，一时间压住了病房里弥漫的消毒药水味儿。

莎拉顺着我床头的一瓶瓶鲜花看去，敏锐地发现了塞拉斯·海曼送的那束丑陋的黄玫瑰。她微笑着对费舍夫人说："我想，在这里的占位大赛上，您肯定赢了。"她的声音显得很轻松，不过，看得出，她已经注意到海曼的贺卡，并把它装进了口袋。

"我并没想要真正见到她，"费舍夫人对莎拉说，"我只是想给她带些花来。以前我们曾经谈论过园艺，不过，我跟她不怎么熟。"现在回想起来，费舍夫人就是那个宁可用微薄的薪水培植香豌豆花，也不愿把钱给那些贪婪的表亲的人。在珍妮第一天上学的时候，她跟我说了这件事，我却被她的花儿给吸引住了。我们关于园艺的谈话结束以后，珍妮也停止了哭泣，自己乖乖地坐在阅览室的地毯上。

"您介意跟我聊几句吗？"莎拉问道，"我是警察，是格蕾丝的姐姐。"

姐姐，我以前一直觉得我们各自有各自的家族亲戚，从没意识到亲属关系其实是交叉的。

"当然不介意，"费舍夫人答道，"不过，我真的觉得我恐怕帮不上什么忙。"

莎拉带着她来到家属陪护室。

"在你提问之前，"费舍夫人说道，"我得说明，我曾经有过前科记录。"

珍妮和我都震惊了。费舍夫人？

"我曾经为裁核运动组织和绿色和平组织工作过。我现在也算他们的成员，不过不打算再被逮捕了。"

莎拉露出一丝审慎的表情，可我知道，此时此刻，不可以抱有丝毫的偏见。

"您说，您曾是西德里小学的秘书。"

"干了快三十年。可是，四月份，我不得不离开了。"

"为什么？"

"显然，对于这份工作，我的年纪太大了。校长对我说，要是我看看合同，就会发现，里面有一个'所有教职人员到六十岁带保障强制退休'的条款。我已经六十七岁了。她等了七年才执行这个条款的。"

"那您相对这份工作真的太老了吗？"

"不是，我仍然干得非常好哇。这是大家有目共睹的，萨莉·希蕾校长也不例外。"

"那您知道她为什么要把您赶走吗？"

"你真是直言不讳呀。不，我也不知道。"

莎拉拿出一个笔记本，是那种跟她的身份不协调的Paperchase[①]牌的本子，上面还有只小猫头鹰的图案。她开始在上面记录。

"您能把个人详细情况告诉我吗？"莎拉问道，"夫人，您的全名是？"

"伊丽莎白·费舍。是女士，不过您愿意怎么称呼都可以。我丈夫在半年以前去世了，我想，根据惯例，那时候就该把'夫人'这个称呼改掉了。不过，我并没有把戒指摘下来。显然，我得找人把它给切断。现在进行这种仪式，对我来说太难以忍受了。"

莎拉脸上显出同情的神色，可我却不为所动。记得当时，希蕾夫人给所有家长发过一封信，说费舍夫人的丈夫病得很重，所以她不得不离开学校。我准备了一张贺卡，梅茜则特意从里奇蒙德的某个花圃买来一束特别漂亮的鲜花送给她。要我来说，送盆球茎类的花卉就可以了。

"您能把您的地址写下来吗？"

伊丽莎白写的时候，我好想告诉莎拉，希蕾夫人对家长们撒了谎。可她为什么要这么做呢？

"您认识塞拉斯·海曼吗？"莎拉问道。这个问题合乎情理，可我一开始却没有想到。

"认识。他是西德里小学的老师，因为一件自己根本没有做过的事情被学校开除了。就在我离开学校的前一个月。从那以后，我们通过一两次电话，两人有点同病相怜的感觉。"

"他为什么会被开除？"

"一言难尽哪。有个叫罗伯特·弗莱明的八岁小男孩，想让他离开。"

"具体说说？"

"罗伯特·弗莱明憎恨塞拉斯，因为塞拉斯是第一个敢于反对他的

---

① 译者注：Paperchase是英国最大的纸类等文具用品连锁品牌，产品以其设计时尚可爱而颇受年轻人欢迎。

老师。塞拉斯教弗莱明的第一个星期，曾经请弗莱明的家长来学校，说这个学生有些'危险'。他并没有说他患了多动症，或者是社会化有问题，只是用了'危险'这个词。可是很遗憾，那些付了学费的家长就不接受了。

"三月份，塞拉斯正好负责操场执勤，弗莱明告诉他，一个十一岁的男孩把自己锁在了卫生间里，里面还有一个五岁的女孩，她一直在尖叫。弗莱明还说，他实在找不到其他老师。于是，塞拉斯赶紧去救那个小女孩。虽然他有这样那样的毛病，可他总是个善良的人。这一点，弗莱明很清楚。

"把塞拉斯从操场上支开以后，弗莱明强迫一个叫丹尼尔的男生爬到消防通道上面，然后想办法把他从边上推了下去。天知道他编了个什么幌子，把丹尼尔哄骗着爬上去。接着，弗莱明就推了他一下，丹尼尔坠落到操场上，伤得很重，两条腿都摔断了，幸好他摔断的不是脖子。

"我工作的一项职责是在医务室当护士。在救护车赶到之前，我一直照料着这个孩子。可怜的小家伙疼得要死。"

我以前只听亚当描述过这件事，都是从大人那里听来的，里面有不少后来歪曲的内容。那个版本里，这是一场可怕的事故，而不是有人故意所为，而责难纷纷落在海曼身上，怪他不应该去管罗伯特·弗莱明，而应该监控好操场的情况。因为，谁会相信，一个八岁的男孩竟有如此的手腕和心机，会如此心狠，如此恶毒？

不过，我们之前就知道，对亚当来说，罗伯特·弗莱明是个很可怕的人。他对亚当不是一般意义上的戏弄和吓唬。记得有一次，他用领带缠住亚当的脖子，留下的红色印痕一个星期后才消退。他还威胁亚当说，如果亚当不拍他的马屁，就得当心自己的小命。他还曾经用跳绳把亚当紧紧绑起来，在他身上画纳粹的十字标记。

珍妮曾说这个男孩心理变态，你也表示同意。

"这些都不是一个小孩子能干出来的事，"你说，"如果是大人，我们会说他反社会，甚至是精神错乱。"

十字标记事件发生后，开学前，你要求校方召开一个会议，并得到希蕾夫人的保证，九月份的新学期，罗伯特·弗莱明不会再出现在西德里小学。

"希蕾夫人也知道，类似这种坠落操场的事故，本来不应该发生在一所小学，"费舍接着说道，"她需要一个人来承担责任，于是把塞拉斯·海曼当成了替罪羊。我认为，她开始并不想因此开除他。她也不傻，知道他是一位有才华的老师，对学校来说他意味着一笔无价的财富。可是，后来，自从《里奇蒙德邮报》刊登了那篇诽谤的文章后，家长们要求校方采取行动的电话就没有停过。这样，她才发现自己别无选择。在私立学校，尤其是一所历史并不长的私立学校，家长拥有很大的决定权。

"要是这个危险的男孩真的得到严厉的处罚，那倒真是件好事，或许还能有些微的机会来阻止他，可惜，一切都太迟了。"他并没有受到严厉的处罚，不是吗？希蕾夫人悄无声息地放过了他。

"你认为他还会惹出些事端吗？"莎拉问道。

"当然会。既然他八岁就能设计让一个孩子摔断双腿，到了十八岁，他还有什么做不出来的？"

运动会那天，罗伯特·弗莱明离开过操场吗？不，我不敢相信。我知道，据说几乎所有发生在学校的火灾都是由孩子引起的，可还没有发生过像这次这样人员伤亡如此惨重的火灾。我开始还不同意贝克警督的观点，认为小孩不可能做出这种事情。

"你刚才说，自从《里奇蒙德邮报》刊登那篇文章以后，学校的电话就没有停过？"莎拉问道。

"没错。于是，萨莉·希蕾被迫开除了塞拉斯。"

"你知道是谁把这件事透露给媒体的吗？"

"不，我不知道。"

"塞拉斯·海曼平时有什么敌人吗？"

"据我所知没有。"

"你刚才提到，'虽然他有这样那样的毛病'，这是什么意思？"

"这话我不该说的。"

"可总有你的理由吧。"

"我只是想说，他这个人有些傲慢。私立小学里，男老师算得上是珍稀物种。他就是母鸡窝里一只骄傲的公鸡。"

她停顿了一下，我能看出，她在极力忍住不让泪水流下来。

"那珍妮和科维夫人呢？"她问道，"她们怎么样？"

伊丽莎白·费舍僵硬的身体往前弯了弯，把脸背过莎拉，似乎为自己的激动感到尴尬。

"我在建校之初就来学校了，珍妮也是。当年，学前班的孩子要来我办公室，给我看她们的家庭作业。珍妮每次进来的时候，都会给我一个拥抱，然后走出去。她有时是特意来看我的。她进了拼珠游戏的兴趣班。别的孩子只是中规中矩地拼些几何图案，只有她的作品非常随意，完全没有设计或者图形的感觉，却十分好看。她只是把那些彩色的珠子随随便便地拼合在一起，却那么有活力，那么有美感。"

莎拉笑了。她还记得珍妮拼珠子的那些岁月吗？她也许从珍妮那里得到过一个不规则的小垫子，作为圣诞节的礼物。

"而亚当也是个可爱的小男孩，"她接着说道，"这可要归功于科维夫人。我希望我曾经对她说过，可惜我没有。我想，虽然这并不能改变任何事情，可我还是希望自己说过。"

莎拉似乎被她打动了，伊丽莎白·费舍也仿佛受到了鼓励，继续兴致勃勃地讲下去。

"放学的时候，有些学生见到来接自己的妈妈，连个问候的话都懒得说，而妈妈们也大都忙着接回自己的孩子，互相之间连招呼也不打。可亚当每次都会像一架着陆的小飞机一样冲出学校，张开双臂向科维夫人奔去，而那时候，在科维夫人的眼里，似乎亚当就是她的全部世界。我经常透过窗户看到母子俩手拉手走出校门。"

我意识到，她以前从没跟任何人谈起过我们的事，甚至跟她离世的丈夫也没有。而当她丈夫因为天花这种令人痛苦而尴尬的疾病去世后，她几乎没跟学校任何人接触过。

"你能想到有谁可能在学校里放火吗？"莎拉问道。

"不能。不过，如果我是你的话，我会去找罗伯特·弗莱明这样的人，而且，不能把他当成小孩，而要当成大人。因为，之前也没有人能够及时干预。"

跟珍妮回病房的路上，我忽然想起你跟希蕾夫人为罗伯特·弗莱明开的那次会。之前，我已经去学校提过很多次意见，可她都没有理会，后来能够听取你的意见，我还有些不平。我早就应该想到，你是男人，而我只不过是口袋里装着"奇巧"巧克力，手袋里塞着运动袜的一位平庸的母亲而已。你当时说，那是因为你有了一定的知名度，所以能"抱怨出点结果来"。

梅茜来到我的病床边。她小心翼翼地把周围难看的帘子拉起来。

"又来了位客人，"我对珍妮说，"今天晚上，这里简直成了十七世纪的沙龙，是不是？"

"沙龙都在法国举办，妈妈。"她瞥了眼我病床周围带棕色图案的帘子说道，"而且，人家都是在四壁辉煌的豪宅里，墙上挂着油画和装饰华丽的镜子。"

几个月以前，我们曾聊起过沙龙。我很欣慰她听进去了。

"吹毛求疵。这里还有张床呢，不是吗？而且，还有个女人，是大家关注的焦点。不是吗？"最后这句'不是吗'，我特意用了法语。好吧，看来她注定要有一位光彩照人、聪敏智慧……的妈妈。珍妮笑了。

梅茜并没有坐到客人坐的椅子上，而是坐到了我的床头，然后拉起我的手。我知道，一段绝密精彩而又一丝不苟的表白又要开始了。我熟悉的那个梅茜已经不存在了，但她以前曾经存在过。我确信这一点。不知道从何时起，梅茜开始模仿过去的那个自己，那个她心目中理想的自己。

然而，她的善良和热情，都是真诚的。

"你看起来好多了，"她微笑着对我说，仿佛我能看到她，也能听到她的话。"脸颊上有些血色了！你甚至从来都不用腮红，是不是？不像我。我非得用好多化妆品才行，可你天生就有很好的气色。"

我觉得自己此时不是在一个法式沙龙，而是在她家暖洋洋的厨房里。

上一次她来看我的时候，我确信她要跟我说些什么，可惜被打断了。或许，她觉得现在可以信任我，可以把唐纳德的事情告诉我。但愿如此。唯一让我觉得难以揣摩的是，她没有，或者说根本不能，用正面对着我。

她笨手笨脚地在羊毛衫口袋里摸索着什么，拿出来的是珍妮的手机，上面贴着一个亚当在圣诞节送给她的小饰物。

"这是学前班的老师蒂利交给我的。"梅茜说。

珍妮一言不发地盯着自己的手机。里面有很多的聚会短信，旅行计划，每天跟朋友的聊天记录……这个巴掌大小的塑料壳内，几乎装着一个少女全部的生活。手机闪闪发光，看上去毫发未损。

"蒂利是在学校外面的沙地上捡到它的，"梅茜继续说道，"我陪着罗伊娜上救护车的时候，她把它交给了我，希望我一定要亲手把它还给珍妮。她把这个看得很重要。我想，她也是希望能够帮一点忙。是呀，我们都是如此。可后来，我却把这事给忘了。真抱歉。"

"她怎么能忘了呢？"珍妮问道。

"发生的事情实在太多了。"我脱口而出。自己也为自己的轻描淡写感到吃惊。

"我应该早点把它还回来的，真的很抱歉，"梅茜说道，仿佛听到了珍妮刚才说的话似的。"我真是个糊涂虫。"

梅茜把手机搁在花瓶中间的空隙里。

"罗伊娜病房里的空调太凉，"她说道，"我只好穿上羊毛衫，这才在口袋里发现了手机，想着一定得把它还回来了。你知道，女孩们一刻也离不开她们的手机。"

"可我是怎么把它搞丢的呢？"珍妮问道，"在楼上医务室的时候，我正跟伊沃正互相发短信呢。接着，就着火了，我还待在里面。那她怎么会在外面发现手机呢？"

"我不知道，亲爱的。"

"难道是纵火犯从我那里偷走了手机，然后不小心把它弄掉了？"

"可他为什么要偷我的手机呢？"

"如果是那个投放恐吓信的人，"珍妮缓缓说道，"说不定他是想把它作为战利品。"

这个想法让我感到不安。

"或者，是你因为某件事出去了一下。"我说。

"后来又回来了。"

"可我为什么要出去呢？"

我毫无头绪。我俩都陷入了沉默。

梅茜重新坐回到我的床前，用她甜美的嗓音继续娓娓道来。似乎想假装我俩又一起坐在她家厨房，气氛又亲切，又温暖。伪装中的另一个伪装。

以前，我一直以为梅茜说话那么多，是因为她长期被溺爱的缘故，是热情与爱的自然流露，可如今看来，这种声音更是源于一贯的紧张，是用喋喋不休的讲话来掩饰内心难以抑制的悲伤，如同此刻盖住她身上瘀青的柔软羊毛衫和宽松的背带裤。

"重症监护室不允许我把珍妮的手机带进去，"她接着说道，"说这样会干扰仪器设备的运行和治疗。我说可以把它关机，放在她旁边，万一她醒过来，立刻就能看到。可他们说，就算关了机也是不好的，因为它可能会携带细菌进去，当然，我们都不希望这样！"

"所以，我会把它放在你旁边，然后告诉迈克一声。因为，说不定他更希望把它安全地保存在家里呢。"

珍妮的目光还是一刻也不离她的手机。

"见鬼，我还是想不起来，要是我能……"

她被自己气得话都说不出来了。

梅茜稍稍侧过身。

"格蕾丝，有件事情我必须告诉你。你可不要因此而记恨我。求求你了。"

就在这时，围绕在病床四周的帘子突然被拉开，两位医生走进来做常规检查。其中一位对梅茜说道："请不要把她床边的帘子拉上。我们必须一刻不停地观察她的情况。"

"哦，好的，当然，很抱歉。"

两位医生离开了，可我们周围却充斥着噪音和急救的声音，现在，连沙龙和厨房都假装不了了。

"唐纳德刚才去探望过罗伊娜。"梅茜说道。她终于还是选择了信任我。我希望她这样。或许这样能让她轻松一些。

"他特别为她感到骄傲。"

"哦，我的天哪。"珍妮说道。此刻，她再也掩饰不住自己的沮丧和焦虑了。可我还在试图理解梅茜。说不定，她是需要让那部美好家庭的影片继续播放，放给我这个观看了多年的观众，来保持这种幻象。因为，唐纳德殴打她的现实，已经伤害到她的孩子，而且伤害得非常深。

"你知道的，为了罗伊娜，我可以做任何事情。"她平静地说，"你不也是吗，格蕾丝？"

"除了离开你丈夫，再也不让她伤害罗伊娜。"珍妮插话道。

"事情没那么简单，珍妮。"

"哦，我想是吧。"

"我还没跟你说完呢，"梅茜继续说道，"所以，你还不知道他为什么会那么自豪。"

"太荒唐了。"珍妮依旧迫不及待地插话道。我示意她别说话，好让我听到梅茜要说些什么。

"我跟你说过，当你冲进教学楼时，我跑开了，跑到了桥上。我爬上消防车，告诉消防员学校里有人，然后跟他们一起把挡在前面的汽车疏散。这我是跟你说过的……"

我回想起当时桥上此起彼伏的叫喊声和鸣笛声，还有消防车到达时发出的柴油味儿，似乎梅茜的感觉记忆也到了我的身上。此刻，想象中无胶片的影片不存在了。

"当我冲到桥上，或者正向着大桥狂奔的时候，罗伊娜冲进了教学楼。"

"我不明白为什么。"珍妮说道。我也一样。

"她也看见你跑了进去，"梅茜接着说道，"听到你大声呼喊着珍妮的名字。可是，她并没有跑开，而是在体育课的库房里找到一块毛巾，把它浸满水，捂在脸上，然后冲进教学楼去帮你。"

上帝呀。罗伊娜跑进的可是一栋燃烧着熊熊烈火的大楼。为了珍妮，为了我。

"当消防员到她身边时，她已经昏了过去，他们猜想她肯定是被浓烟呛到了。她伤得并不重，可医生担心她会有内伤，于是继续让她留院观察。"

我怎么也想不到，罗伊娜竟然这么勇敢。

她的英勇行为着实令人惊叹。

我不知道你能否完全理解，但我很清楚，在那种情况下进入大楼，是什么感觉。当时周围的温度，高到如同把脸和身体放进了炉子里面，加上令人窒息的浓烟和缺氧。不要忘了，我是出于母爱和本能冲进大楼的，也正是这些促使并推动我艰难地爬上楼。而且，正如我跟你说过的，我曾萌生过要自私地逃出去的念头。可是，当时，把珍妮搂在怀里的强烈欲望，战胜了其他一切的欲望，甚至比保护自己的欲望还要强烈。我发现，在燃烧的大楼里，自我保护的需要并不能让一位母亲屈服，这是因为，孩子已经成为她身体的一部分。

然而，并不存在这种本能和母爱的罗伊娜也冲了进去。自从她上中学以后，我就很少见到她，她跟珍妮也不再是朋友。可尽管如此，她仍然克服了恐惧，就是凭着勇气，冲进了火场，就像亚当的亚瑟王神话里面的骑士，这是一种无私的英雄行为。

亚当。

当我跑进大楼的时候，看见罗伊娜正在安慰亚当，我都没有停下来跟他说句话。是亚当的悲伤促使她冲进去的吗？

"我当时甚至都没注意到她不见了，"梅茜说，"消防车赶到学校的时候，周围的人实在太多了，家长、老师、孩子和媒体，乱作一团。我以为她也在人群当中，我只是想当然地认为……"

"我想，她就是为了要让父亲再次为自己感到骄傲吧。"珍妮说。

"这时，一位消防员把她背了出来，她已经昏了过去，"梅茜继续说道，"当我告诉唐纳德……"

她突然噎住了，显得十分难过。接着，她强迫自己打起精神，继续说道，"你不能怪别人，对吗？如果你爱他们，如果他们是你的家人，你必须尽量去看好的方面。这才是真正的爱，不是吗？要相信别人的好。"

"她真的这样认为吗？"珍妮问道。

"是的，我想她就是这么认为的。"

"上帝呀。"

梅茜把我的手握得更紧。

"很有意思吧，就在一个下午，你弄清了自己的本质，也发现了自己孩子的本质。在同一时间，既感到深深的羞愧，又感到无比的自豪。"

然而，罗伊娜想要取悦的，并不是她的母亲，而是父亲。她冲进燃烧的大楼，都是为了她父亲。可这一切都是徒劳。

我还清晰地记得，唐纳德话语中透露出的丑恶的憎恶之情。"你倒成了小英雄了，是不是？"他竟然还抓住她烧伤的双手，让她痛得差点哭出来。

···· ⊹ ····

莎拉来到我床边，看起来跟平时一样敏捷而高效，我很庆幸她这么有能力，这种时候，要是碰上个性格温暾办事不利落的人，我们该怎么办呢？

梅茜一言不发地坐在我身边，仿佛已经筋疲力尽了。她的手指在微微地颤抖。

"嘿，格蕾丝，又是我，"莎拉说，"今天晚上这里热闹得跟皮卡迪利广场一样。"

"你也认为她能听见？"梅茜问道。

"当然。我是莎拉，格蕾丝的大姑子。"

我似乎在梅茜的脸上看到一丝不安。这是我的错。过去，我把莎拉描述成了一只可怕的巨龙。

"梅茜·怀特，格蕾丝的朋友。"

"那你是罗伊娜·怀特的母亲喽？"莎拉问道。聪明的警官总是能立刻从姓名中读出内容。

"是的。"

"现在还有营业的餐厅。你愿意跟我一起去喝杯茶吗？或者其他类似的饮料？"

她并没给梅茜太多选择。

我在心中祈求上帝，能够让梅茜把家庭暴力的事情告诉莎拉，这样，莎拉就能把唐纳德列入她的疑犯名单了。然而，凭我们多年的友谊，梅茜都从来没有透露过蛛丝马迹。也许，她曾经透露过，可是我不够聪慧，或者不够敏锐，没能听出其中的实情。

正准备离开时，莎拉一眼瞧见了珍妮的手机。

"这是珍珍的，"梅茜说道，"一位老师在学校外面发现的。她知道珍妮离不开它。"

她把珍妮称作"珍珍"，或许是为了凸显自己跟我们一家有多么亲密，又或许是为了证明自己有权利出现在这里，这让我很触动，仿佛又看见当年那个坚毅自信的梅茜。莎拉拿起手机，我身边的珍妮变得忐忑不安起来。可是，莎拉还是把它装进了自己的口袋。

"我想去花园，"珍妮说道。她脸上明显写着沮丧和难过。"珍妮现在就在这里，手机应该给我，而不是莎拉姑姑。"

不知为什么，她这种孩子气的懊恼却让我感到高兴。愤怒也是一种力量。

我跟着莎拉和梅茜朝咖啡厅走去。莎拉把陪护室和咖啡厅变成了聆讯室，你觉得，这一点会不会被人发现呢？

棕榈咖啡厅里空无一人，房顶上的条形灯已经熄灭，可门却敞开着，制作热饮的机器仍然在运转。莎拉取了两个塑料杯，接了两杯类似茶的饮料，然后两人一起，在一张桌前坐了下来。

咖啡厅里唯一的照明来自走廊的灯光，这间普通的房子因此变得昏暗诡异起来。

"我正在努力对发生的事情展开进一步的调查。"莎拉说道。

"格蕾丝跟我说过，你是一位女警察。"

要在平时，莎拉肯定会立刻纠正她，说自己是一名"警官"。

"此时此刻，我只是格蕾丝的大姑子，珍妮的姑姑。你能告诉我你记忆中昨天下午的情况吗？"

"当然可以。不过，我不确定自己能帮上多少忙。我的意思是，我已经跟警察说过了。"

"我刚才说过，我只是作为家人来跟你谈谈。"

"我到学校去接罗伊娜放学。嗯，应该说，是下班，因为她现在是助教，并不是学生。当她要我开车接她回家的时候，我真的很高兴。近些日子，我越来越猜不透她了。你知道的，青春期的女孩子都是这样。"她的声音变得很低，"对不起，都是些无关紧要的事，对不起。"

莎拉冲她笑了笑，鼓励她继续往下说。

"我想，她一定会在操场上协助安排运动会的事。可格蕾丝告诉我，她跟亚当一起去学校取他的生日蛋糕了。这是他们一起制作的一块带有沟槽的蛋糕……"她忽然哽咽了，接着把手指伸进嘴里，不让自己哭出来。"我只是没法去想，没法正常地回忆，亚当，还有她的妈妈，所以……我就是不能……"

"没关系的。慢慢说。"

梅茜搅动着茶水，仿佛小小的塑料茶匙能让她抓住某种力量，从而坚定地继续说下去。

"我去找她。当我进入学校的时候，我先去了趟洗手间，是给成年人用的。我刚进去，就听见外面传来巨大的响声，像防空警报之类的声音，而不是学校的火警。所以，我花了好一会儿，才反应过来那到底是什么。"

"我担心罗伊娜的安全，于是赶紧跑出去。这时，我看到她正从秘书的办公室里跑出来。"

她搅拌的时候，不小心把茶水泼溅到桌子上。

"透过办公室的窗户，我看见亚当安然无恙地站在外面的雕像旁。我以为，大家都没事。可我不知道珍妮还在里面。我甚至都没给她打个电话，当时根本就没想到这一点。"

"秘书的办公室在几楼？"莎拉问道。

"在一楼高层，就在大门旁边。我让罗伊娜照看好亚当，自己去帮助那些学前班的孩子。你知道，希蕾夫人觉得他们年龄太小，没让他们参加运动会。对不起，我的意思是，我知道他们在教学楼里。"

莎拉用自己的餐巾擦去梅茜洒在桌子上的茶水，这个小小的举动似乎是为了让梅茜放松一些。要真是巨龙，就不会擦你洒掉的茶水了。

"然后呢？"莎拉问道。

"我来到一楼低层，学前班教室所在的地方。那里的烟雾不算太浓，又有一个单独的出口，有个斜坡直接通往学校外面。蒂利，也就是罗杰斯小姐，正带着所有孩子往外走。我协助她让孩子们平静下来。你知道吗，这些孩子我都认识。每个星期，我都会跟他们在一起读一次书，所以，我想，自己能够帮着安慰他们。"

她的声音忽然变得温暖起来，我知道，她想起了那些四岁的孩子。不知为什么，他们的形象都有些模糊不清，仿佛你触摸他们如丝般的头发和蜜桃般柔软的小脸之前，会先触到他们的灵魂。多么可爱的孩子。我过去以为，等罗伊娜长大成人之后，梅茜还会跟这些孩子在一起读书，因为她会怀念自己的女儿还是小女孩的那段时光。而现在，每个星期中有一天下午，梅茜都试图在家庭暴力到来之前，去缅怀那段时光，那段她和罗伊娜幸福快乐的时光，那段其实并不存在的时光。

"除了罗伊娜，亚当和学前班的师生，你还看见过其他人吗？"

"没有。嗯，在学校里没有，你是这个意思吗？可是，大约五分钟后，新的秘书来到外面。那时，烟雾已经四处弥漫，可她脸上却露出笑意，仿佛很享受这样的景象。或者说，至少脸上一点惊慌失措的表情都没有，而且嘴上还涂了口红。对不起，这都是些蠢话。"

"她是在警报响了五分钟之后出来的？你确定吗？"

"不，我的意思是，我没法完全确定。我一直不怎么擅长估计时间。不过，那时，我们已经把所有的学生疏散出来，让他们排好队，并至少点了五次名。她交给蒂利一份花名册，来确认是不是所有的学生都被点到名了。可是，我们心里很清楚，人都齐了。

"秘书刚刚出来，火势就变得越发猛烈。不知哪里发出巨大的'砰'的一声，紧接着，火苗和烟雾就从窗户里蹿了出来。"

"你还见到过其他人吗？"

"没有。"

"你确定？"

"是的。我一直在努力地回忆，可是，我真的觉得我再没有见过其他人。然而，当时，那里极有可能还有别的人。我的意思是，考虑到教学楼那么大。"

莎拉并没有动面前的茶，而是把全部的注意力都集中在梅茜身上，同时又不让她注意到这一点。

"然后呢？"

"几分钟以后，我想差不多有几分钟吧，我看见格蕾丝朝着学校跑过来，她似乎在大喊着什么，可是，火灾报警器的声音实在太大，我听不清楚。"

"我本以为，她看见亚当，肯定就会放下心来，她的确是释然了不少，我以为这样就没事了。可她突然大声喊着珍妮的名字，一遍又一遍地喊，我这才意识到，珍妮一定是在楼里。紧接着，格蕾丝就冲了进去。"

看得出，梅茜一直在强忍着不让泪水掉下来。她用手指紧紧压着太阳穴处的皮肤，仿佛这样就能让眼泪留在里面似的。

此时，莎拉凝神注视着她。

"你知道有人控告亚当，说他引发了火灾吗？"她问道。

梅茜惊呆了。莎拉把这个告诉她，就是为了试探她的反应吗？她一定能够清楚地看出，梅茜的震惊是发自内心的。

"哦，我的天哪，可怜的一家人。"

泪水终于奔腾而出，在她脸上肆意流淌。"对不起，我太自私了，这种时候，我没有资格哭泣，不能在格蕾丝和珍妮还没有……"

莎拉拿起梅茜的茶杯。"我再去帮你倒一杯吧？"

"谢谢。"

这个小小的举动，似乎再次让梅茜宽慰了一些。

"你觉得塞拉斯·海曼这个人怎么样？"莎拉起身前往饮料机前问道。

"他很危险，"梅茜不假思索地答道，"暴力。可一般人永远猜不到。我是说，他显得很腼腆，很会讨别人的喜欢，尤其是年轻人。他在利用他们的感情，为自己牟利。"

我被她的愤怒、坚决的语气吓了一跳。她怎么知道呢？

"为什么说他腼腆呢？"莎拉问。

"我觉得，他这个人还算友善，很会关心别人，"梅茜说道，"事实上，可以说是个不错的人。带着小孩一起读书时，我一般每次都会带一个孩子上到一楼，那里有很多适合低年级孩子阅读的书籍，我们一起坐在地毯上读书。"

梅茜把话题引到了一个更加深不可测的领域，似乎只有说出来，才能得到解脱。她的话匣子一下子被打开了。

"海曼老师在同一层的其他班级讲课，我经常会听见里面传出欢乐的笑声和好听的音乐声。他总是带着学生在玩乐中学习，我后来才知道，数学课放莫扎特，放松活动的时候则是节奏轻快的爵士乐。有一次，我曾听见他批评罗伯特·弗莱明，但绝没有训斥的意思。他从来不像有些老师那样，关着门上课，以防被别人偷听。他还专门给每个学生都起了特别的名字。在学校，他把所有的精力都放在了学生的身上。他并没有在事业上刻意钻营，也没有故意把学生的优秀作品贴在墙上展示给家长看。所以，你能理解，我为什么会被他迷惑了吧？我想，我们所有人都被他迷惑了。"

莎拉端着两杯茶跟她一起坐了下来。这么多年来，我从没见过她喝茶。她只喝咖啡，而且是那种真正的咖啡豆，而不是速溶咖啡。或许，她现在跟梅茜一起端起茶杯，不仅是在告诉梅茜，她谈话的对象是我们家庭的一个成员，更是为了向梅茜暗示自己警察的身份。这就是我观察到的那个高度专业的莎拉。

"你是什么时候意识到自己被迷惑的？"莎拉问道。梅茜拿过茶杯，手里不停地把玩着一袋装在粉色小纸包里的糖，过了半晌，才回答道：

"是在学校的颁奖典礼上。你知道吗，我们每年都去参加典礼，为了罗伊娜的科学奖。她马上就要去牛津大学圣希尔达学院读科学了。抱歉，我的意思是，这就是我们每年出席典礼的原因。"她顿了一下，仿佛陷入了回忆。"他破门而入，看起来气势汹汹的，大声咒骂校长，还威胁我们现场所有的人。"

"可是，其他人都没把这件事情当真。我是说，大家并没有感觉到威胁，只是觉得他这样做很愚蠢。"

"那你把这件事当真了吗？"

"是的。"

颁奖典礼上，唐纳德就紧挨着坐在她身边。口头威胁的暴力能够转化为真实的暴力，这一点，梅茜再清楚不过。或许，唐纳德在施暴之前，连威胁警告都不会给吧。

"你跟其他人说起过你对他的担心吗？"莎拉问道。

"是的。我给萨莉·希蕾打过电话，她是校长，就在当晚，我跟她说，应该去报警，确保海曼永远不能再靠近学校。这是叫作'限制令'吧？我不确定。反正就是那种可以阻止他接近学生的命令。"

"她照做了吗？"

梅茜摇摇头，我能看出她脸上的痛苦。

"你说，他善于博取年轻人的喜欢，"莎拉继续说，"并且让他们敞开心扉？"

可梅茜这时默不作声，陷入了自己的沉思中。

"梅茜？"莎拉问道。可她依旧没有吭声。

莎拉耐心地等着，她要给梅茜一些时间。

"格蕾丝跟我说过，亚当很喜欢他。"梅茜终于开口说道。

"可是，一直到颁奖典礼，我才意识到这种感情有多深。"

"发生什么事了？"

"没人跟你说过吗？"

"没有。"

你对莎拉只字未提，而我，又觉得自己跟她没那么亲密，来冒险涉足这样的话题。

"当时，亚当当着大庭广众站了起来，为塞拉斯·海曼辩护，"梅茜说道，"他对在场的每一个人说，不应该开除海曼。"

"他真勇敢。"莎拉说道。

我过去本应该冒险告诉她的。

"可是，博取他人的喜欢，这件事本身就有问题，"梅茜说，因为激动，她的声音有些颤抖。"尤其是当对方还那么小，还不能够独立正确思考的时候，这是玩弄，是欺骗。这样，他们就可以听任你的操纵。"

她的愤怒既震撼，又让人为之动容。我知道她在暗示什么，想必莎拉也很清楚。可是，没有人能够唆使亚当放火。

我并不会责怪梅茜，认为亚当轻易地受到操纵。他在人人面前总是很羞涩，甚至对梅茜也是。那天颁奖典礼结束后，他躲避唐纳德打火机的那一瞬间，看起来是那么胆怯弱小。

"我得回到我女儿身边去了,"梅茜说,"我跟她说过,不会离开很久。"

"当然,"莎拉边说边站了起来。"我的一个同事跟现场的一位消防员谈过话。他跟我说,她真是勇敢。"

"是的。"

"我也想跟她谈谈,你觉得可以吗?只是想亲自弄清楚一些情况。"

"她目前还是很难过。"梅茜说道,显得有些害怕。"状态让人不太放心。我想,在发生了那么多事情以后,这也可以理解,对吗?所以,你介意再等等吗?"

她是害怕罗伊娜把唐纳德的事情告诉莎拉吗?

"当然不介意,"莎拉回答说,"你能抽出时间来跟我谈谈,已经非常好了。明天我会去叨扰一下,到时再看罗伊娜的状态如何,能不能跟我谈话。"

"我还没有跟她说呢,"梅茜说,"她俩伤得实在太重了。"

"我明白。"

梅茜离开了。莎拉在那本猫头鹰封面的笔记本上认真地做着记录。

莎拉回到珍妮的病床边,跟你在一起。

"怎么样,从她那里得到什么新的情况了吗?"你关切地问道。

"告诉贝克,还有别的人也认为他很暴力,"你继续说道,"上帝呀,如果梅茜都这样看待这个人,其他人也一定会的。"

"目前没什么特别的。"莎拉耐着性子说道。

"至少在发现他的帮凶之前,还没什么突破。而且,我也需要同时追踪其他的渠道。"

她让你去睡一会儿,然后接替你守在珍妮的床边。

我回到花园,珍妮正在那里等我。

凉爽的晚间,这里俨然成为另一个世界。花被浇过,小鸟水盆里也灌满了水。当你抬起头,沿着四面林立的玻璃幕墙往上看去,你会震撼不已。因为,你能看见夜空,那夏夜里深蓝光缎般透亮的夜空。

此时出来，我们都没有任何疼痛的感觉。我想，这也许是因为，虽然我们身处室外，可花园毕竟还是位于医院中间，四面矗立的高墙，为我们提供了保护的屏障。

此时，我觉得自己的感官完全被打开——我能闻见最细小的事物上最微弱的气息，似乎离开身体以后，所有的感官才真正暴露在空气中，微微地颤动。

上帝呀，我，格蕾丝，这个平时连烤肉的香味儿都闻不出来的人，此时却变成了活性炭，贪婪地吸收着各种气息！

此时，空气变得异常柔软，蕴含着浓郁的茉莉、玫瑰和忍冬的幽香，它们层层叠叠地铺排在空气中，如同亚当沙罐上的彩色条纹。

里面还有另一种香味儿，比其他的都要甜美，它点燃了某种我不该拥有的情绪，至少不该在现在——它撩拨着我的神经，激起无穷的快感。时间之河忽然在我面前敞开，通向一片无垠的世界，那条河流经过格拉切斯特奔流向前，然后从时钟十点的方向猛然一转，向着三点的方向，朝着伦敦和更遥远的地方，朝着无限广阔的可能，蔓延而去。

它发芽了。夜的气息发出嫩芽。我身处剑桥大学纽纳姆学院的花园里，那是在一个温和的夏夜，离一区不远的地方，带着满脑子的油画、书籍和各种思想，我跟你在一起。夜晚的嫩芽释放出迷人的芬芳，仿佛是为了我向你撒下爱的彩屑，其中夹杂着对考试的焦虑，更蕴藏着对未来的憧憬。

回忆过去，就像在播放DVD碟片，一旦放映开始，身处何地都不再重要。

然而，我真真实实地在那里，迈克。我的感觉清晰无比，爱击中了我的太阳神经丛。

很快，都结束了。我又回到这方被禁锢的夏天里。

这种失落感是如此苍白，如此冰冷。

然而，已经没有时间让我自我陶醉了。刚才发生的事情里，有一些重要的东西，一些我可以用来挽救孩子的东西。可这种想法只是一闪而过，我必须紧紧地抓住它的尾巴，不让它溜走。这就是：珍妮在学校里听到的火灾报警器的声音。我感觉自己仿佛回到了学校，真切地置身其中。

我转向她。

"刚才，看到唐纳德跟梅茜和罗伊娜在一起的时候，你还记得闻到过什么特殊的味道吗？"

因为，此刻，我忽然想起了唐纳德身上剃须水和香烟的味道。

"也许吧，有的。"珍妮答道。

"你觉得，这会不会是你听到火警的原因？"我问。

"我神经过敏耳鸣了？我想，这有可能。我还没有认真地分析过呢。"

这时，我突然听到一声孩子的尖叫。

亚当。

我赶紧向四周望去。他不在这里。

"不！她没死。她没死！"

小小年纪，怎么能承受这样的话语。

我朝他跑去。

他趴在我的床边，一声不吭。他根本没有喊出自己的悲伤，可我却听见了。母亲用手搂着他。

"我在这里！"我对他说道，"就在这里。现在还没有人知道，可他们迟早会知道的。我会醒过来的，我的宝贝！一定会的！我现在正在亲吻你，虽然你感觉不到，可我的确就在这里。在这里亲吻着你。"

我发不出声音。

如同深夜噩梦中的呐喊，没有任何声音。

我强迫自己进入身体，可我的声带仍不能说话，我的双眼依旧紧闭。我使出全身的力量来触摸他，可我的双臂只是虚无缥缈的蒸汽。在这个漆黑、邪恶、死气沉沉的地方，我没有任何办法可以够到他。

而外面，他淹没在漆黑暴怒的汪洋之中，惶恐万分，岌岌可危。我的呼吸越来越急促。我极力稳住呼吸，我能做到！我深吸一口气，然后呼出，再深吸一口气，再呼出。就这样，呼吸真的慢了下来。当然，母亲一定能意识到我在试图跟他们交流！亚当也一样！

就在我有意放慢呼吸的时候，我忽然想起，在他学会游泳以前，我为他吹起橘色的救生圈，并把它们紧紧地套在他白皙纤细的胳膊上，看他在水里欢快地上下翻腾，丝毫没有一点儿恐惧。我的呼吸能让他安全。

我是从身体里溜出去了——母亲肯定会呼叫医生，指着我的那些数据，告诉他们我还在。这样，亚当就再也不会哭泣了。

然而，此时，母亲正跟亚当坐在我的床边，她面色苍白，努力地要安慰哭泣的亚当。或许我要生她的气了，可这只会让她更加心碎。我知道这需要多么大的勇气。

亚当挣脱开她的双手，跑了出去。她跟在后面，一把抓住他，两人撕扯起来。他绊倒在地，她赶紧一把搂住他，似乎要用身体垫在地上不让他摔疼。她半拖半拉地把他带出病区，我紧跟在后面。

他的小脸看上去没有一点血色，眼睛下面乌青乌青的。他把身体缩成一团，似乎完全瘫软了一般。我伸出双臂，紧紧地抱住他。

"妈妈，下一个万圣节，我要用隐身墨水给自己洗个澡！这样，我就能隐身了。"

"我不认为这能成功。"

"为什么不能？"

"嗯……"

"我会戴一副手套，这样，大家就能知道有人在那里。我是说，要不然，我怎么能要到糖果呢？"

万圣节还有四个月才到。到时候，他的这个愿望会被新的愿望所取代。

"好主意，戴上手套。"

"是呀。"

我搂着他，他既看不到，也感觉不到。

我会醒过来的。总有一天，我会醒过来的。

夜幕降临。透过花园四周的玻璃幕墙，多数病房只开了个小灯。在一间没拉窗帘的病房里，我看见一个孩子躺在床上，只看见他的影子，有着小小的胳膊。旁边是一个大人的身影，我好不容易才看出，那是孩子的父亲，用手理了理孩子的头发，然后静静地等着。渐渐地，床上的小身影一动不动，似乎进入了梦乡。此时，父亲站了起来，形单影只，上下挥动着胳膊，一上一下，一上一下，仿佛这样，就能带着孩子一起，飞向远方。

Chapter 7

疑云重重

可是，如今，犯罪不再遥不可及，而是直接侵入了我的家庭。警察，在我们的生活里，掌握着生杀予夺的大权。

我们周围，四面都闪烁着从玻璃透进来的灯光，这是医院人造的黎明，再过两小时，外面真正的黎明就要到来。

　　很难想象，前天的这个时候，我还在把冰冻的巧克力面包放进烤炉。紧接着，仿佛发生了一场地震，那场灾难将我们的过去和现在劈成两半，再也无法弥合。

　　这似乎有点夸张，对不起，可是，我还能向谁倾诉呢？

　　可怜的珍妮肯定会以为，我又在催着她复习，催她为补考做准备。

　　一看见你的脸，我就猜出，他们还没有为她找到配型的心脏。我来到你跟前，你告诉我，还有时间！一切依然都会好起来的！不要这么容易就被打败！她一定会好起来的。她当然会。你不必特地这样跟我说，让我看到你坚不可摧的乐观主义。因为，虽然我们不再有太阳神经丛之爱，但我们还有夫妻之情，这意味着，你，还有你的声音，都已深深地铭刻在我的心里。

　　莎拉回来了，她的衣服有些皱褶，脸上也没有化妆。她来替换在珍妮床边守了一夜的你。

　　“我跟伊沃联系上了，”她说，“他正在想办法搭乘过路的飞机回来。”

你只是点点头。

你知道这事吗，迈克？一定是你把他的电话号码给莎拉的吧。你觉得这没问题吗？我的声音显然没有进入你的脑海，因为这是个可怕的念头。又或者，它已经进去了，而你有意忽略了它。是的，我生气了。我当然会极其生气！莎拉跟他说了珍妮现在变成什么样了吗？

现在，有人能够用语言来形容珍妮的面孔和身体吗？上星期六，他们一起去了奇斯维克公园。那天晚上，我还问她："你们去干什么了？"我以为他们是去了咖啡厅，或者是去野餐，或是去读书了。她没有回答。我脑子里浮现出各种各样亲热的画面。最后，她有些尴尬地告诉我，他们只是互相看着对方，他们花了几小时，热切地凝视着对方的脸。

也许，如果你知道他们是如何度过了这个下午，你就会知道，这并不是一个好主意。

因为，当他看到她现在的样子，他会怎么想呢？而她又怎么能够承受他的厌弃？

请原谅我的激动。你以为，她失去了知觉，就完全不会意识到他的到来。可你根本不了解，她会为此受到多少伤害。

我又生气，又愧疚。在我们过去共同的生活中，孩子们时不时地把我们分开，又时不时重新让我们聚在一起，这也引发了我们结婚以前想象不到的种种矛盾，尽管很多时候，只有我自己意识到了这种矛盾。

莎拉简单跟你说了下她今天的计划——跟罗伊娜谈话，然后去警察局。而你，必须待在原地，你唯一的任务就是守护珍妮。虽然重症监护室里有大量医护人员，但你不可以离开你的岗位。

走廊里，珍妮笑脸盈盈。

"他要赶过路的飞机回来。莎拉姑姑给他打电话了。"

"她有没有……"我该怎么问她呢？

"没有，她并没有跟他说我现在变成了什么样，难道这就是你所担心的吗？可是，这不重要。这听起来有些愚蠢。这固然不可忽视，可真正关键的是，它不会改变任何事情。"

我能说什么呢？真正坚如磐石，能够迈向婚姻的爱情，不会受到任何影响？他们二人仅仅五个月的脆弱的浪漫关系，也不会受影响？"如果爱那么轻易地改变，那爱就不是爱了"，这句话对年少的男孩子能适用吗？

　　"年轻的爱。"你曾经笑着说道，而我，恨不得冲你扔颗土豆，或者其他我在洗或者削的东西。你这样说，就好像这种关系会随着时间的推移，生长出皱纹似的。因为你就等于在说，即便没有那场大火，他对珍妮的爱也会慢慢褪色。

　　"我想，这下你该高兴了吧，"珍妮有些讽刺地说道，"我的意思是，我知道你不怎么喜欢他。"她稍微停顿了一下，似乎故意留给我时间来反驳，但我没有，于是她继续说道，"他现在终于可以把红油漆的事跟警察说了，对吧？"

　　"是呀，当然。"

　　莎拉打着电话从我们面前走过。"这个需要走程序，"莎拉说着，然后顿了一下，"我不知道。（停顿）不，你从工作中抽点时间出来。（停顿）我现在没有时间管这个。"

　　她一定是在跟罗杰讲话。你一直希望看到他对你姐姐这个妻子足够忠诚。然而，每年圣诞节，一见到他那极力赢取薄脆饼干的傲慢嘴脸，我又忍不住反感。当然，他也是餐桌前唯一不戴纸礼帽的人。坦白说，他对自己的孩子求胜心切，对我们的孩子藐视轻蔑，我讨厌他，这也许成为我不喜欢莎拉的另一个原因。莎拉总是站在他那一边。

　　她从来不跟你谈及她的家庭和工作，而把我们绝对地置于中心的位置。我只是很好奇，从一个人的日常行为中，怎么会丝毫看不出他是个怎样的人？而这很重要。或许，在合适的场合，罗杰也会戴上纸帽子，让亚当赢取饼干吧。虽然目前，从他跟莎拉已经进行过半的对话中，还看不出他有什么可圈可点之处。我看得出，莎拉的脸上明显写着失望，而不是惊喜。

　　"她和罗杰姑父关系没那么好了？"珍妮问道，她似乎读出了我的心思。这么说，莎拉曾跟珍妮谈起过自己的婚姻。我的天，还有谁没跟珍妮谈过他的婚姻呢？也许，一个青春期的少女虽然不能改善成人之间的关系，却可以让他们敞开心扉来倾诉。

莎拉草草结束了谈话，说她必须离开了。

珍妮和我跟着她。

一名护士把烧伤科紧闭的大门打开，见到莎拉，一脸的惊讶。

"珍妮已经被转到重症监护科去了，难道没有人……"

"是的，事实上，我想见的，是罗伊娜·怀特。她从小学起就跟珍妮是好朋友，你知道吗，他们两家人关系也很要好。"她说话的时候脚下不小心绊了一下，说明她没有完全说真话，如同她皱巴巴的衣服，这可不是过去的那个莎拉。

护士开门让她进去，我们跟着她来到罗伊娜的套房。一位坐着轮椅的妇人从我们身旁经过。

"妈妈，我现在不想进去，"珍妮说道。我恨自己不小心把她带进了烧伤科。"我过一会儿回来，行吗？"

"行。"

她离开了。

罗伊娜的套房里，一位护士正在解开她手上的绷带。

莎拉在病房门口站了一会儿，等护士操作完。

"烧伤的地方怎么有破损？"护士诧异地对罗伊娜说，"有些水泡破裂了……"

"是的，我知道，对不起。"

"这不是你的错，亲爱的，可怎么会变成这样呢？"

走廊里，我看见莎拉聚精会神地听着她们的对话，不过护士和罗伊娜并没有看见她。我记得，莎拉曾被借调到一个家庭暴力的研究机构工作了两年。

"关于这个，我昨天跟其他护士说过了。"罗伊娜说。

护士翻看着罗伊娜的病历记录。

"哦，说过了。你说，你是摔……"

"是的。我总是笨手笨脚的。"

她用了梅茜的口头禅，这让我心里一惊。

"可你的手指和手掌怎么都破了呀？"护士问道。

罗伊娜没有回答，也不敢直视她的眼睛。

"医生们来看过你吗？"护士继续问道。

"看过。这意味着我得多住一段时间吗？"

"恐怕是。对于感染，我们得特别慎重。这些你都明白，对吗？我想，我已经把注意事项都跟你说过了，对吗？"

"是的，你说过了。谢谢你。"

"我过会儿再回来看你。"

护士走后，莎拉走了进来。

"你好，罗伊娜。我是莎拉，珍妮的姑姑。你妈妈不在这儿吗？"

"她去家里给我取东西了。"

罗伊娜见了莎拉似乎很自然，看来她并不知道刚才莎拉在门口偷听。

"感觉怎么样？"莎拉问道。

"还好。现在已经好多了。"

"你的行为，真是太勇敢了。"

罗伊娜看起来有些不好意思。"你在报纸上看到了？"她问道。

对于罗伊娜见义勇为的报道，被藏在了《里奇蒙德邮报》中间的版面里。我不知道你有没有翻看这些后面的内容。报道采用了类似"轻微地震无人伤亡"的那种轻描淡写的文字，题目是"普通女孩进楼救援无果轻微受伤"。泰娜不肯让任何新闻抢了美女珍妮即将香消玉殒这种头条故事的风头。

"是的，我看了，"莎拉说，"不过，同事也跟我说了。我也是一名警官。"

"当然，妈妈跟我说过。我太笨了，而且也不够勇敢。我的意思是，我都没时间勇敢，也没顾得上认真考虑。"

"嗯，这我可不同意。"莎拉说着，在她身边坐了下来。

"妈妈跟我说了亚当的事，"罗伊娜说，"这实在太可怕了。我是说，亚当是那么可爱的一个孩子。当然，你是他姑姑，你肯定了解他是个什么样的人。"

她说话的方式跟过去很不一样，虽然偶尔还试图表现出强势的一面。她那年轻的小脸看上去如此真挚。

"你显然也很了解亚当？"莎拉问道。

"是呀。我想，我和珍妮刚上西德里小学的时候，他还是个小婴儿呢。不过，我是在去年夏天慢慢了解他的，那时，我在小学实习。我是他们班的助教，他实在是太……好了。是个好孩子。善解人意，又有礼貌，这在他这个年龄的男孩子里很少见。说他干了这件事，绝对是大错特错，太可怕了。"

我过去没意识到罗伊娜有这么勇敢，也没想到她变得如此敏感和善解人意，仿佛有人在梅茜的善良上面铺了一层纸，而罗伊娜就是她的拓印。

"而且，任何人都有可能进来，"罗伊娜激动地继续说道，"比如说，安妮特，她是学校的秘书，她对于学校的安全非常疏忽。来人的时候，她看都不看桌上的监视器，就摁下按钮开门让人进来。我不想给她找麻烦，可是，既然亚当被人诬告，我们都必须说实话，这很重要，不是吗？"

莎拉点点头。"你能把你记得的星期三以来发生的事情跟我说说吗？"

"可以，可是，嗯，要从哪里说起呢？"

"就从你跟亚当一起回学校说起？"

"好的。他想去取他的生日蛋糕。我知道，要是还让妈妈陪着，他会觉得有些尴尬。我是说，他当然很爱他妈妈，这我很清楚，可是，老是跟妈妈在一起，在学校的伙伴面前显得可不够酷，对吧？所以，我问他，愿不愿意让我陪他去，反正我也要去取奖章。我们走到公路上，我才拉起他的手，而且只拉了一小会儿。抱歉，又跑题了，是吗？总之，我们一起进了学校，我直接去了秘书的办公室，亚当就去取蛋糕了。"

"他自己去的？"

"是的。我们说好在秘书办公室会合，然后一起回运动场。我应该跟他一起去的，是不是？要是我……"

她难过得说不出话来。

"亚当的教室在几楼？"莎拉问道。

"在三楼。不过是在艺术教室的另一头。据说火就是从艺术教室着起来的，是吗？我是说，虽然它也在三楼，但离得很远。"

她还太年轻，讲到自己想尽力帮助亚当的那一段，并不太有说服力。

"那亚当回教室的时候，你一直待在秘书办公室喽？"莎拉追问道。

"是的。安妮特在那里，跟往常一样，我俩聊了些八卦。接着，警报就响了，声音非常大。我冲出办公室，大声地叫亚当，然后又听见妈妈在喊我。"

"就是说，警报响起时，你跟安妮特一起待在办公室？"

"是的。"

莎拉肯定是在逐个把人从她的嫌疑人名单上排除。办公室比艺术教室低两层。罗伊娜和安妮特都不会是那个目击亚当的证人，而她们也不会是放火的人。罗伊娜不用提了，就连安妮特，我也很难把她想象成一个纵火犯。

"我看见亚当从楼里跑出来，"罗伊娜接着说，"妈妈要我带着亚当到外面去，接着她就去帮着疏散学前班的孩子。"

"你还记得，亚当手上有没有拿什么东西吗？"

"没有。我可以肯定，他什么也没拿。我注意到了。你需要我把这一点告诉其他人吗？这重要吗？"

莎拉摇摇头。这或许因为，贝克警督会说，亚当之前可以轻易地把火柴丢掉。

"你还看见过其他人吗？"莎拉问道。

"我不确定。我是说，我根本就没仔细看。我想，就算是看了，也就是匆忙的一瞥。对不起，实在帮不上什么忙，可我能记得的只有这么多了。"

"你能不能……"

"是的，当然。我可以跟警察说。立刻就说。我一直在努力回忆，可是，我越使劲想，那段记忆就越模糊。结果，我根本就没法确定自己有没有看到过什么人，只能凭想象了。"

"好吧，"莎拉说，"那你就带着亚当出去了。你能告诉我，之后都发生了什么吗？"

"他吓坏了，到处找珍妮。他说，珍妮没去参加运动会。看见安妮特出来的时候，我问她有没有带办公室的签到册。你知道，就是进进出出都要登记的那个册子。可她没带。她说，没关系的，大楼里没有别的人了。我问她确定吗，她说确定。那个时候，火已经着得很厉害了，我听见里面发出巨大的爆裂声，然后大量浓烟和火苗就蹿了出来。"她看起来很痛苦，"我根本就没想到珍妮会在里面。"

"因为安妮特说，所有人都出来了？"

"不光如此。我根本就没有想到她会在楼上。我是说，我不算太了解她，甚至从没和她真正成为朋友过。作为一起长大的小学同学，这听起来简直不可思议，可我确实以为她会在外面。你知道，那里的气氛那么热烈，下午的天气又那么好。嗯，我觉得，楼里那么热，谁都想不到她会在医务室坐一个下午。可她却那样做了。"

这莫非是在暗示，珍妮作为学校的护士，不够负责任？

"接着，亚当看见他妈妈大喊着珍妮的名字冲进了大楼，"罗伊娜接着说道，"他试图要追上去。我不得不拦住他。太可怕了。"

"你就是在这个时候进的大楼？"

她点点头。莎拉似乎还要说些什么，可她看出了罗伊娜脸上尴尬的表情。

"在你进去以前，当你带着亚当站在楼外面的时候，你还记不记得，你们站了多久之后，安妮特才过来？"

"我想想，嗯，她并不是立刻出现的。我是说，我记得妈妈那时去帮蒂利，就是学前班的老师，我跟亚当在一起。我想，估算起来，大概会有几分钟吧。"

"你妈妈说，她还抹了口红。"

"这我倒不记得了。很重要吗？"

"抹了口红会显得有点奇怪，"莎拉说，"你想想，在那种情况下，是不是有点怪呢？"

我想，她这样问，是想表明对罗伊娜的信任，从而希望罗伊娜回报给她更多信任。她可能是感觉到罗伊娜还有事情瞒着她。

"我不知道这算不算奇怪，"罗伊娜固执地说道，"我根本就没留意。事实上，我对化妆这类事情没什么研究。"

她很难为情，我能感觉到。几个月前，我在韦斯特菲德商场偶然遇见她跟梅茜。她虽然穿了件带圆点的衣服，可还是显得很土气，而且脸上也没有化妆。我当时还想，这个相貌平平的女孩子，并不懂得用化妆来让自己变漂亮些。我希望梅茜能试着给她买些漂亮衣服，或者化妆品。不过，转念一想，自己如此注重外表，是浅薄的表现，于是就没有再深究。

"你说，去年夏天，你在亚当的班级里担任助教，"莎拉说道，"这就是说，你是给塞拉斯·海曼当助手？"

"不。那时亚当还上二年级。海曼老师教三年级。"

"你了解他吗？"

罗伊娜摇摇头。"他不会跟我这样的人说话的。他根本就不会注意到我。"

"可是你注意到了他？"

"嗯，他长得很帅，不是吗？"

"你觉得他这人怎么样？"

罗伊娜犹豫了一下，然后把目光移向远方。"我想，他可能有暴力倾向。"

"那是因为他在颁奖典礼上的表现吗？"

"我没参加颁奖典礼。"

"那你怎么会这么想呢？"

我猜想，正是罗伊娜父亲多年来的暴力，使得她对邪恶更加敏感，正如瘀青的皮肤对触摸更加敏感。

"我曾经观察过他几次，"罗伊娜说道，"这很容易，因为他从来不看我，所以不会注意到我在观察他。"

"你把他看透了？"

"我觉得也不能这么说，显得他故意把真实的自己隐藏起来似的。更确切地说，我感觉他是个双面人。"

"一面好，一面坏？"

"我知道这听起来会有点怪，有点傻，可是，如果你在书上看到过，在文学作品上看到过，那些发生在千百年前的故事，就不会觉得奇怪了。你知道中世纪寓言里讲述的天使和恶魔的故事吗？还有詹姆士一世时期为灵魂而战的戏剧？恶魔的存在并不是人类的错，你必须帮助人类战胜自己心中的恶魔。"

她说的是塞拉斯·海曼，还是他的父亲？她大学考的并不是英文专业，所以，她看这些书籍，纯粹是为了给自己的遭遇寻求答案，为了让自己好过些。因为，如果在他父亲身上，真的同时存着善的天使和恶的魔鬼，那总有一天，天使能够战胜魔鬼，并把它从父亲身上赶走，这样父亲就会爱她了。

"你刚才提到，当你进入大楼的时候，"莎拉说，"心里根本没多想。"

"是的。"

"可你却想到要去拿条毛巾，并把它用水浸湿。"

"我应该带上三条毛巾的，是不是？可我却没有。一点忙都没帮上。"她难过得哭了起来，"对不起，我真是个笨蛋。"

她的话跟梅茜的如出一辙，这可是自暴自弃的中年妇女才会说的话。

"别这么说，请你别这么说，"我对她说，"这不是一个年轻人该说的话。尤其是你，就更没理由说了。我的天，你竟然敢于冲进一栋着火的大楼。

"妈妈？"

我看见珍妮走了进来。

"她是这么做了。别告诉我，这一切都是为了唐纳德，是为了让她爸爸为她骄傲之类的话。"

"好吧……"

"罗伊娜，你不是受害者，听我说！你又勇敢，又机智。不管是什么驱使你这样做，不管出于什么样的理由，你都是最棒的。我不会被你父亲的淫威所蒙蔽，其他人也不会，你是最勇敢的。"

"啊呀，妈，你好夸张啊，不过这也不坏。"

"遗憾的是她听不见我说话。"

"我相信，总有一天，她会听见的，大家都会听见的，而且是立体声。我也会告诉他们的。"

莎拉快速查看着自己的笔记。"让我们暂时回到秘书的那个部分好吗？"她说道，"你确定她曾说，所有人都出来了？"

"是的。千真万确。后来，我是说，珍妮被抬出来以后，她还说，珍妮明明是签到出去了，说她记得珍妮签过字的。"

"这就能解释为什么你的手机会在学校外面。"我对珍妮说。

"也许吧。"她说，声音异常镇静。可我看见，她脸色苍白，神情紧张，手指交缠在一起。

"妈，我想不起来了，见鬼，我就是想不起来。对不起，可这不能说明任何问题。我干吗要签到说自己出去，然后又进来呢？可安妮特又为什么要说谎呢？"

… ⋅ ⋅ ⋅ ⟨⟩ ⋅ ⋅ ⋅ …

莎拉找到先前给罗伊娜治疗的护士。

"根据罗伊娜手上的伤情，你觉得这是意外吗？"她问道，"我是指，最近出现的那些破损？"

她猜到了些什么。

"你是珍妮的姑姑，对吗？"

"是的，我也是一名警官。"

"我能看看你的证件吗？"

莎拉把手伸进皮包，掏出自己的警官证给她。

看——调查警司，迈克布莱德。"这是我丈夫的姓，"她说道，"好的。我不认为那些伤是意外造成的。至少，我不相信摔倒会把手弄成这样。而且，手指上的那些水泡全都破了。"

我回想起，唐纳德狠狠揪住罗伊娜缠着绷带的双手时，她强忍着疼痛没有喊出来。

"你知道这伤是什么时候留下的吗？"

"不知道。不过，就在昨天下午四点半的时候，那些水泡还好好的，因为当时我亲自给她换过纱布。可到五点，我就下班了。"

"你知道后来是谁值班吗？"

"贝琳达·爱德华兹。需要的话，我可以帮你把她找来。"

十分钟后，莎拉见到了贝琳达，就是昨天那个把唐纳德带到罗伊娜病房的护士，干练又敏捷。她仔细查看了莎拉的证件。

"在他父亲来探访以后就受伤了。"她说道。

"你确定？"

"我可没说是他干的。可是，我来接班的时候，还跟她说过话，她当时好好的，还笑嘻嘻的。没隔多久，她父亲就来看她了，大概是在五点一刻，待的时间不长。他走以后，我去给她发药，她和她母亲看起来都很难过。罗伊娜一个劲儿地想办法不让别人看出自己的疼痛，可明显这疼痛加重了许多。我把她手上的绷带摘下来，看见两只手上的水泡全都破了。"

"她跟你说了她摔跤的事吗？"莎拉问道。

"说了，说她伸出手护住自己。可这并不能解释为什么手指也有伤。我请医生给她检查，她对医生也是这么说的。"

"你有罗伊娜以往的病历记录吗？"

"我们这里还没有实现电脑化管理——嗯，还不成功，所以，我得查查病历册才知道。"

"你能也查查她母亲，也就是梅茜·怀特的病历记录吗？"

贝琳达抬起头，目光正好与莎拉相碰，两人眼中都出现了一丝心照不宣的默契。

"我会为你查查看的。"她说。

"谢谢你。"

"我们很担心她会感染，"贝琳达说，"所以，她还需要在这里多待几天。"

莎拉正准备去警察局。珍妮和我跟着她一直来到医院出口处。我不想让珍妮到外面去。

"我们需要分头去了解情况，然后把收集到的信息综合到一起，"我对珍妮说，"你待在这里好吗？万一唐纳德又回来了呢？我们也得盯着他。"

我像多年以前那样给她分配着任务——让她去筛冰糖，这样我把刚出炉的滚烫的蛋糕盘端出来的时候，她就不会抢着要端了。

"你确定你出去会没事吗？"她问道。

"基本没事。"

她一脸怀疑地望着我。

"除了怕冷，我的适应能力其实还是蛮强的。"

"我不该这么说的，对不起，天哪，你都能冲进着火的大楼，并且——"

"没关系的，珍，真的。"

她望着我，似乎想起了别的事情。我等着她开口。

"你觉得，从巴巴多斯回来，需要多长时间？"

"大概九小时吧。"我说。

她露出一丝笑意，甜蜜而羞涩。我恨伊沃，恨他让她露出这样的笑容，恨他到来后将要发生的事情。

我跟着莎拉走出医院，离开了墙壁形成的保护膜。不过，一开始，我没什么异样的感觉，但很快疼痛便开始袭来。通往停车场的石子路把我毫无保护的双脚硌得生疼。虽然还是早晨，但车身反射的阳光已经刺得我睁不开眼睛。

在车里，莎拉腾出一只手跟罗杰打起了电话，把他们之前的争执做个了结，她的语气很强硬，话语也很尖锐。罗杰责备她居然忘记"自己儿子"的作业这星期就该交了。她则告诉他现在你更需要她。他说她应该更"认真"地安排自己的时间。她则说现在有个电话来了，然后果断地挂断了电话。这时，一辆货车从公路出口处插入主路，她对着它摁了很长时间的喇叭。接下来的一路上，她一直保持沉默。

我有生以来第一次体验窃听和当间谍的感觉。

她把车停好。我们一起沿着滚烫的水泥人行道，往奇斯维克警察局走去。公路上的沥青路面被晒出了油。

警察局隔壁是一家有机商店，房顶和墙壁上都爬满了植物。我好想站在它外面，呼吸一下新鲜的氧气，欣赏会儿美丽的橱窗。以前，我跟珍妮在电子产品展会上就经常这样。

我过去一直认为，在警察局里，莎拉一定会感到如鱼得水。我觉得，她很适合这份工作：每天穿着整齐的制服，上面镶着数字、名牌和清晰的职衔；每个人、每件事，都标识得清清楚楚，都遵循严格的规则和程序，确保法律法规得到严格的贯彻和实施。我曾想，即便莎拉没有成为一名警官（自从我上次犯了那个灾难性的错误，把她称为"女警察"以后，这个词便深深地嵌进我的脑海里），她也会成为军队里一名负责管理的军官。

因为我拒绝承认她的勇敢和上进，拒绝承认她做的事情是多么有价值。

我一直很相信自己的判断，因为，在此之前，我们的生活似乎从来没有跟警察发生过关系，它对我们来说是无足轻重的。是的，是他们保证了街上没有犯罪。可是，在奇斯维克，街上连一点垃圾都见不到，更不用说什么劫匪和杀人犯了。走在它新近拓宽的人行道上，恐怕连妖魔鬼怪都会变得友好起来。我们这里最恶劣的破坏行为，就是音乐节上飞舞的海报和偶尔出现的寻猫启事之类。我对警察的认知，基本是来自报纸和电视，觉得他们无非是在炸弹客和杀人凶手作恶完毕，乘着偷来的汽车逃之夭夭以后，才迟迟赶来破门而入的一群人罢了。

可是，如今，犯罪不再遥不可及，而是直接侵入了我的家庭。警察，在我们的生活里，掌握着生杀予夺的大权。

我们走进警察局，走廊里墙皮剥落，地面是水泥的，空气中充斥着强烈的消毒水味道，跟医院的一样，是一种典型的制度化机构的味道，只不过，这个机构存在的意义在于犯罪，而那里则是伤害。

我们走过一间间办公室。大老远就传来此起彼伏的电话铃声、男人大声说话的声音和纸张被胡乱钉在旧告示板上的声音。作为莎拉的地盘，这里跟我想象中的整洁有序大相径庭，它是如此凌乱和喧闹。一位年轻的女警官沿着过道走过来。她给了莎拉一个拥抱，然后询问了珍妮和我的情况。接着，另一位年长的男警官路过的时候，也握住她的手表示同情，并询问有没有任何事情能帮上忙。任何事情。

我们来到一片宽敞的办公区，这里空气混浊，满是汗水和除臭剂的味道。吊顶上的风扇嘎吱嘎吱地转着，但对于里面的闷热一点作用也没有。这里的每个人都走上前来，问起珍妮和我的情况，并且表示自己的同情，要么给她一个拥抱，要么握握她的手。每个人都了解她，关心她。我这才意识到，在这里，她是多么重要，多么受人爱戴。看来，我之前虽然猜错了原因，但有一点没错：她在这里的确是如鱼得水。

她走进一个套间，里面的一位三十来岁，有着焦糖般肤色，颇有魅力的男子，几乎是小跑着穿过房间，上来抱住她，抱得很紧。这人没穿制服，那一定是刑侦处长了。他穿着乳白色的棉衬衫，腋下缝了汗垫。

这间屋子甚至连个电扇都没有。

"嘿，莫辛。"她被抱住的时候，跟他打了个招呼。

"刚才受到了夹道的慰问吧？"他问道。

"算是吧。"

"可怜的孩子。"

孩子？莎拉？他们后面，一个二十多岁的女子正故作若无其事地盯着电脑显示器。一头刚刚剪过的褐色短发，遮住了她棱角分明的脸庞。她是警察局里唯一没有表示同情的人。

"彭妮？"莎拉叫道，棱角分明的女子转过头来。"恐吓信的调查进行得怎么样了？"

"我现在正在查看原始口供。托尼和彼得正在尝试从监控摄像头的录像里下载素材，这是第三封信投递的邮箱拍到的记录。有个去年成立的国家建筑协会，邮箱就在它旁边。"

"我认为，恐吓信极有可能跟纵火袭击有关。"莎拉说。

彭妮和莫辛都没有说话。

"好吧，"莎拉绷着嘴唇说道，"珍妮被人投放了恐吓信，然后她工作的场所被人放火，而她又是教职工里唯一受重伤的，这些也许都只是惊人的巧合。"

"可是，针对她的袭击已经停止了，不是吗？"彭妮问道。

我多希望，上帝能把伊沃弄来——如果他真的愿意的话，由他来告诉他们，红油漆袭击事件就发生在几星期以前。

"如果我们最终发现它跟火灾有关的话，"彭妮继续说，"那从现在开始，这将仅仅成为一个侥幸的副产品。它不会成为恶意邮件调查的焦点。"

"我们需要把两者结合起来考虑，亲爱的，"莫辛说道，"在恐吓信和纵火案之间，肯定存在着某种联系。"

"她的氧气管可能被人拔下过，"莎拉说。彭妮不解地眨着眼睛望着她："可能？"

"这件事情被低估了，"莎拉继续说，"院方和贝克警督都低估了。可是，我认为，是有人过来确保他们完成了任务。"

"低估？"彭妮问道。我看见莎拉被激怒了。

"贝克很懒，这我们都知道。"

"可还不至于无能。"彭妮反驳道，说完把头转向电脑屏幕。

"谁会是这个自称看到了我侄子的目击证人呢？"莎拉走到她跟前问道。

"贝克警督非常清楚地要求过，我们必须遵守为证人保密的原则。"

她的刻薄让我想起了泰娜。不过，至少她还是把自己的强硬放在表面，给我们的提醒也算客观。

莎拉转向莫辛。

"档案里没有吗？"

"没有，"莫辛答道，"贝克警督知道你可能要来查找。对于你，他显得很精明。"

"对别的就另当别论了，"莎拉抢白道，"那他把它藏起来了？"

"他只不过是为了尊重证人的隐私权和匿名权。"

"如果有人过来，塞给他一些好处，那也是很方便的。"

莫辛想再次用胳膊搂住她，可她躲开了。

"而且，他也很好收买。最近，他签了多少次的加班证明？要对纵火案和企图谋杀案展开全面调查，是需要一大笔预算的。那个目击证人给了他一个大礼包。这样的话，他根本无须投入任何时间和金钱，就可以破了案子谋求升迁。真是二十一世纪警察的典范。"

彭妮走到门口。

"我会把托尼和彼得的调查结果告诉你的。"她说。

"有人调查过塞拉斯·海曼的不在场供词吗？"莎拉问道。

"好好休个事假吧。"彭妮离开的时候说道。她的个性跟她的发型一样棱角分明。

此刻，办公室只剩下莎拉和莫辛两人。

"上帝呀,"莎拉说,"难道她一直要这样像吃了枪药似的讲话吗?"

他大笑起来,我却感到有点吃惊,莎拉跟我们从不这样说话。而我以前也从没见过她跟异性有什么身体接触,当然,除了你,她的小弟弟之外。可是,我无法相信她有什么婚外情,什么人都可能有,但莎拉不会,真是这样吗?她是那样地遵纪守法,怎么会打破婚姻最基本的准则呢?

"你知道证人是谁吗?"她问他。

"不,我不知道。你也许不喜欢彭妮,但她不是坏人。"

"那是彭妮做的笔录喽?我估计就是如此。见鬼的愚蠢法律,不是吗?专门让人没法帮我。"

"的确如此。不过,如果证人有任何不诚实的地方,彭妮肯定会把它记录下来的。她的鼻子可是比罗威纳犬还要灵敏呢。"

"你能想办法让她告诉你证人是谁吗?"

"我简直不敢相信,你会让我干这种事。"

"嗯,你能吗?"

"你过去可是连一条守则都没有打破过,更别提法律了,更别提让别人为你去犯法了。"

"莫辛……"

"你以前连做个笔录都是一丝不苟。"

她背过身去。

"你也知道,那些文件被归了类之后,是怎么堆在架子上的,"他继续说道,"大家把它们扔在那里以后,不是都去忙更重要的事情了吗?可惜的是,那个地方太不安全了。也许跟资料保护法案里规定完全不符呢。我想,那个匿名证人的口供,肯定不会随随便便撂在那里的。可是,其他的笔录……"

"好的,谢谢。"莎拉轻吻了下他焦糖色的脸颊。

"那你的那个丈夫怎么办?"他问道。

她一时无言以对。

"等到时机成熟，等这件事可以提上日程，有的人就不再会像她前半辈子那样。也许这样更好吧。到那时候，你就可以指望有的人会为了你，而做出改变。"

"这么来说，你还是要等到马克十八岁以后喽？"

"我不知道。"

"这个想法太疯狂了。"

"也许吧。可我们都不希望孩子经历父母离婚，至少在他长大成人以前。我跟你说过的。"

"你这个鱼妈妈，老是有那么多复杂的理由。"

"你这个小坏蛋，一点都不靠谱。"

她走到门口。"我能请你帮个忙吗？"

他点点头。

"有一家叫普利斯科的印刷公司，曾经在圣诞节前为西德里小学印过几次年历。年历背面印有公司的名称，但是没有联系电话。你能不能找到他们，查一下他们一共印了多少本？"

"没问题。你要当心，好吗？"

"好的。"

"需要我的时候，就打电话。随时都可以。"

"谢谢。"

这么说，莎拉原来有着这样一位最佳拍档，而过去我一直不知道。她可以跟他用一种从未跟别人使用过的语言来对话。——嗯，至少不是跟我在一起时使用的那种语言。我真心为她感到高兴。

我不确定，你是否清楚，她跟罗杰的婚姻面临着终结。不过，我想，他们的分手被如此深谋远虑地计划着，你大概也不会太奇怪吧。这倒是很符合我多年来熟悉的那个女人的风格——计划周密，极度务实。当然，也与我过去两天刚刚认识的那个善良、大度、有情有义的女人的气质颇为吻合。

我跟她走进一个房间，里面堆满了成箱的卷宗和文件。她拿起一份文件，把她掖进外套里藏了起来。我看见她的双手在颤抖。

我知道，莎拉曾经干过很多危险的事情——追踪携带武器的罪犯，跟比她强壮数倍的暴力分子周旋——可这些都只是吸引眼球的冒险之举。"你们大家，看看我的表现！"我并不认为这能真的代表勇敢。

她走进一间复印室，开始复印。身后的门忽然开了。她已经开始复印。一个年纪稍长的人走了进来。从他肩章上星星的数目来看，此人显然是他的上级。

"莎拉？你到底在这里干些什么？"

我能感觉到她的惊慌。

"我们不是给你放事假了吗？"他继续问道。

"是的。"

"那就赶紧停下手上的事情，回家，或者到医院去吧。等你回来的时候，还有很多工作等着你干呢。你也许更希望把自己埋在成堆的工作里，不过，坦率地说，目前这可不是一个明智的选择。"

"我不会这么想的。谢谢您。"

"关于你侄女和弟妹的事，我感到很难过。"

"是呀。"

"还有你侄子。我们都很同情。"

他离开了。她赶紧把印好的稿子塞进提包，甚至都没来得及折叠一下。我不知道她是不是把需要的稿子都印完了。

她把文档原稿从机器上拿下来，把它藏进外套左边的内里中，然后用胳膊紧紧地夹着。她出汗了，头发贴在了前额上。把文档放回原处以后，她匆匆回到了走廊。

我们就快到达警察局门口时，我也自私地松了口气，因为刚才我也紧张得不得了，仿佛这一切是我自己做的一样。

"嘿，等等！"

一名年轻男子朝他跑了过来。我注意到他俊朗的轮廓，灰色的眼眸和浑身的朝气，也就二十四五的样子。他帅得令人震惊。不知为什么，他居然让我想起了你希望在我们婚礼上朗读的那句话——"我的爱宛若一只横空跃出的瞪羚"，那是《旧约·雅歌》中的一句歌词，温柔而唯美。（当时的我已有六个月的身孕，非常担心这句誓词会引得来宾们哄堂大笑。）

"你忘了一件事，"他对她说道。

刻板的走廊里只有他们两人，空气中飘散出一股清流。

他吻了她，唇齿相碰，这性感的一吻将她的骨骼融化，填满此刻的时光。这一吻，让她得以暂时逃出真实世界，进入唯美的二人世界，小憩片刻。我转过身，回想起我们的初吻，你的唇紧紧贴着我的，然后为我打开一道长廊，带我走向一片我从未去过的、充满野性的未知世界。我知道，在他亲吻她的这几秒钟里，时间戛然而止，她暂时忘却了珍妮、我、亚当还有你的痛苦；忘却了手提袋里非法得来的文档副本，忘却了对你的如山誓言。然而，这个吻，是一件礼物。

接着，她便挣脱开来。

"我们不能再这样了，"她说，"我很抱歉。"

我们走开的时候，我看见她狠狠地踢了他一下，比以往任何时候踢得都狠，他一定很疼。我看见，尽管他们年纪悬殊，尽管他有着骄人的外貌，而她没有，但他却深深地爱着她。我不知道，她是否意识到了这一点。

我从来没有认真地想过，你们父母的去世，对莎拉意味着什么。那时，你还是个孩子。我想象着少女的莎拉，像个大人一般，自觉承担起家庭的重任。可她是被迫这样的吗？因为，在她恪守规定、勇于负责、通情达理的性格背后，还藏着一个热爱生命、敢于冒险的灵魂。也许，只有到了不惑之年，她才有机会释放出少女时代的自我。

她跟罗杰的婚姻将要走到尽头，也就不足为奇了。

我们一起离开警局，我多希望自己能早点发现她的这一面，希望我们能一起出去喝一杯，成为知心的朋友。你一直希望我能多花点时间，单独与她相处。然而，我却像个倔强的孩子，总是拒绝跟别人应酬，尤其是跟那些自认为合不来的人。

事实上，我一直在嫉妒她。我知道，过去从没跟你说过，而你也不理解我为什么不告诉你。好吧，也许部分原因在于我一直不敢承认这一点，甚至不敢对自己，尤其不敢对自己承认，只敢偶尔从旁边的缝隙里窥一眼。

可是，现在，我看得很清楚。别担心，这与你无关。也不会发生像安提戈涅的兄弟①那般诡异的故事。（我也清楚，你是因为被我逼着去巴比肯艺术中心，看了三小时的影片，才知道安提戈涅的——对不起。）这种嫉妒是针对莎拉的事业。因为她从事的事业太重要了，我现在才彻底意识到这一点。

而我也知道，由嫉妒形成的对他人的看法，本身就是靠不住的，它最终坍塌破碎，也在意料之中。

珍妮正在医院金鱼缸般的大厅里等着我。

"你还好吗？"她问道。

"是的。"

一回到医院，我身上的疼痛立刻就消失了。不过，刚才在警察局，地板于我就如同尖钉一般；而在车上，空气也像倒刺一般，刮擦着我失去皮肤保护的血肉。

我把非法复印的事告诉了她。

"她见到他了吗？"珍妮问道。

"谁？"我问。

她耸耸肩，显得有些不自然。我意识到，她指的就是莎拉瞪羚般的情人。

"你知道他？"我问道。

---

① 译者注：安提戈涅（Antigone）是俄狄浦斯与其母伊俄卡斯忒意外乱伦所生下的女儿，双方事前均不知情。所以，从血缘关系来说，安提戈涅同时也是她父亲的妹妹，母亲的孙女。

她点点头。

奇怪的是，我并不嫉妒莎拉能够跟珍妮如此亲密，反而对珍妮产生了几分艳羡。莎拉无论如何也不会把他的事情透露给我的。

我们跟着莎拉，她正穿过走廊，朝咖啡厅走去。

"她为什么不去找爸爸？"珍妮问道。

"可能是想自己先看一下资料吧。"

棕榈咖啡厅灯火通明，可我仍然能感觉到昨夜梅茜跟莎拉谈起塞拉斯·海曼时留下的阴影。"暴力……邪恶……可他还是能讨得人们的欢心。"

莎拉从包里取出一张纸，试图把上面的皱褶抚平。页面顶端有一个边儿，上面是印着黑白棋盘格的警察标志，下面是一排衬着黑底的乳白色大字："仅限警局内部传阅"。

··· ✦ ···

封面上写着安妮特·詹克斯的名字和职业——小学秘书，还有她的联络信息。警报响起的时候，安妮特跟罗伊娜在一起，不可能是她放的火。但她可以决定谁能进入学校。

"这是非法的，对吗？"珍妮问道。

我点点头。

正当莎拉翻过首页，打算阅读笔录的副本时，一个穿着清洁工制服的妇人走上前来。"您要点餐吗？"莎拉为了使用这张桌子，只好带着笔录前去点餐，我们在原地等着。清洁工往相邻的桌子上洒了些刺鼻的液体，然后不停地擦拭着桌面。

"你跟安妮特·詹克斯熟吗？"

"我的知己？"

你从来没见过安妮特，所以你脑子里根本想象不到，这样一个二十二岁、化着浓妆、戴着甲套，早晨八点二十就一副泡夜店装扮的女孩，究竟是什么样子。

"我试图躲开她，"珍妮继续说道，"可她一见我就要逮着我跟她聊天，总是一副戏剧女王的派头，跟我演绎那些八卦。我只是静静地看她表演。"

"哦，你知道的，什么某个朋友的朋友被人谋杀，或者某个朋友的朋友跟一个有七个老婆的摩门教徒结了婚，或者某人在自己的婚礼上把伴娘搞大了肚子之类。我不确定她说的是不是摩门教。总之，她总是扮演着领衔主演的角色。"

她会不会把我们的遭遇也当作一剂猛味儿的调料，像辣椒酱那样搅拌进她乏味的生活中呢？

"还记得那个号称把自己的孩子放进了失控热气球的美国人吗？"珍妮问，"要是安妮特有孩子，她一定也会那样做的。"

我笑了，不过心里还是不大舒服。

"她曾经为了爸爸而拼命讨好我，"珍妮继续说道，"她疯狂地想上电视。几乎所有的真人秀节目，她都去做过观众。"

"你觉得她跟塞拉斯会有一腿吗？"我问道。

她轻蔑地瞥了我一眼。

"她是那么——迷人，好吧，姑且可以这么来形容。"我说。她总是故意露出的乳沟，一直是我们这些保守妈妈的笑料。"而且，你自己也说过，塞拉斯的婚姻让他十分郁闷。"

"即便他要出轨，我觉得，他也会找个零星有些脑细胞的人吧。况且，在她来学校工作以前，他就离开了。"

"是的，可是……"

我停下了，因为这时，莎拉端着她的三明治回来了。她翻过封面，页面顶端有一个代码：PP，这代表调查警司彭妮·皮尔森。我不禁想起刚才在警察局看到的她那张棱角分明的年轻的脸。另一个代码：AJ，代表安妮特·詹克斯。陈述的时间是星期三下午六点。

"他们问讯证人倒是一点也没耽误哇。"珍妮说道，"可为什么那么快就跟安妮特谈话了？"

"也许是因为她负责学校人员的出入吧。"我也很想知道，星期三的下午，她究竟把哪些人放进了学校，而她说珍妮签到出了学校，这到底是不是真的。

我们跟莎拉一起阅读着口供记录。

PP：你能给我简单描述一下你在学校的职责吗？

AJ：可以。我是秘书，所以，我负责收发邮件和接听电话之类的事情。邮递员把邮件放在我办公室，我负责签收，你知道的，通常就是这些工作。同时，我也专门为希蕾夫人收取和发送信件。另外，我还要负责应答校门的对讲机，并开门让人进来。当然，早上的时候，老师们有时会站在校门两旁迎接学生，这样我就不必为他们开门，这对我来说很幸运，因为早上来送学生的家长，总是要问各种各样的问题，我根本忙不过来。

PP：还有别的吗？

［AJ摇头。］

伊丽莎白·费舍在学校担任秘书的时候，还要兼任校医务室的护士。为什么安妮特·詹克斯不用？如果她兼任的话，珍妮就不用去医务室工作，她也就不会被烧伤了。

是的，受伤的本来应该是安妮特。是的，我宁可她被烧伤，而不是珍妮。任何人都可以，但不能是珍妮，也不能是亚当。此时，母爱不再温存甜蜜，而是变得残忍自私，露出了血红色的爪牙。

PP：我想了解一下，今天早些时候，你都让谁进入学校了。

AJ：你认为那是有人故意干的？我是说，比如是人为纵火？这有些诡异，不是吗？莫名其妙就起火了，根本不知道怎么着起来的。是的，天气很热，但怎么也不会热到像澳大利亚那样，对吧？我是说，这场火又不是森林火灾之类，而是发生在教学楼里。

"我跟你说，"珍妮看到我的表情后说，"我打赌，她肯定喜欢死了，能被警察问讯。"

戏剧女王终于找到了她的舞台。

PP：我们能回到你让谁进学校这个问题上吗？

AJ：就跟平时一样啊，我的意思是，都是我认识的人。

PP：待会儿我需要你提供一份名单。今天下午，开运动会的时候，你都让谁进去了？

AJ：有几个学生，要上洗手间，二年级的老师班克斯夫人带他们进去的。在学校里，我们必须用"先生"或者"夫人"来称呼别人，显得很自以为是。不过，他们待的时间不长。还有两三个老师，回来取忘带的东西之类，待的时间也不长。然后，就是亚当·科维、罗伊娜·怀特和罗伊娜的妈妈。怀特夫人，她总是彬彬有礼，透过摄像头冲你挥挥手表示感谢，我透过监视器能看见。别的人很少这样。

PP：还有其他人吗？

AJ：没有了。

PP：你确定？

AJ：是的。

PP：你说你有一台监视器。

AJ：是的，它是跟大门摄像头连接的，所以我能看到摁门铃的人是谁。

PP：摁下开门按钮的时候，你一般都会看一下吗？

AJ：是的，不过，即便我不看，也没有多大关系，不是吗？

PP：不过，在你忙碌的时候，看都不看就摁下按钮让人进去，肯定是更方便的。

AJ：我当然要看那个见鬼的显示器呀。对不起。但这很重要。我是说，这太悲剧了，不是吗？这场火灾，悲剧。

"胡扯，"珍妮说，"我就见过她看都不看显示器就摁按钮了。老天哪，她跟我聊天的时候，随手就摁了。她真的清楚这有多重要吗？"

罗伊娜也说过同样的问题，只不过语气温和些罢了。我又看了眼那个词"悲剧"。仿佛安妮特已经考虑过一阵，然后才给这出戏剧找到了一个合适的标签。

PP：那今天早些时候呢？

AJ：你的意思是，可能有人进来后躲了起来？

PP：请你回答我的问题好吗？

AJ：没有，就跟平常一样。都是学校里的人，还有一两个搞后勤的，进来送东西。

PP：你认识这些搞后勤的吗？

AJ：是的，一个是伙食员，一个是清洁工。他们是从侧门进学校的，我的意思是，进教学楼的，一般人都从正门进。

PP：你觉得会不会有人偷偷溜进去？

AJ：我不知道。不过，就算有人进去，也不是被我放进去的。

PP：我现在想了解一下火灾发生前后的情况。当火警响起的时候，你在哪里？

AJ：在办公室里。跟往常一样。

PP：一个人吗？

AJ：不。我跟罗伊娜·怀特在一起。她来办公室取运动会的奖牌。

PP：你确定跟你在一起的是罗伊娜吗？

AJ：是的。我正在跟她说一个朋友的问题，然后警报器就响了。天哪，简直吵死了。

像莎拉先前所做的那样，彭妮似乎也在一个个地排除嫌疑人。

PP：你刚才说，你的一项工作，是负责出入校门的签到登记。你能解释一下，具体怎么操作吗？

AJ：嗯，好的。每天早上八点四十和中午午饭后，老师都要根据班级签到表对班里的同学进行点名。没有签到的学生视为旷课。然后，签到表会被送到我办公室。这通常是由一名学生来送，作为一种训练。当然，如果学生在签到表交上来以后才到达学校，那他就要在另一份表格上签到，这份表格放在我办公室的一个架子上。而每个在学校放学时间以前离校的人，也要在那份表格上登记。

PP：所谓"每个人"，指的是谁？

AJ：主要是学生，因为去看牙之类的原因提前离校。不过有时也有大人，比如参加阅读课的家长。

PP：有老师吗？

AJ：有，不过很少。我的意思是，他们到校比我早，离校比我要晚。希蕾夫人让他们像狗一样地工作。不过，嗯，那些助教，就另当别论了。我是说，他们跟我一样。早上八点半上班，下午五点下班，有事可以提前离校。所以，登记提前离校的通常是他们。

PP：火灾报警器响了以后，你都做了些什么？

AJ：我跑出去了。

她没有告诉彭妮，她是等了五分钟才跑出去的。她也没说，这一段时间她都在干什么。也许，彭妮就没想到要问她。

AJ：我把班级签到簿给了蒂利·罗杰斯，她是学前班的老师。不过，他们也没用上。我的意思是，她已经知道自己班里的学生都在那里。接着，我看见一个男孩惊慌失措地站在雕像旁边。罗伊娜一直试图安慰他，可他只是越来越激动。

PP：你知道这个孩子的名字吗？

AJ：我现在知道了，我的意思是，我现在才知道他为什么会那样。不过，罗伊娜还问我有没有看到珍妮。我跟她说，别担心，我知道她不在楼里。我知道。好吧，每个人都用那种眼神看着我，可我知道。

PP：你是怎么知道的？

AJ：因为她之前已经登记离校了，就在我跟你说过的签到册上。就是我办公室里放的那份。如果你不相信，可以自己去看。

PP：你认为那份纸质的签到册不会被大火烧掉吗？

问话的语气中不带任何感情色彩，但我能想象出彭妮当时对她的鄙视。连木头窗框、石膏和地毯都被烧得化成了灰烬，那见鬼的纸册子怎么可能幸免呢？

AJ：可她就是签过名出去了呀？就在签到册上。我记得她签过的。

PP：那是几点的事？

AJ：我想，大概是三点左右。当时我没看表。

PP：她登记的时候写时间了吗？

AJ：我看见她登记，但没过去看她写了什么。我干吗要去呢？

PP：你为什么没有把签到簿带出来？

AJ：我没想到它有那么重要。我只是觉得学前班的那本会比较有用。

PP：毫无疑问，要搞清着火的时候谁在楼里，签到簿怎么会不重要呢？

AJ：看看，我是新来的，对吧？我才来了一个学期。几个星期前，他们曾搞过一次消防演习，不过那天我生病没有参加。而且，就算我把签到簿带了出来，情况也不会有什么改变，不是吗？它上面有那见鬼的签名，这只能说明珍妮已经离开了教学楼，证明我现在跟你说的，她登记离校了。

我瞥了眼珍妮，看得出，她还是什么都想不起来，这要把她逼疯了。

"说不定她只是不想让别人觉得这是她的错。"我说。因为，她也很难解释，珍妮怎么会又回到了学校呢？

PP：你是什么时候意识到，珍妮·科维还在教学楼里的？

AJ：我看见她妈妈大喊着她的名字跑进了大楼。接着，那个蠢娘们儿也跑了进去。

PP：你是说罗伊娜·怀特？

AJ：是的。那时，消防车已经从公路上开过来了。她应该把这事交给他们，没必要自己干得比他们还积极。最终，搞得他们不得不把她也救出来。搞不清楚她拼命想要证明什么。她一定是想吸引人们的关注吧。

［贝克警督把PP叫出房间。三分钟后，PP回来。］

PP：你认识塞拉斯·海曼吗？

我记得莎拉曾跟你说过，教务长或者其他主管，或许会"毫不犹豫"地向警方透露一些信息，说明哪些人可能对学校心怀不满。所以，很可能是有人，比如萨莉·希蕾，已经把塞拉斯·海曼的事情跟警方说了。

看看，我的回忆和推断都无懈可击。他们居然还说我是植物人。

AJ：我不知道塞拉斯·海曼。顺便问问，塞拉斯是谁呀？

PP：他曾是学校的一名老师，四月份离校了。

AJ：那时我肯定不会认识他呀，不是吗？我五月份才开始工作的。

PP：你从来没有听说过他？

AJ：我刚才说过，我五月份才开始在学校工作。

PP：从来没人跟你提过他的事情？

AJ：没有。

PP：对于一个刚被开除几个星期的老师，会没有任何的流言蜚语？

［AJ摇头。］

PP：我不得不说，这一点的确让人难以置信。

我对表情冷峻的彭妮的敬佩又上了一个层次。

"你看看，"珍妮说，"塞拉斯和安妮特甚至互相都不认识，更不用说有什么暧昧关系了。"

莎拉从提包里拿出另一份揉皱的笔录，刚要开始读，手机就响了，仿佛有人看见她似的。我凑近过去，听见电话那边传来莫辛的声音。"普利斯科，那家印刷公司，他们给西德里小学印了三百本挂历。这个信息有用吗？"

"有三百个人知道亚当在星期三过生日，同时，也知道当天学校开运动会，校园里几乎空无一人。证人那边有什么进展吗？"

"对不起，亲爱的，彭妮拒绝跟我透露任何消息，其他人也都不跟我说。他们好像已经不信任我了。鬼才知道为什么。"

她对他道了谢，然后挂断了电话，接着，用手把下一页皱巴巴的笔录纸理平。这一次，出现了SH的代码，代表萨莉·希蕾，问讯者是AB，代表贝克警督。时间从下午五点五十五分开始。问讯几乎跟刚才的同时进行。

Chapter 8

漫长的黑夜

死亡之钟并没有为她响起，死亡之车也没有加速向她驶来。

我看见一个女孩从生命之舟上坠落下去，却没有人能够拉住她。

我记得，萨莉·希蕾曾在火灾当晚出现在电视上——粉色条纹衬衫，乳白色长裤，做作的声音和找不出瑕疵的妆容。这样精心塑造起来的正面形象，是如何开始肢解崩塌的呢？

　　AB：你能告诉我，据你所知，着火的时候，教学楼里都有什么人吗？

　　SH：可以。有一个学前班。我们其他的学前班去动物园了。学前班的名单在我刚刚给你的登记册上。另外，还有秘书安妮特·詹克斯，学前班老师蒂利·罗杰斯，当然，还有临时担任班级助教的珍妮弗·科维。

　　AB：其他的教职员工，都在教学楼外吗？

　　SH：是的，都在运动场。我们要求大家都参加。一方面，我需要尽可能多的人参加活动，另一方面，如果没有足够的人手，现场的秩序也没法维持。

　　"上帝呀，"珍妮说道，"直到现在，她还在替学校做宣传。"

　　AB：你看到任何教职员工回到教学楼了吗？

　　SH：是的，罗伊娜·怀特。或者至少可以说，我并没有看见她，但有人跟我说，她回去取奖牌了。

AB：还有其他人吗？

SH：没有。

AB：我知道，我们警局的一位官员曾经在火灾现场问过你这个问题，不过，如果你不介意的话，我想再问一遍。

SH：当然不介意。

AB：要进入学校容易吗？

SH：我们学校有一个入口，是一个平时锁着的大门，门有数字密码，只有少数几位教职员工知道密码。其他的人必须通过对讲机呼叫办公室，获得许可后才能进去。不幸的是，过去，曾经有不负责任的家长，趁着门没关上的空隙溜进学校。曾经有这样一个事件，有一个陌生人进入了学校，因为一位家长在无意中给他开了门。从那以后，我们便在门口装了一个监控器，这样学校秘书就能看到摁门铃的人是谁。

AB：那么，你觉得你们的学校安全吗？

SH：当然。确保孩子的安全是我们的首要任务。

"就像安妮特连监视器都懒得看一下。"珍妮毫不客气地说道。

"希蕾夫人应该知道她是什么样的，不是吗？"

"是呀。可我想，在雇用她的时候，她不见得知道。"

"而且她也知道，有些家长和学生知道密码？"

"她还为此大为恼火呢。"

如果她在大门出入这件事上都可以撒谎，还有什么是她不会撒谎的？

AB：据你所知，有任何人会对学校心怀怨恨吗？

SH：没有，当然没有。

AB：我不得不告诉你，从目前的情况来看，火灾似乎是一场人为的纵火。所以，请你仔细想想，到底有没有人可能会对学校有所不满？

［SH没有说话］

AB：希蕾夫人？

目前似乎还没法猜透她心里到底在想些什么——伤心？愤怒？惊慌？

AB：请你回答我的问题。

AB：也许是一位教职员工，他……

［SH打断了他］

SH：没有人会这么做的。

AB：近期有教职员工离职吗？

SH：可这跟火灾没有任何关系。

AB：请回答我的问题。

SH：是的，有两位。一位是我们以前的秘书，伊丽莎白·费舍；另一位是三年级的老师，塞拉斯·海曼。

AB：具体都是什么情况？

SH：伊丽莎白·费舍年纪太大，已经不能胜任这份工作，所以，我不得不让她离开，我也很难过。虽然我知道她非常舍不得那些学生，但并没有任何不满的情绪。

AB：我需要她的联络方式，你能提供吗？

SH：可以。我的掌上电脑里有她的联系电话和住址。

AB：你刚才还提到了塞拉斯·海曼，那个三年级的老师？

SH：是的。他的情况更加不幸，轮到他值班的时候，操场上发生了一起事故。

AB：什么时候的事？

SH：三月份的最后一个星期。我不得不让他离开。正如我说过的，保证学生的健康和安全，是我们的首要任务。

SH：你刚才说的是，保证学生的安全是你们的首要任务。

SH：这两者最终还是密切相关的，不是吗？既要保证学生不受犯罪分子的伤害，又要确保他们身体健康。

"两者缺一不可"这句话可能没有录上。

AB：塞拉斯·海曼的联系方式也在你的掌上电脑里吗？

SH：是的，我还没把它删掉。

AB：你能帮我写下来吗？

SH：现在？

AB：是的。

［SH写下了海曼的电话号码。］

AB：请允许我暂时离开一下。

［AB离开，六分钟后返回。］

贝克一定是去把塞拉斯·海曼的事情跟彭妮说了，他也可能同时派人去寻找海曼——他曾告诉过你，警方在火灾当晚就跟海曼进行过谈话。

AB：现在，让我们把话题集中在学校安全这个问题上。你能向我介绍一下学校的消防制度吗？

SH：我们的消防器材比较齐全——除了有泡沫的和液体的灭火器，在每层楼的危险区域，比如厨房，还配备有灭火毯和防火沙桶。而从学校的每个角落，到达最近的灭火器，步行距离都不超过三十米。我们也给教职员工进行过如何正确使用消防器材的培训。学校所有出口，包括教室、艺术教室、食堂和厨房等的出口，都有清晰的图文标识。我们还会定期进行大楼逃生的演习。我们配有经过认证的烟雾探测器和温度探测器，这些都直接连接到消防部门。根据英国火灾探测和警报系统BS5839国家标准的规定，我们会请专业的工程师进行每季度、每年度和每三年一次的测试和维护。

"听上去她把这些都背下来了。"珍妮说。我也有同感。可她为什么要这么做呢？

AB：你对这些是信手拈来呀。

看来AB也注意到了这点。

SH：我是一所小学的校长。正如我刚才跟你说的，安全是我们最关注的问题。我本人也兼任学校的消防主管，所以，没错，我对这些内容是信手拈来。

AB：据消防员报告说，事故发生时，教学楼顶楼的窗户都大敞着。

你对此有何评价？

　　SH：不。这不可能。我们特意给窗户都上了锁，要打开哪怕十厘米，都是不可能的。

　　AB：这些窗户的钥匙保管在哪里？

　　SH：在教室的办公桌里。不过，肯定……

　　在这一点上，她一定是词穷了。我再次想象着那个人影，跑到顶楼，不过，除了把所有窗户打开，让热风吹着火苗往上蹿，他肯定还有其他的动作。

　　AB：你说，教职员工们都参加过灭火训练？

　　SH：是的。内容明确的训练，包含防火、逃生，以及如何把火灾的影响降到最低。

　　AB：可教职员工当天都去参加运动会了？除了你刚才跟我说过的那三位。

　　[SH点头。]

　　AB：为什么珍妮弗·科维没有跟大家去参加运动会，而是在教学楼里？

　　SH：她负责医务室的工作，照顾伤员之类。

　　AB：医务室在哪儿？

　　SH：在四楼。

　　AB：是教学楼的顶楼吗？

　　SH：是的。我们过去是把秘书的办公室作为医务室。伊丽莎白是一位非常称职的护士。那里有一个沙发和一条毯子。如果有孩子身体不适，可以在那里休息，直到家长过来把孩子接回家。可是，新来的秘书没有接受过任何医疗方面的训练，所以就没有理由再把那里作为医务室了。学校高年级的负责人，戴维森先生，接受过专门的急救培训，所以医务室就设在了他所在的楼层。可是，戴维森当时也去了运动场。

　　AB：你是什么时候知道珍妮弗·科维今天下午要作为护士的？

　　SH：护士只不过是个头衔罢了。事实上，我们并没有指望这个年纪的女孩子来处理严重的问题。

"我可是在圣约翰护士学校接受过培训的，你这个老巫婆。"读到这里，珍妮说道。我很庆幸，她关心的是萨莉·希蕾的回答，而不是贝克的提问。因为一开始，他其实是把火灾嫌疑的目标指向了她。我推测，他已经把她的名字输入了电脑，而恐吓信的案子很快就要浮出水面了。

AB：请你回答我的问题好吗？你是什么时候知道珍妮弗·科维今天下午要作为护士的？

SH：上个星期四的教职工会议上，我亲自宣布的这个决定。这并不是我的初衷，可是，考虑到珍妮弗经常在炎热的天气里穿着很不得体，所以，我认为她还是不要出现在家长的视野里为好。

"她是个巫婆，妈妈。"珍妮说道。

AB：那你的初衷是？

SH：一开始，我本来想把这项工作交给罗伊娜·怀特。罗伊娜在圣约翰护士学校接受过培训。她对这项变动有些紧张，可我觉得是合适的。

珍妮转过来对我说："罗伊娜为了博取他爸爸的欢心，不会把自己要当护士的消息告诉他吗？反过来，她又会把被我取代的消息告诉他吗？"

"也许吧。"我说。

难道是伤错了人？

AB：当你在上星期四的会议上宣布这项变动的时候，都有谁在场？

SH：高层管理团队都在。然后由他们把决定传达给其他的教职员工。

［SH没有说话。］

AB：希蕾夫人？

SH：珍妮，她会死吗？

［SH哭了。］

上面没写哭了多长时间。

莎拉从包里拿出最后一页纸。我本希望这会是塞拉斯·海曼的口供，但它却是蒂利·罗杰斯的——那个有着粉嘟嘟的面颊，长发飘飘，牙齿洁白、脸上总是带着微笑的学前班老师。一个健康、整洁、和蔼的女孩，相信她在组建自己的家庭以前，会一直从事这份工作。她班里的孩子都很喜欢她，爸爸们对她很有好感，妈妈们则觉得她很会照顾人。

我实在没法想象，她会跟大火有什么关系。

蒂利的问讯从六点半开始，紧跟在希蕾夫人之后。所以，问话的人依旧是AB，也就是贝克警督。而蒂利的名字则用代码TR来表示。

我是跳着读的，只是看了基本的内容。报警器响起的时候，她正带着学生围成一圈搞活动。梅茜·怀特过来协助她疏散学生，作为阅读课的志愿者，蒂利跟她已经很熟了。她并没有提及安妮特把签到簿拿给她之前耽搁的那段时间，要么是因为她没注意到，或者是因为她觉得这个不重要。没有人留意这个问题，也没有人提出疑问。翻过了两页，我才看到一个看起来有点关联的问题。

AB：你认识塞拉斯·海曼吗？

TR：认识。他是西德里小学三年级的老师，一直到四月份才离开。不过我跟他并不是很熟。我们在不同的楼层上课。我在底层——嗯，你已经知道了。而且，我们学前班跟学校其他年级是独立的，到了一年级才会混合到一起。

她说跟塞拉斯·海曼不熟，这是事实吗？她有没有可能就是他的同谋？这个面孔稚嫩，穿着花裙子的蒂利·罗杰斯，为了他，会不会让学生读着故事书或听着泰迪熊的故事，而自己溜上了楼，找到窗户的钥匙，把顶楼的窗户全部打开？然后把松节油四处泼洒，再找到一根火柴？

正如我说过的，这简直无法想象。而且，她也很难确保自己能够按时赶回教室。因为，如果是她放的火，当梅茜前来协助疏散学生的时候，肯定会发现她不见了。

AB：你还能想到什么相关的事情吗？

TR：罗伊娜·怀特。我不知道这是否相关，不过她太棒了。

AB：继续。

TR：我带着他们跑到外面的时候，多数人的母亲已经赶到了，所以，我有机会四处张望一下。这时，我看见罗伊娜冲进堆放体育器材的棚子，取出了一条毛巾。是那种游泳时用的大块蓝色浴巾。孩子们有时会把毛巾放在这里面。学校侧面，厨房门口的沙地上，放了两瓶水。你知道，是那种很大的四升的瓶子。她把水倒在毛巾上。接着，我就见她冲进了大楼。接近大门的时候，她把毛巾围在了脸上。这实在是太勇敢了。

莎拉离开咖啡厅去找你。我跟珍妮等了一会儿，因为失望，谁都不愿意讲话。笔录里没有发现能够为亚当脱罪的神奇语句。

"说不定莎拉姑姑能看出些内容，可我们看不出来，"我说，"或者，至少能给她一个线索。"

"是呀。"

过了一小会儿，我们在重症监护科的走廊里碰见你和莎拉。你手里拿着一份笔录，透过玻璃望着珍妮。

珍妮站在稍远的地方，这样，她就没法透过玻璃看到自己的身体。

"你觉得这个会像我的手机那样，"她问道，"也有感染的风险吗？"

"肯定是。"

不过，我怀疑，那份复印的笔录对莎拉的风险更大，因为她的一举一动都非常谨慎，生怕被珍妮床边的那些医护人员给看见。

你拿着的是那份安妮特·詹克斯的笔录。我希望此刻能听到莎拉把我刚才的猜测说出来。

"可是见鬼，珍妮怎么会登记自己出去了呢？"你边看边问道，"我想不通。"

"我现在也很难相信她出去过，"莎拉说道，"也可能安妮特·詹克斯只是不想再让人们责备她。一种闯了祸就逃避的心理。

"那这里面也没什么有用的内容。"

"我可不这么认为。从她的口供来看，显然不是她放的火。她提到，报警器响的时候，她跟罗伊娜·怀特待在办公室里。而罗伊娜刚才也是这么跟我说的。办公室在一楼的高处，而艺术教室在二楼。所以，她俩都不可能去放火。"

"会不会是她放海曼进去的呢？"

"她声称自己不认识海曼，甚至都没有听说过他，不过，我倒觉得有点奇怪，她怎么会连他的传言都没有听到过？她是那种很八卦的女孩，这一点我印象很深。所以，从某个角度看，她很有可能是在撒谎。而且，我们知道，梅茜和罗伊娜都是等了几分钟才出去的。在这里，她只字不提。我们必须要搞清楚，那段时间，她在干什么。"

正如我预料到的，莎拉果然抓住了关键。

你快速浏览着萨莉·希蕾的笔录，读到她讲述学校消防规定的那一段，忽然停了下来。

"看起来像她把手册整个背下来了。"你对莎拉说。

"我也有同感。贝克也指出来了。我想，萨莉·希蕾可能真的担心会发生火灾吧。仿佛她已经知道会发生火灾，并且在努力把损失降到最低。"她捕捉到了你脸上的表情，"面对催化剂、大敞的窗户和陈旧的教学楼，再全面的规定也无济于事。"

"难道她知道这会发生？"

"可我实在不明白她为什么要烧掉自己的学校。然而，的确有不对劲的地方，而且，她对这些实在是了如指掌。她还说，过去的秘书伊丽莎白·费舍并没有什么不满的情绪，可根据伊丽莎白的说法，她显然是有的。"

"这重要吗？"你问道，听起来似乎有些不耐烦。

"我现在还不清楚。"

当我重新阅读这位校长的笔录时，我感到有些不舒服。

因为，这一次，她对贝克说的，医务室在四楼，就在教学楼顶层的话，引起了我的注意。之前宣布珍妮担任护士的也是她，这样，所有的教职员工都会得知这个信息。

学校里的每个人都知道珍妮将自己待在顶楼，待在一栋几乎空无一人的大楼里。

"你拿到的都在这儿了吗？"你问道。

"是的，我想是这样。"

"你能不能……"

"我只能拿到复印件，因为之前，文档都临时堆在了一个不安全的地方。从现在开始，一切相关证据都会被放到保密的地方。"

"那你会找塞拉斯·海曼谈话吗？"

"会。我已经安排了一个校长和伊丽莎白·费舍参加的会议。我开会的时候，你可以回家去看看亚当。

你默不作声。

"迈克，重症监护科有那么多医生护士，如果你还不放心的话，我可以让莫辛过来守在她身边。"

你依旧不吭声，她有些不解。

"亚当现在就需要你，迈克，你必须跟他在一起。"

你摇摇头。

她灰蓝色的眼眸注视着你同样颜色的眸子，似乎想在里面寻找答案。因为你是一位慈爱的父亲，并不是会把自己八岁的儿子扔在一旁不管的那种人，尤其不会在此时此刻。当然，在你脸上固执的表情背后，是一个她从小就再了解不过的男孩。

你终于开了口，说话的时候，把目光移向了别处，这样，她便无法去阅读你脸上的表情，无法猜透里面的那个人到底在想什么。

"他们说，要是不做心脏移植，珍妮只能活三个星期。现在又少了一天。"

"哦，天哪，迈克……"

"我不能离开她。"

"不。"

"她必须接受心脏移植……"你说道，可我却注视着珍妮的脸，因为她听到一辆汽车加速向她驶来。死神没有开口，却发出巨大的声音，震耳欲聋，步步紧逼。一个残忍的逃犯疯狂地驾着车冲上人行道，径直向

235

她撞来，旁边已经无路可躲。

她走开了，我紧跟上去。

"珍妮，求求你……"

在走廊里，她停下来，转身对着我。"你应该早点告诉我的。"她脸色惨白，声音在颤抖，"我有权知道。"

我想告诉她，我精心编织了一个谎言的网把她罩起来，其实是为了要保护她，其实是因为我相信你对她的期望。

"我已经不再是个孩子了。是的，我是你的女儿，永远都是。可是……"

"珍……"

"你能明白吗，妈？拜托，我已经是个大人了。你不能代替我走完一生，走完剩下的一生。我有我自己的生活。死亡也是我自己的事。"

……✦……

我看见六岁的她，穿着橙色碎花的游泳衣，跳进水中，溅起一片水花。我们的小鱼儿！我痴痴地望着她，眼神拧成一股绳，环绕着她，因为，我也要跳进去——"啪"的一声！还没等她呛水，我就一把救起了她。然后，她十二岁了，有了自我意识，穿着时髦的海军游泳衣，审视着游泳池周围的一切。再后来，她穿着亮银色的比基尼，露出完美的少女的曲线，让所有人为之侧目。她能感觉到阳光般灼热的目光落在自己的皮肤上，并享受着自己的美丽。

然而，对我来说，她永远都是那个穿着橙色碎花泳衣的小姑娘，我的那条看不见的绳索，还系在她的腰上。

"我可以把心脏给你。"我说。

她看了我一会儿，笑了。看着她的笑容，我知道，她原谅了我。

"哦，看在上帝的分上。"她说。

"如果没有别的心脏出现的话。"

"出现？"

她又在取笑我。

"我们的配型是一样的。"我说。

我以前一度以为，我俩的配型不合适，因为我们的骨髓都没能把我父亲的生命从卡勒氏病的魔爪下抢回来。

"你对我真的太好了，"她说，"这实在是一言难尽。可是，这个计划里存在几个问题。首先，你还活着，就算爸爸和姑姑同意他们用你的心脏，他们也不会同意。在未来的很多年里，他们也会继续不停地为你提供食物和水。"

"所以，我最好还是自己去找解决的办法。"

"那你到底要怎么找呢？"

她一直在笑！现在，这种时候！我之前错了，她根本没有把目前绝望的现状当作事实。我之前还以为，在生死这样的问题上，她会稍微严肃一些。

"从高考里解脱出来并不可笑。"

"我笑的不是这个。"

"那是什么？"

"在你埋头忙那些作业、复习、论文还有学习技巧的时候，根本就没有人来告诉你，可以有其他的选择。"

"可这不能算其他的选择。"

"它算，因为我愿意接受。"

她居然还觉得好笑，仿佛自己是从监狱里释放了出来，而不是通往未来的大门被紧紧关闭。

我曾经为她那种躲在幽默后面不敢面对现实的性格感到失望。可现在，我很高兴她还能幽默。可是，她对于我选择自杀的质疑，也不是全无道理。我连眼皮都不能眨一下，连手指都不能动一下，怎么能为她开出一方药剂，为她跳进铁轨，去阻挡死亡列车呢？（我一直认为，自杀是一个自私的选择——想想那些可怜的司机。）吊诡的是，要选择自杀，还得有合适的配型才行。

　　莎拉走过我们身边，你跟了上去，第一次离开了自己的岗位。

　　"他们会及时给她找到一个心脏的，"你说，"她会活下来的。"可是，你的话语此刻听来似乎更加刺耳。你坚定的信念传达到我这里，却被无形地削弱了。

　　我试图紧紧抓住它，到处寻找一个把手。

　　"她当然会的，米奇。"她说道。

　　她的声音加上你的声音，是信念的叠加，我得以再一次紧紧握住。不管怎样，她都会好起来的。她必须好起来。"她当然会的。"

　　你回到病房，莎拉朝医院出口走去。

　　"你跟莎拉姑姑去吧，"珍妮说，"我在这里等着，万一唐纳德·怀特再来，我可以盯着他。"

　　"我要跟你在一起。"

　　"可你说我们需要全面地了解情况，然后把两个人搜集到的信息汇总起来。"

　　她想让我跟莎拉走。

　　她想自己一个人待着。

　　我过去曾经很讨厌这些——卧室紧闭的门，她打电话的时候故意回避我。我现在依旧讨厌这些。我不习惯她渴望独处的想法。

　　"我们得放开手，让她自己做决定，自己犯错误，"几个星期以前，你对我说，"让她张开翅膀自己飞。这对她是很自然的事情。"

　　"黑死病也是'很自然'的，"我反驳道，"可这就意味着对她有好处吗？"

　　你伸出胳膊搂着我。"你得放手，格蕾丝。"

　　可是，我不能放开环绕着她的绳索。至少现在不能。随着她的双腿变得越来越修长，身体的曲线越来越优美，吸引的目光越来越多，我已经把绳索放得越来越松了。可是，我还会继续抓着绳索，直到她能够安全地游到自己的深度，从孩童游到成年，不会溺水。否则，我是绝对不

238

会放手的。

我跟着莎拉走上通往停车场的砾石小径，可石子不再像钢针般扎脚，正午的阳光也不再炙烤皮肤，我仿佛给自己套上了某种保护罩。

莎拉一直小心翼翼地把速度控制在限速范围内，她严守着这个小小的法规，是为了去打破更大的法规。

保姆的声音又在耳边响起，她说我那个游泳的意象"完全落伍了"！珍妮已经要我"剪断绳子"，"她已经长大了！她不再需要它了"我反驳道，从内心深处，她还是像以前一样需要我，尤其是现在。所有的年轻人都在努力地要摆脱童年，这样做的目的不过是为了保存面子，但我想，他们中的许多人，像珍妮一样，走得太远以后，反而希望被拉回来。

"红油漆的事情，她连提都没跟你提过，不是吗？"保姆的声音再次响起，她用一个不容置疑的事实给我响亮的一击。"既然她没来向你求助，就说明那时她已经不需要你了。"

也许我的确是落伍了。

那是在五月十号，你记得那个日子。那天亚当的班级组织旅游，虽然我早早完成工作，特意留出了时间，可亚当还是拒绝我陪他同行。

"你今年已经参加过三次旅游了，科维夫人，你还是把机会留给其他的妈妈吧。"仿佛真有很多妈妈排着队，普拉达手袋里装着指南针，想在倾盆大雨里定位方向，而不是那个势力的美登小姐故意想让我出局。（在维多利亚和阿尔伯特博物馆，当她冲着她们大喊大叫，我只有狠狠地瞪着她。）

于是，我只能待在家里，担心亚当找不到伙伴，担心亚当不能按要求找到北方。当时，我已经不再为珍妮担心，因为我以为，恐吓信事件已经过去。

我在家里待了一整天。

珍妮晚上才回的家，比她之前说的要晚得多。一头长发剪成了波波头，她看起来有些焦虑，我以为这是因为她的新发型。我还一直安慰她，说这个发型挺适合她的。

即便如此，珍妮还是打了很长时间的电话，虽然我听不清她在说什么（她关着房门），但却能感觉出，她的语气里充满了忧虑。

要是她告诉我，我一定会好好清洗她的头发，把油漆洗得干干净净，这样，她就不必剪掉那一头秀发了。我还会把她的外套拿到里奇蒙德最好最贵的干洗店去，让他们帮它恢复原样。

要是告诉我，我会把事件报告给警察局，很可能，她就不会躺在医院里。她依然需要我的绳子，虽然她现在意识不到这一点。

"那溺水又是怎么回事？"保姆的声音问道，"亚当和他的救生臂环，珍妮和她的绳索？"好吧，可以说，游泳几乎是现代社会的谨慎生活当中，唯一允许孩子参加的，可能危及生命的活动，而且常常是每星期一次。精神分析学者用水的意象来表征性，而母亲则用水来象征危险。

那时，我想象他们都是安全的。

陷入对珍妮的思考而不能自拔，同时又在跟自己辩论个不停。一抬头，我才惊愕地发现，我们竟驱车到了学校。我没有勇气去面对这个火灾的遗址，伴随惶恐而来的是一阵恶心的感觉。

莎拉把车开到对着操场的小路上，然后在旁边停了下来。

操场上出现了三座活动板房，这使得它跟运动会那天的操场有着天壤之别，这让我稍稍宽慰了一点。我不想去回忆。可是，当我们走下汽车，看见地上那些画着的白线还在原处，在头顶阳光的照耀下分外刺眼，我迅速把头转向别处。

闻着草地的气息，以及上面蒸腾出的热气，我一下子被拉回星期三的下午，老师们的哨声在阳光下回响，一条条小腿在草地里跃起，亚当气喘吁吁地向我飞奔而来。

你能想象出一个拥有夏日景象而不是冬日雪景的玻璃球房子吗？里面有碧绿的草地，彩色的杜鹃花和湛蓝的天空。我此时就身处其中。如果你摇动玻璃球，里面或许会立刻充满黑色的烟雾，而不是飞舞的雪片。

莎拉敲响了其中一间活动板房的门，我的思绪被从雪花房子中拉了出来。开门的是希蕾夫人。她跟往常一样打着粉底的脸"唰"的一下红了，条纹衬衫起了皱褶，而且满是尘土。

"我是调查警司迈克布莱德。"莎拉边说边伸出了一只手——无意中掩饰了她跟我们的关系。我一直不理解，她为什么要刻意保留婚前的名字，可现在我才明白，这是因为她需要一个公众的自我——那个成熟、负责的调查警司迈克布莱德，嫁给了冷漠多疑的罗杰——只是为了让少女莎拉·科维安全地躲在里面。

我们走进密不透风的活动板房。希蕾夫人使用的香奈儿19号香水那庸俗的颗粒，如泡沫般漂浮在闷热潮湿的空气当中。

"到星期一，我们将再建成十个带浴室设施的移动板房，"希蕾夫人说道，她的声音带有某种无法言状的紧张。"教育委员会给我们颁发了临时紧急办学的执照。学生需要自带午餐来上学，可我还不确定家长能否理解。所幸的是，我们采用了云计算技术，这样，我们的一切活动，像通信联络、课程计划和学生报告等，都可以在因特网的辅助下进行。"

"真是井然有序。"

莎拉礼貌地表示了兴趣，不过，我怀疑，她了解这些情况，肯定有更深层次的原因。

"有个学生的父亲是一家计算机巨头的CEO，他上个学期为我们设计的这个系统。家长们都乐意提供帮助，这对我们是天赐的礼物。我已经可以为每个家庭打印住址标签了。明天早上，他们都会收到一封信，会对目前的情况和下一步的安排有所了解。"

一台打印机正嗡嗡地工作着，不停地吐出一封封信件。地板上堆着一摞贴好地址的信封。

"直接给家长发电子邮件不是更简单吗？"莎拉问道。

"写在考究的纸张上的正规信件看起来要更好一些。这能说明，目前的局面已经完全处于我们的控制之中，这样，恢复常态不就指日可待了吗？你能看得出，我手头有大量的工作要做，而且，我也已经跟警方谈过话了。"

"如果方便的话，你可以边干边聊。"莎拉套近乎般地说道。可我记得，有个星期天，午饭后，我们一起洗碗的时候，她说，她希望能跟一个嫌疑人一起洗碗——她来洗刷，他去冲洗——手头忙着某件事情的时候，他交代事实的可能性要比平时高出许多。当时，我心里还在打鼓，揣摩着她想让我交代什么事实。

"有人告诉你亚当·科维被控引发火灾了吗？"莎拉问道。

"是的。我的意见是不要起诉，也不要采取任何进一步的行动，这也得到了政府方面的全力支持。根据我的理解，这只不过是一场玩大了的恶作剧，而可怜的亚当因此受到的惩罚也足够多了。他一定有极强的负罪感。"

"你很了解他吗？"

"不。当然，我认识他，不过并不很了解他。如今的校长已经不再是老师，而是更多地承担起行政主管的职能。所以，可悲的是，我对学校里的很多学生并不了解。"

珍妮在西德里小学上学的时候，希蕾夫人办公室的门总是敞开着，学生们不停地进进出出。为了跟学生拉近距离，每个星期，她在各个班级都会有一节课。然而，现在，同样在这里念书的亚当，就很少有机会看到她了。

"一个八岁的孩子——只有八岁，会故意放火，你不觉得这有些不寻常吗？"莎拉问道。

"显然，这种事情时有发生。根据我多年当老师的经验，这个年龄段的孩子做出这种事情，一点也不奇怪。孩子的能力不可小视呀。"

我想到了罗伯特·弗莱明。

"亚当不是那种孩子。"莎拉说。

"难道不是他干的吗？"希蕾夫人问道。

"你似乎很关心这个问题。"

"好吧，是的，我希望这一切早点结束，把真相查个水落石出，好让一切走上正轨。当然，从他的角度来说，我也希望不是他。看来，这就是你来这里的原因喽？"

"我有一些问题。抱歉，又要让你旧事重提了。"

希蕾夫人点头表示默许。现在，她开始折叠信函并装进信封里，信纸折得严丝合缝。

"起火的时候，你在哪里？"莎拉问道。

"我在运动场，主持二年级学生的套袋跑比赛。一得知事故发生，我就立刻把操场上的学生托付给一位队列老师照看，然后在第一时间赶回了学校。我到达的时候，学前班的孩子已经被安全疏散出大楼。"

"那珍妮弗·科维呢？"

她快速折起一张信纸，不过这次边沿折得没那么整齐。

"她没有遵守我们的规程。她出校门的时候登了记，可回来的时候却没有登记。所以，别人不可能想到她还在教学楼里。"

"你见过那本她登记出校的签到簿吗？"

"没有。"

"那你怎么知道她登过记了？"

"我们学校的秘书安妮特·詹克斯告诉我的。"

"于是你就信以为真了？"

"我的身份不是警察，是校长。我本来就要信任别人跟我说的话。"

此刻，她的敌意跟莎拉的正好碰撞在一起。

"为什么你不把塞拉斯·海曼在颁奖典礼上的表现告诉我们？"

希蕾夫人似乎对话题的突然转变有些措手不及，又或许是塞拉斯·海曼这个名字让她感到错愕。

"因为他跟这件事无关。"

"你有任何证据吗？"

她语塞了。她的手指被纸划了一下，每个白色的刚古水纹纸①信封都

---

① 译者注：刚古水纹纸（Conqueror Weave）是刚古品牌特种纸的一种。刚古品牌的特种纸始创于1888年，最初采用CONQUEROR伦敦城堡水印，直至二十世纪九十年代初才改为骑士加英文水印。如今，刚古纸已经成为高品质商业、书写、印刷用纸的标志和代号。

有一个薄如刀锋的红边。

"颁奖典礼过后有家长给你打过电话吗？"

"有。"

"他们有没有要求你报警，让警方下发限制令或者禁令，禁止海曼再次接近学校？"

"你是说，梅茜·怀特？"

"请回答我的问题。"

"有的。"

"那你为什么没有按她要求的做？"

"因为她丈夫一小时后打电话给我，说他妻子有点神经过敏，没有必要联系警方。他的看法代表了我和其他教职员工以及家长的观点，塞拉斯不过是一时冲动发泄一下，没有必要把他的话当真。"

唐纳德为什么要驳回梅茜的要求？为什么要维护塞拉斯·海曼呢？

"那你甚至都没向警方报告？"

"没有。"

"你也一点都不担心？"

"不，我有些担心，不过担心的不是塞拉斯会做出什么暴力的事情。在操场丑闻发生以后，我花了好几个月的时间，重新恢复西德里小学良好的声誉，我认为，一个醉汉五分钟的酒后胡言，很可能会再次摧毁这种声誉。而且，除了怀特夫人，其他人都没把他的威胁当真，觉得他只不过是当众出了自己的丑，仅此而已。"

"你能跟我说说所谓的'操场丑闻'吗？"

"一名学生从防火通道坠落到操场上，摔得很严重，两条腿都摔断了，幸好没有危及生命。塞拉斯·海曼本来负责监管操场的情况，但他没有尽到自己的责任。"

"于是你便解雇了他？"

"我别无选择。"

"你解雇他，是在《里奇蒙德邮报》刊登那篇文章之前，还是之后？"

"显然，那篇文章让来自家长方面的压力大大增加。"她顿了一下，仿佛被那段回忆所刺痛。"我不得不在三天以后解雇了他。要是没有那篇文章，他可以待到学期末再走。"

"你们学校有警告制度吗？"

"有一次，他批评一个学生'危险'，我已经给过他一次警告处分了。家长不满是自然的。他对那个孩子的用语和态度都是不可接受的。"

我想起罗伯特·弗莱明的冷酷和残忍。

"你知道《里奇蒙德邮报》是怎么调查操场事件的吗？"

"不知道。"

"是通过学校的某个人了解的吗？"

"我真的不知道是谁告诉媒体的。"

"塞拉斯在学校有什么敌人吗？"

"据我所知，没有。"

"这次操场事件对学校到底有什么影响？"

"我不否认，曾经一度，我的处境非常艰难。家长把孩子托付给我们照顾，可一个孩子却受到严重的伤害。我能理解他们的愤怒，也为此感到难过。我完全能够理解有些家长想让孩子退学的想法。在一次特别会议上，我一个班级一个班级地跟所有家长谈了话。如果家长还不放心，我还单独约见他们，当面向他们保证，此类事件再也不会发生。最终，我们一起挺过了那场风暴，没有一个家长让孩子退学——一个都没有。运动会那天，有两百七十九名学生在校，唯一缺席的是三年级的一个学生，因为上学期末他们举家搬迁到加拿大去了。"

我知道她说的都是实情。运动会那天，每个班都有二十名学生到场，西德里小学的人都齐了。

"你个人对塞拉斯·海曼有什么看法？"莎拉问道。

"他是一位很优秀的老师，很有天赋，是我从教生涯中遇到过的最好的老师。不过，在一所私立学校，显得有些另类。"

"就他个人来说呢？"

"我对他在社会上的表现并不了解。"

"他跟学校里的任何人有什么特殊关系吗？"

她迟疑了片刻。"据我所知，没有。"

一个谨慎的回答。

"有任何流言蜚语吗？"

"我不听流言蜚语。我主张用事实说话。"

"你能告诉我星期三当天学校大门的密码吗？"

"是7-7-2-3，"她答道。我看得出，她对莎拉开始提防了。"我跟另一位警官说过一次了。"

"我只是想亲自确认一下。"莎拉平静地说道，此后，希蕾夫人似乎也放心了一些。可是，随着这场非法问讯的继续，她肯定会起疑心的。莎拉之前向你做出的保证，在残酷的现实面前脆弱得不堪一击。

"你为什么要赶走伊丽莎白·费舍？"

萨莉·希蕾看上去十分惊愕，不过她还是在极力掩饰自己。她没有说话。莎拉盯着她，活动板房里的打印机发出的声音显得格外刺耳，又一封信被吐到布满灰尘的地面上。

"希蕾夫人？"

··· ✦ ···

希蕾夫人涂满干粉的脸上此时汗如雨下，汗珠在光线本来就很刺眼的板房里闪闪发光。

"她年纪太大了，不适合做这份工作了。这我已经跟警方说过。"

希蕾夫人跪在地板上，手上往信封里装信的动作也停了下来——难道因为她没办法一边说谎一边工作了？

"在我看来，她还是称职的。"莎拉说。

"我们学校有一项政策，教职员工到了六十岁，就可以享受全部待遇退休。"

"可是你等了七年才实施它。"

"我这是出于好意。但学校不是慈善机构。"

"不，它应该是商业机构，对吗？"

萨莉·希蕾没有答话。

"录用安妮特·詹克斯以后，工作有所改进吗？"莎拉故意淡化了讽刺的语气。

"我跟校董们雇用安妮特·詹克斯，是一个失误的决策。"

"校董决定人事录用？"

"是的，他们也坐镇面试小组。"

"我注意到，你们的防火措施是非常严密的。"莎拉再次突兀地转换了话题。这也许是故意的，就是为了让他人更加猝不及防，更多地泄露她想得到的信息。

"正像我跟你的同事说过的，确保孩子的安全是我的首要任务。"

"那你落实了法律的所有规定？"

"落实得比法律规定的更多。"

她用手抹了下汗津津的脸。"可是，教学楼太陈旧了，很难阻止火势的蔓延。我们都是受了损失之后，才吸取了这个教训。谁能想到会有人搞破坏呢？尤其是，当那人在学校最危险的地方点火，而且旁边又没有人来阻止他的情况下。我们怎么可能提前预防呢？"

"这些所谓'落实得比法律规定的更多'的举措，"莎拉似乎不为所动，"是从什么时候开始的？"

"五月底，也就是学期快要过半的时候，我们召开过一次校董会议。会议议程的一项重要内容，就是考察和完善学校的消防措施。在这一点上，大家达成了共识，并由我亲自负责贯彻实施。"

"这次会议是在颁奖典礼之后？"

"是的，不过跟它没什么关系。跟其他学校一样，我们也会定期改进完善学校的消防体系。"

"可仅仅六个星期后，就发生了这场灾难性的火灾。看上去这似乎早在你们的意料之中，不是吗？"

"我们为它做过准备。我们必须为各种灾难情形做应对的准备。除此以外，我们的预案还包括：当伦敦遭到恐怖袭击或者化学武器攻击时，该如何保护学生；当一位女士持枪突破安全防线闯入学校时，该如何应对。我们对这些都做过预案，我们不得不这么做。可是，老天爷，这并不代表我们认为这一切真的会发生。"

"有一件事让我感到有些意外，"莎拉似乎依然没有被希蕾的演讲打动，继续说道，"你们确保所有的防火措施都准备到位——正确的标识，灭火器齐备，走廊里不会出现易燃易爆物品，等等。你确保这些措施都万无一失了吗？

"是的。"

"那为什么你们会允许学生把火柴带到学校呢？"

希蕾夫人一下子被问住了。接着，她站起身来，努力想拍掉衣服上的尘土，可她的手上全是汗，反倒在精致的条纹衬衣上留下灰色的泥痕。

"只是在过生日的时候。而且，为了安全起见，火柴会直接交给班主任来保管。"

"他们会把它放在壁橱里？"

"是的。当然，开运动会的时候，老师应该事先处理好……"她沉着脸，瞪着自己衬衣上的污痕。

"很不幸，人总是会犯错的。老师应提前采取措施，确保火柴存放在安全的地方。"

我怀疑美登小姐早就把这个责任抛到九霄云外了。

"我估计，教学楼应该上了保险吧？"莎拉问道。

"当然。"

"而保险公司在理赔之前，肯定想知道，所有消防措施是否都达标了，对吗？"

"我已经把火柴的事情跟保险公司说了，所幸的是，他们并没有因此判定我们理赔要求无效。这是一位教员的判断失误，是人为的失误。但我们的消防体系是没有问题的。而且，你似乎现在要告诉我，火并不是亚当·科维放的。那这样，火柴的问题就更加无关紧要了。"

"你刚才说，上一次校董会议上，通过了更加严格的消防条例？"

"是的。"

"董事们在学校有经济利益吗？"

"是的，所有权在他们那里。"

"不需要经过选举？"

"是的。这跟公立学校，还有慈善机构，是完全不同的另一套体系。"

"你拥有股份吗？"

"我从担任校长起，就拥有股份了，算是启动新学校的一种奖励。不过，我持有的比例相对较小，只有百分之五。"

"从商业价值看，估算起来也有好几百万了，这可不是个小数目。"

"你在暗示什么？我的天，都有人受伤了，伤得那么重。"

"不过，即便如此，你一定也会感到欣慰，因为保险公司不会由于消防措施不到位而拒绝理赔。"

"是的，我是欣慰，不过，只是因为我可以让这所优秀的学校继续办下去。这所学校用最高的标准来培养和教育学生，在提高他们学业成就的同时，不断灌输实现自我价值的理念。"

她的话语里充满了激情。这让我想起，当年珍妮入学的时候，她的确是一位充满热忱的教育家。

她用手指着眼前的活动板房说道："这显然是一个权宜之计，不过，趁着暑假，我会去寻找合适的办学场地，为九月八号新学年的开始做好准备。被烧毁的只是一栋大楼，并不是学校本身。真正造就这所学校的，是我们的老师、学生和办学宗旨，我们只不过要换一个地方，并会尽最大努力把失去的弥补回来。我们一定能办到的。"

"能把学校董事会成员的名字告诉我吗？"

看得出，萨莉·希蕾脸上的怀疑更重了。"我已经把名单交给警方了。"

她的口供里面没有。也许是通过电话提供的，然后某人把这一部分打印出来。莎拉此刻如履薄冰，但她故意装作没意识到这一点。

"当然，我会跟我的同事确认的。"莎拉说道。

"而且，关于股东和董事的问题，他们也都问过我了。"

"是的，"莎拉边说，边走到门口。"谢谢你的合作。"

她离开了活动板房。

萨莉·希蕾望着她慢慢走远，她身下的冰终于破了。

操场边缘，希蕾夫人的黑色越野车停在莎拉的Polo旁边，闪闪发光，如同一只喷了发胶的巨型蟑螂。多年以前，在珍妮入学的时候，这个女人可是每天骑着自行车来西德里小学的。"为了孩子，我们怎么能破坏地球环境呢？"她骑车的时候总是这么说，裤子上还别着裤夹，谨防被自行车夹到。

那时，学校只有六十名学生，更像是一个托儿所。九年过去了，亚当入学的时候，我并不希望看到多大的变化。可珍妮已经看出，学校已经沦落为一个商业机构。你每年都会抱怨节节攀升的学费，并发誓要把孩子送进一所非私立的中学，学校必须有一个听取家长意见的独立董事会。在西德里小学，我们连董事会成员的名字都不知道。即便知道，作为投资者，他们也不大可能站在家长一边，而只会为他们自己的利益投票。

当我看着这辆丑陋、嚣张的越野车，我知道，自己脑子里对学校的概念，就像那个别着自行车夹的萨莉·希蕾一样，已经落伍了。那所教书育人的学校，被僵硬死板的等级制度所固化，只注重表面的统一，而忽视了学生本身，而学生，也不过是这所商业机构活的招股说明书而已。

我把思绪从那辆锃亮的越野车和它象征的内容中抽离出来。操场边上的杜鹃花被高温炙烤得枯萎起来，曾经鲜活的花瓣变成褐色落到地面上。

我知道，那天下午的事情已经变成一个记忆之球，里面的我，依然抱着亚当，他身上别着的"我八岁！"的徽章深深嵌进我的肉里；我还在四处寻找着珍妮，还在想着她很快就要出来跟我们在一起。天空依然湛蓝如洗，杜鹃花依然如宝石般明艳。

莎拉开着车离开操场和学校。她很沉默，似乎在思考刚才跟萨莉·希蕾的对话。而珍妮的那番话再度让我陷入沉思。她明确地要求我把她当作一个大人。可我怎么可能做到呢？她没把油漆事件告诉我们，难道就只是为了晚上能够继续出门？她还太年轻，还意识不到我们不是要"抵制"她，而是要保护她。不全面地看，就没办法理解。还有那个伊沃，她希望我把他也当作一个大人。可在她受到红油漆攻击的时候，他既没有告诉我们，也没有说服她去报警。那我怎么能把他视为一个真正的男人呢？他难道不是一个不成熟、不负责任的男孩吗？我的每个观点似乎都与你对立。

而且，不仅仅是在红油漆事件上，还有她宁可去参加派对也不写历史论文，宁可跟朋友耗在一起也不肯复习准备考试。她总是过于活在当下，不考虑未来，这是孩子的快乐，是的，因为他们本来就没有长大。

而你却不同意我的观点，我知道。你站在珍妮那一边，而我总是站在亚当那一边，我们的家庭沿着那个熟悉的断层分裂开来。

"你知道，什么才能真正阻止世界出现战争吗？"亚当问道。那时，他刚刚读完《给豌豆一个机会》①，他不相信全世界的孩子们抵制消费蔬菜，就能够阻止地球上的战争。

"什么？"我一边削马铃薯一边问道，庆幸它们现在就要被吃掉。

"来自太空的外星人入侵，地球上的所有人都要团结起来。"

"很对。"我说。

"但太极端了。"你走进来说道。

"这叫有想象力。"我纠正说。

我经常纠正你对亚当的评价吗？

---

① 译者注：《给豌豆一个机会》（Give Peas A Chance）是澳大利亚重量级青少年小说作家莫里斯·葛莱兹曼（Morris Gleitzman）的一部小说，书名借用了约翰·列侬的著名歌曲《给和平一个机会》（Give Peace A Chance）的句式。

"要像陆龟那样。"你对他说。

亚当对你会心一笑，然后看着我莫名其妙的表情。

"罗马士兵把陆龟的壳举在头上，当作盾牌，让整个部队外面有了一圈保护壳，"他说，"这样，就没有人会受伤了。"

"'乌龟'在拉丁文里叫作'陆龟'。"你得意地看着愠怒的我说道，因为你的博学超过了我。

我对陆龟和外星人的想象戛然而止，因为莎拉把车停在了汉默史密斯一条繁忙的快速路边，两个车轮骑上了低矮的人行道沿。

我跟着她朝着一幢联排房屋走去，墙上的红砖已经被尾气熏成黑色。莎拉摁下门铃。过了一会儿，伊丽莎白·费舍并没有开门，而是通过对讲机答话说："如果你是教会或者能源公司派来的，我早就退出这两个部门了。"

我都忘了，她居然可以一边幽默，一边又那么严肃。不过，让我更触动的，是她的紧张，甚至可以说是恐惧，以至于连门都不敢开。她独自居住在一个简陋的社区。西德里小学教职工和家长经济地位的悬殊，又一次让我感到触目惊心。

"是莎拉·科维。格蕾丝的大姑子。我能进来吗？"

"等一下。"

里面传来她拔下门闩，摘下门上的链锁的声音。

她打开门，身上穿着熨烫整齐的衬衫和时尚的长裤，跟她在西德里小学日常的打扮一样。她的身板挺得笔直。不过，长裤膝盖的地方被磨得闪闪发光。

"发生什么事了吗？"她忧虑地问道。

"没什么变化，"莎拉答道，"我可以问你几个问题吗？"

"当然。不过，我之前也说过，我不见得能帮上什么忙。"

她把莎拉引进她狭小的客厅。外面车来车往的巨大噪音，让墙壁也随之颤动。

"你能跟我说说，你在学校的职责是什么吗？"

费舍夫人看起来有些吃惊，不过还是点了点头。

"当然。我做的就是那些基本的秘书工作，像接电话啦，打印文稿啦。我也负责传达室的工作。送孩子来上学的家长，第一个就会接洽到我。我还负责分发宣传册，安排开放日家长的访问，并为所有的新生准备材料。我同时也是学校的护士，事实上，这是我最喜欢的工作，虽然只是敷冰袋和注射肾上腺素这样简单的工作。我会把生病或者受伤的孩子安顿在我的沙发上，给他们盖上一条毯子，等着他的母亲或者保姆来接他。我们只有过一次重伤的意外，就是我跟你说过的那次。"

她承担的职责比安妮特·詹克斯多多了，而且她还干得很好。为什么希蕾夫人还要把她赶走呢？

如果她还在那里，还是学校的护士，一切都将是另一种结果。

"那校门呢？"莎拉问。

"是的，我还负责开门。校门前有一个通话传呼器，我一般会先让访客报上自己的名字，然后再让他们进来。"

"你有屏幕监视器吗？"

"老天爷，这哪有。我只需要跟他们说句话，这就足够了。过上一段时间，你就会熟悉他们的声音，就像熟悉面孔一样。不过，事实上，这个安全系统是很靠不住的。一半的学生，和大多数家长，都知道校门的密码。当然，他们并不是故意要偷开的。"

"你是否保存了一份自己的职务说明？"莎拉问道。

"是的，它就在我的合同里。"

她打开一个抽屉，从里面翻出一份文件，这份文件显然被翻过很多次，外面套着一个塑料封套。

"关于退休年龄的那部分在第四页。"伊丽莎白把它递给莎拉的时候说道。

"谢谢。你有学校的挂历吗？"

伊丽莎白坐了下来，那把椅子显然是她的专座。她指了下对面的墙壁，那面她看得最清楚的墙壁，西德里小学的挂历就挂在那里。

"圣诞节前，每位员工都得了一本挂历。我经常翻看它……"

看得出，她是多么想念那些孩子。她总是把他们放在第一位，无论他们是来她那里处理磨破的膝盖，还是来给她看他们画的画、写的作业，或穿的珠串，她都会先招呼孩子，让大人等着。

"你知道校门的密码吗？"莎拉问道。

"我在那里的时候是7-7-2-3。现在他们应该换了。"

可事实是并没有换。我记得萨莉·希蕾告诉莎拉的也是这个密码。

我渐渐发现，莎拉有可能把伊丽莎白·费舍也当作了嫌疑人。可怎么会是她干的呢？这种想法太荒谬了。这些一定只是标准化的问题。因为伊丽莎白可能知道校门的密码，也拥有一份学校的挂历，知道亚当生日那天开运动会，同时，她对于自己被打发离校，也感到不公。可是，不管怎样，伊丽莎白·费舍不可能是那个在学校放火的人。

这一次，疼痛在我离开医院一小时以后才发作，而我已经走在回医院的路上，小路上的砾石硌着我的脚。我看见珍妮正从里面望着我，太晚了，我那张因为疼痛而扭曲的脸一定被她看到了。

"妈？"

"我没事，真的。"

我的确没事，因为就在我跨进医院的一刹那，白色的墙壁又一次抚平了我受伤的皮肤，而冰凉闪亮的地板也让脚底的伤痛荡然无存。

"对不起，"她说，"我不应该逼着你去。把你弄疼了，对吗？"

"不算疼。"

"你是个可怕的骗子。"

"好吧，有点疼。仅此而已。现在已经不疼了。"

"这就是你试图自杀的方法吗？"

"什么？你可把我弄蒙了。"

"如果你经历疼痛的时间够长的话……"

我打断了她。"不，真的不会。你那次跟着G奶奶和亚当走到外面的时候，身体一点变化都没有，对吗？"

她点头表示同意。

"不管怎样，我们植物人是很皮实的。"

"妈妈！"她吓了一跳，但很快笑了出来。

我们跟上莎拉，她正朝重症监护科走去。

"那你要把发生的事情告诉我了吧？"珍妮问道，"不，不要告诉我你已经发现希蕾跟塞拉斯有一腿了？"她看着我的表情。"这是个玩笑。"

可这有那么荒唐可笑吗？希蕾夫人只有四十多岁，她跟塞拉斯·海曼年龄的差距，和莎拉与她的情人同事也差不了多少。不过，珍妮是对的。这是一个荒谬的想法。解雇塞拉斯的是希蕾夫人，毁掉他的事业前程的也是希蕾夫人。就算没有这份过节，希蕾夫人也绝不会屈尊跟一个大学毕业生发生不轨的。

是的，对于莎拉的情事，我曾有过这样的想法。

我把刚才莎拉跟希蕾夫人谈话的经过，跟珍妮简单描述了一下。听我说——听我说，"我们的会面"，仿佛我是一个积极的参与者，而不是一个偷听者。不过，虽然听起来有点诡异，但我的确感觉自己有些像莎拉身边一个沉默的搭档。

"我感觉最奇怪的是，"我说，"颁奖典礼那天晚上，唐纳德给希蕾夫人打过电话，否定了梅茜先前的要求。他为什么要这样维护塞拉斯·海曼呢？"

"或许因为他是知情的，妈妈，就像你一样，他完全不觉得塞拉斯有什么威胁。这一点跟你也一样。直到发生了这件事情，才开始想到去怀疑他。"

我发现，她对于塞拉斯·海曼的认可太过天真，这个男人只比她大十岁，这也是我仍然不把她看作成年人的原因。

"说不定，希蕾夫人不仅不担心会发生火灾，"珍妮继续说，"而且还亲手制造了火灾，她只要确保消防措施全部到位，保险公司就得支付赔付金。火灾发生的当晚，她就在电视上大谈特谈她的防火措施。从那时起，她就希望所有人都知道。"

我回想起那晚希蕾夫人粉色的条纹衬衣和做作的声音："我能像你们保证，我们的每项消防措施都是到位的。"

　　"她很清楚，那些所谓的消防措施一点作用都没有，"珍妮继续说道，"因为这栋楼太老，而火势又蔓延得那么猛。"

　　她之前一定已经思考过这些，所以现在能够和盘托出。

　　"可希蕾夫人当时在运动场上，"我说，"她要是离开的话，别人一定会注意到的。"

　　"她是学校这个小小王国的独裁者，几乎所有老师签的都是短期合同，是否续签的决定权握在她手里。如果他们被她逐出学校，他们还得仰仗她的推荐信去寻找新的工作。她可以勒索某个人来帮她实施。"

　　珍妮很希望事件是按照这样的脚本发生的，这样，她可怕的烧伤便不是由于人为的报复，而是出于一次事故。从一开始，她就推测，并且希望，这次事故跟作为商业体的学校密切相关，这是一次骗取保险金的行动。

　　"她特意挑选运动会这天，"珍妮接着说道，"是因为事实上根本不会有任何教职员工能够去灭火。我的意思是，安妮特基本没什么用处，而我也好不了多少，而唯一可能有用的蒂利，又被学前班的孩子们拴住了手脚，根本没有精力去阻止火势蔓延。"

　　运动会是一个刻意选定的日子，这一点我赞同。这也意味着，事先基本上没有人看到纵火者打开窗户和泼洒松节油的举动。

　　"可这样做对她有什么好处呢？"我轻声问道。

　　"她是一个股东，对吧？这样，她就能够拿到属于她的那份保险金了。"

　　"可她为什么要把这份好端端的生意烧个精光呢？她已经开始为学校寻找新的场所了。她只能用保险金来重修学校，看不出有任何经济上的好处哇。"

　　虽然我还是不能把珍妮视为一个成人，但我已经开始尝试着跟她开诚布公地讨论问题。

我们又把话题转到伊丽莎白·费舍身上，珍妮一直很喜欢她。跟我一样，她也相信，伊丽莎白跟这件事情一点关系也没有。

我们还是没有触及一个话题，那就是，珍妮只剩下不到三个星期的生命了。我对你乐观的信守，并没有强大到能够去用话语，去直面那个嘀嗒作响的生命之钟，那辆加速驶来的汽车。而且，我猜测，珍妮也在有意地回避这个话题。对于我们来说，似乎只要面对，甚至是偷窥一下这个问题，就会立刻被石化，就会被恐惧扼住咽喉，说不出话来。然而，事实就摆在那里，如同一只庞大的怪兽。我们正在跟一位蛇发女妖①玩着婆婆步的游戏②。

我们来到重症监护科，一见到莎拉，你立即飞奔过来。用"飞奔"这个词，一点也不夸张，我看得出你动作中的焦急，一定是有什么重大的消息要告诉她。一定是找到了心脏配型吧！那个怪兽立刻瓦解成碎片。

紧接着，我就看见你的脸了。

· · · ✦ · · ·

"迈克？"莎拉问道。

"他在那里。隔着玻璃盯着她。我看见他隔着玻璃盯着她。"

"谁？"

"我不知道。他戴着顶帽子，中间又挡着辆担架车，我看不到他的脸。"

"那你怎么知道他是危险人物？"

---

① 译者注：原文为gorgon，是古希腊神话中的三位蛇发女妖之一，传说看见其相貌者都会变成石头。

② 译者注：婆婆步游戏（grandmother's footsteps），西方国家小孩常玩的一种游戏，一个小孩背对着大家，其他小孩悄悄上前触摸他的背部，而这个小孩不停地转过身，猜测碰自己背的人是谁。

"他一动不动。"

莎拉望着你，等着听下文。

"完全一动不动，"你说，"没有人能够完全一动不动。人多少是要动的。没有人能那样定定地站着，盯着看。他在等我离开她，等着她单独一人的时候。"

我想起了操场边缘的那个人影，当时，自己也是因为他一动不动，才注意到他的。

"他想要杀她。"你说。

"你还看见别的人了吗？"莎拉问道。

"他发现被我看到，就赶紧转身，我只看见他的外套。就这样。一件带帽子的蓝色外套。"

"就这样？"珍妮说，"一个穿着外套一动不动的人？"

我看得出，她有些害怕。

"我去花园待会儿。"

"好的。"

她离开了，故意不去面对这些。

"可能是海曼，"你对莎拉说，"搞不好是珍妮在学校发现了他什么见不得人的事。"

你以前也这样说过，仿佛不断重复就能增加你推测的可靠性。

"也可能，那个邮件恐吓者比我们想象的更加危险。"莎拉说道。我又一次企盼上帝能够让我把红油漆的事情告诉她。

"等医生停止给珍妮注射大剂量镇静剂的时候，她就可以把看见的事情告诉我们了。"你说。可是，莎拉和我都没有你那么有信心。莎拉怀疑是因为她不确定珍妮的情况能够好转到不需要用镇静剂的地步，而我则是因为我知道，珍妮只记得自己两点半时在跟伊沃发短信，其后的事情她一点也回忆不起来了。

"我要给局里打个电话。"莎拉说。她走出重症监护室，去打电话。

我抱住你，把脸紧紧贴在你的衬衣上，感受着你的心跳。

此时此刻，我感觉自己离你那样近，亲爱的。

只有我俩相信那个蓝衣人真的存在。莎拉是因为对你的信任才勉强接受，但你和我都很清楚，他的确存在。我俩紧密地团结在一起，去抵御女儿受到的威胁。我们是跟外星人作战的地球人，是这个家的龟壳盾牌。

虽然你并没有督促珍妮去做作业或者去复习，也没有要求她必须考过，但当她收到恐吓信的时候，当一个疯子想要杀她的时候，你果断地站了出来，握紧拳头，倾尽全力地守护她。而且，当医生说她如果不接受移植，就只能活三个星期的时候，你坚定地告诉医生，她一定会接受移植，说你不会让她死去的。我希望上帝也能让我相信这一切。

这时，一辆担架车从我们身旁一闪而过，上面躺着一个插着氧气管的年轻人，他已经失去了意识，一动不动。他看起来还不到二十岁，他的母亲跟在后面。我俩不约而同地把目光投向了他。

莎拉回到我们身旁。

"你能跟珍妮待一会儿吗？"你问道，"直到警察赶到。我得去陪陪亚当，就一小会儿，而且……"

她把一只手搭在你肩上。

"警察局没有人会来。我很抱歉。"

跟珍妮一样，警察局对那个一动不动的蓝衣人似乎兴趣不大，也不打算因为我们恐慌就去追踪他。对于你各种疑虑的理解信任，在莎拉这里就结束了。

"我得去见见塞拉斯·海曼，看看他今天上午去了哪里，"她说，"我还要去找《里奇蒙德邮报》方面谈谈，搞清楚到底是谁把火灾的消息透露给他们的。"

"可是，我得先去看看亚当，而……"

莎拉打断了你。"如果真的有人企图杀害珍妮，我们必须尽快查清他是谁。这对亚当也有好处。因为我可不希望他背着罪名再度过一天。"

你点点头，也许是想起了莎拉跟你提过的警方的统计数据：随着时间的流逝，破案的概率会呈几何级数递减——如果不及时进行挨家挨户的调查，破案的积极性就会渐渐冷却，证人陆续消失，线索无迹可查。

你只好回到她的病床边。可我知道，你再一次感受到了分身乏术的苦楚。

我在花园找到珍妮。太阳就在头顶正上方，万物的影子纷纷变小，花园里一点阴凉的地方都没有。

珍妮坐在椅子上，双手环抱着膝盖。

"我要跟莎拉姑姑出去了。"我说。

她扭过头来看着我。"你还记得上一次见到亚当是什么时候吗？"

我点点头，却不敢去拾起那段痛苦的回忆。母亲已经告诉亚当，我不会再醒过来了，我试图去安慰他，可他却听不到。

"就在刚才，"珍妮接着说道，"你问我，有没有一种气味儿，能让我听到学校火灾报警器的声音。你知道我当时在疯狂地耳鸣吗？"

"唐纳德刚刚去过罗伊娜的病房，"我说，"我想那大概是他的剃须水或者香烟的味道。"

"像一台感官的远程传输器？"她抓住了这个想法，"传送我吧，斯科提！"[①]

这是你和亚当的口头禅。我笑着对她说："差不多就是这样。"

"你觉得，真的有一种气味儿，能让我回忆起更多关于火灾的事吗？"

我想起了这个花园里的昙花、夹杂着青草气息的空气，还有今天的操场，似乎每一次都能让我回忆起什么。那种时候，我会一下被拉回到过去，身临其境。她那个感官远程传输器的比喻也不失为贴切。

"有可能会。"我说。

---

① 译者注：这是美国电影《星际迷航》（Star Trek）中的一句经典台词，担任"进取"号宇宙飞船系统工程师的斯科提（Scotty）在操作远距离传输系统时，发明了这一句口头禅。

然而，回到火灾现场，哪怕只有几分钟，也是件可怕的事。

"我先需要回忆的是火灾发生前的事，"她似乎看出了我的顾虑，对我解释道，"就是那人点火时的事情。"

"我不确定你真能把回忆控制得那么精确。"

"我必须做点事情来帮助亚当。"

我又想起亚当被母亲带走时那张无辜的小脸，以及脸上因为悲伤而出现的乌青的眼袋，整个人变得呆了一般。

"你跟莎拉姑姑去吧，我留在医院里继续寻找线索。"她说道。

我点点头，因为我并不担心她回忆起跟火灾相关的事情，医院里的一切距离火灾并不遥远，甚至距离学校也并不遥远。

"你确定到外面不会伤到你吗？"她问道。

"完全不会。"我从背后竖起了手指。

这一次，我不认为她是要故意把我赶走。不过，我感觉，她想留在医院，一定还有别的原因。

"这个季节的航班非常紧俏，"我说，"估计他得等一段时间才能搭到过路的航班。"

她扭过头去，似乎是被我猜中了心思，感到有些害羞。

"是呀。"

我跟着莎拉离开医院。

在路上，我忽然想起了在重症监护科看到的那个年轻人。不知道他会不会死，还是已经脑死亡，在靠医学手段维持生命。不知道他的心脏能否作为珍妮的配型。但愿能配上。可紧接着，我仿佛看见他的母亲，看见她痛不欲生的样子，顿时感觉十分羞愧。因为自己为了给珍妮找到合适的配型，居然在盼望他死去。这种内心的愿望太丑恶了，跟过去那个我简直判若两人。

我想你一定也有同样的感觉。

把人们团结起来未必总是好事，对吗？

莎拉把车停在塞拉斯·海曼家外边。疼痛仍然没有来袭。我的耐力越来越强了。

开门的是娜塔莉亚，她看上去有些燥热，满脸通红，怒气冲冲的样子。

"你是？"

她仿佛周身笼罩着仇恨的烟雾，说话总是带着敌意。

"调查警司迈克布莱德，"莎拉冷冷地说道，"我能进来吗？"

"难道我能有别的选择吗？"她愤愤地说道，可看得出，她的脸上浮起一丝恐惧。

莎拉没有理会她，只是跟着她进了套房。

"你丈夫在家吗？"

"不在。"

她说完便不再开口。

里面闷热不堪。估计这栋套房是冬冷夏热，墙壁冬天会散发潮气，夏天又把热气关在屋里。

一个刚会走路的小孩，浑身脏兮兮的，被热得哭喊个不停，尿不湿坠下来老长。娜塔莉亚没有管他，而是径直走进了浴室。莎拉跟了上去。

"你知道他在什么地方吗？"莎拉问道。

"在建筑工地。一大早就去了。"

上次她说他在建筑工地的时候，他却出现在医院。

两个小男孩在里面边洗澡边打架，其中一个把漂满污垢的洗澡水泼溅到澡盆外面，弄得地砖残缺的地面上满是脏水。两个孩子的脸蛋和脖子都被太阳晒得又红又黑。

"你知道他是在哪一个建筑工地吗？"莎拉问道。

"可能跟昨天一样吧。帕丁顿那边一个大的开发区。不过他不知道他们还会不会用他。给我从澡盆里滚出去！杰森，就现在！"

建筑工地是一个绝佳的借口。

"现在洗澡，未免太早了吧？"莎拉说道，我想她本来是想套点近乎，没想到换来的却是抱怨。

娜塔莉亚瞪着她。"再晚我就要累死了。"

最小的那个还在哭闹，叫声更加绝望。他的尿不湿已经被尿满，几乎垂到了膝盖上。娜塔莉亚瞥见莎拉在盯着她看。

"你知道这要多少钱吗？那些尿不湿？你知道吗？"

一时间，我看见了她眼中的莎拉。以前，我也觉得莎拉这人有些主观。

"你知道他什么时候回家吗？"莎拉问道。

"没概念。他昨晚十点多才回的家。天都黑了还在干活儿。"

娜塔莉亚抓起一个孩子，把他裹在一条毛巾里，孩子挣扎着要跑出去。红色的晒伤瘢变成紫色的淤纹。

不知道她充满异域风情的美为何消退得如此迅速。带着三个不到四岁的男孩，挤在如此逼仄的公寓，都没有耐心再把它扩建一下。

"星期三下午，你说塞拉斯是跟你在一起的？"

"是的。我们去奇斯维克公园野餐了。十一点多从家出发，大约五点回来的。"

"野餐的时间不短哪！"

"难道不能在那儿待会儿吗？公园是免费的，虽然防晒霜不免费，但你也不可能老擦呀？塞拉斯一直在跟孩子们玩。让他们在他背上骑大马什么的，没完没了地玩，我在一边都要烦死了。"

"塞拉斯认识唐纳德·怀特吗？"

她想弄清颁奖典礼当晚唐纳德为什么要给希蕾夫人打电话，否定梅茜提出的限制令的要求。唐纳德为什么要维护他呢？

"谁？"娜塔莉亚问道，脸上的迷惑不像假的，当然，也可能她是个出色的演员。

"我可以在客厅等塞拉斯回来吗？"

"随便。"

莎拉于是走开。

我又回头看了眼浴室，潮湿的蒸汽里充斥着紧张的因子。连洗澡的时间都被改来表明敌意，真是可悲。

我回忆起，珍妮三岁那年，洗完澡，藏在一条大浴巾下面。

"魔石呀，魔石。"我不得不配合地说道。

"是的！"浴巾下面说道。

"你能把一个叫珍妮的三岁金发小姑娘还给我吗？求求你了！"

毛巾被扔掉。"在这儿！"

我一把抱住她温热的、依旧湿乎乎的小身子，紧紧地搂住她。

神奇。

莎拉穿过敞开的门厅，来到厨房门口，走了进去。她注意到，墙壁上挂着学校的挂历：七月十一号——亚当的生日，也是开运动会的日子——被圈上了红圈，像一个咒语。

她走到客厅，悄悄地翻了翻桌子上胡乱堆着的一摞报纸和海报。我不知道这算不算犯法，如果被发现，会有什么后果，但莎拉继续翻着，动作迅速，有条不紊，我刚刚发觉，她原来有着一种毫不张扬的勇气。

在最底下的一个信封里，她发现了一些生日蜡烛，淡蓝色，一共有八根。这时，娜塔莉亚悄无声息地走进房间，来到莎拉身后。像她猫科动物的双眼一样，她的动作也有着猫科动物特有的敏捷。我用尽全力大声喊"她来了"，可莎拉听不见。

"塞拉斯说这是他昨天早上在地毯上发现的。"娜塔莉亚说道，莎拉惊了一下。

"很奇怪，对吗？为什么有人要给我们寄生日蜡烛呢？"

我想起珍妮提到纵火者和她的手机时说的，"也许他需要某种战利品吧。"难道这些都是塞拉斯·海曼干的？然后再假装是别人寄给他的？

两个刚才在玩水的男孩跑进房间，其中一个尖叫着，另一个在打他。他们的吵闹并没有填补两个大人之间的沉默。莎拉朝前面走去。

"那你不打算等塞拉斯回来了？"娜塔莉亚问道。

"不等了。"

这么说，我们也不打算弄清他今天下午在哪里了。

我猜，莎拉是不是因为什么事而动摇了。也许，刚才闯入民宅，翻找他们的东西，已经让她打破了不少法律，她不想再继续了。也许，是因为那些蜡烛。

娜塔莉亚冲孩子大喊，要他们闭嘴。接着，她跑过来挡在门口，她满脸是汗，气势汹汹，毫无姿色可言。

"我以前不是这样的。"她说，似乎透过莎拉的眼睛看清了自己的样子。

是呀，我在心里附和着，没多久以前，你还是那么美，那么有异域风情，那么沉着镇定，那时，塞拉斯还在学校工作，你们还只有一个孩子。

"你以前不是这样的？"莎拉问道，语气中包含着愠怒。"珍妮以前也不是这样的，"她接着说道，"格蕾丝以前还能说话，能笑，能照看她的孩子们。想想你有多幸运吧，你的孩子都很健康，你还能当他们的妈妈。想想你有多幸运。"

娜塔莉亚仿佛是被莎拉蹦出来的话语推到了一边，不自觉地让出路来，莎拉于是走了出去。

我从没想过要羡慕娜塔莉亚·海曼。现在，我才意识到，自己完全有理由羡慕她。

我们驱车朝着里奇蒙德邮报社驶去。莎拉开车的时候，我一直望着她。

"你太过敏感了，格蕾丝，"你对我说，用了我的大名，这可不太妙。"莎拉喜欢你，要我说多少次你才能明白呢？"

"她只是忍着我而已。"

"好吧，我真搞不清你们女人之间的事。"

不，我想，这是因为，男人不会花时间在厨房里思考穿衣和吃饭这样的琐事，但恰恰是这些琐事，能把两个人的关系黏结到一起。即便是事业成功的女性，也会做些"需要我在厨房帮帮忙吗？"之类的事情。

过去这些年来，莎拉跟我这样做的次数都数不清了，但我们仍然像一架梯子上的两根木头，互不相干地各做各的。

而这么多次机会里，我们本可以成为朋友的。

"你虽然这么说，"保姆的声音又来插话，"可她愿意跟你成为朋友吗？"

我希望保姆能提供点积极的声音，说些她干了多年的认知疗法时说的话。可她还是无情地继续说道："你俩一点共同之处都没有，是不是？"

我不得不承认，抛开家庭的因素，我俩的确毫无共同之处。

珍妮一岁的时候，我曾经希望莎拉生一个孩子，这样也许我们的关系能亲密一些。或者，更确切地说，能让她显露出一两个缺点。可没想到，她作为母亲依旧无懈可击，生了一个整夜都不闹人的宝宝，去托儿所的路上都能笑出声来；在学前班就能数到十，并且能读很多书。而珍妮小的时候，每天凌晨四点总要哭闹一阵；在学前班门口总是缠着我不肯放手，把字母视为看不懂的象形文字。

而莎拉回到工作岗位的时候，居然还被升了职！依然站在事业如日中天的快车道上。我以前对你说过，我好嫉妒她，是的，有些时候还会讨厌她。现在看来，真是太糟糕了。对不起。

事实是，讨厌她比喜欢我自己要容易得多。

我烘焙松饼，为了给孩子完成买蛋糕的任务；我带孩子去旅游，为了完成他们的家庭作业；我邀请孩子的朋友来家里玩……似乎该做的我都做了。可是，对于真正重要的事，我却不知该怎么做。

"魔石呀，魔石，快给我一个靠谱的女儿，有上进心，有自信，能够通过大学入学考试，能找到一个配得上她的男朋友。给我一个八岁的儿子，玩的时候开开心心，不会被人认为是傻瓜，不会被人欺负。"

我本应该成为他们的魔石，但我失败了。

而且没有借口可以推脱。

我们来到里奇蒙德邮报社的办公楼前。

我已经有很长时间没来这里了，平时宁可用电子邮件把每月负责的版面发给报社。我们进去的时候，我尴尬地想到，莎拉会发现，我在这里，并不像她在警察局那样受人爱戴。坦白地说，我在这里受到的重视，可能还比不上前台角落里那盆失宠的丝兰花。

莎拉一定是提前打过电话，因为泰娜几乎立刻就迎了上来，粉色的脸颊泛着红光。莎拉见到她可没有那么激动。

"我之前联系的是你的同事，"莎拉直截了当地说，"杰夫·巴格肖特。"

"是的，我记得你的名字，调查警司迈克布莱德，"她说，"是你把我赶出了医院。"

我忽然想起莎拉把泰娜从你身边赶走时公事公办的语气。但泰娜只知道她是警察，并不知道她还是我们的家人。

"杰夫把这件事情交给我来处理。"

看得出，莎拉对这一安排感到很无奈。

"我们可以用这边的办公室。"泰娜边说边迈着坚定的大步往前走去，她总是很享受跟人争辩。

"上次见面时，你说你跟格蕾丝是朋友？"莎拉问道。

"我急着想进入她的病房，所以稍微渲染了点事实。干记者这行，有时不得不这么做。显然，我跟一个三十九岁的老女人，两个孩子的妈，并没有多少共同语言。"

"显然她跟你也一样。"

谢谢你，莎拉。

泰娜闪身进了杰夫的办公室，她一定是提前把他赶了出去，仿佛要在这里拍一部关于记者的电影似的——旧地毯，冷咖啡渣，违禁的烟灰缸里堆满了烟蒂。我每年只回来一到两次，如果里面没人抽烟，桌上又摆着矿泉水和消化饼干，那已是很幸运了。或许泰娜特意把这里布置了一番。

"着火那天，你是几点到达西德里小学的？"为了节约时间，莎拉直接切入正题。

"下午三点一刻，我已经跟你的人说过了。"

"真是够神速的！"

"这算什么？二次聆讯？"她为自己的犀利而得意。

"是谁告诉你的？"莎拉问道。

泰娜没有吭声。

"在一场导致两人重伤的火灾发生后，你只用了不到十五分钟就赶到现场，我需要知道，是谁告诉你的？"

"我不能泄露我的线人。"

"你的爆料绝不是来自什么深喉，而且，这里……"莎拉边说边指了下这间简陋的办公室，"也绝不是华盛顿邮报。"

她一定听到过我跟珍妮说的泰娜的笑话，并把它记住了。与我不同，她是当面对她说的。

"我们能做个交易吗？"泰娜问道。

"你说什么？"

"我可以告诉你，作为回报，你的信息也只能给我们报纸。"

莎拉沉默不语。

"你们不再认为是那个孩子干的？"泰娜问道。

"要是不说，你就别想继续调查了。"

莎拉依旧没有吭声。泰娜把它当作了一种默许，脸上露出了满意的表情。得到奶酪的猫咪，附带着又要求吃沙丁鱼。

"这么说，这一次，你们要正式开始调查塞拉斯·海曼了？"

莎拉依旧没有作答。

"如果要我在这儿跟你配合的话，你也得有回应才行。"泰娜继续说道。

"亚当·科维不需要对这场火灾负责。"莎拉说道。

"那过几分钟，我们再来讨论塞拉斯·海曼。"

"是安妮特·詹克斯，"她说，"学校的秘书，跟我们打了电话。大约是三点零一分的时候。报警器的声音很大，她不得不大喊着盖过它。"

"她为什么要给你们报社打电话？"

"我一直也在思考这个问题。几个星期以前，学校为一家慈善组织筹款的时候，我们曾做过一篇图文报道。你知道的，就是那种富裕学生慷慨捐赠的那种常规报道。西德里小学很热衷于给自己打广告，那我们也责无旁贷。她应该是因为这次报道得到了我们的电话号码。"

"她给其他报社打过电话吗？"

"我不知道，不过她还给一家电视台打过电话。记者和摄像师比我们晚到了半个钟头。"

我再次想起，当你心急火燎地赶到医院寻找珍妮时，电视新闻已经在播放着火的消息。

"她想要我们给她拍照，"泰娜继续说道，"我想，我们的摄影师戴夫，为了让她闭嘴，就给她拍了几张照片。不过，电视台那伙儿人一来，她就去缠着他们了。"

我想起梅茜在昏暗的咖啡厅里跟莎拉说的话，"……那时，烟雾已经四处弥漫，可她脸上却露出笑意，仿佛很享受这样的景象。或者说，至少脸上一点惊慌失措的表情都没有，而且嘴上还涂了口红。"

一想到有人居然从这当中找刺激，把自己搞得很high，我就感到不寒而栗。不过，事情真有这么简单吗？她成为舞台焦点的需求，会极端到自己创造舞台的地步吗？要亲自制造一则电视新闻，好让自己出现在其中？我想起了珍妮说起的那个热气球的例子："要是安妮特有孩子，她一定会把他放进去的。"

"回到塞拉斯·海曼的话题，"莎拉说，"几个月以前，你发表过一篇关于他的报道。就在操场意外发生之后。"

"没错。"

"你是怎么得到消息的？"

"报社的座机收到一条匿名的语音信息。是用那种怪异的电子声音读出来的。"

"你知道那是谁吗？"

"正像我刚才说的，它是匿名的。"

"是的。可是，你知道他是谁吗？"

泰娜脸上显得更不耐烦。

"不知道。没法追踪来源。是从收费电话打来的。不过不是安妮特·詹克斯，如果你有这么想的话，因为那时她还不在那里工作。那时还是那个老秘书，我要说上十分钟，她才让我跟校长通电话，来确认事件的经过。"

"于是你就把你的文章登在了首页。"

泰娜撩拨了下如丝般的头发，作为回答。

"你文章里引述了大量愤怒家长的话语。是你把事故告诉他们的，还是他们主动来跟你说的？"

"我真的不记得了。"

"我确信你一定记得。"

"好吧，我给几个家庭打过电话，把事件告诉他们，得到了一些回应，然后引述在报道中了。那么，警方现在打算怎么处理塞拉斯呢？"

"没怎么处理。"

泰娜瞪着莎拉，压抑着怒火。她关掉一直在偷偷录音的iPhone，不想把自己的不光彩也录进去。

"你刚才说你愿意做这个交易的。"她气急败坏地说道。她的父母在她小时候应该多让她玩玩《大富翁》游戏，并且偶尔输上那么几次。

"没有，"莎拉冷冷地说，"那都是你自己一厢情愿。"

走向车子时，我回头瞥了眼里奇蒙德邮报社的办公室，一时有些恍惚，想起自己年轻时的梦想，就在这个丑陋的灰色档案柜里，渐行渐远，渐行渐远。

跟着莎拉，看着她的才华横溢和雷厉风行，我不禁想起了自己没有兑现的那些承诺。她让我想起自己心中一度期待和向往的自己。当年，我想成为的，是艺术家，或者作家，而不是一个只能写点书评和艺术评论的小人物。可是，在整天被接送孩子上下学和超市采购弄得焦头烂额的情况下，能写出《安娜·卡列尼娜》那样的巨著，或者成为霍克尼①那样伟大的画家，简直是天方夜谭。当然，也有人那么做，觉得写出本普通的书，或者平庸的作品，也不错了，只要能创作，只要有作品就行了。

我过去一直在给自己找理由：等我有时间了，等珍妮长大了，等亚当开始上学了。可是，因为这样那样的原因，这个梦想一直没有实现，甚至后来干脆被遗忘。我不再找理由，因为已经放弃了。

在车里，莎拉腾出一只手给莫辛打了个电话。她把空调关闭，以便能听清他的声音。

"嘿，莫辛。"

"嘿，宝贝儿，你还在坚持？"

"彭妮在恐吓信的调查方面有什么进展吗？"

"没有，目前还没有。"

"在她出结果前，我只有先依据假设工作了。假定珍妮看见过纵火犯，或是跟纵火犯有联系的人，而那人现在正要杀人灭口。"

莫辛沉默不语。

"你听说那个袭击者的事了吗？"

"是的。"

此后，莫辛再没有说话。他的沉默填满整个闷热的车厢。

我看着莎拉的反应，她的肩膀微微下垂了一些，我多希望自己能告

---

① 译者注：大卫·霍克尼（David Hockney）是美籍英国画家、摄影家，同时也是一位蚀刻家、制图员和设计师。在近三十年的摄影艺术生涯中，一直坚持探索照相机多种多样的工作方式和摄影作品的多种表现形式，是当今国际画坛最具影响力的大师之一。

诉她，还有我，在她身边，支持着她。

"把火灾的消息泄露给《里奇蒙德邮报》的，是学校的秘书，安妮特·詹克斯，"莎拉说，"不过，四个月前，还有另一次泄密，是关于塞拉斯·海曼操场渎职的事。有人想把他赶出学校。"

莫辛依旧没有说话。我听见一种噪音，似乎是有人不停地摁动圆珠笔的声音。

"万一那个目击证人是对的呢，莎拉？"

"你还没有当叔叔，对吗？"

"还没，不过我妹妹正在努力呢。"

"我了解亚当，知道他是个什么样的孩子，清楚他的本质，因为他是迈克的一部分，因而也是我的一部分。他不会干这种事。"

沉默似乎让车里的温度变得更高。

"塞拉斯·海曼家里有生日蜡烛，"莎拉说道，"八根蓝色的蜡烛，跟亚当生日蛋糕上插的一模一样。他家的学校挂历上，亚当生日那天被圈了个红圈。还有他妻子，我知道她在说谎，或者至少是在隐瞒着什么，这我可以确定。"

"你去他家了？"他听起来有些慌张。

"这边其他人什么也没做，是吗？"她厉声问道，"现在，是不是每个人都认为我的小侄子是个纵火犯？"

"见鬼，莎拉，你不能就这样到别人家里去。"

她沉默不语。电话那头笔敲击的声音更响了，也可能是脚尖头发出的声音。

"我很为你担心，亲爱的，如果被人发现，那后果……"

莎拉打断了他，此时，她的声音有些疲惫。"我知道，我这样实在是自找麻烦，可情况比想象的糟糕得多。"

"怎么了？"

"他老婆在给孩子们洗澡，而我都没有注意时间。我也是当妈妈，当姑姑的人，洗澡这么平常的事，我却……"

她说不下去了。这就是让她恐惧的，当孩子们赤裸裸的时候，她还在做出一副警察公事公办的样子。

"离开的时候我才意识到，"莎拉继续说，"然后我就很恼火，自己居然处于这样的境地，接着，我就对一切的一切都感到愤怒。这个该死的女人一直在自怨自怜，自怨自怜！"

"你觉得她会去告发你吗？"

"如果她发现我未经授权就跑到她家，她会去的。这很有可能。"

"好吧，我有点意外，真的，"莫辛说，"我一直以为你会暗中抵制头儿的做法，但没想到你是在进行完全公开的反抗。"

"谢谢。那你会帮我吗？"

我们都等着莫辛的声音再次响起，但是没有。

"是你告诉我那些文件没有存放到安全的地方的。"莎拉试探道。

"我知道。太出格了。要是被贝克发现，他一定会把我的肠子打出来。"然后又是一阵摁笔的声音。

"你需要什么？"

莎拉深深松了一口气，车里的氛围有所改变。

"西德里小学股东的名单。"

"彭妮跟我说，骗保的可能立即就被排除了。"莫辛说道，"银行的资料显示，他们的赢利状况很好。"

"是的，而且他们打算在九月份重新启动学校。我也看不出有什么理由来欺诈。不过，我需要把这些都搞清楚。跟校长谈话时，她并不愿意提及股东的情况，我想知道这是为什么。"

"你也去找她了？"

莎拉没有吭声。

"我的天哪，亲爱的。"

"我还需要知道，我们在一个叫唐纳德·怀特的人身上有什么发现。我十分肯定他虐待了他的女儿，也许还有他妻子。"

"好吧，我尽力而为，"他说，"今晚我要加班，那明天早上吃早餐的时候碰头吧。医院的那个破咖啡厅还开着吗？"

我们回到医院停车场，带着黄昏余热的空气灼烧着我。

我急着朝医院大楼走去。这一次，我没看见珍妮等我。

一进医院的保护壳，疼痛立刻无影无踪。这种浑身哪里都不疼的状态，竟然一度让我产生某种轻快的感觉。

我跟着莎拉朝重症监护科走去。珍妮正靠在走廊的一面墙上。

"我试过了，你知道的，就是那个用气味儿协助回忆的办法，"她说，"可是没有用。学校的气味儿跟医院一点也不一样。至少西德里小学是这样。"

我之前还指望这能管用。西德里小学的气味儿是刚打过蜡的楼梯、刚吸过尘的地毯，以及刚修剪过的花圃的气味儿，而不是医院里刺鼻的消毒水、防腐剂和油毡地毯味儿。

莎拉走在我们前面不远的地方，正翻看着她的手机短信和邮件，到了重症监护科，手机就不允许带进去了。我们隔着她的肩膀往手机上看去。偷窥和窃听已经成了我们的第二天性。

短信当中，有一条来自伊沃。他已经搭乘上了一班路过巴巴多斯的飞机，是一趟夜间航班，明天早晨能到。我看着珍妮，以为她会兴高采烈，可没想到她紧绷着脸，上面写满了焦虑，甚至是恐惧。也许，她已经开始从本质上审视他们之间的关系。也许，现在的情况会比他真正到来时好得多。

"珍……"我刚开口，就被她打断了。

"我要进去。"她指着身后的门说道。

这是医院小教堂的门，我以前从没注意到。小教堂是医院里唯一没有消毒水和防腐剂气味儿的地方。

我们一起走了进去。我并不担心，因为这里肯定也不会有类似火场的任何气息。不管遇到任何情况，我都要和她在一起。

里面摆放着几排木质长椅，铺着地毯，虽然磨得很薄，但仍算得上是地毯。甚至还有百合花，跟希蕾夫人办公室外的小等候区摆放的那些一样，花的浓香弥漫着整个教堂。

这种气味儿立刻把我带到了西德里小学，似乎记忆之门也有一个密码锁，此时，感官的密码恰好被正确输入。看看珍妮，她似乎也有同样的感觉。

"希蕾夫人办公室的旁边，"她说，"百合花的香味儿特别浓郁，甚至还能闻到一点水的味道。这我记得。"

她顿了半晌。我静静地等着。她正在进入记忆深处，怎么能打断她呢？"我感到很高兴，正沿着楼梯往楼下去。"

我们身后，门关上了。一位年长的妇人走了进来，割断了通往过去的记忆之线。

"你正在下楼？"我问，"确定吗？"

"是的。我应该已经到了一楼的高层，因为只有希蕾夫人的办公室那里才有百合花。"

也许，安妮特·詹克斯说得没错，珍妮的确登记出去过。

珍妮再次闭上双眼，而我也再次陷入矛盾，不知该不该让她继续。可除此以外，我们又能拿什么来帮助亚当呢？

她的表情放松下来。一切正常，她又回到了那个夏日午后的学校。

她尖叫起来。

"珍妮……？"

她起身冲出教堂。

身后，那位妇人点亮一根蜡烛，烛烟不过是空气中的一抹炭迹，但足以勾起珍妮的回忆。

我赶紧追上她。

"对不起，我不应该……"

"这不怪你。"

我张开手臂搂住她，她在我怀里抖个不停。

"我没事了，妈妈。我并没有真正回到火场，只是接近了。"

我们一起走进花园。

我本以为，记忆被封存在了一个锻铁大门的后面，透过缝隙，能够窥见里面的情况，有时候，门还会打开一小会儿，让我们身临其境地回到其中。

可是，我看到的，却是一个走廊，就像医院里长长的走廊，每扇虚掩的门后面，都藏着一段不同的回忆，冷酷无情地通往火场。我想，我们根本控制不了自己能走多远，也不知道下一扇门后面藏着怎样的谎言。我害怕她真的走到尽头，就会陷入那天下午恐惧的深渊。

花园里，黑暗把万物的影子拉长，带给人一丝慰藉。

"这是个好办法，"我说，"就想那个教堂吧。那是医院里面气味儿跟学校最接近的地方，甚至还有蜡烛和火柴。"

"所以我才不敢待在那里。"她说。

她把头侧向一旁，半个脸隐藏在黑暗之中。

"我要向上帝祈求，最后一刻，能在网上找到一个天堂的座位。"

藏在袖子里、口袋里的焦虑和恐惧，一股脑地倾泻而出。我的天哪，迈克，这可是我始料未及的。

"其实，我并没有那么害怕，"她说，"我是说，这一切，不管发生什么，我已经觉得现在是在天堂了，像是已经死了，不是吗？这说明，物质世界和肉体本身并不能代表一切。"

我曾经想象着要告诉她很多事情：毒品、堕胎、艾滋病、文身、穿刺、上网安全，等等。其中一些我们曾经讨论过，我也有很多研究可以分享。可是，我从来没有研究过这种对话。甚至从来都没想象过。

我曾想，我们是多么自由，可以在家中没有上帝的环境中，把孩子培养大——无须去教堂，餐前无须感恩，临睡前无须祈祷。我甚至还偷偷地想，我们比有些每星期上教堂的朋友还要诚实，而那些人上教堂，只是为了让孩子有机会进入著名的圣斯威辛中学上学。不，等我的孩子长大了，我要让他们自己选择。同时，我们星期天早上要好好睡个懒觉，然后去逛花卉商店，而不是去教堂。

然而，我的缺乏信仰，我所谓流行的无神论，却撤走了垫在孩子生活下面的安全网。

我以前从来没有认真想过，如果头脑中没有天堂的概念，也没有慈父般的上帝可以依靠，我们将怎样面对死亡。

在过去的社会，孩子的死亡司空见惯，人们可能更需要皈依宗教，从而知道死后的孩子去了何处。而如果一个孩子即将死去，他们也能告诉她，她即将去向何方。这样，一切就有了解释，人需要相信这些解释。这也是人们之所以对教堂趋之若鹜的原因。难道，那些抗生素药品，把我们体内皈依的因子一并消灭了吗？青霉素能取代信仰吗？

我说得太多了，我的思维一直在喋喋不休地絮叨，就像梅茜极力用不停地说话来掩饰交叠的事实。我则试图盖住生命之钟的嘀嗒声和加速驶来的汽车的声音，这些都是死神的声音。

"在基督徒看来，如果没有接受洗礼，会被投入炼狱吗？"珍妮问道。

她开始面对这一切。

"你怎么会去炼狱呢？"我生气地说道，"根本就不存在炼狱这样的地方。"

上帝怎么敢把我的女儿投入炼狱？仿佛我能径直走到校长的办公室，义正词严地告诉她，把我女儿拘禁起来是很不公平的，我要立刻把她带回家去。

我还在喋喋不休。

我必须跟她在一起，一起面对。

我转过身，望着那个蛇发女妖。

死亡之钟并没有为她响起，死亡之车也没有加速向她驶来。

我看见一个女孩从生命之舟上坠落下去，却没有人能够拉住她。

她暴露在死神面前，孤苦无依。距离溺水而亡，还有不到三个星期的时间。

也许它一直都在，那个独自漂于海中的女孩的沉默，它不断扩散，我却假装听不见。

"那么，这个溺水的比喻到底是要说明什么，"保姆的声音再次响起。"你自始至终都是在说这个吧。"

　　也许，是的。

　　然而，她不会溺死的。我不会让她死的。

　　我的肯定把自己也吓了一跳。这种肯定里包含着恐惧、紧张和神经过敏。可是，我不能想象还有其他的选择。珍妮将在八月二十号之前死去，这个日期真真实实地出现在我们厨房的挂历上，从那以后，我们将再也无法真真实实地拥有她。这绝对不可接受。此时，我不再牢牢攥着你的希望，而是发自内心地相信和知道，她本来就不会死。

　　珍妮会活下来，这是我唯一的真理。

　　因为，你的孩子将会活下去，这将战胜所有的事实。

　　"你会活下来的，"我对珍妮说，"你完全不用去考虑一丁点这方面的事情。因为你肯定能活下来的。"

　　我的保护绳环绕着她。

Chapter 9

天使与魔鬼

"你曾经跟我说过，每个人身体里，都既有天使，又藏着魔鬼？"莎拉诱导式地问道，"而你的任务，是除去人们心中的魔鬼？"

星期六的早晨。收音机应当响起，我应当坐在床上，喝着你半小时前端来的咖啡。刚才你没有叫醒我，所以咖啡现在只是微微有些温热，不过，我还是很高兴。我应当闻见了楼下飘来的熏肉和烤肠的香味儿，因为你正在厨房为自己和亚当准备着魔鬼早餐。我希望你没有忘记打开厨房的窗户，这样，我们那个神经质的过于敏感的温度报警器就不会突然响起，把邻居们吵醒，也不会让亚当的天竺鼠吓得从笼子里滚出来。珍妮还在熟睡中，她没听见手机里"嘀"的一声来了短信，从八点起它就开始响了——显然是发错了号码，因为此时，她的朋友中也不会有人起床的。可是，很快，她会来到我身边，睡眼惺忪地坐在床头，抱怨你没给她送早茶。

　　"沏茶需要的时间比咖啡长，珍。"

　　"用茶叶包泡杯茶不就行了嘛。"

　　"那也得等茶泡开，把它放到台子上，然后加入牛奶。你爸爸早上只做一个动作就能搞定的饮料。"

　　她靠在枕头上，挨着我，告诉我今天早上要跟谁见面。而我的星期六，将要用来跟朋友一起为晚上的活动做准备。这一切，仿佛都发生在眨眼工夫之前。怎样才能让我每天早晨起来，都发现自己这个三十九岁的老女人，是两个孩子的妈妈呢？就在泰娜刚才的描述之前，我偶尔也会想象自己出现在某个小报的新闻里，我宁可标题是：拥有两个孩子的三十九岁妈妈大胆抢劫银行，也不愿它是一个哀婉悲恸的故事。

珍妮亲了我一下，然后去"自己动手，丰衣足食"。

桑胡医生告诉你，珍妮变得越来越虚弱了，跟他们预测的一样，情况正在慢慢恶化。

"她还能接受移植吗？"你问道。

"可以，目前的情况还可以。不过，我们不知道这种状态能保持多久。"

珍妮等在重症监护室外面，她没问有没有找到心脏。跟我一样，她现在能在十步以外读出人们脸上的表情，能理解沉默代表的意义。过去，我认为，唯一有重要意义的沉默，是出现在"我爱你"三个字后面的沉默。

"莎拉姑姑要去找贝琳达，就是那个护士。"珍妮对我说。

"好的。"

"而且，她还收到了什么人的短信，说是半小时后在咖啡厅见面。她看起来非常高兴。你觉得他会不会就是那个男人呢？"

上一次，我还在嫉妒珍妮跟莎拉的亲密，可现在，我的心理有了一百八十度的大转弯。平时，我跟珍妮从来不讨论这类事情。我之所以要说"这类事情"，因为这些语词本身就是一个雷区。例如，说"性感"，就意味着落伍，表明我根本不懂，可要说"热辣"，对我这个年纪的人又有些尴尬（一个拥有两个孩子的三十九岁的老女人）。所以，事实上，它根本就不是我们会去触及的领域，是禁区，每一代人都用自己的语言，把它隔绝起来。可不知为什么，莎拉却被允许进入珍妮的禁地。

不过，这并不意味着，我把性视为进入成年的一种必经仪式。如果真有这么一种仪式，我倒觉得，是对性的拒绝。你会嘲笑我的虚伪。主张用充满活力的"做爱"这个词，来代替表明贪欲的"性行为"这个词的，就是我。不过，我不得不停止继续钻语言的牛角尖，因为我们已经赶上了大步迈向走廊的莎拉。

穿着整洁制服的贝琳达，正在跟莎拉一起浏览梅茜的病历记录。

"去年冬天，她的手腕骨折过，"贝琳达说，"她说是在结了冰的门槛上摔的。"

"负责治疗的医生和护士没有怀疑吗？"

"没有。结冰的季节，急诊室到处都是摔断胳膊和腿的病人。然后，在今年三月初，是这个。"

我跟莎拉一起看着梅茜的病历。她无意中向医院承认自己断了两根肋骨，头也摔破了。她说，她从楼梯上摔了下来。两星期以后，就在她出院的时候，她怎么也拿不出自己的门诊挂号单来。那时候，我给她打过电话，可是只收到她的语音邮件。后来，她说，是唐纳德让她休假去按摩疗养了一段时间。后来，当我再问起疗养的情况，她显得有些尴尬，而我也感觉到不太对劲。我早就应该想到事情可能另有蹊跷。

梅茜的病历记录上再无其他内容。她从没给医生看过自己脸颊上的瘀青。火灾那天胳膊上的伤痕，也被藏在了"奋"牌衬衣的长袖子下面。

贝琳达又拿出罗伊娜的病历记录，不过，很显然她已经看过了，脸上又出现了惯有的微笑，这让人很不舒服。

"去年，她的腿有过一次严重的烧伤。她说，她不小心把熨斗掉到了腿上，而烧伤的痕迹也的确是熨斗的形状。"

我想起那晚，唐纳德点燃一根香烟，亚当害怕地闪到一边。

罗伊娜是因为腿上的伤疤，所以才在运动会上穿长裤吗？我以前还以为，她不过是穿衣服比珍妮保守罢了。

"还有别的吗？"莎拉问道。

"没有了。除非她们还去过别的医院，这也不是没有可能。医院之间的信息互通并不是很有效。"

"如果唐纳德·怀特再来探视，我希望你能告诉我，"莎拉说，"我不希望他自己溜进来。"

贝琳达点点头，眼神跟莎拉正好交汇。

"除非母女俩中有一个人报警，否则我什么也做不了。"莎拉沮丧地说道。

"你会鼓励她们报警吗？"

"等她俩都有选择的机会时再说吧。先让罗伊娜把伤养好出院再说吧。考虑到她们的处境如此危险，我不想要求她们做任何事情。如果一开始就急着做决定，她们会很容易反悔的。"

莎拉来到医院咖啡厅，跟莫辛见面。他焦糖色的面孔上多了几分疲惫，眼睛下方有了眼袋。

"是他吗？"珍妮问道。

"不，他的情人可要年轻和帅气得多。"我说道。

当我说出让自己颇为尴尬的"情人"这个词时，她眼睛都没眨一下，反而笑了起来。

"真好。"

莎拉和莫辛都低着头，两人靠得很近，宛若相识已久的密友。我们来到他们跟前。

"看起来，妈妈和女儿都受到了家庭暴力的摧残。"莎拉说道。

"我们在他身上什么也没搜到，"莫辛说，"只有一张超速行驶的罚单，还是去年的，仅此而已。"

"根据校长的口供，运动会那天本来是由罗伊娜去医务室当护士的，"莎拉说道，"他们只是临时改变了主意，把她跟星期四当护士的珍妮调换了一下。"

"你怀疑他企图伤害他自己的女儿？"莫辛问道，显然跟珍妮开始的思路一致。

"这是有可能的，"莎拉答道，"也许他认为罗伊娜那天还是护士。也许没人跟他说调班的事。你能去找找梅茜和罗伊娜在其他医院的病历记录吗？看看我们有没有遗漏什么。"

他点点头。

"西德里小学股东的事情怎么样了？"她问道。

"有两个是小股东，是两个投资了一系列类似项目的风险投资家，都是合法商人。另外一个投资人，是最大的股东，是白厅街公园路信托公司。"

"你知道这家公司归谁所有吗？"

他摇摇头。"有一宗可能是严重的家庭暴力案件，"他认真地说道，"还有一宗是恶意邮件的案子，另一宗是纵火案。这三者完全没有关系。"

"有联系，我确定这三者有联系。"

"走进任何一家机构——包括学校——你都有可能找到一宗家庭暴力的案例。而另一宗那种恐吓欺侮的案例，虽然到不了珍妮那种恐吓信的程度，但你在教室，在老师办公室，或者在网络上，也都能碰到。"

"可是珍妮遭到了袭击？"

莫辛微微转过头去。

"你还是不相信？"莎拉问道。

莫辛沉默不语，莎拉上下打量着他。

"那你是怎么想的？"

"我想，你需要让自己的思想休息一下。"

"好吧，你做得已经比任何人都多了。谢谢你。"

他们都不习惯这种尴尬。

他拉过她的手，轻轻捏了一下。

"可怜的蒂姆为你难过。"

"这样不……"莎拉迟疑一下，"不太合适。我得回迈克那里了。"

他们刚要走，清洁工就走了过来，开始用某种刺鼻的消毒剂擦桌子。

你会对一张桌子患上相思病吗？因为我特别怀念家中厨房里的那张旧木桌，一头摆着亚当的骑士人偶，另一头堆着昨天的报纸，桌旁的椅子上搭着某人的夹克或者套衫。我知道，我曾经为上面的"一团糟"而恼火不已，并要求大家"离开前把自己的东西收拾干净"，而此刻，对那种乱哄哄的生活，我却充满了渴望。我不要现在这个由伤害导致的，表面善良光滑但过于齐整的世界。

我看见珍妮闭上了眼睛，站在那里一动不动。塑料桌面上的消毒液味儿依然十分刺鼻。

"我去了学校的伙房，"她说，"他们已经全部收拾干净了。里面有些蒸汽，因为洗碗机之前一直在运转。"

这里，刚洗好的茶杯和托盘被放到咖啡机旁的架子上，也散发出一些蒸汽。

"我能感觉到那种兴奋，"珍妮继续说，"为待会儿出去而兴奋。"

我密切地注视着她，不让她沿着记忆的长廊走出太远，不让她走过最后一道门——或者任何接近终点的地方。

"我从伙房拿了两瓶水出来，"珍妮接着说道，"应该是那种带把手的大瓶子吧？我的任务是在运动会快结束的时候，把多余的水拿出去，以防他们不够用。塑料把手非常窄，把我的手硌得生疼。我拎着两瓶水跨上那些狭窄的台阶，就是伙房出口处的那些台阶，你知道的吧？"

接着，她停下来，摇了摇头。

"就这样。我走出了学校，的确是走了出去。可接下来发生了什么，我就不知道了。"

"那两瓶水在学校侧面，就在伙房出口外边的碎石路上。"我想起罗伊娜在冲进大楼前，曾经用瓶子里的水浸湿毛巾。

"可我为什么又回到楼里去了呢？"珍妮问道。

"也许是为了帮忙？"

"可学前班的孩子都好好地出来了，对吧？还有蒂利。每个人都出来了。"

我不知该说什么。

"也许，就在这时候，我把手机给丢了，"她说，"在我弯下腰把瓶子放下的时候。手机装在我红裙子最上面的小口袋里，以前也曾经掉过。"

"是呀。"

"你应该去看看莎拉姑姑在干什么，"她说，"如果可以的话，我想待在这里。这是唯一还算正常的地方。"

"你不可以再拼命回忆，知道吗？"

"妈妈……"

"我不在的时候不可以想，好吗？"

"好吧。"

我离开咖啡厅，朝重症监护科走去。

伊沃站在走廊里。只是看着他瘦长的背影和时尚的发型，我就被带入了往日鲜活的回忆当中，我想起了那时的珍妮。自从火灾以后，那个珍妮被一股脑儿地抛在了脑后——那个精力充沛、热爱生活、幽默感十足、热情活泼的少女，兴高采烈地向我走来。她恋爱以后，显得有点无助，毫无保留地把自己交给了伊沃。

他既没有到她的床边，也没有走开。我走上前去。他透过玻璃看到她，脸"唰"的一下变白了，身体哆嗦了一下。我仿佛看见一个男孩，躺在人行道上，被人一阵拳打脚踢。

我为他感到深深的惋惜。

莎拉在他旁边。

"我星期三还跟她通过话，"他说，"她的声音跟平时一样，很开心。然后，我们互相发了几个短信。最后一个是我发的，她应该是差不多三点刚过收到的，这里的时间。"

他转过身，把目光从珍妮身上移开。"您能告诉我究竟发生了什么吗？"

"她伤得很严重。昨天心脏还一度停止了跳动。要活下来，就得接受心脏移植。没有合适的配型，她只能活几个星期。"

莎拉的话对他无异于又一顿猛踢。

"我很抱歉。"莎拉说。

我以为他会问她会不会被毁容，而莎拉可能会回答"这一点还不清楚"。然而，他并没有这么问。

"这是人为的纵火，"她说，"我们不知道是不是有人故意针对珍妮。

286

这件事有可能跟恐吓信事件有关。你了解情况吗？"

"不了解。她也不知道那人是谁。"

他平静的声音中微带颤抖。

我看见你离开珍妮的病床，来到走廊。但他们还没有看见你。

"有人朝她泼过红油漆，"伊沃说道，"当时她给我打电话，说她不得不让一个朋友帮她剪掉头发，才不会让油漆的事被人发现。她当时哭了。"

莎拉抓住这个问题追问道："她看见那人是谁了吗？"

"没有。是从后面泼的。"

"看到任何特征了吗？"

"没有。"

"伊沃，这是什么时候的事？"

"大约两个月以前。"

"你知道是在哪里发生的吗？"

"在哈默史密斯商业长廊，就在普里马克商场旁边。她猜测，那人泼完以后，一定是跑进了一家店铺，或者直接从侧面的出口跑到了大街上。她还说，当时有个女人尖叫了一声，因为她把她身上的红油漆当成了血。"

我看见你全神贯注地听着他说，你脑子里已经没有空间能容下任何信息，可它还是强行挤了进去。

"我当时应该让她去报警的，"伊沃说道，"要是我……"

"我就是警察，伊沃，"莎拉说道，"不，请你看着我。她应该想到来找我的。我是她姑姑，我很爱她。可她没有。这是我的责任。不能怪你。"

"她说，要是被父母发现了，他们肯定会很难过。她不想让他们担心，她可能同样也不想让您担心。"

"是的。我想让你去警察局我同事那里做一份笔录。我会开车送你过去，然后再开车带你回来，这会很快的。"

伊沃点点头。

莎拉把珍妮的手机递给他。"你能看看吗，看看里面有没有你不认识的电话号码，或者是你觉得奇怪的短信。我已经看过了，但看不出有什么特别的。"

他接过手机，手指紧紧攥着它。

"我现在看吗？"伊沃问道，"还是等下再看？"

跟你一样，他也很想做点什么。

"现在看吧。"

莎拉看见了你。"迈克，还有红油漆……"

"我听见了。"

也许她以为你会对伊沃发脾气。但你没有。难道因为你也有两个星期没去警察局打听恐吓信的事了？看上去你的身体整个瘦了两圈，脸上也憔悴不堪。

"你干吗不去看看亚当呢？"莎拉说，"我可以在这里陪珍妮待一会儿。"

我想，莎拉已经意识到你有多么需要亚当，以及他有多么需要你。

"伊沃需要去做个笔录，"她继续说道，"我正好还有好几样材料要看，正好可以在这里看。如果有任何情况，我会立刻给你打电话的。"

伊沃走上前来，打断了你们的对话。

"我星期三下午发给她的最后一条短信被删掉了，不知道这意味着什么。"

"有可能是她删的。"莎拉猜测道。

"那是一首诗。内容不算糟糕。即便有不好的内容，她一般也不会删的。"

"珍妮的手机是在校门外面被捡到的，"莎拉说，"任何人都有可能破坏它。"

"可为什么有人要删我的短信呢？"伊沃问道。

"我不知道。"莎拉说。

"你知道它为什么会在学校外面吗？"你问道。

"不，还不知道。而且我们也没法提取上面的指纹，因为之前学前班的老师和梅茜都碰过它。"

"我应该在这里等着待会儿去警察局，还是去大厅等？"伊沃问道。

他依然没有靠近珍妮的病床。

我想，有机会离开她，或许能让他放松一点。

我在金鱼缸大厅里找到珍妮，人们从她身边鱼贯而过。处在人群当中，能让她对自己的生命有更强的把握？还是她不知道伊沃已经去了重症监护室，还在这里等着他？

"你应该早点告诉我的。我有权利知道。"

"伊沃来了，"我说，"他在重症监护室，跟爸爸和莎拉姑姑在一起。"

"我不想见他。"她说道，声音异常平静。

昨天，她还在为他即将到来而兴奋不已。说不定，她已经意识到，他们两人的关系，是建立在她的美貌的基础上。她是那么脆弱。我很庆幸，她已经懂得保护自己，懂得让自己远离拒绝和进一步的伤害。

我没有告诉她，他是隔着玻璃注视着她，并为自己的所见折磨得痛苦万分。我也没有告诉她，他从未靠近过她的病床。

"他把红油漆的事情告诉莎拉姑姑了。"我说道。

"他还说，他三点时给你发过一条短信，却被删掉了。"

"可我从来没删过他的短信呀。"

"也许是你的手机掉了以后，被别人删掉的。"

"可为什么要删呢？"

"我不知道。他待会儿要去警察局做笔录。"

"那他会路过这里？"她的声音有些恐慌。她转过身，快速走出大厅。我赶紧跟上她。

"珍，有多少人知道你的手机号码？"

"很多。"

"我指的不是朋友，我指的是，嗯，比如说，学校里的人？"

"每个人都知道。它被写在了员工办公室的公告板上，所有老师都可以把它存进自己手机。这样做是考虑到，开运动会时，任何人需要从医务室拿东西的话，都可以给我打电话。"

她脚步匆匆，生怕自己可能碰见伊沃。

可我却一度停了下来，像被某种力量拽住一般，让我很沮丧。我必须把这事告诉莎拉。

我必须告诉她，珍妮的确出了学校，但紧接着又进去了。一定有某个人或者某件事，促使她回去。有可能是一条短信吗？会不会是那个发短信的人，后来又把短信删了，仓促中，连伊沃的那条也一起删了？

···◆···

你离开医院的时候，我追上了你，迫不及待地想看见你和亚当在一起。火灾之后，你跟亚当只见过一次面。那一次，他把你从塞拉斯·海曼面前推开。可现在，你们单独在一起，情况肯定会有所不同。

停车场的阴凉没能遮住我们的车身，车内的空气沉闷潮热，座位安全带上的金属扣环有些烫手。可你既不开窗，也不开空调。

你开车的时候，我感觉我们不是一起出去跟朋友吃饭，而是共同去往一处荒芜酷热的旷野。不同于奇斯维克地区其他居民生活的安逸，我俩更像是非洲塞伦盖蒂草原上的一对狮子，为保护自己的幼崽免遭盗猎者的杀戮而勇闯险境。

几星期前，亚当对我说，你和我是他跟珍妮的直系血亲，因为我们身上流着相同的血液。这就是此刻我们本能地紧密团结在一起的原因吗？为了挽救珍妮的生命，为了证明我们的儿子是无辜的。

你将莎拉留在了珍妮的床边，还有那些非法获得的笔录，那个跟她不太协调的猫头鹰笔记本，以及伊丽莎白·费舍的合同。莎拉一定把这些材料看过不下十遍了，不知道她能从伊丽莎白的合同里读出什么有用的信息。是的，我知道，自己不是接受过训练的侦探，对于这些也没有发言权。可是，我信任莎拉。如果她认为某件事情是有价值的，那它肯定有价值。

　　快到家的时候，我忽然想起我俩第一次一起从医院回家的情景。那时，亚当刚出生四小时，我靠在后座的垫子上，目光一刻都不舍得离开他：小小的他是那么脆弱，又那么完美。九年前，我们带着珍妮回过去的小公寓时，保姆的声音曾对我说，我就这样带着一个小孩回家，完全不知道该怎么照顾她，这太可怕了，肯定会出事。我太年轻，太不成熟，又太直太笨，肯定没法带好这个孩子。那些佛罗伦萨壁画的知识，还有柯律芝和约翰逊文学批评的差异，对我照看孩子能有什么帮助呢？我感觉自己面对的，更像一个小野生动物，而自己也身处危险的境地，需要赤手空拳地抵挡外界对宝宝的侵袭。

　　然而，珍妮把我们造就成真正的父母。等亚当出世的时候，我们已经懂得很多知识：怎样在汽车后座上安放婴儿座椅，才能不让它受到气囊的挤压；怎样给奶瓶消毒，才能不让它滋生恶心的虫子；怎样不用盐也能给食物消毒，因为盐会损伤宝宝幼小的肾脏；怎样定期给宝宝预防接种，防止各种可怕疾病的发生。我把九年的精力，都用在了在塞伦盖蒂危险旷野和保健中心跟约翰·路易斯儿童医院之间的奔波上。

　　你抱着在座位里熟睡的、身上裹着毯子的宝宝，小心翼翼地走上门前的台阶。一切平安。

　　你停好车，没有立即出来。可我迫不及待地冲进了家门。

　　亚当的卧室里，母亲正在拉上窗帘，不让窗外的强光照进来。他躺在床上。移动空调机开着，发出的轻微噪音，让人昏昏欲睡。

　　"你一定累坏了吧，我的小家伙，"她对他说，"那就睡会儿午觉吧。我坐在这里陪着你。"

　　他从她那里听说，我永远也不会醒过来，跟死去没什么区别。

　　我之前曾将珍妮的死亡和亚当的悲恸比喻成溺水。此刻，我再次萌生这样的感触。

一个小男孩，独自漂流在波涛汹涌的黑色大洋中，我却抓不住他。

　　我好想来到他身边，可我知道，他根本感觉不到我的存在。此刻，我实在无法忍受这样的现实，只好无助地望着母亲。昏暗的屋子里，她坐在他身旁，轻轻握住他的手，我看见他脸上的表情放松了一些。当我还是个孩子的时候，母亲也是这样坐在我身边，陪伴着我，窗帘挡住外面的强光——是多么温暖和舒适。

　　看着这一幕，我能想象，如果自己再也醒不过来，对于他，将意味着什么。虽然只是一念，却足以从我的恐惧中敲开一扇窗户，勾起许多新的思绪。他的救生臂环，也可以通过母亲、莎拉、珍妮和你（最主要的是你）的呼吸而充满气体。而其他人的爱，也能让他继续漂浮。这时，我听见家门被关上，门厅里响起你的脚步声。我几乎听见你对着楼上喊："我回来了！"几乎看见亚当从床上跳起，冲出堆满我给他读过的故事书的房间，对你大喊一声："爸爸！"

　　你曾经感慨地对我说："多希望家里，每天都能上演《铁路少年》[①]中描述的那一刻。"

　　可后来，你就不得不更频繁地离家，每次出门的时间也更长。虽然你就在伦敦工作，可下班时间越来越晚。你跟亚当一起上演《铁路少年》感人一刻的机会也越来越少。

　　亚当坐了起来，浑身上下绷得很紧。

　　母亲来到楼下找你。离开亚当，她显得有些不放心。

　　"出什么事了吗？"她问道。

　　"一切正常。"

　　"亚当在床上，不过没睡。"

　　她并没有跟你说，她已经把我永远不会醒来的消息告诉他了。这是不小心说漏了嘴，还是故意说的呢？就是因为一个不小心，现在一切全

①　译者注：《铁路少年》（The Railway Children）是英国儿童文学女作家伊迪丝·内斯比特（Edith Nesbit）的代表作。

乱套了。没有了在亚当面前故意装出的面具，她此刻显得那样悲伤，那样脆弱。

你走上楼去，脚步沉重，踩得楼梯咔咔直响。

你敲了敲亚当的房门，他没有回应。

"亚当？"你说道。

没有回答。

"亚当，开开门，好吗？"

依然没有动静。

我看得出你的伤心。

"他恨我。"你小声说道。我以为母亲会在旁边，可这里只有我。这真的是你说的吗？还是因为我太了解你，读出了你的思想？这不单是因为塞拉斯·海曼，对吗？

是因为火灾。

你觉得，作为父亲，你本来就不应该让这种事情发生。做父亲的，本来就不该让儿子的母亲和姐姐受到如此严重的伤害。父亲的责任就是保护全家人。

难道你认为，这就是他恨你的原因？他为什么不来给你开门？

门的另一边，亚当紧紧蜷缩在床头，似乎动不了，也说不出话来。上帝呀，迈克，你为什么不立刻走进去，告诉他：你知道，这火不是他放的。

可你什么也没说。

你觉得，他已经知道了。

你们之间那扇紧闭的门，一面是剥落的白色油漆，另一面是彼得·潘的剪贴画。这扇门将我期望出现的场景也一并关闭。

我们驱车赶回医院，车上，我不再回想那次抱着亚当回家的情景，而是想到回家前的十个钟头里分娩的经历：一次次的宫缩，一次次地将我推向新的疼痛和忍耐的极限。

回来的时候，我以为珍妮会在医院外面，站在一群俗不可耐的烟民中间，等我们回来。可是，我看了又看，却没有发现她。我一定是搞错了。

重症监护室外，莎拉正在打电话。我凑上前去偷听，她刚刚结束跟罗杰的对话，听起来又着急，又失望。她挂断电话，然后立刻直接拨通了莫辛的号码。

"嘿，是我，珍妮在做检查，我只有五分钟时间。桑胡医生保证他会寸步不离。"

"他男朋友正在跟戴维斯做笔录，"莫辛说道，"我的天，亲爱的，他们没有给你通报吗？为什么？"

"他们是不想让我们担心吧。恐吓信调查得怎么样了？"

"已经变为跟踪袭击案，所以调查也相应提升了几个等级。彭妮将会扩大DNA搜索的范围，并且让提取监控录像素材的兄弟们加班加点。目前，已经把范围缩小到信件投递后三小时后可能经过的地点。她的团队把六十岁以上和十五岁以下人员的素材剔除，剩下的影像交给面孔分析员来判断，希望能得到他们的身份信息。"

"发现可能跟纵火有关的人了吗？"

"还没有。"

"你个人怎么看？"

她神情凝重，等着他的回答。

"我想，在知道有人跟踪珍妮，并且对她实施了人身攻击之后，我们看待火灾的态度应当改变了。我认为，有跟踪者，还远远不能说明这场火灾是针对她的。然而，现在可以肯定的是，那个证人，不管他是谁，他肯定在说谎。"

"那医院的攻击呢？"

"这我还不清楚。"

她等着他的下文，但他没有说下去。

"我想，你对唐纳德·怀特推测也可能是对的，两者可能并没有关联。"她顿了片刻，"伊沃把他短信被删的事告诉你了吗？"

"那首拜伦勋爵的诗？感谢上帝，幸好我年轻的时候，短信还没被发明出来。"

"如果他真是在三点刚过发的这条短信，这个时候，火势已经开始蔓延了。她不可能有时间去删那首诗的。我们能让搞技术的小伙子去查一下吗？"

"当然。不过，我还是不明白我们要查些什么。"

"我得回珍妮那儿去了。"

你来到我的病床前，拉上帘子，我们被它丑陋的灰色方格所包围。

"他不想见我。"

"他当然想。他爱你，也需要你。而且……"

"我不怪他。我是个没用的爸爸。不光是这件事。只是……老天哪，在过去，就已经很没用了。"

"不是这样。"

"难怪他要去找塞拉斯·海曼呢。我从来就没在他心里，对吗？"

"你忙着赚钱养家，所以……"

"可即便是跟他在一起的时候，我也老是做错事。碰到危机的时候，他从来不会想到来找我，而总是找你。而现在……"

"我只是恰好在那里。仅此而已。而且，在此之前，他也从来没遇到过真正的危机，只不过有些不开心的事情罢了。如果他真碰到，他要求助的人，肯定是你，看看你——那么强壮，能保护每个人。"

"都是你在做，而不是我，我根本就不知道该怎么做。"

"你当然知道！你只是需要跟我在一起，仅此而已。跟他谈谈。"

然而，你根本听不见我的声音。你对于亚当的不知所措，跟我的发不出声一样，都成为你感应我倾诉的障碍。

而且，你对亚当的缺乏信任，其实都是我的错。我总是对你直来直去，毫不留情地批评你，指出你该对亚当做什么，不该做什么，从来没让你按照自己的方式来做，从来不信任你作为父亲一切也都是为了他好。许许多多的小事，诸如该给他准备什么样的生日礼物；如果他没有按时完成数学作业，该让他在日记作业上写些什么，才不至于陷入麻烦，等等。"就让他遭遇一次麻烦嘛。"你对我说，而我却觉得你很无情。然而，也许只有真的遇到麻烦，他才会发现，其实它并没有那么可怕。也许这样，别的孩子也会更喜欢他一些。也许，我应该像你建议的那样，跟他一起迟到一次。我老是觉得这样不好。可只有迟到了，他才会发现，迟到也没什么，天不会塌下来，这样，他或许就不会那么害怕迟到了。

而且，即便你有的时候真的错了，我又有什么资格说我会做得更好，我更了解亚当呢？

很抱歉，我曾说过，颁奖典礼那天你没有支持亚当，就是不把他当作自己的骄傲，显得好像你一贯如此。因为，就在几个月前，你还专门跟希蕾夫人见了次面，确保罗伯特·弗莱明下个学期不会出现在学校。这跟你是否是个真正的男人，或者是否因自己的知名度而起到作用，一点关系都没有。我想，希蕾夫人只是意识到，对于一个要保护自己儿子的父亲，她找不到理由来拒绝你。我还记得，那天晚上，当我盘问你时，你说当时她把罗伯特·弗莱明和他父母都找来了，也许是想在数量上胜你一筹。我没想到，你会公开自豪地跟他们说，这件事的责任全在罗伯特，亚当一点错也没有。而且，你还说，你为亚当的隐忍感到自豪。他们会如何看待你呢？一个强壮、坚毅的男人，一档男性野外生存节目的主持人，却为自己娇小懦弱的儿子感到自豪？然而，这段记忆很快就被我淡忘了，或许是因为我们再没有谈起过这个话题。你不想让亚当知道自己跟他们见面，害怕这样会让他更加觉得自己没用，而我则担心他会因为罗伯特的离开而产生负罪感。可我想，现在，你应该告诉他。这样，他才会明白，其实你一直在想办法保护他；他才会明白，在关键的时刻，你总是站在他这一边。

你沉默不语。

"你能做到的，迈克。"

贝尔斯托姆医生一把拉开帘子。

"我们必须一直观察你的妻子，这很重要。"她不客气地说道。

"你们该死的观察，不就为了证明你们是对的吗？"她离开时，你愤怒地回击道。只有我看见，你的脚步踉跄了一下。

你来到珍妮的床边，莎拉正坐在那里看着她，手里摊开的是伊丽莎白的合同。

"伊丽莎白·费舍离开的时候，你能回忆起有关的情况吗？"

"谁？"

"就是学校以前的秘书。"

"不知道。"你不耐烦地说道。不过，你很快捕捉到了你姐姐的表情。

"我想，格蕾丝应该是给她准备了一些鲜花，她丈夫快死了。自从建校以来，她一直在学校工作。"

"事实上，她丈夫早就去世了。"莎拉说道。

我跟莎拉一起走出病房。还是没有看见珍妮，我希望自己能弄清她究竟上哪儿去了。那种恼火的感觉反而让我平静了下来，因为它是如此熟悉——我们又回到电影《杜立德医生》里刻画的那种母女关系：母亲和青春期女儿如同拉大锯一般，她把我推开，我再把她拉回来。

跟莎拉走到大厅时，我朝外面瞥了一眼，正好看见珍妮被一群吸烟的人挡着站在外面。绝对是她。我赶紧跑出去。沙地上的石子硌到她柔软的脚底，她正在往后退，头顶的阳光热辣辣的。

我担心，她是在等伊沃从警察局回来。

她看见了我。

"我需要回忆出来，"她说，"我知道，你跟我说过，你不在的时候，不要去想，可是，我必须要弄清我返回学校的原因。为了亚当。伙房出口外面也是这种沙石地。还有那种声音——那种感觉，我想，这些都能帮助我回忆。"她停了一下，然后难过地说，"可这些都没什么用。起码目前没用。"

她自己一个人没有回忆起任何事情，这让我松了一口气——感谢上帝，香烟的气味儿跟火灾没有任何相似之处。同时，得知她没有在等伊沃，也让我松了一口气。这时，有个吸烟的人划着一根火柴，并把另一只手弯成杯状挡住风，以便点燃香烟。火柴的烟很微弱，比蜡烛的青烟还要微弱，应该不足以推开记忆之门。

这时，莎拉从我们身边经过，向着停车场走去。她的鞋子踏在砾石地上发出沙沙的响声。头顶的阳光照在火柴发出的最后一缕青烟上。

"火灾报警器突然响了。"珍妮说道。她停顿了片刻，让记忆聚集到焦点上。她这样尝试过多少次了？等着有人划着火柴，还是等着有人踏上沙地？

"我以为，肯定是搞错了。"她继续说，"要么只是一场演习，安妮特肯定会吓得六神无主。我想，把她一个人留在里面，有点说不过去，于是把瓶子放在沙地上，然后跑了进去。然后，我就发现，这并不是一次演习。"

她沮丧地停了下来。

"就这些了，只能想起这些了。"她很难过，很痛苦。"我本来以为，我一定是因为看见了什么才跑进去的，你知道的，看到了什么不对劲的东西，有人在干什么事情，说不定就是那个纵火犯。可我居然只是为了确认安妮特是不是有事，什么别的原因也没有，老天爷。"

我伸出胳膊，抱了抱她，想安慰她。

然而，如果她进去只是为了帮助安妮特，为什么没有再出来呢？安妮特都有时间给《里奇蒙德邮报》打电话，还有时间涂口红，然后还能毫发无损地跑出来。

如果真有一条短信被删除，应该不是把她叫回学校的短信——她对于安妮特的善意已经促使她这么做了——它应该是一条把她留在学校的短信。而且，这很可能是她出现在顶楼的原因。因为，我找到她的时候，她是在比安妮特办公室高两层的三楼。她在颤抖，脸因为痛苦而抽搐起来。她还没有学会面对这一切。

"进去吧，亲爱的。"我推了她一下，她便照做了。

对于伊沃，她只字未提，我也不会逼她。

我在莎拉的车前追上了她。

二十分钟后，我们再次出现在伊丽莎白·费舍破旧的房子前面。莎拉Polo车子的两个车轮轧到了人行道上。刺眼的阳光下，滴在路面上的一滴汽油反射出一道黑色的、变了形的彩色光晕。

见到莎拉，伊丽莎白似乎很高兴。她友好地把她请进自己狭小的客厅。

"我听说，你离开学校的时候，西德里小学的家长们给你送了花。"

"有飞燕草和苍兰球，还有一封很动人的信。是怀特夫人和科维夫人发起的。"

"他们以为你先生快要死了。"

伊丽莎白转过脸去，显得有些惭愧。"不知为什么，她们都误解了。"

"你没跟她们直说过吗？"

"让我怎么说呢？收到那么漂亮的花儿，还有那封充满善意的信。我怎么能说，我丈夫已经离开了我，而我是因为年纪太老被解雇的？"

公路上的污染渗透到屋子里面，闷热的空气中弥漫着一股尾气的味道。莎拉取出了伊丽莎白·费舍的合同。

"有个问题，想请教你一下。"莎拉说道。

"你的职位描述中，有一大块是关于招募新生的——分发招生简章和欢迎礼包，给表格分类，是这样吗？"

我记得，莎拉上次来时，伊丽莎白也对她说过。

"是的。这项任务可不轻。"

"可你的继任者，安妮特，她的职位描述中并没有这项内容。"

我想起安妮特·詹克斯的笔录。当时，我只留意到她不是学校的护士。

"嗯，是没有。我想，新来的女孩可能不用做招生工作，或者至少……"她停住了，忽然显得苍老和虚弱了许多。

"自从操场事故发生后，"莎拉说道，"新来的学生少了很多？"

伊丽莎白点点头，她的声音很平静。

"招生数量并没有立即下降。是在《里奇蒙德邮报》刊登那篇关于事故的文章以后，才明显下降的。我只是没把它们联系到一起。见鬼，我怎么没想到呢？"

"你能把发生的事情告诉我吗？"莎拉问道。

"不再有新的家长给我们打电话。在这之前，我每个星期平均要接两三个咨询电话，都是有意向的家长打来的，其中有些是刚刚生下孩子的妈妈。甚至还有一个家庭，在妈妈怀孕的时候，就为孩子预订了一个名额。"

"可自从那篇诽谤塞拉斯的文章发表以后，我们再也没有接到过新的咨询。既然这一地区还有其他两所声誉良好的私立学校，为什么要选择学生差点在操场上丧命的西德里小学呢？"

"九月份，西德里小学一般会有多少新生？"

"在我被赶出学校的时候，两个学前班在下一个学年只招到六名新生。多数家长打电话来，取消了孩子的入学名额，要求拿回预付的定金。剩下的家长甚至连电话都没打，要么就是太有钱，要么就是嫌麻烦。"

在亚当入学的时候，两个学前班的替补名单上都各有十五名学生在排队，等着万一有空缺的名额好填补上来。

"这个情况有谁知道？"莎拉问道。

"我猜，萨莉·希蕾和其他管理层的人都知道。不过，她为了不让其他教职员工担心，说自己肯定能解决这个问题的。"

伊丽莎白挺直了身子。

"谢谢你。你提供的信息非常有用。"

"我相信她，在她说她能解决这个问题的时候。她已经把现有的家长都做通了工作，说服他们都让孩子留了下来。我相信她……"

她停顿了半晌，努力恢复平静。

"她不想让任何人发现这个问题，"她说，"所以才解雇了我，是吗？"

我跟着莎拉回到车里。几乎同时，车载电话响了起来。

"莎拉？"

莫辛的声音听起来有些异样。而且，他从来没有直呼过莎拉的名字，平时总是叫她"亲爱的"或者"宝贝儿"。

"正要给你打电话呢，"她说道，电话里出现了一点杂音。"我刚才去见了学校以前的秘书。就是安妮特·詹克斯的前任。"

"你不可以……"

"我知道，不可以做这些。不过，听着，安妮特·詹克斯的工作里没有招生的内容，但这是伊丽莎白·费舍工作描述中的重要一块。这就是萨莉·希蕾要把伊丽莎白赶走，然后故意雇用了一个像安妮特这样没脑子的人的原因……"

"莎拉，拜托，听我说。萨莉·希蕾向贝克要求调查你。贝克提到了程序不合法的问题。"

"好吧，嗯。那你现在得小心，别因为私通敌人被他们抓住。"

"亲爱的……"

她挂断了电话。电话再次响起，但她没有接。

经过三天高温的炙烤，草地开始发蔫，变得光秃秃的。一度疯长到齐胸高的杜鹃花，也都枯萎耷拉到地面上。

萨莉·希蕾移动板房的门开着。她的脸上挂满汗珠，头发紧贴着额头。莎拉敲了敲敞开的门。看到她，萨莉·希蕾显得十分震惊。

"我知道你去告过我的状，我能理解，这很合理。不过，我现在来这里，是作为珍妮的姑姑，和格蕾丝的大姑子来的。"

萨莉·希蕾看上去十分惊恐。"我没想到。"

"如果你想让我离开，尽管说出来。"

萨莉·希蕾什么也没说，甚至都没动一下。仿佛屋子里潮湿闷热的空气，把我们都挤压在这个逼仄的空间当中，动弹不得。

"我们出去边走边谈如何？"莎拉一边走出板房，一边说道。

萨莉·希蕾犹豫了一下，不过还是跟着莎拉走出了板房。一阵微风吹来，带来远处的口哨声，还有孩子们说话和奔跑的回响。

她们开始沿着巨大的操场走起来，我跟在后面。

"你曾跟我说过，运动会那天，学校的人都到齐了，"莎拉说，"你肯定是花了很大力气，才实现这一点的吧。"

"是的，而且，我们还要重新开始，正如我曾经说过的。整个暑假，我都会寻找合适的房子，我们准备按照学校日历上的规定日期，在九月八号重新开学，并且……"

"可是，到九月份，学前班只会有几个新生，不是吗？到了明年或者后年，恐怕连一个新生都没有了吧？"

"我能让那些孩子回来，我也能让新的孩子加入进来。我打算开启助学金和奖学金计划，把目标定位在那些通常不上私立学校的家庭上。"

然而，她的话显得有气无力，这样的乐观的确需要很大的能量。

"其他投资人也像你这么有信心吗？"莎拉问道。

萨莉·希蕾沉默了。

"我想，"莎拉继续说道，"他们只会看到，学校将面临财务危机。到九月份，这一点将显露无遗。很可能学校剩余的部分也会四分五裂。没有哪个家长愿意让孩子在一所即将破产的学校上学。把负责招生的老师赶出学校，这是你的主意，还是管理层其他人的主意？恐怕这正是为了保密吧。"

"她年纪太大，不能胜任这份工作，这我跟你说过。"

"那都是胡说，不是吗？"

萨莉·希蕾的步伐忽紧忽慢，她没有回答。

"是你编造故事说伊丽莎白·费舍的丈夫快死了？"

希蕾夫人没有答话。此刻，莎拉正引着她们朝操场边缘走去。

"你一定是事先知道她丈夫已经去世了，所以才使出这样的伎俩。"

"是的，我是听说他去世了。"

"尽管你从来不听那些八卦？"

"是一位老师，蒂利·罗杰斯，当她发现我想让费舍夫人下岗，便把这个消息告诉了我，希望我能够重新考虑自己的决定。"

"可结果，你却反过来利用这个敏感的个人信息来对付她。"

302

希蕾夫人转向莎拉。"我不想让她去联系家长，告诉他们我们招生下降的事。"

"于是，你终于确保她尴尬到再也做不出这种事来。"

"我们只是再也承受不起任何的负面信息了。我的所作所为并不光彩，但却是必要的。"

"接着，你用一个傻乎乎的年轻秘书代替了她，那个人根本就不会注意没有新的家长来报名。"

"事实并不是这样。"

"我想，事实的确就是这样。"

此时，我们已经来到操场边缘。

透过路边的橡树林，依稀可以看见学校黑色的废墟。

"而这个？"莎拉转向希蕾，眼中含着怒火，"这又是谁的主意？"

"我跟这一点关系也没有，"萨莉·希蕾说道，"没有！我花了这么多年，一手打造起这所令我引以为傲的学校。"

"那么，难道是一位股东，需要一场火灾？"

"没有人想要火灾。没有人！"

"你之所以特别强调那些防火措施的落实，就是为了拿到全额的保险赔付？"

"不是！"

"而没有人去理会珍妮和格蕾丝。你们想的只是钱。"

你的姐姐，她就在这里，如果你想骂人的话，尽管骂吧。

希蕾夫人只是怔怔地望着她的学校。

"我听说，有些孩子已经在别的学校报名了，"她说，此时的语气变得异常平静。"可谁会给我一份工作呢？当我放任自己的学校被烧成灰烬，当我的一名助教被烧成重伤？"

"我的一名同事将会正式对你展开聆讯。"莎拉冷冷地说道。

希蕾夫人的脸上，汗水跟泪水流成一片。

"不管我做什么，我们都再也回不去了，是吗？"

在车里，莎拉用车载电话跟莫辛说了西德里小学破产在即的情况。她说话的时候，我想起了《每日电讯报》记者保罗·普雷斯内对泰娜说过的话，"关键在于，这可是个产业，几百万英镑的大产业。就这么化为灰烬。这才是你应该调查的"。

珍妮之前也是这么认为的。

"对不起，"莎拉说完后，莫辛说道，"我们会立刻派人展开调查。先找校长问话，搞清投资人的背景信息，来个连锅端。"

"谢谢你。"

"我让你孤军奋战了一小时，"他动情地说道，"你果然创造出一条新的调查链。新的嫌疑人，新的动机。"

"是的。"

此刻，距离亚当洗脱罪名只有一步之遥。这肯定能帮到他，也肯定意味着，他能再次开口说话。莫辛沉默不语，通过免提听筒，我们听见他深吸了几口气。

"贝克会让戴维斯跟你联系，关于非法取证的事。他想要你今天三点过来。不过，这个新情况，可能会让他放弃之前的决定。"

"不知为什么，我很怀疑他会放弃。不过，你知道的，我的确很在意，即便我没有表现出来，我还是不想丢掉这份工作。"

"不会到那种地步的。"

"也可能会比这个还糟糕。实际上，我要操心的事情太多了，都没有精力去管它了，但我还是会担心这个问题。伊沃走了吗？"

"大约二十分钟前走的。他现在应该到医院了。"

我们回到了医院，但我没看见珍妮的影子。

我跟着莎拉来到重症监护科。

你和伊沃并排站在走廊。你在透过玻璃查看珍妮，但伊沃没有。你注意到这一点了吗？

不，这并不是在批评他，因为我们大家都不忍心看她的样子，但是，作为父母，我们别无选择。

"我非常确定，这是骗保，迈克。"莎拉对你说。你盯着珍妮，并没有扭头看她。

"你知道是谁吗？"

"还不知道。我们正在彻底调查，要找到文件证据来佐证。"

她没有告诉你，贝克要找她谈非法取证的事，也没有提起她此刻如履薄冰的处境。

"严重吗？"伊沃第一次开了口，"谁干的？为什么要这么干？"

我能理解，为什么对他来说，这不重要。对他来说，重要的是，谁来治好珍妮的身体，修补好她的面孔？怎样来治？跟这些相比，还有什么是重要的呢？

目前，还没有人告诉伊沃亚当被怀疑的事，所以他会觉得不重要。

伊沃转过身，离开了。重症监护科的门在他身后"砰"的一声关上。

珍妮在哪儿？

我跟在他后面，大声喊道："别，别走，求你了。"

他走得很快，我紧跟在他身旁。

"她说她不想见你，这不是认真的。她只是想通过这样的方式来保护自己，可这也不是办法。其实，她特别特别想见你。你知道，我是很了解她的。她很喜欢你。"

他来到电梯口。

"她会去找你的。会很快。因为她这样坚持不了多久，她需要你待在她的床边。"

他快步沿着一楼走廊朝大门口走去，根本没有听见我的话。

"你必须跟她在一起。"

他没有转身。

我朝他大喊道："别这样对她！"

他来到花园旁的玻璃幕墙前，停了下来。花园里，珍妮正坐在锻铁椅子上。他透过玻璃望着她，一动不动，完全不顾身后来来往往的行人。

他怎么知道她在哪里？怎么可能？

他寻找着门，并很快找到。

正当他准备出去的时候，一位保安走上前来。

"这个花园不可以进入，它仅供观赏。"

"我必须过去。"

在保安看来，伊沃一定是有点疯了——他浑身颤抖，脸色煞白，眼睛里却闪烁着奇异的光彩。

"如果你要去外面的话，可以走我们的正门，先生，沿着公路直走，顺着指示牌，就能找到公园。"

伊沃没有动。

保安等了一会儿，考虑到没必要小题大做，于是便走开了。我怀疑他会去给精神科打电话，看看他们有没有走失一位病人。

我一直在想这些事情，所以并没有感觉到，伊沃的感情似乎能让隔在他们中间的玻璃破裂开来。这并不是我之前自以为是猜测的，那种由激素过剩导致的青春期蠢蠢欲动，而是一种更加微妙、更加轻盈、更加纯粹的——年轻的爱。

我也误解他了。可怕的误解。我不信任他，因为他跟你是如此迥异。因为我宁可选择令我不安的怀疑，也不愿意体验活生生的嫉妒。

当珍妮告诉我，她跟伊沃在奇斯维克公园里，深情凝望着对方的脸，我极力不让自己去回忆当年你欣赏我的眼神："我们彼此顾盼，目光交缠相连，驻留在一个合二为一的心弦[1]。"

然而，曾几何时？是突然还是渐变？——目光交缠的心弦变成了琐碎家长里短中的一根晾衣绳。

还有谁，会对着我三十九岁的衰老面孔，凝视一个下午？

---

[1] 译者注：选自十七世纪英国玄学派诗人英国约翰·邓恩（John Dunn）的诗歌《狂迷》（Extasy）。

在内心深处，我一定早就清楚，这不是他的原因，而是我的问题。

正视伊沃和珍妮的关系，相当于正视自己失却的那份感情。

"哦，成熟点吧！"保姆的声音再度响起。"别再无病呻吟了！看在老天爷的分上，你已经三十九岁，已经是两个孩子的妈了，你还在指望什么？"她是对的。我很抱歉。

伊沃走入花园禁地。

他朝着珍妮走去。

可她迅速走开。

"珍妮？"我喊道。

"我想让他离开我。"

我望着她，完全蒙了。

"我不想看见他！我跟你说过的！"

她迅速离开花园和伊沃。

他环顾四周，仿佛在寻找她。接着，也走出了花园，一脸迷惑和受伤的表情，似乎知道自己失去了她。也许，在某种程度上，我也失去了她，因为我不理解她。迈克，我以为我懂她，其实根本不懂。

伊沃在花园旁等着，希望她能回来。我也在等着。然而，她还是不见踪影。

不知道等了多久，依旧没有她的影子，不过，我无意中瞥见莫辛正沿着一条高处的通道疾步而行。

当我追上他，他已经见到莎拉。

"我一直在给你打手机，可它关机了。"他说。

"重症监护科附近不允许开机。"

"骗保的链条浮出了水面。校长做了口供，印证了你刚才说的。戴维斯正在对其他投资人展开进一步的调查。十三年前，白厅街公园路信托公司往西德里小学投了二百万英镑。"他顿了一下，"公司的法人是唐纳德·怀特。"

阴谋终于露出了马脚。一个看上去慈爱温和的父亲，在医院的灯光和细致的调查之下，露出了狰狞的真面目。

"跟你之前的怀疑正好吻合，"莫辛继续说道，"既然他能实施家庭暴力，自然也能干出纵火这样的事情。"

他张开双臂，拥住莎拉。

"贝克要对证人关于亚当的证词进行'重新评估'，相当于推翻了自己先前的指令。现在，他认为——我们都这么认为——这是谎言。亚当跟纵火案一点关系都没有。"

如释重负的感觉如同一缕凉风、一滴止痛的精油。我看得出，莎拉也有同样的感觉。我希望他能跑到你身边，现在就去，把这个消息告诉你。

"第一天晚上袭击珍妮的人，极有可能是唐纳德·怀特，"莎拉说道，"她的氧气管被拔掉了。当时，他的女儿也在烧伤科。如果他被发现，没有人会质疑他为什么会出现在那里。"

"贝克已经把他传唤到警察局来审问了，"莫辛说道，"我现在要去告诉罗伊娜和梅茜·怀特，看看她们如何解释唐纳德的所作所为。"

莎拉轻轻吻了下莫辛的脸颊。"我去告诉迈克。"

我跟着莫辛来到烧伤科，朝着罗伊娜的病房走去。

梅茜跟她在一起，正从一个花图案的洗衣袋里拿出一些洗漱用品。

"……我还带来了你的倩碧香皂和一瓶好的沐浴露……"看见莫辛，她没再说下去。看得出，她似乎有些害怕。

"是梅茜·怀特吗？"他伸出一只手，她跟他握了一下。"我是调查警司法洛克。"他扭头对罗伊娜说，"你是罗伊娜·怀特吗？"

"是的。"

"我有几个问题，想问问你们二位。"

梅茜朝罗伊娜走去。

"她的状况不适合……"

"这就是我专门来这里跟你们谈，而没有让你们去警察局的原因。"

罗伊娜把自己缠着绷带的手轻轻搭在妈妈的手上。

"妈，我没事的。真的。"

"我发现，怀特先生是西德里小学的一位股东？"莫辛问道。

"是。"梅茜说道，语言出奇地简练。

"他为什么没有使用自己的名字？"

"我们不想公开。"梅茜说道。她显得有些慌张。"你为什么想了解这个？"

"你只需回答我的问题就好。你是说，你们不想公开这笔投资？"

"是的，我的意思是，罗伊娜上学的时候，我们不想让她跟别的孩子有什么不同，不想让别人觉得她受到了特殊对待之类。而我，嗯，在那里也有一两个非常要好的朋友。我也不希望她们老是打听学校的情况。使用公司的名称，而不是我们自己的名字，是为了显得学校跟我们无关。而且，很快，就达到了这种效果。我的意思是，唐纳德投了钱，但后来我们几乎都把这事给忘了。"

"忘记了一笔两百万英镑的投资？"莫辛问道。

"妈妈不是这个意思，"罗伊娜说道，"更确切地说，是我们跟爸爸在学校的投资一点关系都没有。"

梅茜的脸"唰"的红了。我想，她一定又觉得自己像个傻子！我为她感到难过，因为我相信她。我想，她把这件事藏在心底，然后继续在学校做一名普通的家长。

"可这笔投资自然会产生一些收益呀？"莫辛问道。

"已经多年没有收益了，"梅茜说，"它有点赢利也是最近的事。"

"事实上，它是我们家收入的唯一来源，"罗伊娜说道，"爸爸的其他生意都没能抵挡住经济衰退的影响。"

"你们知道自己将要失去所有的投入和它产生的利润吗？"

"是的，"罗伊娜立即说道，"我们在家里一起讨论过，"她继续说道，语气尽量显得像大人那样成熟。

"事情并没有那么严重，"梅茜说，"我知道这听起来有些傻，但钱并不代表一切，不是吗？而且，我们会好起来的。我的意思是，实在不行，我们可以卖掉房子，换一套小房子，或者租房住。可是，从长远的眼光来看，幸福跟你有没有钱，或者住在哪里，都没有关系，不是吗？而且，罗伊娜现在已经毕业了，也不用交学费了。唯一重大的改变，就是她不得不离开母校。"

"你丈夫对这事怎么看？"

"他很失望，"梅茜平静地说，"他想给罗伊娜一切。等她在牛津大学上二年级的时候，她必须搬出宿舍，唐纳德打算给她买一套属于她自己的小公寓。我们不想让她住在学生之家，那里离教室太远，而且也不安全。而且，我们觉得，这也可以作为一项投资。可是，显然……嗯，这是不可能了。可怜的罗伊娜，我们给你吹了个大牛。"

可是，我倒觉得，唐纳德想给罗伊娜买公寓，其实另有原因。也许他还想打着慈父的幌子，继续控制罗伊娜吧？

"我倒不介意有没有公寓，"罗伊娜说，"真的，一点都不介意。"

"而且，她上大学以后，还得去申请贷款，并且找一份工作，"梅茜说道，"这很不容易。我的意思是，一边学习一边打工。我自己倒不介意工作。我是说，我一直想拥有一份工作，真的。"

"妈，警官先生又不想听这些。"

"你认为你爸爸只是失望吗？"莫辛问罗伊娜。

梅茜迅速替她答道："他也很难过，当然会这样。可是，大家也无能为力呀。"

"我不得不告诉你，你丈夫已经被带到奇斯维克警察局接受问讯。"

"我不明白这是为什么。"

罗伊娜脸色苍白。"火灾，妈妈，他们一定会认为这是骗保。"

"可这太荒唐了！"梅茜说，"他有一次开玩笑说真想把学校给烧了，可那只是一个玩笑。你也会开玩笑说要做某件事，但其实并没有去做，对吧？"

"怀特夫人，我待会儿想跟您私下谈谈，不过，现在，我想问罗伊娜几个问题。"

"她没什么好说的，没什么。"

"罗伊娜？你能单独跟我谈谈吗？"

我看见罗伊娜看向梅茜，两人对视了一眼。

"我希望妈妈留下。"

莫辛温和地、谨慎地试探着罗伊娜对唐纳德的看法。但每个问题都被罗伊娜用忠诚抵挡回来。不过，他始终保持耐心和理智。不！他根本就没有对她造成一点伤害。唐纳德似乎是一位称职的父亲。听着罗伊娜真挚的声音，我感觉，这跟她在珍妮面前时判若两人。不光是她的不苟言笑，还有她生活中处处求胜的态度，甚至是她使用的词汇，这些在珍妮跟我说话的词典里绝不会见到。我怀疑，她跟她的同龄人多久才闲谈一次，她到底有没有朋友。

"你们全都搞错了！"她最后终于爆发，"爸爸什么也没做。他不可能伤害任何人。你们全搞错了！"

罗伊娜哭了，梅茜赶紧伸出双手，保护般地搂住她。

多年以来，她和梅茜一直在替他遮掩，显然，她们现在仍在替他遮掩。

珍妮以为，罗伊娜冲进着火的大楼，是为了取悦她的父亲，可是，这会不会是为了减轻他破坏的程度，从而再次保护他呢？

我一直以为，只有爱，才能推动人冲进燃烧的大楼。然而，现在，也正是她对父亲的爱，促使她冲了进去，虽然这种爱一点也不值得。

莫辛显然十分沮丧，草草地结束了自己的问讯。梅茜坚持要去警察局，尽管莫辛告诉她，警方不会允许她跟唐纳德见面。我无法理解她对他的忠诚，甚至连罗伊娜受到伤害也没有改变。我实在无法理解。

然而，这些并不重要。过程和原因都不重要。亚当清白了。

你在我的床边，沉默不语。我不知道自己还能指望什么，不是你脸上的微笑，而是此刻你身心的放松，亚当终于无罪了。可是，你的肌肉绷得还是那么紧，身体看起来还是那么不自然，那么僵硬，像一个牵线的木偶。

剑桥小茶馆里那个准备在攀岩速降、乘风破浪中挑战人生的男子汉，到哪里去了？

　　我到床边的时候，你正在跟我讲述保险欺诈的经过，并说，亚当再也不会受到怀疑。"见鬼，他们早就该这么做了！"那一瞬间，你的声音中，多了几分力量，但那只是略松了一口气，因为珍妮的心脏配型还没有找到，而我也仍处在昏迷当中。

　　接着，你又告诉我，珍妮的心脏一定能找到，她一定会醒过来。你不再是木偶，而是攀登者。我怎么会以为你现在就能彻底放松呢？多么荒谬、多么愚蠢的想法。你需要用尽每一丝气力，才能背着我们一起爬上那座希望之山，我们的重量就是你对我们的爱的重量，是一副常人难以承受的重担。对于刚才说伊沃的那些话，我感到十分内疚。因为，我们还爱着对方，我知道的。不是那种炽热、唯美的年轻之爱，而是一种更加强烈、更加持久的爱。随着时间的流逝，这份爱退去了表面的浮华，但却变得更加强健有力。婚姻的缔结，便是为了让这份爱持续下去。

　　你回到重症监护科，替换在那里看护珍妮的莎拉，我也跟了过来。尽管唐纳德已经被拘禁，但你坚持要继续守护着她。

　　"不到那个浑蛋认罪，不到我们有十足的把握，我绝不离开。"

　　也许，尽管唐纳德罪证明显，但你还是很难消除对塞拉斯·海曼的怀疑。没有一份像书面认罪书那样有形的证明，你是不会离开自己的岗位的。

　　我想，你和我一样，每次离开珍妮的病房然后再回来的时候，都会期盼珍妮的心脏配型已经找到。不知为什么，不在珍妮身边的时候，这种愿望会更加急迫，然而在这种事关生死的事情上，似乎越是心急，就越欲速则不达。

　　没有什么变化。

　　珍妮在重症监护室外。

　　"还没心脏吗？"她问道，等了半晌，又说，"听起来像桥牌中的叫牌似的。"

"珍……"

"是，是，是，又说错话了，对不起。莎拉姑姑正在跟亚当和G奶奶打电话。"她的脸乐成了一朵花。"他已经好了，妈妈。"她竟然激动得哭了出来。深深地爱着亚当，这一点在她身上永远也不会改变。

"关于伊沃，珍……"

她忽地往后退了两步。"别再审问了，拜托。"

说完便快步走开，我望着她的背影。

这时，我觉得自己似乎瞥到一个穿着蓝外套的人从电梯里走了出来。我赶紧朝他走去。

是他吗，正拐弯朝重症监护室走去？老天呀，但愿你会在那里。

我小跑着追了上去。

一群医生正走进重症监护室，看不出里面有穿深色外套的人。

也许是那个人，那个借着推轮椅的护工的遮挡匆匆离开的人。

可是，他们绝对不可能现在就把唐纳德放出来的，对吗？

此时，那人已经无影无踪，过道里空无一人，只有两名护士刚刚走进电梯。

我无法确定自己是否真的看见了他。也许我只是在捕风捉影。

停车场上，莫辛已经在等候莎拉。

"关于你自己纪律问题的会议，迟到真的没有好处。"他有些调侃地说道。但她并没有笑。

"亚当还是不肯说话。"她说。

可是毫无疑问，现在每个人都知道他是无辜的，他没有感觉好一些吗？至少他现在应该可以从大楼着火的阴影里走出来了吧？

"我刚跟乔治娜谈过，"莎拉说，"本来以为，当他知道自己已经洗清了罪名，应该会有所改变才对，可是……"

她以前说话总是干净利落，有头有尾，从没像现在这样拖泥带水过。

"再给他一点时间吧，"莫辛说，"也许他只是还没缓过劲儿来。"和莎拉一样，他的用词也十分小心。

他开车带她去警察局。车厢里闷热不堪，车上的空调出了故障，呼呼地把外面的热空气倒吹进来。

热浪在柏油公路上蒸腾出海市蜃楼的幻象。莎拉沉默了好一会儿。

"他们说，格蕾丝丧失了大脑的机能。"她突兀地说道。

"可你不是说……"

我好想大喊，我就在这里，似乎他们马上就能发现我，并立刻为自己的话感到尴尬。

"是，我是跟他们争论过，说他们是在胡说。因为我不忍心看着迈克失去她，不忍心让他经历这样的痛苦。"

莫辛边开车边把另一只手搭在她手上，这个动作让我想起了你。

"当父亲和母亲去世的时候，我向他保证，不会再发生任何可怕的事。"

"当时你多大？"莫辛问，"十八岁？"

"是的。不过，我从来没有忘记这一点。这星期三以前，我一直认为，既然他已经经历过那么大的挫折，应该不会再有厄运降临到他身上，诸如失去最爱的人这样的伤心事，应该已经都过去了。可是，上帝呀，作为一名警察，我应该更清醒才对。现在，他已经承受得够多了，可我帮不了他，我什么也帮不了。"

这时，我才彻底地意识到，她对你的爱，更像是母亲对儿子的爱，就像我对珍妮和亚当的爱。

警察局里，人们纷纷脱掉外套，调松皮带，来对抗炎热。莎拉径直走到贝克警督的办公室，并小心地把门带上。既然纵火犯已经归案，亚当也重归清白，我其实已经没必要继续跟着她了，但是，在她即将受到严厉处罚的时候，我还是想陪着她。

我只是想陪在她身边。

贝克警督面团般的肥脸上布满了汗珠，过紧的衣服紧紧贴在他的啤酒肚上。浓重的体味儿让屋子里的空气显得更加混浊。

她刚进来，他便抬起了头，冷冷地说道："坐吧。"

他指了下一旁的塑料椅，但莎拉还是站着。她走到他跟前。

"很明显，你现在知道这并不是一起小男孩玩火柴的案子了吧？"她的愠怒让我震惊，我想贝克也有同感。

"调查警司迈克布莱德，你来这里是为了……"

"你还欠亚当一个公开正式的道歉。"

他压制住情绪，那种窝火的样子让我想起了你。

"这次会议是关于你的行为，是关于……"

"你打算指控那个诬陷亚当的所谓'证人'吗？"

莎拉已经打算不干了吗？所以她一进办公室就像吃了枪药似的，难道是因为她已经不在乎了？

"这次会议不是用来讨论案子的，也不是关于你采用非法手段取得的证据。调查警司同志，结果正确不代表过程正确。即便在《警察与刑事证据法》颁布以前，你的所作所为也已经超越了界限。我能理解你感情上承受的压力，但这不能作为借口。过去二十五年来的各项改革，都是为了使警察的查案过程按照规章制度有序地进行。"

"可是你，却直接跳过规章制度——使用自己的推理去猜测结果——甚至不做任何工作就急于得出结论，完全没有进行任何调查。因为你的懒惰、自私和愚蠢，一个小孩差点要背上一辈子的黑锅，而真正的凶手却逍遥法外。"

"你是要我们两个人都闭嘴吗？——或者说，你其实是在要挟我吗，调查警司？"

我眼中的不怕失去，在他眼里却变成了要挟。

"幸好，"他冰冷的声音再次在炎热的房间中响起，"就在一小时以前，那个举报你的人撤销了她的投诉。"

说不定，当希蕾夫人听说莎拉就是珍妮的姑姑、我的大姑子，她便动了恻隐之心；又说不定，她觉得自己要是能善待一名警官，警察局可能也会对她宽大一些。

"但这并不会削弱你所犯错误的严重性……"贝克继续说道，但这时，一阵敲门声打断了他的话。棱角分明的彭妮走进办公室。

"怎么了？"贝克厉声问道。

"星期三晚上，我们审问塞拉斯·海曼的时候，让他提供了一份DNA样本。现在，检测结果出来了，他的样本跟火灾现场提取到的所有样本都不吻合，但是，却进入了我们的数据库。"

"然后呢？"贝克不耐烦地问道。

彭妮把脸转向莎拉。我觉得，自己似乎在她脸上看到了一丝歉意。

"塞拉斯·海曼的DNA，跟寄给珍妮的恐吓信里避孕套中的精液DNA相符合。"

···✦···

"我们现在可以确定，塞拉斯·海曼，就是给珍妮发送恐吓信的人，"彭妮继续说道，"避孕套是他恶意邮件计划的一部分。我们推测，用红油漆袭击珍妮一定也是塞拉斯·海曼所为。因此，我们必须认真地考虑，他是否跟珍妮氧气管被拔的事件有关。这很可能是他先前泼油漆行为的升级。"

以前，我一直认为，凭塞拉斯·海曼的智商，他不会做出剪污言秽语贴到A4纸上这种猥琐的事情，更不用说往信箱里投放装着旧避孕套和狗屎的信件。看来我完全错了。

这时，我又想起她跟漂亮护士调情的情景。一个微笑，一束鲜花，仅凭这些，他就能混进保安严密的科室。

"你必须立刻派人去保护珍妮。"莎拉说道。

看来我刚才并不是捕风捉影。

贝克在被汗水浸湿的椅子上动了一下。"没有证据能证明她需要保护。是氧气管的连接出了问题，这在以前也曾发生过。"

"因为如果不是这样，就意味着，是你的无能让她暴露在危险之中？"莎拉说道，"因为，如果你不是受人蛊惑，把一个八岁的男孩当作……"

"够了！"

他冲她吼道，我想，莎拉反而有些高兴，她似乎就想让他咆哮出来。

他转而对彭妮说："立刻以恶意邮件罪将塞拉斯·海曼逮捕，仔细审问，看他跟珍妮弗·科维的油漆袭击事件有没有关系。"他又看着莎拉说道，"我会在适当的时候考虑该对你做出什么样的处罚。"

"那保镖的事呢？"彭妮问道。这一举动赢得了我的尊敬，但贝克显然已经被面前的两个女人惹得火冒三丈。"我已经把我的决定告诉你了。没有任何人为破坏的证据。如果你坚持要继续你的妄想症的话，那我要提醒你，重症监护科给每个病人都配备了大量的医护人员，纵火行凶的唐纳德·怀特已经被缉拿归案，而塞拉斯·海曼也将很快因恶意邮件案和可能的油漆袭击案被捕。"

"可要是我们找不到他呢。"彭妮说道。

莎拉赶紧打电话，确认珍妮是否安好，并且把塞拉斯·海曼的事情告诉了你。我没有听见你的反应。接着，她跟彭妮一起来到警局的停车场。

"我向萨莉·希蕾确认过，"彭妮说道，"去年夏天，珍妮弗是塞拉斯·海曼班上的助教。可能就是在这个时候，他们互相认识了对方。"

我不想听到这些，但我也知道，她会继续说下去。因为此时珍妮也被牵扯其中，跟塞拉斯·海曼发生了法律上的关系。

我还记得，去年夏天，他曾经向珍妮承认自己婚姻失败——或者是他捏造的婚姻失败。作为一个三十岁的男子，向一个十六岁的少女袒露这种隐私，我当时只是觉得不太合适，并没有多想，因为她太年轻，应该不至于让他动别的心思。我还记得，珍妮一直是支持塞拉斯的，即便在我受你影响对他产生怀疑的时候，都没有变过。不过，她对所有人都是宽容、公正的，这也是她的魅力和优点所在。

每一次，就在我快要怀疑他们二人之间的关系之时，我总是立即让自己打住。

可是，以我对她的了解，并不能说他们二人就没有关系，并不能那么肯定。

比如，我想，既然她爱的是伊沃，一定会迫不及待地想见到他，可结果我就错了。

我过去自以为很了解她，其实不然。

于是，我小心翼翼地在外围，不愿承认珍妮和塞拉斯·海曼的关系，也没法去确定求证——尽管自己非常想这样做。

莎拉上了车，坐在彭妮旁边——她俩之间存在一种无声的默契：要将塞拉斯·海曼缉拿归案。

"你依然认为唐纳德·怀特就是那个纵火犯吗？"开车的时候，莎拉问彭妮。

"是的，在你单枪匹马去调查以后，"彭妮脸上出现浅浅的笑意，"我们就一直在按照骗保案的假设来调查。"

"这么说，我们仍然是在把它们当作两个独立的案件来处理。"我很高兴听她用了"我们"这个词，这样说来，贝克也许不会让她走人。

"是的。现在，我们也发现，向珍妮发送恐吓信的人，就是塞拉斯·海曼，而他很可能也是向她泼红油漆的人。而唐纳德·怀特放火烧学校，是为了骗取保险金。"

"让我们看看莫辛查得怎么样了。"莎拉说着，拨通了莫辛的电话。

"嘿，宝贝儿，我听说贝克的事了，"他说，"当你在他办公室的时候，门外挤得跟橄榄球全黑队①一样。"

"是吗？"

"大家都认为，他会撤销决定。"

———————

① 译者注：全黑队（All Blacks）是新西兰橄榄球国家队的代称。橄榄球是新西兰最受欢迎、影响最大的体育运动，国家队因全黑色的标志性队服而被称为"全黑队"。

"也许吧。唐纳德·怀特那里有什么进展吗？"

"没有。他一直保持沉默，等着他收费高昂的律师过来。不过，他妻子倒是引发了一场风波，非常温柔、礼貌地引发了一场风波。她说，火灾当天下午，他人在苏格兰。"

"他要她说什么她都会说的。"莎拉说道。

"是呀。技术人员已经看过了珍妮的手机，他们认为，被删除的信息有两条。他们在尝试恢复这些信息，但不确定能否找得回来。"

"好的。"

"我们都去医院探望过她了，"莫辛说，"打了慰问电话，并且排出了一个值班表。"

他在秘密地给珍妮提供警察保护。

"他们可不能让未被授权的访客进去。"莎拉说。

"有感染的危险。这肯定是官方的。不过，迈克一直陪着她。"

她对他表示了感谢，然后挂断电话。

"为什么塞拉斯·海曼要主动提供自己的DNA样本，你考虑过这一点吗？"莎拉问彭妮，"他一定是知道了我们在追踪这件事。"

"也许他不知道我们把两个案子糅到了一起，共享一个数据库。或者，他只是猜想恶意邮件案的调查已经结束，或者认为我们不会一个邮箱一个邮箱地调查。可是，如果没有DNA样本，我们不可能逮住他。监控摄像头的素材里面，一点发现也没有。贝克肯定会责怪我偷偷把警察局的资源浪费在这上面。"

"也许吧。你在监控录像上，到底花了多长时间？"莎拉试探性地问道。

"太长时间。"彭妮笑着答道。不过，这只是她们之间一个牵强的玩笑。假装两人之间真的存在着一种放不下的同事情义。

车里再没有人吭声。警局的对讲机和空调各自以不同的频率嘶嘶地响着。我看得出莎拉的脸上有些紧张。

"你能告诉我那个看见亚当的证人是谁吗？"

"现在还不能。我很抱歉，贝克会……"

"好吧。"

"一旦被允许，我会立刻告诉你的。"

我在想，有没有人能够在彭妮身上唤起足够的爱，让她敢于冒着丢掉工作（或者说是抛弃工作）的风险，去打破规则，就像莎拉为了亚当所做的那样。我实在想象不出来。当然，以前，我也想象不出莎拉会做出这样的事。

到塞拉斯·海曼家，另一辆警车跟着我们停了下来。一位年轻的穿着制服的警官走下汽车，兴致勃勃地一路小跑到塞拉斯家门口，并摁响了门铃。他显然是一位新人。彭妮不紧不慢地跟在后面。娜塔莉亚一开门，我就能感到那股令人窒息的幽闭恐怖气氛从里面溢出，渗透到大街上。她看上去又生气，又疲惫。

"你丈夫在哪儿？"年轻警察问道。

"在一个建筑工地。找他干吗？"

"哪个工地？"

她看了眼门外两辆警车。

"这是干什么？"

彭妮缓缓朝着他们走去，边走边盯着娜塔莉亚，走近的时候，娜塔莉亚也瞪着她。

"是你，"彭妮对娜塔莉亚说，"不是你丈夫，是你。"

娜塔莉亚退后两步。"这到底是怎么回事？"

"我在监控录像里看到过你，"彭妮说道，"在寄一封恶心的信。"

"难道寄信有罪吗？"

虽然这么说，她还是退回了房内。

彭妮用一只手抓住她的肩膀，不让她再往后躲。

"根据《恶意沟通法》，我要逮捕你。你有权保持沉默，但你说的每一句话都将成为呈堂证供。"

我想起那天在医院停车场，看到塞拉斯车里放着的光碟《邮差帕特》。其中有没有一些有趣的词汇和段落，也被她标红，然后摘录到恐吓信里面去了呢？还有那些狗屎，难道真是她拿着扫帚和簸箕去街上弄的？她们的房子距离我们家只有三个街区之遥，拿着信去投递往返都很方便。

还有几次，她是从伦敦的不同地点投递出恶意的信件，这难道是为了显得自己无处不在？还是为了掩盖她的真实居住地？我没有想到避孕套的事，至少现在没有，现在还没想到。可我却想到泼在珍妮头上的那桶红油漆，竟然是出自一个女人之手。

在一条商业长廊里，谁会注意到一位带着好几个孩子的疲惫母亲呢？她很容易就能混在人群中逃得无影无踪。渐渐地，我又想到了那个穿蓝外套的身影，弯下身子，一把拔下珍妮的氧气管，想要杀了她。那个身影也可能是一名女子。我只是从远处见过她的背影。可是，娜塔莉亚怎么能混进平时大门紧锁的科室呢？难道她的憎恨真的强烈到了不惜以杀人来泄愤的地步？

娜塔莉亚坐在彭妮汽车的后座上，旁边坐着莎拉。一开始，谁都没有说话，娜塔莉亚抽出座位安全带上的一根线。过了一会儿，彭妮关上空调，没有了机器嗡嗡的噪音，车子里突然安静得出奇。

"你为什么要这么做？"彭妮问道。

娜塔莉亚没有作声，还在扯着手里的线头。我觉得，她其实巴不得说话呢。

车里的温度渐渐高起来，仿佛沉默也有它自己的温度。我还记得，有一次吃饭，聊到兴头上时，莎拉告诉我们，从嫌疑人那里套取信息的最佳时机，是刚逮捕他、又还没到警察局的时候，那种情况下，他还有些措手不及，来不及思考，也来不及窝藏罪证。

"你很爱他，对吗？"莎拉问道，话语中带着一丝嘲讽。

"他是个小废物。软弱，没用，把我这辈子全毁了。"她的话语推高了车内的温度，仇恨的情绪让车里的空气更加混浊。

"那你干吗还不嫌麻烦地弄那些恐吓信呢？"彭妮问道，"如果你根本就看不上他的话？"

"因为这个小废物是属于我的，行了吧？"娜塔莉亚抢白道。我想起上次她特意强调"我丈夫"，原来这不是出于忠诚，而是占有欲。

我还记得，珍妮曾说："她说他是个失败者，说他让她感到羞耻……然而，她又不肯跟他离婚。"

塞拉斯·海曼跟她说的是实话。

"那个女校长，萨莉·希蕾，跟我说，我应该用拴狗链把我丈夫拴住。"娜塔莉亚继续说。

"海曼太太……"

"拴狗链，仿佛他是只狗似的。一只可卡猎犬。她很了解他。我假装自己不明白，问她是什么意思。我还算有点自尊，对吗？她说，跟助教调情是不可以接受的行为。调情，又不是做爱，她太高雅了，希蕾夫人，不过却很聪明，把他交给我来处置。我欣赏她的做法，显得很有魄力。"

"可你惩罚的却是珍妮弗·科维，而不是你丈夫？"彭妮问道。

"那个愚蠢的婊子，她以为我是傻子呀。"

我不自觉地抬起手捂住脸，仿佛她的话是啐了我一下，不过，她们还在往下说。

"我看见过他们，她那双长腿，穿着短裙，披着金发，整个一骚货，鬼知道怎么会有人让她穿成那样。他被她勾引了。希蕾夫人不需要让我拿一条链子。"

"那红油漆的事呢？"彭妮问道。

"那个婊子不得不把头发剪了。"

"为什么要给她寄避孕套？你是什么时候发现可能被追踪的？"

"我从来没有想到……"娜塔莉亚继续说道，我听见她又在扯那根线。"我要让她知道，我们依然还有性生活。他不过是玩弄她的身体，跟我才是真正地做爱。"

我们来到警察局。彭妮把娜塔莉亚带去审问，莎拉准备直接赶回医院。正当她要坐到驾驶座上时，莫辛赶了过来。

莎拉抬起头，发现他正用疑惑的目光盯着她。一个之前他没问的问题——彭妮也没问过——此刻却显得不容忽视起来。

"珍妮跟塞拉斯·海曼没有发生关系，"莎拉说道，"她跟我说过。"

我都有些嫉妒她的自信，认为自己对珍妮有充分的了解，而我，却在不久以前失去了这份自信，而此刻，也为这种自信的欠缺而难过。是不是每个父母都遇到过这样的情况？有一天，你忽然意识到，自己的孩子已经变得让你无法理解，无法跟上他们的脚步。

不知为什么，我居然想起了她的鞋子。针织短靴变成小巧的软底鞋，夏天穿的宽边凉鞋变成冬天穿的黑色球鞋，鞋子一直在慢慢变大，慢慢接近成人的尺码，而在鞋店挑选的时间也越来越长——直到有一天，她穿着自己的鞋子出门，回家时变为另一双靴子，可是，我注意到，她穿着靴子大步离开我，回来的时候一双长腿下却穿着凉鞋。她并不是被父母抛出鸟巢强迫学飞的雏鸟，反倒是父母被他们青春期的孩子逼着走出了温馨的家庭。是我们要学会摆脱对他们的依赖，要是掌握得不好，我们会摔得粉身碎骨。

你和莎拉站在重症监护科的走廊里，珍妮在一旁偷听。

我听不见你们在说些什么，不过，从你的表情，我看得出你很愤怒。我走上前来。

"我的天哪，他妻子完全搞错了。"

"我知道，迈克，"莎拉耐心地说道，"我只是想告诉你罢了。"

"这真是太荒唐了。这个人三十岁了，而且结了婚，看在老天爷的分上！"

珍妮转过身，疑惑地望着我。

"他妻子居然认为我跟他有一腿？"

我点点头，然后鼓起勇气问道："有吗？"

"没有。他曾跟我调情，他跟每个人调情，可仅此而已，没有别的。"

我相信她，当然信。

她笑着对我说道："不过谢谢你问我。"她是认真的。

当我看见伊沃坐在花园旁的走廊里，任凭周围的人们鱼贯而过，我并没有问她伊沃的事。

我一直在猜测——希望、企盼她没有跟塞拉斯·海曼发生关系，也相信她会跟我说实话。然而，这并不代表我重新对女儿有了充分的了解。

"桑胡医生来了。"珍妮说道。

我转过身，看见他正跟珍妮的心脏科专家，年轻的罗根小姐在一起。

"今天晚些时候，我们会带珍妮去做核磁共振检查和CAT扫描，"罗根小姐说，"看看她是不是依然适合做移植手术。"

"这么说，你认为是有可能的。"你抓住她话里的意思说道。

"时间非常紧。我们只是遵循流程而已。"

"还记得我们说过的两种类型的烧伤吗？"桑胡医生说道，"我们现在知道，珍妮的烧伤属于伤及真皮层的浅二度烧伤。这意味着，供血机能并没有受到损伤，她的皮肤是可以痊愈的，将不会留下疤痕。"

可他的声音里听不出高兴，反而显得有些失落。

"这太好了！"你说道，明显是在拒绝跟他一起失落。

他们进入病房，来到珍妮的床边。

珍妮跟我一起待在走廊里。

"死去，但是没有疤痕，"珍妮说，"好吧，这也算是种安慰。"

"珍……"

"是的，好吧，有时候冷笑话是有害的。"

"你不要……"

"那你还要不停地说。"

"因为这是事实。你一定会活下来的。"

"那为什么桑胡医生或者罗根小姐没有这么说呢？我要去走走。"

"珍妮……"

她转身走开。

"他们给你找到了一个心脏。"

她没有回头。

"我已经过了听童话的年纪，妈妈。"

··· ✦ ···

莎拉在咖啡厅等候，跟你不耐烦的时候一样，用手指不停地敲着桌子。她取出她的猫头鹰笔记本，翻看起来。我能看出，她筋疲力尽的脸上，慢慢恢复了些能量。看到莫辛和彭妮到来，她停止了敲手指的动作。

"娜塔莉亚·海曼触犯了《恶意沟通法》，罪名是人身攻击，"彭妮说道，"她对所有投放恐吓信和泼油漆的事实供认不讳。"

这次出色地完成任务，让她十分满意，脸上棱角分明的线条也变得柔和起来。

"塞拉斯·海曼跟他妻子投放恶意邮件的行为没有关系，"她继续说道，"他甚至对发生的事情一无所知。"

"那珍妮氧气管被拔掉的事呢？"莎拉问道。

"娜塔莉亚认真地发誓不是她干的，"彭妮说道，"我相信她。她是投放了恐吓信，但并不是那个搞破坏的人。"

"那唐纳德·怀特呢？"莎拉问莫辛。

"他的不在场证据出来了，"莫辛答道，"星期三下午三点，他乘坐英国中部航空公司的航班，正在从盖特威克飞往艾伯丁的途中。不过，我们依然认为你骗保的推断是正确的。他一定还有其他的同谋。"

"他精明的律师正在想办法为他办理保释。"彭妮说。

"不过贝克没有批准，至少目前还没有批准。"

"或者，纵火的人是塞拉斯·海曼。"莎拉说道。

莫辛和彭妮都大吃一惊。

"我想，也许，我弟弟一开始就是对的。"莎拉继续说道。

我想让她停下来，立刻停下来。我已经没有脑力和心思来听这些。我们已经把它梳理完毕，全部了结。唐纳德·怀特为了骗取保险金而烧毁了学校。珍妮也许是看见了他的罪证，所以他才要想方设法地谋杀她。娜塔莉亚·海曼对珍妮展开了错误的报复。也许，只是也许，在医院袭击珍妮的就是娜塔莉亚。就是这样。这两个人，就能够解释一切。这并不是一连串美好清晰的事实，而是一部关于卑鄙人性的丑陋邪恶的卷宗。然而，我们已经都搞清了，都了结了。

"难道你不想知道真相吗？"保姆厉声对我说道。

"难道你不希望亚当把罪名摆脱得一干二净，不希望珍妮安安全全吗？这难道不是你所期望的吗？"

当然是，我很抱歉。

"可是，查出这宗骗保案的是我们，"莫辛对莎拉说，"而不是你。"

难道他也对这一切感到筋疲力尽了吗？

"是的，我发现的是动机，"莎拉说，"不过，我现在认为，纵火犯同样可能是塞拉斯·海曼。"

"为了报复学校？"莫辛问道。

"是的。"

"我从来没想过塞拉斯·海曼可能是纵火犯，"彭妮严肃地说道，"甚至往这方面想也是第一次。"

"我认为，要释放他还为时过早。"莎拉说道。

"可怎么解释他妻子为他做的无罪证明？"莫辛问道，"她显然很恨他，所以不大可能会为他说谎吧？"

"如果他坐牢，她将沦为带着三个孩子的单身妈妈，又没有收入来源，"她说，"为他撒谎是为了她自己的利益考虑。不管怎样，我觉得她对他还是有感情的，只是表达的方式邪恶而诡异。"

我同意，因为，刚才在车里，坐在娜塔莉亚身旁，我能感觉到，在她乌七八糟的气话和恶毒的坏脾气之下，隐藏着某种脆弱和受伤的感情。"他不过是玩弄她的身体，跟我才是真正地做爱。"

"等我十分钟好吗？"莎拉问道，还没等他们二人回答，她就拿着自己的猫头鹰笔记本离开了。莫辛看起来有些茫然，而彭妮则有些不悦。

"我要去给局里打个电话。"彭妮恼火地说道,说完也走开了。莫辛走到柜台前,又要了杯茶。

剩下我独自一人,又想起了珍妮。"我已经过了听童话的年纪,妈妈。"

还记得从前,你每天晚上都要给她讲故事:你那双布满汗毛、粗壮有力的大手,细心地翻开封面闪亮的书页。她最喜欢的是那些老故事,那些以"很久很久以前"这样的套路开头的故事,而结尾一定是"从此过上了幸福的生活"。

可是,那些幸福,常常可遇而不可求。那些皮肤白皙的美丽公主和漂亮女孩,还有那些手无缚鸡之力的小孩,总是不得不跟邪恶残忍的势力进行较量。不是巫婆把小孩关在笼子里,把他们压扁吃掉;就是继母把小孩遗弃在森林想把他害死,甚至要求伐木工人杀害自己美丽的继女,并带她的心脏回来给她当晚餐。

在那些闪亮的封面之下,总有一个好人与坏人对抗的世界,无辜的白雪公主总要与黑暗邪恶的暴徒抗争。然而,尽管有恶势力存在,受尽委屈的漂亮女孩和无辜的公主总是能取得最后的胜利。而故事的结局,总是"从此过上了幸福的生活"。

可是现在,我开始相信这些童话故事了,我跟你说过吗?因为我已经穿过魔镜,来到舞台后面的更衣室里。年轻的女孩一定能得到心目中的王子,孩子一定能跟慈爱的父亲团圆,而珍妮,也一定能够活下来。

她一定会活下来的。

莎拉回到咖啡厅时,莫辛已经喝完杯中的茶,彭妮跟在莎拉身后。而我一定是再度想起那些黑暗邪恶的事情——我们这个故事中的坏人和他们的动机。跟那些直线叙事的童话不同,我们的故事绕了一个圈后,又回到塞拉斯·海曼那里。

"好吧,那我们就按照你的猜测,把塞拉斯·海曼作为纵火凶手往下推理吧,"彭妮对莎拉说道,口吻中略带嘲讽的味道。"我们假设,他的确想把学校烧毁。就算他知道校门的密码,真的混进了学校,他又怎么能神不知鬼不觉地上到三楼去呢？"

"这我已经想过了。"莎拉平静地答道。

"虽然大多数老师都去了运动场，但大楼里还是有三名教职员工，的确存在一定风险。"

"没错。所以……"

"所以他有个同谋。有人替他探过路了。"

彭妮显得更懊恼，更不耐烦。但愿她的孩子都聪明伶俐，都能按时完成作业，否则她家里肯定会有噩梦上演。

"万一帮助他的是罗伊娜·怀特呢？"

莎拉问道。"万一她帮他放风？比如分散秘书的注意力，然后让他趁机溜进去？"

"可她究竟有什么理由要这样做呢？"彭妮问道。

"因为，我推测，塞拉斯·海曼肯定跟学校的某个人有不正当关系。某位助教。不过，这个人不是珍妮，而是罗伊娜。"

我震惊了。罗伊娜？

"太荒谬了，"彭妮说道，"我能理解，你为什么不希望自己的侄女跟他有不正当关系。可娜塔莉亚·海曼说得很清楚，那个人是珍妮。她看见他们在一起过。"

"看见她丈夫跟珍妮调情，是的，"莎拉说道，"可是，他跟学校里的每个女性都会调情。伊丽莎白·费舍说他是母鸡窝里一只好斗的小公鸡。我想，他一定也会跟罗伊娜调情，并且发生了进一步的关系。"

此时，两人都把目光投向了正在专注聆听的莫辛。

"那怎么解释校长说过的狗链的那些话？"彭妮问道。

"萨莉·希蕾也认为，那个人是珍妮弗。"

"她只说了是一个助教，"莎拉答道，"把我们的结论引向珍妮的是娜塔莉亚。而且，当你把两个女孩放在一起比较，你当然很容易选择珍妮。"

"好吧，我在这里不得不打断一下，"彭妮说道，"珍妮弗———双修长的美腿，金发披肩，面孔姣好。我选珍妮。"她说到"面孔姣好"的时候，莎拉的表情有了些变化，而莫辛则紧紧盯着她。

"对不起，可是，既然他家里有了娜塔莉亚，为什么还要选矮胖不起眼的罗伊娜·怀特呢？"

"因为娜塔莉亚是那种连往信箱投狗屎这种事都能干得出来的女人？"莫辛猜测道。

"而且，因为罗伊娜极端聪明。"莎拉说道。

"能去牛津大学读科学，也许海曼是被这一点吸引；又或者，他知道自己能够引诱她，因为这更容易得手；又或者，因为她只有十七岁，而年轻本身就意味着美丽。我不了解他的具体原因。"

"因为别无选择。"彭妮说道。

"还有一个原因，"莎拉边说边在皮包里翻找着什么，"我这里有跟梅茜·怀特谈话时做的记录。"彭妮警惕地看着她。

"见鬼，你说什么？贝克警督知道这事吗？"

这时，你忽然出现，打断了她们的对话。

"珍妮一个人吗？"莎拉问道，脸上明显有些担忧。因为，如果凶手如她所料真是塞拉斯·海曼，他完全可能出现在某处成为一个威胁。

"伊沃跟她在一起，"你说，"还有一大群医生。关于罗伊娜·怀特，我们谈话之后，我忽然想起一件事情。"

你的出现，让彭妮和莫辛多少有些尴尬。彭妮甚至脸红了一下，跟一位情绪冲动的当事人近距离接触，还是让他们震动了一下。

"当我跟塞拉斯·海曼的妻子谈话的时候，"你说，"她指责我把她丈夫赶出了学校，说我'早就想让他走'。"

我记得娜塔莉亚一直跟你走到车旁，她的敌意就像她周身环绕的廉价香水一样刺鼻。

"我想，她这话是针对作为家长的我而说的。"你继续说道。

"我只是学校一个普通的家长。可我想，她是针对我个人的。她认为是我导致他被开除——这也许是因为她觉得他可能跟我女儿有不正当关系。"

莎拉点点头，看得出你俩之间的默契。

"她搞错了他勾搭的女孩，自然也把女孩的父亲搞错了。"你说。

彭妮沉默不语。也许，她觉得跟一个女儿在重症监护室的父亲争执，不符合警察的身份，更不用说，要在这个心急如焚的父亲面前，对他女儿的道德妄加置评了。这时，我才意识到，你现在为什么要过来，为什么不等莎拉来找你，宁可跑过来打断她跟同事的会议。

你说，珍妮跟塞拉斯·海曼有不正当关系，这种想法实在是"荒谬至极"。你不想让别人谈论关于珍妮的谣言，说珍妮跟一个已婚男人发生关系，是对她极大的侮辱。

你离开的时候，大家一时间都陷入了沉默。

"我认为，迈克的想法是对的，"莎拉说，"把向珍妮泼红油漆，作为对塞拉斯被解雇的报复，这是有可能的。这也能解释暴力之所以升级的原因。她只是搞错人了。"

"你说你跟梅茜·怀特谈过？"莫辛问道。

"是的。"

她打开她的猫头鹰笔记本。看到她这个动作，我忽然想起那天晚上，在光线昏暗的咖啡厅，梅茜离开后，莎拉认真地做着记录的情景。

"我是在星期四跟梅茜谈的，七月十二号，也就是火灾发生后的第二天，晚上九点。"

莎拉只顾着看她的笔记本，当然，她一定也注意到彭妮不赞同的表情。

"她跟我说，'可是，博取他人的喜欢，这件事本身就有问题，尤其是当人家还那么小，还不能够独立正确思考的时候。'她当时说的是亚当。不过，我现在想到，她其实是在暗指自己青春期的女儿。"

"她说，塞拉斯讨得人们的喜欢，是因为没有人发现他是个骗子。她说他'利用'了别人，而且还特别强调了这个字眼。"

彭妮此刻也默不作声，跟莫辛一样，聚精会神地听她分析。

"我问她，是什么时候开始改变对塞拉斯·海曼的看法的。根据我的

330

记录，她并没有立即回答，而是不停地把玩着一袋装在粉色小纸包里的代糖。过了一会儿，她才说，是从颁奖典礼以后，"莎拉继续说道，"不过，我想，其实应该是在这之前——在她发现塞拉斯和她女儿的关系以后。"

我回想起，颁奖典礼那天，梅茜脸色苍白，跟平时那个从来不记恨任何人的梅茜，有着很大的不同。我记得她说，"绝对不能允许那个男人再靠近我们的孩子。"当罗伊娜在西德里小学上学的时候，塞拉斯还没有过去工作。可是，去年夏天，十六岁的罗伊娜成为一名助教，他已经是学校的老师了。我当时怎么没想到梅茜指的是罗伊娜呢？为什么她不把真相告诉我，后来也没有告诉莎拉呢？

我想，也许跟你一样，她认为这是对自己女儿的侮辱。她认为塞拉斯已经利用了罗伊娜的感情，她当然更不想因为丑闻的公开，而毁掉女儿的前程。所以，连我这个朋友，她都没有说。而且，她早就习惯于保守秘密了。

"第二天，当我跟罗伊娜谈话的时候，"莎拉说道，"她告诉我，塞拉斯很暴力。"

"连这次谈话你也做了记录？"莫辛问道。

他是在调侃她吗？不是。做同步记录是调查的标准流程。

她点点头，并把笔记本给了他。

以前，我其实并不十分理解警察为何如此强调做记录之类的流程，甚至觉得他们对细节的关注是繁文缛节的官僚作风，而莎拉对这些总是精益求精。此刻，我终于恍然大悟。

"天使和魔鬼，这个有意思。"莫辛边看边说道。

"如果她真的协助他实施了纵火，"彭妮说道，"这倒是可以解释她为什么会跑回楼里去。也许之前她并没有想到有人会受伤。"

"我们去跟她谈谈。"莫辛起身说道。

"我去给局里打电话，"彭妮说，"让他们务必尽快找到塞拉斯·海曼。"

我跟在莫辛和莎拉后面，心里想着刚才你来跟莎拉和同事谈话的时候，伊沃守在珍妮病床前保护她的情景。我很高兴看到你能如此信任他，让他代替你的位置守护她；也很高兴你没有像我一样，对这个小伙子心怀偏见。

我们来到烧伤科，我透过墙上的小窗朝罗伊娜的套房里张望。正如我之前说的，在我眼里，她的样子再也不是丑陋和平庸的——此刻，一张完好无损的面孔对我来说怎么会平庸呢？不过，我也能理解彭妮对她毫不客气的客观评价。

然而，她还是像个小姑娘那样好看，像个小仙女，大大的眼睛，古灵精怪的脸庞，蜜金色的如丝秀发。还记得希蕾夫人为纪念西德里小学建校一周年特别定制的那尊铜像吗？没人告诉我们那个孩子是以谁为原型的，但大家都猜测那是罗伊娜。她六岁后，一口整齐的小白牙中，忽然长出了几颗残缺歪斜的大牙；随着脸盘越来越大，眼睛也越发显得小了；一头闪亮的金发变成了黯淡的棕灰色。你一定会觉得奇怪，我怎么会注意到这些呢？在学校里，看着孩子们一点点长大，你没法不去注意这些变化。我当时对她还有些同情。曾经拥有那样令人赞叹的美，后来又失去，感觉一定很不好受。梅茜曾跟我说，有一次看牙医的时候，罗伊娜哭着要把自己以前的牙齿要回来。仿佛在那个时候，她就意识到自己正在失去小女孩的美。我还一度怀疑，是不是因为这个让她变得如此争强好胜，似乎是要努力在其他方面证明自己。

珍妮却正好相反：我们的丑小鸭出落成了一个美少女，而当时罗伊娜正备受青春痘的折磨。即便没有父亲的虐待，对于罗伊娜来说，长大也是一件痛苦的事情。我怀疑，根本就没有几个同龄的男孩子追求过她。

会不会是这所有的一切——自感平庸，甚至丑陋，还有父亲的粗暴虐待——这一切，导致她在塞拉斯·海曼这样的男人的诱惑下，变得不堪一击。

莎拉和莫辛走进她的病房。

"你好，罗伊娜，"莫辛说道，"我想再问你几个问题。"

罗伊娜点点头，不过她的眼睛只是盯着莎拉。

"考虑到你还不到十八岁，"莫辛说，"应该有一个大人陪着你，来……"

"珍妮的姑姑能陪着我吗？"

"可以，如果你愿意的话。"

莫辛望着莎拉，两人交换了某种眼神。

莎拉坐到罗伊娜床边。

"上次我们谈话的时候，"她说，"你曾说，塞拉斯·海曼长得很帅？"

罗伊娜把头扭过去，显得有些尴尬。

"你说，你曾经观察过他？"

罗伊娜看上去非常难为情，让我都有些不自在了。

"你觉得他有魅力吗？"莎拉和颜悦色地问道。罗伊娜沉默不语。

"罗伊娜？"

"从第一次见他的时候，我就迷上他了。"她故意转过脸去，不让自己看到莫辛，似乎并不喜欢他在这里，而他也朝着门退后了几步。

"我知道，对于像我这样的人，他从来都不会正眼相看的，"她继续对莎拉说道，"像他那样的男人绝对不会的。你知道，那种英俊的男人。"

她停了下来，莎拉并没有急着插话，而是耐心地等着她开口。"如果能用聪明交换美貌，"罗伊娜平静地说，"我愿意去换。"

"你还跟我说，你觉得他可能有些暴力。"莎拉的问题如同一个巴掌扇在她的脸上。

"我不该这么说的，"她说，"这样说是不对的。"

"可这也许是实话？"

"不。这是傻话。事实上我从来没有见他暴力过。我是说，我只是猜测，他可能如此。而且，我们大家都可能有暴力倾向，不是吗？我的意思是，任何有能力施暴的人，都有这种可能，不是吗？"

"如果你觉得他可能有暴力倾向，为什么还会被他迷住呢？"

罗伊娜没有回答。

"他对你使用过暴力吗？"莫辛问道。

"没有！他从来没有碰过我。我是说，不是以那种，那种不好的方式。"

"但他的确碰过你。"莎拉说道。

罗伊娜点点头。

"你跟塞拉斯发生过关系吗？"莫辛问道。罗伊娜看着莎拉，一副错愕的表情。

"我是以一名警官的身份向你提问的，"莫辛继续说道，"所以，你必须跟我说实话，不管你曾做过什么样的承诺。"

"有。"罗伊娜说。

"可你说他从来没有正眼看过你？"莎拉温和地问道。

"他没有。我是说，一开始没有。他想要的是珍妮。他为了她神魂颠倒，不停地用甜言蜜语勾搭她，可她不但不领情，我想，反而还有一些生气吧。然而，我一直都在那里，关注着他。所以，最后，他终于注意到我。"

"这让你有什么感觉？"莎拉问道。

"不敢相信自己有这么幸运。"

一时间，她看起来又幸福，又自豪。

"回到刚才的问题，罗伊娜，"莎拉说道，"你说，他从来没有以不好的方式触碰过你？"

她点点头。

"他曾经伤害过你吗？比如，不小心？或者……"

罗伊娜转过脸去。

"罗伊娜？"

她没有回答。

"你曾经跟我说过，每个人身体里，都既有天使，又藏着魔鬼？"莎拉诱导式地问道，"而你的任务，是除去人们心中的魔鬼？"

罗伊娜把脸转向她。

"我知道，这听起来像是中世纪的话。可是，到了二十一世纪，你可以换个方式来理解它，把它跟多重人格结合起来。而且，我想，治愈的方法都是一样的，就是，爱。爱别人，能够赶走他们心中的魔鬼，让他们恢复良好的心智。如果你足够爱他们的话。"

"塞拉斯曾来探望过你吗？"莫辛问道。

"没有，我们之间已经结束了。实际上，前一阵子就结束了。而且，即便我们还在一起，嗯，他也不想让我妈看见我们在一起。"

"你妈妈不喜欢他？"莎拉问道。

"对。她想让我跟他一刀两断。"

"那你照做了吗？"

"是的。我是说，我不想让妈妈太伤心。尽管这一点并不能得到他的理解。"

"操场意外发生以后，是你的父母把塞拉斯的事告诉《里奇蒙德邮报》的吗？"

"只是妈妈。爸爸说，把人家那样赶出学校，有失公允。他不是因为个人原因，只是觉得这样做不妥。可是妈妈讨厌塞拉斯，所以她给报社打了电话。"

梅茜真厉害。那个我过去熟知的朋友形象，此刻已经荡然无存。她虽然没有离开唐纳德，却勇敢地站出来为了女儿对付塞拉斯。我不确定，她事前是否知道，自己的一通电话，会导致自己家庭的破产。可是，我猜想，即便她事前知道，她也会义无反顾地这么做的。

"去年夏天，你们开始的时候，你有多大？"莎拉问道。

"十六岁。不过，我的生日是在八月份，所以是接近十七岁。"

"你们分手以后，你一定想过他吧？"

罗伊娜难过地点点头。

"他后来又试图跟你联系过吗？"

她继续点头，泪水夺眶而出。

"他曾经要你为他做过什么吗？什么你觉得不对的事情？"

"没有，当然没有。我是说，塞拉斯不会这样对我的。他对我总是很好。"

她是个可怕的骗子。

一名护士走了进来。"我需要给她换纱布，然后注射抗生素。"

莫辛站了起来。"罗伊娜，我们待会儿见，好吗？"

莫辛和莎拉走出病房。

"那么，这就是教科书上所谓的——受虐的儿童希望找到有虐待倾向的伴侣？"莫辛问道。

"可以把它做成PPT参加下次家庭暴力研讨会用，"莎拉答道，"一些专家认为，这是因为受虐待的女孩，希望那个有虐待倾向的伴侣能爱上自己，善待自己。这样多少能弥补父亲的虐待行为。她其实是想通过一种替代的方式，来得到父爱。"

"在我听来简直是胡说八道，"莫辛说道，"我要给局里打电话，让他们派人带上录音设备赶过来。我们要完全根据贝克那本破书来操作。"

莎拉点头表示应允。

"你认为，是塞拉斯·海曼让她放火的吗？"

"我不知道。存在这种可能，但我认为，更有可能是她给他的机会。她对他毫无抵抗力，而他正是利用了这一点。当然，也有可能是她爸爸。在我看来，塞拉斯·海曼和唐纳德·怀特，都有可能出于各自的目的利用罗伊娜。"

这时，彭妮匆匆沿着过道向他们走来。

"唐纳德·怀特已经被无罪释放了，"她说，接着看到莎拉脸上的表情。"他有不在场证明，又一个好律师。依照法律，我们实在没有理由继续羁押他。"

"你知道他去哪儿了吗？"莎拉问道。

"不知道。"

"那塞拉斯·海曼呢？"

"我们正在各个建筑工地寻找，但还没有找到。"

这样看来，唐纳德·怀特和塞拉斯·海曼都有可能到医院里来。

我跟着莎拉沿着玻璃走廊朝重症监护室走去。当我低头俯视下面炎热不堪的花园，我看见了珍妮金色的长发，在她身边的，是伊沃。从上面，我看见他正朝她走去。而她，则探出身子，迎接他的到来。

· ·· ✦ ··· ·

你跟莎拉站在重症监护科的走廊里，隔着玻璃一刻不停地注视着珍妮。

"可是，他们总得想办法找到他吧？"你说道，语气中充满怀疑和愤怒。

"我们甚至不知道他是真的在建筑工地工作，还是在跟他妻子兜圈子。我们会继续查找他，还有唐纳德·怀特。"

"我只跟唐纳德谈过学校的事情，而且是很多年前。不过，我想不到，他居然是能干出这种事情的那类人。"

"其实并不是一类，"莎拉说，"你跟亚当说话了吗？"

你的脸立刻绷了起来，然后摇着头说道："等你们一找到这两个人，我立刻回去看他。"她点点头。"也许，等真正的纵火犯被关起来时，亚当的情况会有所改观。"她说。

那时他会开口说话吗？当然会的。

伊沃经过你们身边，来到珍妮的病房里。不过，只有我能看见，珍妮就在他身边。他们一起走到她的病床边，这是火灾以后，珍妮第一次看到自己的样子。她的脸比刚入院时的情况还要严重，肿胀得更厉害，水泡也更多了。尽管她知道自己不会留下疤痕，但我还是担心，面对自己烧坏的脸庞和裹在塑料壳里的身体，她会有怎样的感受。

我强迫自己看着她。

她的眼泪落在伊沃的脸颊上，他把她当作自己的眼泪轻轻擦去。

我想，之前，她是因为害怕他的拒绝，所以躲着他，从而保护自己。现在，她不用再担心了。是他的爱，给了她正视自己身体的勇气。莎拉来到伊沃身边，被他的悲伤打动。

"她不会留下疤痕的。"她对他说道。

"是的，她爸爸说了。"

不过，我知道，令他悲痛的不是她的外表，而是她所经历的痛苦。

你跟莎拉和伊沃说，要离开一小会儿，去看看我。莎拉想追上其他同事跟他们一起调查，不过，现在这里还有伊沃，作为家庭的一员，他也可以作为值班警卫守护在她床边。我像你一样，也信任他。

珍妮跟伊沃一起站在自己的床边。我来到她身边。

"爸爸要让伊沃来保护我吗？"

"是的。"

她破天荒第一次没有再反驳说不需要人守护，也没说这种做法很荒唐。也许现在，有了伊沃的陪伴，她才敢于正视恐惧，如同敢于正视自己的身体。

你来到我的床边，握住我的手。将近四天没有见到阳光，我的手指变得苍白，上面戴戒指的印痕也不见了。然而，你的长满汗毛、指甲方正的手指，看上去依然强健有力。

"伊沃陪着珍妮呢，亲爱的，"你对我说，"我想这正是她需要的。"

"是呀。"

因为我终于还是猜中了珍妮的心思——她的确爱着伊沃。不过，我说我不了解她，不全了解她，这话也是对的。如同我再也不能抱动她的身体，她也不再能被我完全理解。

"你觉得她还太年轻，还不足以去跟人建立一种严肃的关系，"你说，"但是……"

"她几乎已经长大了，"我总结道，"我应该看到这一点。"

她已是个成年人，虽然年轻，是的，但她仍是一个拥有自己独立空间的成年人。

"我知道，对于我们来说，她也永远都是那个小珍妮。"你说道。

"是呀。"

"但是，我们不得不稍微掩饰一点。这是为了她好。"

你明白了。

"我想，任何家长都不会真正放手的。"我对你说。

"只是有的家长更善于掩饰。"你说道。

我们讲话的时候，只有我能听见两个人的声音，而你，却能感应到我的话。这让我再次想起，自从我们初次相遇，每天都在彼此交谈，已经整整十九年了。

当你外出拍摄的时候，我们隔着远距离交谈，通话不时受到杂音和信号不好的干扰，但是，我还是会为你描述我一天的生活，而你，我想说，讲话已经程式化了，总是简明扼要，但其实并非如此。因为我们不再有年轻之爱，也不再在目光交缠中发现彼此的美，然而，是你为我展开了画布，去描绘我们的未来。

只有在现在，此时此刻，我发自内心地感激你，坐在我的身旁，还在跟我说话，抓紧一切机会。尽管莎拉不在，但现在有伊沃陪着珍妮，你又来到我身边。

还记得，我们婚礼上，莎拉宣读的内容吗？当时，我并没太留意。我们去教堂结婚，只是为了让我父亲高兴（这对他非常重要，而我也想为未婚先孕做些弥补），而且，我们更倾向于采用事先准备好的从《圣经·哥林多前书》上摘录的誓词。

"爱是耐心，爱是友善，"站在讲坛上的莎拉，大声读道。不过，当她读的时候，我既没有耐心，也不友善，就嫌她读得怎么那么慢！我的鞋跟太高了，母亲之前说得对，我的脚尖会被挤着的。凭什么来宾们都是坐着，而我们却要站着？

"爱包容一切，相信一切，期待一切，忍耐一切。"

除了踩在教堂硬硬地板上那要命的鞋跟。

不过，我倒是记得她朗读的结尾部分。

"……如今，常存在人们心中的有三样：信念、希望和爱，这其中，爱是最重要的。"

我想，你对我的爱，依然需要信念；

你的信念，我现在能听见，依然需要爱。

当我们一起回到珍妮的床边，我们依然怀着热切的希望。

她不在了。

一位护士看出你的惊慌，忙告诉你，她刚被带去做核磁共振，他男朋友和重症监护室的医生也一同去了。

你连忙走了出去。

大门紧锁、医护人员众多的重症监护科是安全的，然而，到了外面，人来人往的走廊里，异常拥挤的电梯中，危险则随处潜伏、伺机而动。凶手很可能正朝我们虚弱的女儿快步走去。

我努力抑制自己的恐慌。伊沃在她身边，还有一名医生。他们不会让她发生任何意外的。而且，凭唐纳德和塞拉斯的精明，凶手应该不至于再一次铤而走险。

因此，在你一路小跑地往前赶时，我却放慢了脚步，尽量让自己沉着地往前走。路过教堂门口时，我忽然听见里面传来一阵低沉的、动物哀号般的声音。我走了进去。

她跪在教堂前方，哭声中充满了绝望，一声痛哭之后，泪流满面。我的每一根神经都被她的哭声纠缠拉扯。我伸出手抱住她。

"我不想跟他在一起，妈妈。"

"可是他爱你。我看出来了。他现在离开你，是要到核磁共振中心去，因为爸爸在我那边。他对你没有丝毫的拒斥，如果这是你哭……"

"我知道他爱我。这我一直都知道。"

她转过头来，我实在不忍心看她脸上痛苦的表情。正如我不忍心看她被烧伤的脸庞，上面水泡会让我的心撕裂般地痛。

"我知道，如果我看见他，我就会好想好想活下来。"

"珍妮……"

"我不想死。"她大喊道,喊声在整个教堂里回响,直至汇成一颗感情的声波炸弹,让人粉身碎骨。

"我不想死!"

"珍,听着……"

她的脸开始发光,光芒强得让我睁不开眼睛。上次出现这种情形,是她心脏停跳的时候。这绝对不可以发生,现在绝不可以,求求你了。

绝对不可以。

我赶紧跑到走廊,朝着核磁共振中心飞奔,穿过一扇扇掩着的门,经过无数诡异的行人,在头顶排灯的照射下,他们的面目变得狰狞起来。

她需要一颗心脏,就现在,就在此时此刻。必须立刻手术,取出先前受损的心脏,换上一颗新的、能让她活下去的心脏。

在电梯门就要关上的时候,我冲了进去。

可是,罗根小姐不是很肯定地跟你说过,她的情况应该会先稳定一段,不会危及生命的吗?怎么会这样呢?我想起了教堂里可怕的声音。面对死亡,她是如此惊慌,恐惧。然而,在此之前,面对我的时候,她一直在置身事外地用幽默来保护自己,保护我。

我发现,她已经长大了,但勇气还没有跟着长大。

电梯走得好慢,实在太慢了。我想起了红油漆的事。"她说,父母要是知道了一定会很难过的,她不想让他们担心……"此时,这些话在我耳边一遍遍地回放。

她这样保护我们多久了?而我,还总说她不成熟。

印象里,莎拉从没对此表现出诡异过。

电梯要停了,快停!外面的人礼貌地等待进入,我却迫不及待地跑到楼梯前,脑子里忽然想起,她回忆自己为救亚当冲进火场,脚底被地上的砂石子硌得生疼,皮肤也经受着烈日的炙烤。这一切,都是因为她爱他,这种爱赋予她勇气。

下到一楼,我疾速向核磁共振中心跑去,心里想着自己过去对她的唐突直白、居高临下和麻木不仁,而她,却总是心怀宽容地取笑我两句而已。

马上就到。马上就到。

我以前怎么没看出这一点呢？没看出珍妮，已长成一个多么棒的孩子。不，不再是孩子，而是一个令人刮目相看的大人。

那边有一个小的房间，医护人员正疾步往里走去。

我也跟了进去。

她被一群医生团团围住，旁边的机器发出冷漠的噪音，你也站在一旁。我忽然想起冥河，珍妮正在那里排队，准备前往阴曹地府。而医生正千方百计地拉住她，从船舷朝她掷去一个系成环状的绳套，然后使劲往回拖，往回拖，直到把她拖回生命的陆地。

你目不转睛地注视着监视器。

动了。

它动了！

我感到一阵狂喜。

"她的身体情况突然出现恶化。"罗根小姐对你和同样站在床边的莎拉说道，"恐怕我们只能让她稳定两到三天。"

"然后呢？"你问道。

"该做的我们都做了。我不得不告诉你，这么短的时间，已经不大可能找到合适的心脏配型了。"

我能感觉到你瞬间崩溃。你攀越险阻时背负的那块爱的巨石，顿时滑落到谷底。你不得不从头开始这个大力神的任务。

"你搞错了，妈妈！"亚当告诉我，"背巨石的不是大力神。大力神的任务是斩妖除魔，那些妖怪都非常厉害，比如冥府的看门狗，你知道吗？当然，他还需要干点打扫牛棚的活儿。"

"听上去简单多了。"

"不，因为牛棚里住的是特殊的神牛，它们拉的牛粪非常多，所以他不得不挖出一条河道，来运送牛粪。推巨石的是西西弗斯。"

"可怜的西西弗斯。"

"我宁可去推巨石，也不想跟妖怪作战。"

这时，莫辛来到病房。

"很抱歉，但我想，你有必要第一时间了解。这是故意的。刚才，在核磁共振中心，有人切断了呼吸机。"

在烈日熏蒸的花园，我在珍妮身边坐了下来。

"现在，他们会对你进行全面的保护，"我说，"贝克显然把奇斯维克警察局一半的人员都调过来了。而且，彭妮也已经开始采集口供。"

"给双层防护门上紧螺栓，然后……"

"是的。"

然后，我们像往常那样，窃窃私语起来。

把谈话的内容说给你们听，这是不对的，因为它是属于珍妮的隐私——有一天，如果她还能记起的话。不过，我只能说，我跟她道了歉。而且，我现在要把自己的那个鞋的类比告诉她，我想她一定会喜欢的。她果然被逗乐了，笑嘻嘻地看着我。

"这么说，在我有一天穿着靴子，大踏步地离开你之前，我都还穿着软底小鞋喽？"

"算是吧。实际上，我还挺为自己发明的这个类比而自豪的，它其实蕴含了很多意义——随着鞋号越变越大，给她的尺度也在渐渐放宽；大人监控下的购买，变成独立自主的选择。"

她冲我微笑。

"真的，"我说，"等哪一天，要是没有尺度了，那可就惨了。这可是一个里程碑。"

她笑得更厉害了。

"妈妈，那双带闪钻的凉鞋是你给我买的，对吗？"她问道。

"是呀。"

"我很喜欢。"

也许我不该这么赤裸裸地把她的成长视为自己的失落。

我好希望我的保姆能说些话来反驳我。当我产生什么新的念头，她总是会来泼冷水。可是，没有。也许，我也已经长大，最终不再需要她。

"移植什么时候进行？"珍妮问道。

"明天早晨。是第一个手术。"

彭妮坐在那间呆板的办公室，面对着一度想控告亚当的贝克。她身边坐着一位面如死灰的医生。伊沃等在外面。

"你确定你当时一直在她身边吗？"彭妮问道。

"是的，我刚才说过，就在她旁边。"这时，莎拉和莫辛走了进来，医生停住了，不过彭妮示意他继续。"一定是有人经过时，拔掉了她呼吸机上的导管，而且动作肯定非常迅速，连我都没注意到。我是说，我的眼睛可并没离开她多长时间。我只是看了看她的病例表，查看了下扫描结果的细节。真没想到，有人居然会……"

"接着，我就听见报警的声音，仪器显示，她的心脏停跳了。我赶紧处理，直到其他人赶来帮忙时，我才看见，她呼吸机的管子被拔掉了。"

"谢谢你，"彭妮说道，"你能在走廊等一下吗？我的同事会来给你做完整的笔录。"

他离开后，彭妮转而对莎拉和莫辛说："核磁共振中心有四间扫描室和一间等候室，还有一间带储物柜的更衣室。它也有安全门，不过人员进出比重症监护科频繁得多，不仅有操作核磁共振仪的医生护士，还有推患者进来的护工、患者的陪同人员等。我已经让康纳去调查接待员了，而且，我想，珍妮的男朋友也可能知道一些线索。"

"抓拍到了唐纳德·怀特和塞拉斯·海曼的照片吗？"莫辛问道。

"我们正在尽量查找，可是，从摄像头拍到的照片里找他们，不是件容易的事，尤其我们也不知道这两个人身在何处，而两人妻子也提供不出有用的线索。"

她把伊沃叫了进来。

我曾经一度认为，伊沃似乎已经被严酷的事实压得倒在马路上。不过，此刻，他已坚强挺拔地走了进来。

"她不会死的。"他说。

他让我想起了你。这并不是拒绝面对现实，不是盲目的乐观，而是强大的意志力，鼓舞我们勇敢地走下去。这么说，她终于还是选择了一个很像自己父亲的男人。

这么短的时间内，有这么多意外发现，难怪保姆的声音不见了，我的心似乎再也找不到归宿。

"你能把刚才看到的跟我说说吗？"彭妮问道。

"没有。我什么也没看到。"

他为自己感到懊恼。

"那你能不能告诉我……"

"他们不让我陪她进来。其他病人都有人陪伴，我看见他们进去了，可偏偏就是不让我进。"

这一次，他的懊恼明显是冲着其他人去的。因为和我一样，那些年长的成人明显低估了伊沃，他们觉得他不过是这个女孩的男朋友，跟结了婚的夫妻不可同日而语。

"我答应过她爸爸，要好好照顾她的。我说我会一直陪着她，所以他才去陪了妻子一会儿。"

"我来替你解释，他会理解的。"莎拉说。

"他会吗？我都不理解。"

"你一直在等她吗？"彭妮问道。

"是的。在核磁共振中心外面的走廊里。"

"你看见过什么人吗？"

"没注意到特别的，就是你能想象的那些，医生、护士、护工，还有病人，有些穿着平时的衣服，所以我猜想，他们并不是住院病人。"

说完后，伊沃回到珍妮身边。彭妮接起手中的电话。

"我的天哪，她已经快死了，"莎拉对莫辛说，"已经快死了。为什么还要再缩短她的生命？为什么要这样对她？"

"也许，唐纳德·怀特和塞拉斯·海曼，不管是谁干的，都还不知道她生命垂危，"莫辛说，"之前，你们只是提到她需要做心脏移植，也许他只听到了这个。"

"可是，移植再也没法进行了。我们只是想……这个概率只有百万分之一……在她为数不多的时间里。可现在……"

莫辛拉起她的手。

"亲爱的……"

"我怎么帮迈克呢？"莎拉问道，"怎么帮呢？"

这是一个父亲的声音，希望为孩子做些什么，因为，这么多年来，她既是父亲，又是母亲，在过去，我从没意识到这一点。

她猛地把手从莫辛手里抽出，愤怒地擦着自己的鼻子。

"一定要把这个浑蛋找出来。"

"你确定你……"

"他女儿生命垂危，妻子又昏迷不醒，我却什么也帮不了，现在，我唯一能做的，就是发挥我的专长。可是，这种时候，他哪里顾得上什么正义——我的天哪，这对他来说有什么区别呢？可是，总有一天，也许是很多年后，事实会证明，我现在这样做是对的。就这一件事，这是我唯一能为他做的。"

彭妮放下电话。"贝克要我们等着她，待会儿一起跟罗伊娜·怀特谈话，他十五分钟后到。这一次，我们一定要让她把事实交代出来。"

你来到我的床边，沉默不语，不过我已习惯了，似乎你能感觉到，我其实就在你身边。

伊沃陪着珍妮，我很高兴，你再次允许他待在她身边，表明了你对他的信任。

我走上前，张开双臂搂住你。

你告诉我，医生说，她只能再活两天。

"只有两天了，格蕾丝。"

说出这个事实的时候，你自己也被痛击了一下。对她的担忧，如同洪水，把你脑海里大草原上用围栏护住的希望，冲得烟消云散。你再也无法憧憬未来。

我好想把那个凶手告诉你！我要你发誓，为她报仇，我要你成为马克西姆斯·德其姆斯·麦里丢斯。

可是，你的愤怒依然无法平息，你自己却还没有意识到。我想起圣诞前夕的那次大海啸，想起影像中，一位即将分娩的妇人，紧紧抓住高处的树枝，海浪排山倒海地涌来，将周围的一切摧毁，但她却全心专注于自己的分娩。仿佛其他一切都不存在，只有她，和将要降临的宝宝。

你握住我的手，我能感觉到，你在颤抖，可我帮不了你。

一名护士带着护工过来，要带我去做检查。就是那个你得假装用打网球来代表"是"，才能让扫描仪里大脑的相应部位亮起来的那种检查。

护工放下我病床下的轮子，我仿佛躺在婴儿车中。

"击球说'是'，格蕾丝，"你说道，"越用力越好，拜托了。"我记得，自己曾对母亲说过，我要成为罗杰·费德勒。

护工用推车把我推出病房，一位护士在我旁边。

然而，真正的我，却站在你身旁，握着你的手。

对不起。

Chapter 10

那些我们从未
了解的事情

你曾跟我说过，人死时，最后丧失的知觉
将是听觉。可是，你错了，最后丧失的知
觉，是爱。

罗伊娜和梅茜在一间办公室里等着，还有一位我不认识的年轻警官。

莎拉、莫辛和彭妮站在外面。

"贝克打电话来，说他马上就到，"莫辛说，"我还是不确定，应不应该让梅茜出现在这里。"

"我们也可以观察她的反应，"彭妮回应道，"而且，对罗伊娜的提问，说不定能诱导她母亲最终说出真相。如果这样还不行，雅各布会找来一位专业的社工，作为成人代替梅茜陪在她身边。"

贝克到了。只见他跟彭妮交换了下眼神，似乎在传达某种信息，可我猜不透。也许这就是贝克最接近惭愧的表达吧。

"梅茜·怀特告诉我们她丈夫在哪儿了吗？"

"她说她不知道，"彭妮说，"这个愚蠢的婊子在替他撒谎。"

她居然用如此难听的词汇称呼梅茜，让我感到十分震惊。奇怪的是，都到了这种时候，我居然还能被语言的力量震撼到。

他们走了进来，莎拉仍在外面等候。

房间里空气闷热混浊，塑料椅子被摞成一堆。拼贴地毯的尼龙纤维在刺眼的灯光下熠熠发光。

穿着睡衣睡裤的罗伊娜显得很虚弱，受伤的双手仍然缠着绷带。梅茜还在那里闲不住，不停地为她调整着吊针架。

莫辛正式地介绍着房间里的每个人，年轻的警官在一旁录音。

"你确定你还好吗？"莫辛问罗伊娜。

"我没事。是的。谢谢。"

梅茜不能握住罗伊娜的手，只好把手搭在她胳膊上。她又穿上了那件长袖衬衣，来掩盖胳膊上的瘀伤。

"你爸爸有火灾时不在现场的证据。"莫辛说道，他的语气中不带有任何感情色彩，但看得出，他聚精会神地盯着罗伊娜的脸。而彭妮则在观察梅茜。

"是的，"罗伊娜毫无表情地说道，"星期三爸爸在苏格兰。"

"你爸爸让你放火了吗，罗伊娜？"莫辛依旧平静地问道。

"当然没有。"梅茜说道。她的声音异常尖利，太阳穴处暴起一根青筋。

"那塞拉斯·海曼呢？"莫辛的语气变得严厉起来，"我问你，之前……"

"没有，我跟你说了，"罗伊娜懊恼地说道，"他没有让我做过任何事情。"

"一小时前，有人企图谋杀珍妮弗·科维，"贝克说道，"我们没有时间和耐心，来容忍你包庇凶手的行为。"

我听见有人深吸一口气。梅茜的脸"唰"的一下白了。她看上去满头大汗，似乎马上就要呕吐出来。

罗伊娜极力保持沉默，她把头转向母亲。

"我想你最好还是出去吧。"

"可我得陪着你呀。"

"我们可以请另一位有能力的成年人来陪伴罗伊娜。"贝克说道。

"你同意吗？"莫辛问罗伊娜。她点点头。

梅茜离开房间。我没看见她的脸，但我看得出，她用跌跌撞撞的步伐来表示抗议。

门在她身后关上。

"请你稍等一小会儿,"彭妮对罗伊娜说,"我们去把那个人找来……"

"我现在得把真相告诉你们,为了珍妮,我必须这么做。不是爸爸干的,这件事跟他一点关系也没有。"

我想起,塞拉斯·海曼勾搭珍妮不成,就把目标转向罗伊娜;他在颁奖典礼上大发雷霆、口出狂言;他为了敲开重症监护室的门,给护士送花。

"是妈妈。"罗伊娜说道。

梅茜?

我仿佛看见她可爱的脸蛋儿,感觉到她温暖的拥抱。我想起她在运动会那天,把专为亚当准备的小东西递给我,精美的包装盒里,装着一份恰到好处的小礼物。

她知道当天他过生日。她当然知道!从亚当出生起,她就知道。而且另外还有三百个人也知道。

她在火灾发生前来到学校,是为了接她回家,因为地铁出了故障,"司机妈妈出马了"。

从我们认识的那天起,我们就成了朋友,没有理由。

"妈妈很害怕变穷,"罗伊娜平静地说道,"她一直很有钱。我的外公外婆很富有,所以她一直不必工作。"

可梅茜说,她并不在乎贫穷与否,也并不介意出去工作,"我一直很想有一份工作,真的。"

"她去西德里小学参加阅读课,"罗伊娜接着说,"也是希望能在我毕业后继续掌握学校的情况。萨莉·希蕾没把新生报名人数为零的消息告诉任何人,甚至爸爸都没说。是的,很长一段时间都没人来报名。可妈妈却从伊丽莎白·费舍那里得知,已经没人再打电话过来咨询。"

但她并不是专门去打探消息的!她参加阅读课,是因为她喜欢跟孩子们在一起。

我感受着我们的友谊，是那样沉甸甸，那样温暖；经过这么多年的积累，日久弥深。

"她离开过你的病房吗？"莫辛问道。

"嗯，是的，她出去吃东西，顺便帮我带回干洗好的睡衣和洗漱用品。打电话的时候，她也会出去，因为病房里不让用手机。"

"一小时前，当我们离开你病房以后，"莫辛说道，"她是否再次出去过？"

"出去过，几乎立刻就出去了。"

不可能，绝对不可能，梅茜怎么会想害死珍妮呢？大家都搞错了。

"谢谢你，罗伊娜。在有能力的成年人陪伴下，我们需要再次正式地问你。"

办公室外，贝克对年轻的警官说："赶快去把那个社工给我找来，这一次我可不想让辩护律师抓到任何把柄。"

"梅茜·怀特一定是看见珍妮被带出了重症监护科，并一直在外面尾随着她，"莫辛说道，"趁着核磁共振中心的安全措施没那么严密，就下了手。"

莎拉点点头。"珍妮的呼吸机管子第一次被拔掉，是在烧伤科。当时，梅茜就待在同一条走廊的罗伊娜的病房里。她出现在那里，没有任何人会怀疑。"

"这么说，你认为凶手不是娜塔莉亚·海曼，而是梅茜？"莫辛问道。

"是的。"

我当时离得很远，看见的又只是背影——可是，那人不可能是梅茜，不可能。

"珍妮当时在学校一定看见过她。"莎拉说道。

"而且，珍妮的手机也在她那里，"莫辛说道，"如果有任何不利于她的证据，她有充足的时间来消除它们。"

他们每说一句，就如同为一幅肖像拼图又拼上一个色块。

可是，我却不愿去看他们为我的朋友勾画出的那幅邪恶的肖像。

因为，从珍妮四岁起，梅茜就一直看着她长大。这么多年来，她一直听我讲述珍妮和亚当的事情，一直都是。她知道我有多爱他们。她是我的朋友，我信任她。

我不能把她跟发生的一切联系起来。不能。

于是，我刻意回避着梅茜的那幅肖像。

"那家庭暴力呢？"莫辛问道。

"天知道那个家庭里究竟发生了什么。"莎拉说。

"把梅茜·怀特找来，"贝克警督对彭妮说道，"以纵火罪和企图谋杀珍妮弗·科维的罪名拘捕她。"

"她在罗伊娜的病房，"莎拉说，"几分钟前我看见过她。"

我这才意识到，莎拉一直在留意她。

彭妮前去逮捕梅茜。我并没有跟过去，而是跟着莎拉回到令人窒息的办公室。

"好吧，罗伊娜，我们一边等社工过来，一边……"

"我妈妈会被带走吗？"罗伊娜问道。

"很遗憾，我想会的。"

罗伊娜什么都没有说，只是怔怔地盯着地板。莎拉等着她的反应。

"她肯定想不到我会告诉别人。"罗伊娜说，她显得十分羞愧。

"那她跟你说过吗？"莎拉问。

罗伊娜没有回答。

"如果不愿意的话，你什么都不用说。这不是问讯，只是闲聊而已。"

我想，莎拉这样并不是为了抓住机会审问她。不是的。她只是想对罗伊娜好一点。或者，她只是不想再等，想立刻弄清真相。

"妈妈感觉很糟糕，真的很有负罪感。这对她来说太可怕了，"罗伊娜说道，"她需要找个人倾诉一下。而且，可能因为我受伤了……可能她觉得对不起我。"她开始抽泣起来。"现在，她肯定会恨我的。"莎拉坐到她身边。

"这很糟糕，不过，我还是庆幸她能跟我说，"罗伊娜继续说道，"我是说，她能信任我。她以前从来没有这样过，从来没有。大家都以为，我们很亲密，但其实不是这样。我是'让她失望的小东西'。"

可梅茜是那么爱她。

"你知道吗，小时候，我是很漂亮的，"罗伊娜接着说道，"那时候，她为我感到自豪。可是，长大以后，我变得不再漂亮，她也就不那么爱我了。"

我在心里催促莎拉，快反驳她，告诉她，母亲是不会这样的，她们绝对不会停止对孩子的爱。

"我知道这听起来有些傻，可这的确是从我换牙开始的，"罗伊娜说，"因为我的牙齿长得又歪又黄，她就逼着我去牙医生那里矫正，我还那么小，就要服用很多抗生素之类的东西。妈妈各种办法都试过，每天晚上，都要求我把牙齿漂白一遍，虽然医生说过这对长斑的牙齿没什么效果。后来，这类变化就变得司空见惯，我金色的长发变成了棕灰色，眉毛长得越来越粗，脸盘也越变越大，可眼睛却并没有变大。这样，我就变丑了，正好跟灰姑娘相反。我不再是她想要的那种女儿。"

莎拉还是没有作声。然而，我的上帝呀，如果有一件事我是对梅茜完全有把握的，那就是，她爱罗伊娜。

"你知道吗，这很不好过，"罗伊娜说，"我是说，变得难看，在学校，受欢迎的永远是那些有着漂亮脸蛋、长发飘飘、擅长音乐、英语和艺术的女生。而不是皮肤很差的聪明女孩。不是我。成为一个丑陋的聪明女孩，真的很悲剧，是不是？而回到家后，遭到的也是同样的待遇。"

"你就要上牛津大学了，是吗？"莎拉问道。

"读的是自然科学，这一点，她一定没告诉人吧。她假装我从此就能去参加舞会和派对，遇见相貌英俊的本科生，而不是在一所全是女生的学院，埋头在科学实验室里苦干。"

"听过莎士比亚的那句诗吗？'若是一看见人家变化，就改变自己的爱，这算不得真爱。'我想，别的妈妈对孩子都不会出现这样的情况，但对于我，却是如此。"

可是，我所能想到的，就只有梅茜对罗伊娜的文学修养有多么的自豪——"虽然报考的是自然科学专业，可她甚至也能熟读莎士比亚。我的小书虫啊！"

她对罗伊娜的自豪，对她的爱，这些怎么可能有假呢？这些都是她身上真实的颜色，都是梅茜之所以成为梅茜的原因哪。

"我想，她一开始对我跟塞拉斯的事情还挺得意，"罗伊娜说，听得出，话语中藏着伤心的情绪。"我是说，他很帅，不是吗？我想，她认为，这样就能证明，我也可以像漂亮女孩那样，被人喜欢。"

"可是，我的老天爷呀，他都结婚了，"我对她说，"而且，都三十岁了。你妈妈当然不会想让他成为你的男朋友，她当然会希望你找到更好的人。"

"她跑去见他，"罗伊娜接着说，语气有些犹豫。"那天是情人节，他寄给我一张贺卡。她去了他家，告诉他必须结束我们之间的关系。"

情人节后第二天，娜塔莉亚就没再投放过恐吓信。看来是梅茜和塞拉斯的谈话起的作用。

换成我，为了珍妮，我也会这么做。如果她，在十六岁的年纪，跟塞拉斯·海曼发生关系，我肯定也会这么做的。因为，这跟珍妮与伊沃之间的关系有着本质的不同，简直是天壤之别。

"我爱过他，"罗伊娜平静地说道，"现在依然爱他。我以为，他会为了我争取一下，但他没有。"

"后来，妈妈就想办法让他被开除。她给报社打电话，却不考虑这样给学校可能带来的后果，只是为了把他赶出学校，为了惩罚他。而且，她还告诉我，她给他寄过蜡烛，一共八根，跟亚当生日蛋糕上的蜡烛一样。她说，她就是要让他知道，如果他敢再跟我复合，她会要了他的命，她有这个能力。"

三十年来，我所熟悉的梅茜，是那个精力充沛、热情外向，年年参加妈妈赛跑，年年跑成老末，而且是被远远地甩在后面，可从来没有半句怨言的人！我也知道，她很脆弱，很容易受伤，身上经常伤痕累累。这些，跟她们刻画出的梅茜，没有半点相似之处，完全格格不入。

这时，一位护士敲了敲门，然后走了进来。是贝琳达，那个总是面带微笑的护士。

"现在是查房时间，医生们需要看一眼她的情况。大概需要二十分钟。"

莎拉站了起来。"当然。"

我的病房要比会议室凉快得多，不但窗户都敞开着，地上白色的地毯也在视觉上起到降低温度的作用。一位护工推着担架车，上面躺着我不省人事的身体。护工把我抱回到床上。我的检查结束了，你等着结果。

这时，贝尔斯托姆医生的高跟鞋声越来越近，今天换成了鲁布托①的黑色皮鞋，鞋底上闪亮的红色像是一个警报。

她告诉你，扫描显示，我没有认知机能，大脑对吞咽、张口和呼吸这样的基本机能都没有反应。

我并没有在那片绿荫网球场上，跃跃欲试，时刻准备冲出去接球，然后挥动球拍，猛地将球击过网去。我是跟莎拉在一起，听她跟罗伊娜的对话。在他们做那些扫描的时候，我根本就没有靠近过自己的身体。

难怪他们认为我没有反应呢。

你要求跟我单独待会儿。

你把我的手握在手中。

你说你都懂。

我对你感到疑惑。

你拉上我床周围的帘子。

你把头靠在我的脑袋旁边，我们脸贴着脸，我的头发摩擦着你的脸

---

① 译者注：克里斯提·鲁布托（Christian Louboutin）是法国著名的生产高跟鞋的奢侈品牌。鞋底为红色是该品牌皮鞋的标志性特征。

颊。经过将近二十年的彼此相爱，和十七年共同对孩子的爱，我们已经合二为一。

就在这一刻，我们爱情的本质得到了升华。

珍妮站在门口。

"珍，进来。"

可她摇摇头。"我没想到。"她说完，然后走开了。

我也没想到，我们坚如磐石的步入婚姻的爱情，它的核心居然能达到如此坚硬的密度。

想想十九年来，我们每天都会跟对方交流。十九，乘以每年的三百六十五天，我们已经进行过多少次对话——我们的谈话中已经使用过多少词语？

不计其数。

我的头发依然落在你的脸颊上，但我却离开了你。

这对你有好处，亲爱的，如果你认为我不在这里。

这会让一切容易一些。我也希望能让情况变得容易一些，为了你。

我走出房间。

一楼办公室外面，人已经到齐，准备对罗伊娜再进行一次聆讯。社工已经到了，这会儿，人们已经开始往办公室里走。走廊也越来越热，大家脸上都汗津津的。贝克的衬衣敞开着，他的手在握着的文件上留下一圈污痕。

我忽然想到你。想到你会不会意识到，我已经不在你身边。

此时，待在外面走廊里的只有彭妮和莎拉两个人。

"有一件事情，现在必须让你知道，"彭妮说道，她没抬头看莎拉的眼睛。"本来之前你就该知道的。"

"是吗？"

"梅茜·怀特就是那个目击证人，是她自称看见亚当拿着火柴从艺术教室里走了出来。"

我从来没有真正了解过她。

"我怎么也想不到，梅茜·怀特会直接卷入火灾这个案子。"彭妮对莎拉说。里面的人都在等着，但她必须要让莎拉知道，这是她欠她的。

"当时，她看起来是真心地为珍妮和格蕾丝的遭遇感到难过，"彭妮继续说，"然后，很不情愿地告诉我，这是亚当干的。我那时还感觉是自己逼着她说出来的。"

"要是我早知道……"莎拉说道。

"是的，我很抱歉。自从我们发现骗保的情况以后——应该说是你发现的——我们一直在质疑她证词的真实性，可这些调查，都是以她在保护自己丈夫的假设为基础的。没想到，事实正好相反，原来是她在耍弄我们。对不起。"

"我跟梅茜说过，有个证人说自己看见了亚当，"莎拉说，"她当时还显得十分惊讶。我以为，她根本不相信有这种事。"

"一位演技绝佳的演员？"彭妮说。

莎拉考虑了半晌，然后摇摇头。"这是因为我是一个警员。她以为我可能已经知道她就是那个证人，她以为同事会告诉我。原来，令她惊讶的，竟是我的不知情。"

难怪，当晚在咖啡厅，梅茜见到莎拉的时候，起初非常紧张。

彭妮走进办公室。

此刻，里面坐了很多人，将罗伊娜衬托得越发渺小。她死死盯着地毯上闪闪发光的纤维，头都不敢抬一下。

"你刚才跟我们的一位警官说过，你妈妈知道学校就要破产的事情？"贝克问道。

"是的。"

"为什么你妈妈会说，她看见亚当从艺术教室里跑了出来？"彭妮问道。贝克警督显得有些不悦。

"她需要一个小孩给她当替罪羊，"罗伊娜平静地说道，"这样，就没有人会怀疑他们在骗取保险金了。而且，当天又碰巧是亚当的生日。"

"运动会那天？"

"是的。不过，她并没有想伤害任何人。"

"而且，不会有教职员工能赶来灭火？"

罗伊娜没有回答。

"是你吗？"莫辛问道，"是你妈妈让你干的吗？"

她依旧沉默不语。

"你刚才不是说了，要把真相说出来吗？"莫辛提醒她道。

"我不知道她要干什么，直到事情变得一发不可收拾。到了医院以后，她才把一切都告诉我。她觉得可以信任我。哦，上帝呀。"

"这么说，是你妈妈干的？"贝克警督问道。

她摇摇头。

"是她唆使亚当干的。"

可是，没有人能够操纵亚当干出这种事情。他是那么善良，那么细心。

"她告诉亚当，海曼先生给他准备了一份生日礼物，就放在艺术教室，"罗伊娜继续说道，"她跟他说，那是一座火山。三年级的学生，不是用醋、苏打粉之类的东西，做过火山喷发的场景吗？

"她告诉亚当，这是另一种火山，他得把它点着。还说，他可以用点生日蜡烛的火柴来点，而火柴，她已经帮他取来了。"

"她说，那个可怜的小窝囊废对火柴碰都不想碰一下。"

这是从她嘴里说出的话吗，我不知道。我想到的只是她的话，而不是她的所作所为。因为，我还没办法去想象她做的那些事情。

"她说，那她就不得不跟他讲讲了，"罗伊娜继续说，"海曼先生，他可是亲自把这个火山的礼物拿到学校来的，要是他被人发现进了学校，肯定会遇到大麻烦的。"

我忽然产生一种恶心的感觉，一座火山，而不是一场火灾，为了海曼先生，他最爱的老师。

"她告诉亚当，海曼先生还等着跟他说生日快乐，他随时可能回来。要是看到亚当并没有享受到他带来的惊喜，他一定会非常失望的。"

这么说，塞拉斯·海曼就这样直接跟火灾联系起来——只不过是作为一种幽灵般的存在，作为一个驱动的原因，对于以他的名义发生的那些事情，他本人其实并没有过错。

"于是，亚当就点燃了火山。"罗伊娜依旧语气平静地说道。

"火山里是什么？"彭妮问道。

"她说，有松节油和其他的助燃材料。她还往表面喷了一些喷胶。她说，亚当非常胆小，站得远远的，才敢把火柴扔过去，否则，他的脸肯定会被灼伤的。"

"她想要杀了他吗？"

"没有。当然没有。"

"你刚才说，如果他站得靠近一点，火焰肯定会灼伤他的脸。很明显，她当初是以为他会站在跟前的。"

"她不可能打算杀害他的。"不过，她的声音在颤抖，缺乏应有的确定，来支持她的说法。

"还有别的吗？"

罗伊娜点点头，她不敢看其他人的脸，也在极力掩饰自己的痛苦和羞愧。"当亚当的妈妈冲进大楼去找珍妮的时候，她走到亚当跟前，对他说：'老天爷呀，你居然干出这种事情，亚当！'"

罗伊娜对她母亲的模仿，准确得令人心惊，我不禁往后退了几步，而罗伊娜本人似乎也有些不安，不过她还是继续镇定地说道："她告诉他，这是一次对骑士的考验，而他失败了。这一切都是他的错。"

而亚当也相信了。

这是因为，亚当相信，勇气和荣誉，都会受到质疑和考验。

这是因为，在这个八岁男孩的想象中，自己就是高文爵士。然而，故事并不是高文爵士被巨人掐住脖子宁死不屈，而是有人当着他的面，将她母亲和姐姐骗进着火的大楼，然后告诉他，这一切都是他的错。我好想跑到他身边，告诉他，这不是他的错。不是！

然而，我的声带却再也无法发出声音。而亚当，也变成了哑巴。贝克警督此前唯一猜对的事情，就是罪恶感令亚当说不出话来。

"这就是为什么我跑进去的原因，"罗伊娜平静地说，"在她对亚当说了那些话之后。"

她顿了半晌，看得出十分难过。

"我真的好想见见他，告诉他，这根本不是他的错，"罗伊娜说，"我想，他可能并不想见我，但我真的很想见他。"

她的声音一度哽咽。

"这其中也有我的错，"她继续说，"是我把火山实验的事情告诉妈妈的。去年夏天，我在亚当的班里当助教。我跟她说过，亚当是个多乖的孩子。他对骑士书籍深深着迷，还把自己也当作一名骑士——或者说很想成为一名骑士，让我觉得他好可爱。我把这些都跟妈妈说过。"

然而，我都已经跟梅茜说过无数次了——他的优点，同时也是让我担心的地方。为了他着想，我更希望他能对足球着迷。

可怜的罗伊娜也陷入了沉默。我好希望他们能对她说，这也不是她的错，可房间里坐的都是警官，他们都有公务在身。那种莎拉所谓的"安抚感情"的事情，要等到以后再做。我过去一度觉得，她根本就不重视同情这码事。

"你知道你妈妈为什么要伤害珍妮吗？"彭妮问道。

"她开始没打算这么做，直到格蕾丝大喊着珍妮的名字跑进大楼，我才知道，她在里面。妈妈也一样，我保证。她不可能去伤害格蕾丝或珍妮。我知道，她不会的。这是一个可怕的错误。"

这时，她剧烈地颤抖起来。莫辛关切地望着她。

"你觉得，你爸爸知道你妈妈想干什么吗？"贝克警督问道。

"不知道。"她顿了一下，"不过，他曾责备我没有及时阻止她。我是说，当时我也在那里，我本应该阻止她的。"

彭妮带罗伊娜走出办公室，回到烧伤科。

我也回到我的病房。病床周围的帘子依然拉着，里面，你靠在我身旁，趴在我身上，痛哭起来，哭得那么伤心，连床都跟着晃动起来。你哭泣，是因为你知道，我不在这里。

我好想走到你跟前，可这样只会让这一切更难，更难。

莎拉进了病房，跑到你身边，用胳膊搂住你。此刻，我对她怀着万分的感激。

她把梅茜的事跟你说了，可你几乎没怎么听。

接着，她又说，亚当是被人哄骗着点着了火，然后，又被说成全是他的错。

这时，你才从我身边直起身子。

"哦，老天，可怜的亚当。"

"你要去看看他吗？"莎拉问道。

你点点头。"一见过格蕾丝的医生，我就回去。"

你已经跟医生提出在我床边开个会，似乎是想面对着我昏迷不醒的身体，来做个决定。

我远远地躲在病房的那一头，生怕靠近一点，就会被你感觉到，而这只会让你更加悲恸。

一位护士推着装药的小车给每个床位的病人发药，她从小车里取药盘的声音，盖过了你们的低声交谈。

你让桑胡医生一起过来了，我盯着他友善的脸，没看你的脸。我没有勇气去看你的脸。几天以前，我错怪他了。由于一系列机缘巧合，他之前并没能让我们相信今天的结果，对于我们这样的家庭，没能履行他一贯的直陈病情的职业风格。

推着药品车的护士在一张病床前停留了很长时间，一片沉寂中，你的话语穿过病房传达到我的耳中。

你告诉他们，你明白了，我再也不会醒过来了。我不再"在那里"了。

你告诉他们，我父亲患有卡勒氏病，当年，珍妮和我都曾做过化验，看我们是否适合做骨髓移植。

你告诉他们，珍妮和我的组织是可以配型的。你要求他们用我捐赠的心脏。

我爱你。

那辆嘎嘎吱吱的小车又走了起来，护士在跟别人说话，我没能听见你跟他们后来的对话。不过，我知道你们会谈些什么，因为，我跟珍妮似乎已经在沿着这条推理的路线往下走了。

病房那头，我凝神倾听，希望能捕捉到自己期望的只言片语。

贝尔斯托姆医生高昂的声音传得更远一些。她告诉你，我能够自主呼吸，所以，要等上至少一年，或者更长的时间，他们才能向法庭提出申请，停止给我提供水和食物。

你爱珍妮，却面临着要我生还是要我死的选择，你根本无从选择，此时，留给你的，只有残酷的现实。

桑胡医生提出，可以签署一份《放弃复苏协议书》。我想，这应该是这种情况下的标准流程。然而，正如贝尔斯托姆医生所指出的，无论这是不是标准程序，都没有理由不实施复苏，让我的生命就这样结束。讽刺的是，我的身体，居然健康无损。我想，桑胡医生是想给你一些善意，一些希望。可是，即便不实施复苏，我的身体破坏了，还需要继续为我供氧，直到器官移植以后。

在桑胡医生的办公室，你在《放弃复苏协议书》的表格上签了字。珍妮走了进来，看你签字。

"你不能这么做，妈妈。"

"我当然能，这样，你……"

"我已经改变主意了。"

"现在改变主意已经太晚了，甜心。"

"即使给我的布丁抹上奶油，它也不能变成蛋奶沙司，见鬼！"

我大笑起来。她却十分懊恼。

"我开始就不应该答应你。真不敢相信我居然这么做了。你让我处于一种非常糟糕的……"

"我再也不会醒过来了，珍，但是你会好起来。所以，这样很合理……"

"合理什么？你现在变成杰里米·边沁了吗？"

"你还读过他的书？"

"妈妈！"

"我很意外，仅此而已。"

"不，你在转移话题。你不能这样，这个变化太大了。如果你坚持这么做，我就拒绝再回到身体里面去。永远都不回去。"

"珍妮，你想要活下来。你……"

"但不是以你的生命为代价。"

"珍……"

"我不同意！"

她是认真的。

虽然她也极度渴望自己能活下来。

你回家去看亚当，我跟着你。当我们沿着走廊往前走时，你朝我身边靠了靠，仿佛知道我就在旁边。也许，现在，你不再认为我在自己的身体里，而是能感觉到我在其他地方陪伴着你。当我们经过花园，阴凉已经被拉长为夜的黑影。珍妮跟伊沃待在里面。之前，我就讶异于他居然知道她在哪里，并为他们之间的默契感到惊叹，在我看来，这几乎是某种灵性的交流。可是，现在再看他俩，我只希望她待在他的世界里，在那个真实的世界——让他能够真真切切地触摸到她。

而我，也好渴望能触摸到你。

在车里，我再次陷入幻想，不过，只有约莫一分钟的时间，我们又回到了旧日的生活中，我们一起开着车出去吃饭，后备厢里藏了一瓶葡萄酒。我甚至还荒唐地希望，开车的是我。

（"这可是一瓶上好的勃艮第葡萄酒，格蕾丝！所以，转弯的时候，要温柔一点哟！"）

我甚至还幻想出一条街道，让想象更真实一些。

"方向盘打得太猛了，从仪表盘上就能看出来。"你说。

"仪表盘上能看出我用力太猛？这怎么能看得出来呢？"

我很享受这种对话，夹杂着调侃、争辩和调情。

"变速杆，你得……"

接着，我要么嘲笑你在抬杠中理屈词穷，要么发起一场真的争吵，来声讨你的大男子主义。我们经常进行这种半吵架半开玩笑式的抬杠。所以，我取笑你的时候，你总是能听出我的弦外之音。我继续开车，五分钟以后，你便不再提我右转过猛的问题了。

一看见我们的房子，刚才小的幻想立刻破碎。

亚当房间的窗帘依然拉着，现在是七点半，上床时间。

你转向我，似乎瞥见了我的脸。难道现在，对你来说，我变成了一个鬼魂吗？如影随形地跟着你？

你迈进房门，可我却停了一小会儿，才跟着进去。摆在窗台上的天竺葵，因为炎热变得干枯萎黄，不过，亚当种的两盆胡萝卜和栽在培土袋里的西红柿都被浇过水了，这让我莫名地感到一丝欣慰。

这就是鬼魂吗？魔鬼和幽灵会坐在车里，幻想跟自己跟丈夫拌嘴，并且查看培土袋和窗台上栽培的植物吗？

你在厨房里见到我母亲，她显得有些担忧，蜷缩着身体，双手环抱着自己。她对你说，就在第一次医生的正式会议之后，她就把我再也不会醒来，我会死去的消息告诉亚当了。

可你却面露感激之色。

我想，你跟我一样，也看出了母亲的勇敢。她是我们当中唯一敢于用身体语言对医生初次说的话进行反驳的人。

你告诉她，你打算要把我的心脏捐给珍妮的努力，也没有成功。

她说希望能够发生奇迹。

"我没法想象，她活下来，而让她的孩子死去，这对她意味着多大的痛苦。"

你伸出胳膊搂住她。

"你呢，乔治娜？"

"我，你不用担心我。我是只结实的老鸟儿，我不会崩溃的。我要一直照顾这个家，直到亚当上大学，然后再崩溃。"

"崩溃"是我二十多岁时经常使用的词语，却被母亲捡来用了。而"结实的老鸟儿"则是她的一句口头禅，我喜欢这种语言的遗产。我说的话，又有多少能进入珍妮和亚当的词典呢？他们使用这些词汇的时候，一定会想起我，一定会比语言本身更深刻地感知到我。

"亚当刚才给我看了他关于世界创立之初的那场大雨的作业。"母亲告诉你。

你被触动了。"他想到那个了？"

"是的。她没有走，迈克。格蕾丝变成了万事万物，她不会就这么走的。"

"不。"

你走上楼梯，来到亚当的房间。

我看了眼我们卧室敞开的门。有人帮我们整理了床铺，但我们的留下的东西都还摆放在原处。我的床头柜，将我的一生凝固于一瞬：珍妮出生以前，那里是个更小的床头柜，里面塞着一本小说（一本字体很小的经典大部头）和一盒绿色万宝路香烟，桌面上总是摆着一杯红酒。你为我不健康的生活方式感到惊骇，而我也从不理会你的抱怨；有了珍妮以后，经典小说、香烟和红酒都被抛到一边，取而代之的是橡皮奶嘴儿和时装书籍；如今，我开始戴老花镜，书籍也卷土重来，一般都是一些新书，有着闪亮的封面和醒目的字行。

你站在亚当卧室的门外。

"是爸爸。"

门还是关着。

"亚当？"

你静静地等着。门那边依然没有动静。

我想，把门打开，见鬼，你就不能自己把门打开吗？

我的天，我惊喜地发现，保姆的声音又回来了。对不起，也许你是对的，要等亚当过来为你开门，表明你对他的尊重。我这是瞎猜的，不过，这并不是解决问题的唯一办法。

"我知道，你觉得，这都怪你，我的乖儿子，"你说，"但这不是你的错。"

你以前从来没叫过他"乖儿子"。你现在已经采纳了我的全套词汇，我为此感到高兴。

"让我进去，好吗？"

你们之间的那扇门依旧关着。

现在，我本应该用自己的胳膊搂着他，本应该……

"好吧，是这样的，"你说，"我爱你。不管你认为自己做了什么，我都爱你。没有任何事情——绝对没有任何事情——能够改变这一点。"

"是我的错，爸爸。"

这是他火灾以后说的第一句话，每个字都那么沉重，但它却令人欣慰。

"亚当，不是……"

"它看起来真的不像一座火山。只是个水桶，上面盖着一张橘色的皱纹纸，下面装着什么东西。她说，我应该把它点燃。可这的确是一个考验。我不应该照做的。"

"亚当……"

"我不喜欢火柴，我害怕它。我知道，自己不应该使用它。你跟妈妈，还有珍妮，一直都叫我不要用。我是说，万一不小心，着了大火。所以，十二岁以前，我是不可以用的。我知道，我做错了。"

"亚当，请你听我说……"

"海曼先生说，科维先生能通过大胜利的考验。科维先生就是我。他认为，我像一个骑士，可我不是。"

"亚当，海曼先生从来没有出现在那里过。他很关心你，而且他也从来没有让你做过那样的事情。你还是科维先生。"

"不，你不明白……"

"这一切都是她编造出来的。关于海曼先生，还有他为你准备的礼物，所有的一切，都是她为了骗你帮她做事，而编造出来的。警察已经把她逮捕了。每个人都知道，这不是你的错。"

"是我的错。爸爸，不管她跟我说什么，我根本就不应该照做！塞壬①和绿巨人美丽的妻子，都引诱过别人，可是，好人是不会上她们的当的。强大的骑士是不会照做的。可是，我却做了。"

"他们是成年人，亚当，而你只有八岁。作为八岁的男孩，你已经非常勇敢了。"

门那边陷入沉默。

"想想，上次你站出来为海曼先生讲话那次？那真是太勇敢了。很多大人都没有勇气这样做。我早就应该跟你说的，对不起，我没有说。因为我真的为你而感到骄傲。"

亚当依然没有吭声，然而，你还能跟他说些什么呢？

"不是那样的。"他说。

你静静地等着，沉默让人害怕。

"我并没有去救他们，爸爸。"

他的声音里，充满了自责，把我们两人的心，都捅了个洞。

"感谢上帝。"你说。

亚当终于打开了门，你们之间的隔阂烟消云散。

"如果再失去你，我就彻底没法承受了。"你说着，紧紧地抱住了他。一股暖流在他体内激荡，他紧绷的双腿和写满恐惧的脸庞终于放松下来。

"G奶奶跟我说，妈妈再也不会醒过来了。"

---

① 译者注：塞壬（Siren）是希腊神话中人首鸟身（或鸟首人身，甚至跟美人鱼相类）的怪物，经常飞降在海中礁石或船舶之上，又被称为海妖。塞壬用自己的歌喉使得过往的水手倾听失神，航船触礁沉没。

"是的。"你说。

"她死了。"

"是的。她……"

我以为，你会再说些什么，比如，"丧失认知机能"和死亡的区别，但亚当只有八岁，你现在还没法用细节跟他解释为什么他会没有妈妈。

他开始哭泣，而你只是尽可能地紧紧搂住他。沉默在你们中间扩展，变成一个吹起的肥皂泡，里面包裹着各种情感，然后瞬间破裂。

"你还有我。"你说。

此时，你搂着他的胳膊，不是在搂着他，而是在依靠着他。

"而我，也还有你。"

···❧···

五小时过去，现在已接近午夜。此时，珍妮的童话故事已经落幕——马车变回南瓜，跳舞的公主也需要回到床上去睡觉——可是，亚当喜爱的故事还要顺时针再转动一会儿：月光明亮之时，时间会被施以法术，万籁俱寂，每个人都进入梦乡，除了那个小女孩和吹梦巨人[①]，巨人正在把他的梦吹进一间间卧室。

我能看见书架二层上摆着的《吹梦巨人》。你睡上铺，亚当则睡下铺，旁边塞着他最喜欢的小狮子阿斯兰。

我的舞鞋——如果我有的话——将散发出一股消毒水的味道。我刚才去了医院，现在要把发生的事情告诉你。

我一直看着你们，看你坐在亚当身边，握着他的小手，值得庆幸的是，我已经对离开医院的疼痛有足够的忍受力，这样，我可以一直陪着

———————

① 译者注：吹梦巨人（the BFG）是著名童话《查理和巧克力工厂》的作者罗尔德·达尔（Roald Dahl）的一部作品，刻画了巨人和小女孩苏菲之间发生的感人故事。

他，直到他进入梦乡。

孩子们给我母亲起了个可爱的称号——"G奶奶"，以便把她跟你母亲——安娜贝尔奶奶相区分。虽然你母亲在他们出生之前就去世了，但她依然是他们的奶奶。

你找到亚当以前的小夜灯，然后回到上铺。为了在他需要时第一时间回应，你还特意把手垂到下面。

母亲走了进来，考虑到你在照看亚当，她就想去看看珍妮。

我跟她一起去了。

不知以前我有没有跟你说过，自从母亲发现我不再存在于身体里面，她就开始不停地跟我说话，以一种"霰弹枪"的方式，不分时间，不分地点。"格蕾丝，我的乖孩子，你总有一天能听到我的话，肯定会的。"

她开着那辆古老的雷诺克里奥小轿车，沿着空旷漆黑的马路，朝着医院疾驰而去。

"我给亚当的胡萝卜和西红柿浇了水。"她说。

"谢谢你。"

"本来应该给你窗台上的花也浇一点的。天气热，它们干枯得太快了。"

"也许你可以重新栽种。我真的很希望你能这么做。"

接下来，她沉默了一小会儿，此时，她的面孔看上去苍老了许多。她闯了一个红灯，不过，路上几乎没有什么车了，不必担心。

"我会种一些不那么怕旱的植物。薰衣草应该会很漂亮。"

"薰衣草简直棒极了。"

我们来到医院。金鱼缸大厅里空空如也，只是偶尔有一两个病人，零落的脚步在空旷的大厅里回响。一位医生匆匆地走过。汽车的灯光透过窗户的玻璃，径直从漆黑的外面照射进来。

我想起了海曼，以及发现他来到医院时，自己心中有多么害怕。"离我的孩子远点，走开！"这就是可怕的犯罪留下的心理创伤吗？所有的丑恶和残忍，仿佛会传染到周围人身上，如同沉船泄漏的浮油漂到岸边，不由分说地将它碰到的一切东西染成黑色。是的，他性格上有着深层的缺陷，但他并没有犯下任何罪过。他是个有缺点的人，但算不上坏人。亚当对他的信任是对的。听你跟亚当说，海曼老师很关心他，绝不会残忍地对待他，让我很高兴；同时，听你又把他叫作"海曼老师"，我也觉得欣慰。

母亲来到珍妮的床边。走廊里，我看见珍妮在等我。

"我需要知道，"她说，"我为什么要回到学校，为什么又上了顶楼，还有我的手机，为什么丢了。我需要把这一切搞清楚。"

我们已经掌握了大致的轮廓和主要的事实，可还缺乏细节。

"明天，警方审问梅茜的时候，这些会水落石出的。"我说道。

"可我也许坚持不了那么久。"她说道，仿佛我们是在谈论其他的问题。

"你当然可以。"

"不，我跟你说，妈，我不打算照你的计划办。我是不会改变主意的。"

我并没有立即反驳她。因为，我们女儿从你那里继承的，除了勇敢，还有可气的固执。"那叫思想独立！"你肯定会纠正我。"个性坚定！"好吧，我只知道，幼儿园里的其他小姑娘性格中都有软弱顺从的一面，可珍妮截然不同，她借着你的遗传，脾气特别固执，特别有主见。

是的，我很自豪。一直都是，在心里悄悄地自豪。

可是，对于她此刻的好奇，我却不敢苟同。我只是想找到帮亚当澄清的证据，除此以外，我什么都不关心。而且，我也知道，她的时间还充足得很，因为她的时间都是我给的。我必须赢得这场辩论。

"妈，我得把这一切都回忆出来，"她说，"因为，要是我想不起来，就如同我人生的这一段没有发生过一样，而这一段，让一切都改变了。"

我终于明白她为什么这么想知道，我也尊重她的意愿。如果她回到距离火场太近的地方，我会随时出来保护她。

我们朝着罗伊娜的病房走去，可珍妮曾在那里出现疯狂的耳鸣。当时，我们以为是唐纳德，而不是梅茜的气味儿，激发了这种反应。

我们一边走，一边拼凑着珍妮目前关于星期三下午的记忆。我们知道，她从学校伙房里拎了两大瓶水，从侧门走到外面。接着，她听到警报声，以为这是弄错了，或者是一次演习。她还担心安妮特会不知所措，于是把两瓶水搁在伙房门口，然后回到学校。在里面，一闻到浓烟，她就发现，这并不是演习。

我们来到罗伊娜的病房。珍妮闭上眼睛，我在猜测，到底是这间病房里的什么气味儿，导致她出现上次的回忆——也许是我之前没有留意的梅茜身上的香水味儿。她被捕以后，应该会把香水留在病房。

我等着珍妮的反应。几分钟过去，是三到四分钟。

我用双手环抱着自己，去面对那个曾经是好朋友的陌生人。

"我把水从伙房拎出来，"珍妮说道，"然后走了出去。火灾报警器发出刺耳的响声。我想，安妮特可能会束手无策，于是把水放在地上，然后回到学校。见鬼，这是真正的火灾。"

她停了下来。上次我们就到这里。唯一新的发现，是我猜测她的手机可能是在她把水放下的时候掉到地上的。珍妮握住我的手。

"我不敢自己去想，"她说，"我是说，想得更远。"

我终于知道，她刚才为什么要在那里等我。

她再次闭上眼睛。

"烟雾并不算太浓，"她说，"你能闻见，但并不比炉子里烧东西时发出的烟更呛人。我并不害怕，只是在考虑自己该做些什么。我想，安妮特应该也不会慌张，她说不定还会高兴呢！她终于有戏演了。"

看得出，珍妮在努力地挣扎，想要到达记忆长廊的最后一扇门。

我想起莎拉提到的"逆行性失忆"——想象着，一道厚重的着火的大门，正保护着她，不让她被门后的东西伤到。

我想，伊沃是那么地爱她——还有我、你、亚当和莎拉，我们都那么爱她，她是知道的，也正是这一点，给予她力量和勇气，让她推开一扇扇记忆之门，重新回到那个恐怖的下午。

"接着，我看见梅茜。"她说。

她的身体变得僵硬。

母亲已经回到我们空荡荡的家里，我坐在亚当床前，握着他柔软的小手，看着他沉沉地睡去。珍妮的回忆像电影般在我脑海中播放，我没法摁下停止的按钮，只能任它一遍遍反复循环。我多希望，通过把所见的一切告诉你，能让它最终停下。

尖锐的火警声撕破了夏日午后的天空。珍妮把手中的两瓶水放下，从伙房那边的入口回到学校。她闻到了燃烧烟雾的味道，但并不觉得可怕。她想到安妮特，觉得她可能乐意看到这种事发生。

她顺着楼梯来到一楼高层，接着看到梅茜，她穿着那件长袖的"奋"牌衬衣，正在哭泣。

"我看见亚当从艺术教室跑了出来，"她说，"哦，上帝呀，罗伊娜，你们都干了些什么？"

罗伊娜，穿着她那条朴素的亚麻长裤，站在她对面，怒气冲冲地看着她。

"看见亚当的是你，怎么还怪我？"

"不，当然。对不起，我……"

罗伊娜扇了梅茜一巴掌，力道很大。我听见那一巴掌狠狠地落在梅茜潮湿的脸颊上，这一声中，情节稍微断了一下。

"闭嘴，你这个猪。"

"你给我发了一条短信，"梅茜说，"我以为你已经……"

"原谅了你？"

"我只是想为了……"

"你先是赶走了我爱的人，现在又要把我们搞破产。太厉害了，妈，你真是太厉害了。"

梅茜思忖了片刻。"他对你来说太老了。他是在利用你，并且……"

"他就是个可怜的窝囊废、胆小鬼。而你，就是个爱管闲事的婊子。"罗伊娜大声冲她喊道，每个字都像鞭子抽在她身上。

"我得去帮他们。"梅茜说着，扭过头看着罗伊娜，仿佛在寻找勇气。

"是你让亚当干的，罗伊娜？"

"这是你的主意，妈妈。"

她擦去梅茜脸上的泪水，刚才她那一耳光留下的红印，清晰可见。

"你得去洗洗脸，"她说着，把梅茜翻起的裤脚拽下来。"然后把衣服穿好，见鬼。"

梅茜离开罗伊娜，去帮助疏散学前班的孩子。她还没有看见珍妮。

可罗伊娜看见了她。

她看见珍妮，认为她听到了她们的每句话。

珍妮回忆起，在那一刻，火着得并不算大。她知道，教学楼里几乎没什么人，剩下的人很容易就能跑出去。她唯一想到的，就是罗伊娜打了她妈妈，伤害了她。

"亚当去找你了，"罗伊娜对她说，"上楼去医务室了。"

自此，一切都改变了。

学校着了火，亚当在顶楼。

珍妮赶紧跑上去找他。

而亚当呢？他到底在哪里？我需要往回倒一点，这样，他便也能出现在这部恐怖的电影中。

我看见亚当跟罗伊娜一起离开操场，罗伊娜提议带他去取蛋糕。计划竟如此周密。

她特意穿上了一条亚麻长裤，而珍妮却截然相反。我想，罗伊娜在此时显得如此成熟。

他们一起来到操场边缘。在齐胸高的宝石色杜鹃花丛旁边，他们似乎停了一下。罗伊娜把海曼为亚当准备生日礼物的事跟他说了，亚当听了非常高兴。

我想，我当时看到的，在操场边缘静止不动的身影，应该就是罗伊娜，亚当在他旁边，但他个子太矮，被杜鹃花丛挡住，我看不见他。接着，他们一起朝着学校走去。

罗伊娜陪着亚当上楼到教室，拿上他的蛋糕。她又把火柴从美登小姐的壁橱里取了出来。她告诉他，海曼先生的礼物就摆在艺术教室，这是一个特别的火山，他得把它点着，可以用点生日蜡烛的火柴来点。

可亚当并不想用火柴，这让罗伊娜有些吃惊，因为她之前低估了他，觉得他很懦弱。于是，她就跟亚当说，海曼先生可是亲自把礼物送到学校来的，要是被人发现，他会遇到麻烦。她告诉他，海曼先生很快就要来艺术教室，要是看到亚当没有享用自己准备的礼物，他一定会很失望的。于是亚当很不情愿地同意了。接着，罗伊娜便走了出去，下楼来到安妮特的办公室。而亚当则走到艺术教室。他信任海曼，甚至爱他，但他很怕火柴，也从来没点过火，甚至都不确定该怎么用它。

罗伊娜有时间听取安妮特无聊的闲谈，并巩固了自己不在场的假象。

亚当拿出一根火柴，把它划着。他站得很靠后，远远地把火柴扔进火山，因为他很怕火，连火苗都怕。

装满易燃物的水桶，最初的一秒并没有动静，但在火苗点易燃物之后，迅速发生了爆炸，火焰蹿了出来。亚当吓坏了，赶紧跑了出去。

我知道，亲爱的，我也好希望自己当时能在他身边，叫他不要害怕。

梅茜从女厕所出来的时候，火灾报警器响了，她正好看见从艺术教室跑出来的亚当。亚当冲下楼梯，经过秘书的办公室，跑到学校大门口。

至此，两部电影交汇到一起，因为梅茜见到了罗伊娜。

"我看见亚当从艺术教室跑了出来，"她说，"哦，上帝呀，罗伊娜，你们都干了些什么？"

接着，珍妮听见她们的争吵，并看见罗伊娜打了梅茜。

于是，罗伊娜跟珍妮说，亚当上楼去医务室找她了。

就这一句话，毁了我们的家庭。

因为珍妮上到三楼，去寻找亚当。

她闻到了烟的味道，但并不算太浓，也许她听见了着火的声音，但还没有看见。她不知道，借着风势，火苗正沿着墙壁的空洞和天花板的空隙疯狂地蔓延。教学楼外的沙石地上，罗伊娜搂着亚当，旁边是以她小时候的样子为原型的雕像。我想，就是在这个时候，罗伊娜给珍妮发了短信，她告诉珍妮亚当还在教学楼里，借此把她留在里面。我看见她的手指飞快地按下手机的按键。学校外面，地上的两瓶水旁边，珍妮的手机发出"嘀"的一声，提示来了短信。

然而，没有人听见。

因为火焰发生了爆燃。火舌在墙壁之间来回窜动，热浪沿着走廊和天花板冲进每间教室，然后从窗口喷发而出，教学楼淹没在令人窒息的浓烟之中。

操场上，我看见学校发出滚滚的黑烟，拔腿就跑。

铜像雕塑旁，罗伊娜对亚当说，这都是他的错。

珍妮已经开启了记忆的最后一道火门，进入那个可怕的梦魇。她开始剧烈地抖动起来。

"我在火里，亚当一定也在里面。那些火，无处不在，而且……"

我伸出胳膊，环抱住她，告诉她，现在是安全的。我帮她回到我的身边。

罗伊娜还在睡着。

此刻，我们都无法忍受再待在她旁边，于是都走出了病房。透过门上的玻璃，还是能看到她。

她熟睡的脸庞，看上去像一个人性的白板。

"亚当一直都待在外面，是吗？"珍妮问道。

"我是说，根据来自安妮特和罗伊娜的口供，他着火后就立刻跑了出来。"

"是的。"

曾有那么一刻，他们都在外面，两个人，都是安全的。

珍妮曾在伙房出口，在学校外面。

可接着，她又走了进去。

我们身后，烧伤科的大门忽然开了，一辆担架车嘎吱嘎吱地被推了进来，上面躺着一个病人，边上围满了医务人员。刹那间，灯全部亮了，你简直分不清现在是黑夜还是白天。我还记得，在那个恐怖的下午，珍妮最初也被送到了这个地方。

罗伊娜被响动惊扰，动了几下。

"她打算害死亚当，"珍妮说，"差一点就得手了。"我想起罗伊娜描述由松节油和助燃剂堆成的"火山"，还有堆在后面的喷胶罐。科学学得很出色，她很清楚哪种化学物质能够燃烧，能够爆炸，哪些化学物质有毒。

"她本来打算炸坏他的脸，"珍妮说，"看到他平安无恙的时候，她肯定吓了一跳——然后想到了他说不出话的那个该死的圣诞节。"

"是的。"

"她只受过一次伤，被熨斗烫伤，正如她自己说的，这是一次意外。"

珍妮想要把整个经过搞得清清楚楚，而我，只想转过头，不去面对，可又不得不强迫自己审视着这一切。

"我想，他爸爸以前根本就没有伤害过她，"珍妮继续说道，"只有一次。因为他知道了她对我们的所作所为。"

我又回想起当初发生在罗伊娜病房的那一幕：唐纳德抓住她的双手，因为他已经知道了。他早就知道。

"他意识到，她回到火场，只是为了掩人耳目。"珍妮说道。

我想起，当罗伊娜走向唐纳德，他的脸上写满了愤恨，他说："你让我感到恶心。"

"她可能只跑到教学楼的大厅，"珍妮继续说道，"然后躺在地上，知道消防员马上就会赶到。她要确保自己不会被任何人怀疑。"

唐纳德曾说："你倒成了小英雄了，是吗？"他的愤怒让我们感到很震惊。

我又想起，另一次，梅茜说过的话，语气中充满悲哀。

"你不能怪别人，对吗？如果你爱他们，如果他们是你的家人，你必须尽量去看好的方面。这才是真正的爱，不是吗？要相信别人的好。"

她一直在竭力袒护的，并不是她丈夫，而是她女儿。

而罗伊娜把罪责推到母亲身上，这也是一开始就计划好的吗？

"她刚才给我发了条短信，说地铁出故障了。于是，司机妈妈就出马了！"

我猜想，地铁根本没有发生任何故障。

透过玻璃，我看见罗伊娜从床上爬了起来。

"你必须好起来，珍妮，"我说，"这样，你才能把你看到和听到的，告诉每个人。"

她冲我苦笑了一下。

"主意不错，妈妈。不过，不需要我的帮助，亚当也能把罗伊娜对他所做的一切告诉大家。"

"可是……"

"爸爸依然认为凶手是梅茜，而不是罗伊娜，不过这只是暂时的，亚当会把事情的经过一五一十地告诉他的。"

"是呀，你爸爸肯定会相信他的，莎拉姑姑也会，不过，其他人就不好说了。现在，梅茜应该已经把事情全部交代出来了吧。"

"你知道的，我会为罗伊娜做任何事情。"她平静地说。

"你不也是吗，格蕾丝？"

"而且，如果唐纳德要说什么的话，现在也该说了。"

"可警方应该还是相信亚当吧。"珍妮说。

"他们不大可能相信一个八岁男孩指控大人的话。也许刚开始，他们还能听得进去。可他现在才开口说话，隔的时间太久了。"

"说不定他们会的。"她坚持道。

"哦，天哪。"

"妈妈？"

一些念头在我脑海中盘旋，我一直不敢正视，可现在，它们正在无情地逼近。

"罗伊娜也会这么想，警察也许会相信亚当。"

这些念头不停地向下旋转，最后汇成一段记忆。

"我真的好想见见他，告诉他，这根本不是他的错，"罗伊娜说，"我想，他可能并不想见我，但我真的很想见他。"

说给珍妮听的时候，她不停地摇头，仿佛这样就能阻止它成为现实，然而，她知道，这就是现实。

"你得好起来，"我对她说，"你得确保亚当的安全。"

我讨厌自己这样胁迫她，可这是唯一的办法。正如我说过的，我们孩子的生命重于一切。

"可你也能做到。"她说。

"我做不到，因为……"

"妈妈……"

"让我说完，拜托，好吧，就算出现奇迹，我能讲话了，让我们姑且假设一下。可是，我又能说些什么呢？我并没有听见你听到的那些对话。那会儿我还在运动场上，我肯定不能像你跟我说的那样描述，对吧？哪个法官会相信我说的呢？我根本没有证据来说明，凶手是罗伊娜，而不是梅茜。"

"可是，现在不会出现奇迹了。我相信很多自己过去不相信的东西：童话、鬼魂、天使，现在，我觉得它们都是真的。可是，我不相信自己能好起来。"

"我丧失了认知机能，珍妮，我永远也醒不过来了。"

我不知道，这算不算小小的谎言。我不知道。

"我保护不了他，"我说，"可是你能。你能活下来，并且帮助他发出成人的声音。"

病房里，罗伊娜拔下了自己的输液管。

"天使，妈妈？"珍妮故作兴奋地问道，"你认为，我俩现在都是天使了吗？"

"也许吧。也许，天使并没有那么美好，那么特别，只是跟我们一样，都很普通。"

"那翅膀呢？"

"怎么解释天使的翅膀？"

"翅膀和光环，这可是天使的基本装备。"

"早期基督教的天使，就像百基拉①的古墓里，那些公元三世纪的壁画上的，都没有翅膀。"

"到了这时候，只有你还能说出这些来。"她说。

接着，她平静并且惭愧地说："我好想活下来。"

"我知道。"

"我不可能会像你爱我一样去爱别人。"

"你留在火场寻找亚当，虽然你并没有收到那条短信，但还是选择留在里面。"

罗伊娜离开病房，朝着通往医院出口的走廊走去。一位护士看到了她。

"出去买包烟。"罗伊娜说道。

"想不到你还吸烟。"

罗伊娜对她笑了笑："那可不。"

珍妮和我跟着她走出烧伤科。

深夜的走廊是如此寂静。

我们跟着她来到重症监护科。

里面灯火通明，跟往常一样忙碌，这里没有白天和黑夜的区分。

她摁响了门铃。

一位护士过来开门。

罗伊娜的声音听起来有些虚弱。她身上套着一件带帽子的蓝色睡袍。

---

① 译者注：百基拉（Priscilla）和她的丈夫亚居拉（Aquila）是耶稣使徒保罗（Paul）的好友，夫妇俩都是基督徒，他们的名字也多次出现在《新约圣经》中。他们住在以弗所，以制造帐篷为业，并成为使徒保罗的同工，在以弗所宣扬耶稣基督。后人在百基拉的古墓中，发现大量关于基督教的壁画。

"我是珍妮的朋友，她还好吗？我担心得睡不着觉。"

"她病得很重。"

"她会死吗？"

护士沉默不语，显得很难过。

眼泪从罗伊娜眼里夺眶而出："我想你就是这个意思吧。"

这么说，她是来确认的。

我不想去正视她的脸。

可珍妮则不然。

"我会活下来的。"珍妮说道，声音洪亮，充满了希望。这是一个承诺。

然而，罗伊娜却转过身，仿佛听到了一声威胁的轻叹。

母亲走出医院，我跟在她后面。夜里的空气依然闷热。医院对面的住宅楼上，有人搬到自家的小阳台上睡觉。星期三下午的那部电影依然在我脑海里播放，一遍又一遍，而我，已经没有力量去改变任何事情。

观看电影时，我知道，自己应该去看看警方是如何认定梅茜的。我本应该有勇气去做这件事，而且应该也能看到他们在嫌疑人身上发现的诸多疑点，那些用活生生的瘀青染了色的疑点。然后，我也许可以用自己多年对老朋友的了解，为这些疑点涂上重重的颜色。

可是，我并不怀疑罗伊娜。凶手是她，着实令人震惊，不仅因为她还是个少女，更因为真相似乎呈现得太清楚，太快了。只需查找到"梅茜"，然后把她替换成"罗伊娜"，故事便清楚地暴露出它邪恶的本质。她的演技并不差，她知道如何扮演受害者的角色，通过多年对她母亲的学习，她也知道如何继续爱那个虐待他的人。

罗伊娜让这一切有了答案，她能把每件事情连接起来——从塞拉斯，到学校，到骗保，到家庭暴力，每件事都超出了我的想象。然而，我并不认为她有那么邪恶，甚至狡猾。为了救我跟珍妮，她冲进一栋燃烧的大楼。珍妮认为，她那样做只是为了显得自己很勇敢，同时抹杀自己身上的嫌疑。可是，我却不这么认为，我不愿这么认为。

我紧紧抓住这个行动，认为它非常勇敢，非常可敬。我选择把它看作一种极端的忏悔行为，不管之前和后来发生了什么。

　　因为，我需要相信，她是有优点的。这是刺鼻的浓烟中的一抹亮色。

　　罗伊娜自己，也曾说起过人性中天使和魔鬼的不同层面。我们当时以为，她指的是塞拉斯·海曼，或者她父亲，可是现在，我觉得，她说的正是她自己。

　　我不再相信有灰色。我认为，黑跟白，善与恶，虽然并存，但却水火不相容，这并不是一个保姆声音的世界，而是一个天使与恶魔的世界。

　　跟着再次倒带重新播放的影片，我看见她冲进燃烧的大楼，我想象着她体内的天使在大声地呼唤，要把恶魔驱赶出去。真的，一位天使。不是圣诞树上那种穿着百褶裙、长着银色翅膀的天使，而是《旧约全书》中那种肌肉发达的勇士，就像拉斐尔和米开朗琪罗油画中的那种勇猛强壮的天使。她体内的善有了具体的形象，并且发出了声音。因为，我不能就这样，带着一个少女邪恶到不可救药的想法，离开这个世界。我不想让自己死去的时候，心中还怀有憎恨。

　　我们回到家中。母亲筋疲力尽地上了床，我是唯一醒着的人。几乎到了传说中法术生效的时间，屋子里一片静寂，大家都睡着了。上一次，我自己一个人待在这样的深夜，还是在亚当是个婴儿的时候。我来到珍妮的卧室。她和伊沃被我留在了花园，我答应她，明天早上一定会去看她。我们还没说再见呢。

　　"家里有个青春期的女儿，是什么样的？"学校的一位妈妈曾经问过我，她的大孩子跟亚当同龄。"家里来的净是些男孩，大个子的男孩，让门厅里摆满大号的运动鞋，"我这样说，是因为我经常险些被这些鞋子绊倒。"冰箱里的食品总是不够，因为那群男孩永远也吃不饱。女孩子不怎么吃东西，你又会担心她得上厌食症。即便你的女儿很正常，饭量也不错，你又要担心她得暴食症。"

　　"她会借你的衣服穿吗？"

　　我笑了。要真这样就好了。"真正麻烦的是，正好相反，"我说，"她的皮肤容光焕发，我的则长满皱纹，哪怕是腿上的皮肤，跟她的相比，也显得皱巴巴的。"

那位母亲露出不以为然的表情，似乎认为这种现象不会发生在她身上，也没有意识到可能已经发生了，可是，没有一个青春期的女儿作为对比，你永远不会感觉到的。

"最主要的问题，"我津津乐道地继续自己的话题，"是性。当你的女儿进入青春期，这个问题变得无处不在。"

"你是说，他们会在你家里……"她听起来吓了一跳。

"不，不是那个意思。"我边说，边想着该如何解释：性，是怎样进入家庭，接管一切，吹进过道，飘上楼梯，然后化成激素，涌出窗外。

而它的余芬则继续萦绕在珍妮的房间。

我意识到，这并不是性，或者激素，而是依然活着的无数生命。

我坐在她的书桌前，上面其实一本书都没有，只有一整架英国测量局出版的登山和攀岩专用地图。根据我的观察，她的书桌主要是用来染指甲的。现在，上面还留有星星点点亮红色甲油的痕迹。

在她大学入学考试的前几星期，她跟我说，宁可过我现在的生活，也不想为了自己的未来而努力复习。这我跟你说过吗？这跟那极度渴望进入大学，并把高中的课本读得滚瓜烂熟的我，简直有着天壤之别。我想，大学生活对她来说，一定也会十分精彩。我想，她一定会充实地度过那三年，并且爱上在那里的每一刻时光。而我，只要保证她在二年级结束的时候不要怀孕就好了。

我并不想让她重复我生活中死气沉沉的那一部分，但我认为，能让我快乐的事情，一定也能让她快乐。

她要去攀登肯哥姆山的时候，你并没有极力阻止，也没有要求她在家复习功课；她因为坚持跟伊沃在威尔士划橡皮艇，而丧失了作为交换生去法国游学的机会，事后你也没有怪他。为了这些事情，我都曾不止一次地和你争吵，我觉得她太幼稚，根本不考虑自己的未来——也没有意识到她在我面前错过了多少人生重大的选择。她是个户外型的女孩，这一点像你，亲爱的，宁可去登山，去划船，也不愿读德莱顿和乔叟。

我本应该从她的角度去看她的生活；跟她一起爬爬山，欣赏沿途美丽的风景，学着通过另一种方式来实现自我，并找到幸福。或者，只是走到她的卧室来，认真仔细地到处看看。

我来到亚当的上铺，躺在你的旁边——在这个熟悉无比的房间，找到一个新的视角。从这里，我看见他的地球仪灯罩上布满了灰尘，冰岛变成一个尘土之国。"每一栋整洁的房子，都代表着里面有一个虚度的生命。"有一次，梅茜得知我对家务活的反感时，对我说了这句话。这是不对的，因为从现在这个角度看，我的生命显然没有虚度。

此时此刻，作为母亲，我其实感到十分骄傲，既为珍妮，也为亚当，假如我真的在他们的成长中起到一点作用的话。

并且，我对于自己做过的选择，并没有任何的遗憾，即便其中有些是错误的选择。诚然，有些人是写出了伟大的书籍，画出了精彩的油画。然而，我并不需要用艺术作品来证明自己，我的家庭就能为我证明一切。在我死后，没有必要把什么东西撒向空中，因为那里已经溢满我爱的人。

我下到亚当的床上。

你有多爱他，我一直很清楚。可是，直到火灾以后，我才知道，珍妮、母亲和莎拉有多爱他。你们的爱，已经足以为他吹起一个救生筏。

再看看你。你挺过了父母双亡的重大打击——不仅仅是挺过，而且成长为这么优秀可靠的男人。亚当也能做到。

我握住他的手。

我走进他的梦里，告诉他，他是多么卓尔不群。

"你是全世界最特别的男孩。"我说。

"全银河系？"

"全宇宙。"

"如果那里有生命的话。"

"我相信肯定有的。"

"那里也许还有另一个我，一模一样。"

"没有人能跟你一模一样。"

"这算是表扬吗？"

"是的。"

…◆…

又一个火炉般的热天，天空看不到一丝云彩，蓝得很残酷。

我回到我的病房。

窗口开着，可吹进来的不是凉风，而是阵阵热浪。护士们个个大汗淋漓，前额上紧贴着几缕头发。

没有看到贝尔斯托姆医生红色的鞋跟，我很庆幸，在这个本应庄严、隆重的时刻，自己终于不会被时尚的东西分散注意力。

我最后看了眼亮闪闪的油地毯、脏兮兮的铁锁和丑乎乎的挂帘。我们二十一世纪的人类，真的不知道该如何正确地死去。我想起J.M.巴里出演的一部电影的结尾，他将死去的情人带到自己在花园里秘密建好的小飞侠舞台上。虽然他没为她准备带棕色几何图案的幕布，但他们也要做跟我一样的事。

我想尽办法，穿过层层皮肤、肌肉和骨骼，进入了自己的身体，回到躯壳当中。

正如之前想到的那样，我被困在里面，在一艘沉于海底的巨大轮船的废墟里面。

上下眼皮被焊接到一起，鼓膜穿破，声带也已经撕裂。

四周是浓稠的黑暗和死一般的沉寂，我身处两千米深的黑色海底。

我唯一能做的，就是呼吸。

我突然想到，在拉丁文中，"呼吸"跟"灵魂"是同一个词。

我屏住呼吸。

珍妮在那间小教堂面对过死亡，也寻找过天堂。此刻，轮到我来体验这一刻，正确地，完整地。我跟你说过，我不会让她死的。

我知道，我的孩子要好好活着，这比什么都重要，胜过亚当的悲伤，你的悲伤，和我的恐惧；胜过一切。

我不可以呼吸。

可是，我仍然希望，陷入这种处境的，是别人，别人的妈妈，别人的女儿，别人的妻子，别人的生命。我的希望是丑陋的，是无望，是绝望。因为这从来就不会成为别人的遭遇。而且，或许，这也是公平的。我们留住了孩子，却失去了我。正好扯平。

我不可以呼吸。

可她已经是个大人，不再是孩子，我现在才明白，有了教训才明白。

我在心底暗想，自己其实早就明白了，只是害怕她一旦变成大人，就不再需要我。害怕她不再那么爱我。

我没有意识到，她已经长大了，而她依然还那么爱我。

我不可以呼吸。

本能在反抗，一股自私的求生欲望冲击着我脉搏的每一次跳动。可是，最后的这几天以来，我已经变得强大无比。虽然它并不能代替医院成为我的保护壳，但是，它却意味着，我拥有了足够的耐力来忍受脱壳。

我不可以呼吸。

怀珍妮二十周的时候，我发现她的卵巢已经发育成型。在我们还未出生的女儿体内，居然还藏着我们未来的孙子（或者至少是可以成为他们一部分的我们的一部分）。我感到未来在自己体内冉冉升起，我的身体成为一个时间的俄罗斯套娃。

我不可以呼吸。

我想起高高在我上方的亚当，待在他人用呼吸吹起的充气救生筏里。

我想起珍妮游到成年的岸边。

我想，正是那种对孩子溺水的恐惧，表明我此刻所做的有多么重要。

此刻，我的肺里已经没什么空气了。

你会给亚当读《小美人鱼》吗？这本书在他书架底层"六岁儿童读物"的故事书里。他会说，爸爸，我已经有好多年不读这些书了，而且，这个故事太女孩子气，然而，你会坚持读给他听。你会用胳膊搂住他，而他会为你翻书页。

你会给他讲，小美人鱼从水里出来以后，身上痛得像刀割一般，但是，为了心爱的王子，她还是坚持要这么做。因为，我想让他知道，当我走出医院，当我远离各种扫描检查，我的身上也痛得像刀割一般，因为我无法忍受他背上如此可怕的罪名。你要告诉他，世界上最艰难的事情，已经过去了。

我不用再刻意屏住呼吸了。

我从沉船中的躯壳里溜了出来，进入两千米深的黑色海底。

你曾跟我说过，人死时，最后丧失的知觉将是听觉。可是，你错了，最后丧失的知觉，是爱。

我一点点浮上海面，然后毫不费力地从身体里溜了出来。

警示器声响起，空气也为之战栗。一名医生朝我跑过来。

一辆配有各种设备的担架车被快速推过地毯，如同滑冰一般，推车的是一名惊慌的护士。

我的心脏停止了跳动。

我听见红色高跟鞋的声音。

贝尔斯托姆医生说，有放弃复苏的协议。

他们开始讨论移植的问题。

他们将保留我的身体机能，直到心脏顺利移植到珍妮体内。

我望着他们的机器，此时，我的体内已经安装了人工的氧气泵。刚刚得知消息的你，迅速赶到病房签署协议。

我不应该待在这里，真的，像这样在这里徘徊。此刻，我不是应该到下一个地方去了吗？当女主人把厨房收拾干净，客人们还坐在桌前。

我居然还在跟你说话！

上个星期，坐在我们往日生活中的餐桌前面，我在报纸上读到一篇关于"黏着性空气"的文章，一位未来学家预测，以后，人们将能把留给彼此的信息存储在太空。这样，说不定有一天，你会听到我对你说的这些话。因为，当我跟你说话的时候，我们周围的空气分子必然发生了改变，所以，空气中充满了话语。

估计要到我的心脏被取出，机器也被关闭的时候，我才会最终离开。

我想起了《小美人鱼》故事的结尾，她得到的不是王子，而是一个灵魂。

我来到重症监护科，他们正在为珍妮做移植的准备。她看着自己的身体，一旁的莎拉弯下腰靠在她旁边。

我曾经嫉妒莎拉跟珍妮的亲密，然而，此刻，我却对她充满了感激。

珍妮看见了我，我拉起她的手。

"终于可以摆脱我真正独立了。"我说。

"妈妈，我好害怕。"

"把害怕打走。"

"求求你了！"

"我是认真的，"我说，"那只不过是一个泵而已。"

"可那是你的泵。"

"它对你的用处可要大得多。"

我们不知该说些什么。我俩都没有谈到：她会不会记得这一切，会不会记得我。

"你会好起来的。"莎拉对珍妮说的话，填补了我们的沉默。

"你还能出色地承担起照顾亚当的工作。当然，其他人也会照顾他的。"

我用余光看见你从医生的办公室里走了出来。

"所以，就做个女孩吧，珍，别太早成为女人。"莎拉继续说道。

"说得太棒了。"我对莎拉说道，莎拉当然听不见，一旁的珍妮却笑了。

我对珍妮说，现在是时候回到身体里去了。

她抱着我，我也好想再抱抱她，永远都不放开，可是，我还是强迫自己退后了一步。

"伊沃，爸爸，莎拉姑姑，还有亚当，都在等着你呢。"我说。然后，她回到了自己的身体。

当然，接下来会有一场猛烈的暴风雨；过去这些天来压抑堆积的暑热，会在一场雷电交加的暴雨中得到释放。

透过病房的窗户，外面的天空依然是冷酷的蓝，蒸腾的热气让它的边缘变得模糊，但我却感觉到凉意。

我看见你朝珍妮的病床走来。

我回想起自己在火场中，把珍妮拖下楼梯的时候，想到了爱，爱是洁白，是宁静，是凉爽。

你看着我，在那一刻，你看见了我。

这一眼，就是爱，胜过后面的千言万语。

我走上前，亲吻你的脸。

看着你伴着珍妮的担架车走向手术室，我忽然想到天使。这一次，不是《旧约全书》中强壮凶猛的天使，而是弗拉·安吉利科油画中的天使，穿着珠光闪闪的长裙，背后长着长长的翅膀；是乔托笔下如云雀般飞在空中的天使，头顶闪烁着金色的光环；是夏加尔画中蓝色的天使，面孔苍白而忧伤。我想到拉斐尔的天使，米开朗琪罗的天使，还有希罗尼穆斯·波希的天使，跟保罗·克利的天使。

我想，在每一个天使的背后——在他们的画作之外——都是他们不得不抛下的孩子。

不过，我还没有置身于天堂般的来世，至少现在还没有。我坐在咱家楼梯最下面的台阶上，把亚当的校服装进他的背包，他在运动会后要换上它们；我在给亚当的鞋带打结，这样，万一鞋带松开的时候，他只需要拉一下细的带子就可以系好，因为他还不会自己系鞋带。我希望你以后也能帮他弄好。

我在客厅，寻找掉到沙发背后的一块乐高玩具的拼片，你来到我身边，抱住我，说："你真美。"来到楼上，我听见珍妮在给伊沃打电话，而亚当正在地毯上看书。我需要你们每个人，这种需要让我窒息。

他们正在摘取我的心脏。

此时，所有的光、色彩和温暖，都在刹那间离开我的身体，而进入我自己这边——不管我变成了什么。

我的灵魂诞生了。

珍妮说得对，它很美，可是，我却对这束光的诞生感到愤愤不平。我还想看看我的孙子，还想再抚摸你一下，还想再对珍妮说一句，"该吃饭了，来吧？"或者对亚当说一句，"我来了"，对每个在车里等我的人说一句，"两分钟，好吗？"只要再多一点生命。

可很快，愤怒消失了，我毫无畏惧、毫无遗憾地离开了。

我化为一束银光，像钻石般闪亮，能够飞过已知世界的缝隙。我将进入你的梦田，在你想我的时候，跟你说起绵绵的情话。

没有了从此以后的幸福——我们还拥有，后来。

我们的故事，并没有结束。

图书在版编目（CIP）数据

从此以后 / （英）罗莎蒙德·勒普顿（Rosamund Lupton）著；刘丽洁译. — 长沙：湖南文艺出版社，2017.5

书名原文：Afterwards

ISBN 978-7-5404-8039-4

Ⅰ.①从⋯　Ⅱ.①罗⋯②刘⋯　Ⅲ.①长篇小说—英国—现代　Ⅳ.①I561.45

中国版本图书馆CIP数据核字（2017）第064051号

著作权合同登记号：图字18-2011-285

AFTERWARDS By Rosamund Lupton
Copyright © 2011 by Rosamund Lupton
This edition arranged with Curtis Brown Group Ltd.
through Andrew Nurnberg Associates International Limited

上架建议：畅销·外国文学

CONGCI YIHOU

从此以后

著　　者：［英］罗莎蒙德·勒普顿
译　　者：刘丽洁
出 版 人：曾赛丰
责任编辑：薛　健　刘诗哲
监　　制：蔡明菲　邢越超
策划编辑：马冬冬　刘宁远
特约编辑：李乐娟
版权支持：辛　艳
营销支持：李　群　张锦涵
版式设计：李　洁
封面设计：利　锐
出版发行：湖南文艺出版社
　　　　　（长沙市雨花区东二环一段 508 号　邮编：410014）
网　　址：www.hnwy.net
印　　刷：北京京都六环印刷厂
经　　销：新华书店
开　　本：880mm × 1270mm　1/32
字　　数：300 千字
印　　张：12.5
版　　次：2017 年 5 月第 1 版
印　　次：2017 年 5 月第 1 次印刷
书　　号：ISBN 978-7-5404-8039-4
定　　价：39.80 元

质量监督电话：010-59096394
团购电话：010-59320018